五芒星

Jo Nesbø

［挪威］

尤·奈斯博

著　林立仁　译

湖南文艺出版社
HUNAN LITERATURE AND ART PUBLISHING HOUSE
博集天卷
CS-BOOKY

·长沙·

/ 目 录 Contents /

奥斯陆市中心

阿克尔医院
麦村路
亚纳布区
奥普索

哈勒、杜纳及卫护律师事务所
卡尔柏广场
学生楼
坎木区

芬马克街
科尔海街

鉴识中心
警察总署
波特森监狱

基努卡拉区
格兰德区

威廉·巴里家

奥里道路

乌兰德街
米凯费兹教堂
卡米拉洛普街
三一教堂
日纳尔主教街
邯姆银行
挪威教堂

波斯德拉街

皇家庭园
王宫

议会大道
阿克什朋斯堡垒
阿克尔港

古斯达精神病院
毕牧卡特路
奥斯陆大学

蛋尔门科伦区
零瓦尔达街广场
麦佑斯登区
挪威银行
奥斯陆南站
比斯天道
乌明宁堡区

奥斯陆

集勒婷码头
熊勒巴克
拉街
灵斯市

奥斯陆市中心

第一部

　　"只被切断一根手指可以流这么多血？"
　　"可以。你知道这代表什么吗？"
　　…………
　　"这代表卡米拉的手指被切断的时候，她的心脏还在跳动。也就是说，她的手指是在她被射杀前切断的。"

1

星期五　　蛋

　　这栋房子建于一八九八年，就建造在黏土地基上，如今西侧已有些微下陷，雨水因此能溢过门板下方的木制门槛。雨水继续穿过卧室，在橡木拼花地板上留下水渍，向西流去。水来到凹处，稍做停留，等待更多水注入，然后像一只紧张兮兮的老鼠沿着踢脚线急匆匆地奔行。这时水已分作两路，在踢脚线下寻找可行之路，偷偷摸摸地前进，直到遇上橡木地板尽头和墙壁之间的裂缝。裂缝内躺着一枚五克朗硬币，上面镌刻着挪威国王奥拉夫五世的侧面头像和年份。年份是一九八七年，正是这枚硬币从木匠口袋里掉出来的前一年。那几年景气繁荣，阁楼需求量大，必须在短时间内完工，因此木匠掉了这枚硬币也懒得去找。

　　水没花多少时间就在拼花地板下找到一条可供穿行的通道。这间屋子曾在一九六八年漏水，也就是公寓盖了新屋顶的那年。除了那年之外，橡木地板一直未受打扰，保持干燥，持续收缩，使得屋子深处两块橡木地板间的裂缝几乎达半厘米宽。水逐渐滴上裂缝下的横梁，继续往西流去，然后渗入外墙，渗入灰泥和砂浆的混合物中。

　　这些灰泥和砂浆是由雅各布·安德森在一百年前的仲夏时分混合的。雅各布是个技艺娴熟的泥水匠，育有五名子女。他和当时奥斯陆其他泥水匠一样，自行混合砌墙用的灰泥和砂浆。他不只对石灰、沙砾和水的调配有自己的特殊比例，还在里面加入了独门材料，也就是马毛和猪血。他认为毛和血可以促使灰泥聚合，提升其强度。这不是他想出来的，他对当时听了这事而摇头不已的同行解释，他的苏格兰裔父亲和祖父都习惯在灰泥里添加羊毛和羊血。虽然雅各布放弃了自己的苏格兰姓氏，换上一个做生意用的挪威姓氏，但他认为没有必要背叛自己身上传承了六百年的苏格兰血统。有些泥水匠认为雅各布在灰泥中混入毛和血是不道德的，有些泥水匠则认为他与恶魔为伍，不过大多数泥水匠只是取笑他。也许正是他们促使了下面这则传说广为人知，并在发展迅速的克里丹亚镇代代相传。

根据传说，基努拉卡区一个马车夫迎娶了来自韦姆兰省的表妹，婚后两人搬进一栋公寓，公寓有一室一厨，位于塞路斯街住宅区，而建造这栋公寓的泥水匠正是雅各布。不久后这对夫妇生下一子，不幸的是这个孩子生来就有一头深色鬈发和一双褐色眼珠，但他们夫妻俩却都是金发碧眼。这件事激起了马车夫的妒恨本性。一天深夜，他将妻子的双手反绑在背后，带进地下室，然后砌起一道砖墙把她封在里头。妻子的尖叫声被裹在厚砖墙里，传不出去。双手受缚的她站在两道砖墙之间，只能试着从砖墙的缝隙间挤出去。丈夫本以为妻子会因为缺氧窒息而死，殊不知砖墙其实可以透气。最后这可怜的女人只能张开嘴巴，用牙齿攻击砖墙。此举也许有那么一丝成功的机会，因为苏格兰泥水匠雅各布在水泥中混合了毛和血，以为可以节省昂贵的石灰成本，却使得砖墙留有孔隙。这个来自韦姆兰省的女子用一口强健的牙齿展开攻击，使得砖墙逐渐崩落。然而悲哀的是，求生的意志使得她嘴里塞进一口又一口的灰泥和砖屑，最后让她无法咀嚼、吞咽或吐出唾液，气管被沙砾和一块块灰泥堵住。她面色发青，心跳渐缓，最后停止呼吸。

她进入了大多数人认为的死亡状态。

然而根据传说，猪血的味道产生了一种效果，让这不幸的女人以为自己依然活着，并立刻挣脱束缚双手的绳子，穿越砖墙，再度行走于路上。基努拉卡区的一些老人从小就听闻这则传说，至今仍记得这个女人长了一个猪脑袋，手中持刀四处游走，看见深夜有孩童在外游荡，就割下他们的首级。她必须尝到血的味道才不致于消失。当时很少人知道泥水匠雅各布的名字，但雅各布一直孜孜不倦地调制他的独门灰泥。三年后，雅各布在如今漏水的那栋屋子里工作，却不慎从鹰架上跌落，身后只留下两百克朗和一把吉他。直到一百年后，泥水匠们才开始在搅拌水泥时添加人造毛发纤维，米兰一间实验室的研究人员也才发现耶利哥之墙[①]添加了血和骆驼毛作为强化之用。

然而绝大部分水不会渗入墙内，转而从墙壁下方穿过，这是因为水就跟懦弱与色欲一样，总是会从最低下处寻找出路。起初，水会被梁桁间一块块的粒状隔绝材料吸收，但随后又有更多水涌来，隔绝材料很快就吸饱了水。于是水穿过隔绝材料，浸湿了一八九八年七月十一日发行的一份报纸，报上说建筑业的繁荣可能已达巅峰，那些寡廉鲜耻的房产投机客未来势必有苦头可吃。报纸第三页则说，上周发生的年轻护士命案，目前警方仍未掌握任何线索，这名护士在浴室遭人刺杀身亡。同年五月另有一名女子在奥克西瓦河畔被发现，女子遭人杀害，肢体不全，凶手使用的手法跟护士命案一样，但两起命案是否互有关联，警方不予置评。

水流经报纸，也流过报纸下方的木质地板，以及地板下方楼下的油漆天花板内部。一九六八年房屋漏水整修时，曾使这部分天花板受损，于是水渗进孔隙之内，形成水滴，悬垂在天花板上，直到它达到一定的重量。当地心引力大于表面张力时，水滴就脱离天花板，大约坠落三米半，来到下坠轨道的终点，坠入水中。

菲毕卡·克努森用力吸了口烟，再呼到公寓四楼开着的窗户外。这是个温暖的午后，后院里，受阳光炙烤的柏油路面将空气往上推升，带起烟雾沿着这栋浅蓝色公寓的外墙向上飘浮，最后消失无踪。屋顶另一侧可以

---

① 《圣经》中记载的不可摧毁的城墙。

听见平常十分繁忙的伍立弗路上只传来一辆车子的行驶声。大家都度假去了，整座城市几乎成了空城。一只不懂得避开暑气的苍蝇六脚朝天躺在窗台上。公寓面对伍立弗路的那一侧比较凉爽，但菲毕卡不喜欢那边的景观。从那边望出去可以看见救世主墓园，园内挤满名人，有名的死人。公寓一楼是一家商店，招牌上写的是"纪念碑"，换句话说，这里贩卖墓碑，可以说这家店相当"贴近市场"。

菲毕卡将额头抵在冰凉的窗玻璃上。

暖和的天气来临时，她十分开心，但这份开心很快就被消磨殆尽，如今她渴望的是凉爽的夜晚和街上熙来攘往的行人。今天早上画廊里只来了五个客人，下午只来了三个。百无聊赖之余，她抽掉一包半香烟，这使得她心跳加速，喉咙干疼，老板打电话来问生意如何，她几乎难以发出声音。一如往常，她回到家，刚把土豆放进锅里，空荡荡的胃就立刻涌现食欲。

两年前菲毕卡认识安德斯之后就戒了烟。安德斯不但没要求菲毕卡戒烟，甚至不反对她抽烟。他们是在大加那利岛认识的，当时安德斯为了好玩，还跟菲毕卡讨了一根烟来抽。返回奥斯陆一个月之后，两人就同居了。同居之初，安德斯曾说他们的关系也许可以容许少量二手烟的存在，还说那些癌症研究人员未免言过其实，而且他可能很快就能适应衣服上的烟味。第二天早上，菲毕卡就做了决定。几天后，两人共进午餐，安德斯说他有好一阵子没看见她手中夹烟了，她回答说自己其实没那么爱抽。安德斯微微一笑，俯身越过餐桌，抚摸她的脸颊。

"你知道吗，菲毕卡？我也觉得你没那么爱抽烟。"

她听见身后的锅里传出热水沸腾声，望着手中的香烟。再抽三口吧。她抽了第一口。毫无滋味可言。

她是什么时候又开始抽烟的？她已经记不得了。也许是去年吧，自从安德斯开始出差，长时间不在家之后。还是新年夜，当她开始几乎每晚加班之后？是不是因为她不快乐？她是不是不快乐？他们从不争吵。他们也几乎不做爱了，但安德斯说这是因为他工作辛苦，一句话就结束了这个话题。两人即使难得做个爱，也提不起劲，只因安德斯心不在焉。于是菲毕卡明白，她的心也不必放在这里。

他们不曾真正大吵一架。安德斯不喜欢扯开嗓门说话。

菲毕卡看了看钟：五点十五分。不知道安德斯跑哪里去了，他只是含糊地说会晚点回来而已。她按熄香烟，把烟屁股扔进后院，回到炉前查看土豆，拿起叉子叉进最大的那颗。快熟了。只见沸腾的水面上有许多小小的黑色块状物在上下跳动。奇怪了，这些黑色块状物是从土豆还是锅里跑出来的？

她开始回想上次用这口锅是什么时候，这时正好听见大门打开，接着从门廊传来喘息声和鞋子被踢落的声音。安德斯走进厨房，打开冰箱。

"吃什么？"他问。

"炸肉饼。"

"哦？"这个字的尾音扬起，形成问句。她大概明白安德斯的意思：又吃红肉？我们是不是应该多吃点鱼才对？

"好吧。"安德斯语调平淡，俯身往锅中瞧去。

"你干吗去了，怎么全身湿答答的，都是汗？"

"我今天晚上没做什么运动，所以骑自行车去松恩湖转了一圈。水里这些黑黑的是什么？"

"我不知道，"菲毕卡说，"我也是刚刚才看到的。"

"你不知道？你以前不是当过什么厨师来着？"

安德斯伸出食指和拇指灵巧地夹了一小块黑色物体出来，放进嘴里。菲毕卡凝视着安德斯的后脑勺和他的褐色细发。她曾经觉得安德斯的头发很有魅力，梳理整齐，长度适中，发型偏分。她也曾经觉得安德斯一脸聪明相，是个有前途的男人，他的未来容纳得下两个人。

"什么味道？"她问。

"没什么味道，"他说，依然俯身在炉子上方，"是蛋。"

"蛋？可是我洗过锅了……"她猛然住口。

安德斯转过身来："怎么了？"

"这里有……一滴东西。"她指着安德斯的头。

安德斯皱起眉头，摸了摸后脑勺。两人同时后退一步，抬头朝天花板看去。只见白色天花板上悬着两滴水。菲毕卡有点近视，若是水滴反光，她是看不见的，但那两滴水并未反光。

"看来卡米拉家淹水了，"安德斯说，"你去楼上按她家门铃，我去找管理员。"

菲毕卡凝望天花板，又低头看了看锅里的块状物。

"我的老天。"她低声说，感觉自己的心跳又快了起来。

"又怎么了？"安德斯问。

"你去找管理员，叫管理员去按卡米拉家的门铃，我去报警。"

2

星期五　　人员休假

奥斯陆警察总署位于格兰区，矗立在格兰区和德扬区之间的山顶，俯视奥斯陆市中心的东区。警署大楼完工于一九七八年，由玻璃和钢材建构而成，整栋建筑不见任何斜面，呈完美对称。负责设计警署大楼的"塔叶、托普及奥尔森建筑师事务所"曾因这个设计而获奖。负责在大楼七层和九层的狭长办公室两侧装设电线的一名电工则获得了社会补助，除此之外，这名电工还被父亲狠狠训斥了一顿，只因他不慎从脚手架上跌落，摔断了背脊。

"我们家七代以来都是泥水匠，必须学会在天地之间保持平衡，但最后总会被地心引力拉下来。我的爷爷想逃离这个诅咒，但这个诅咒横渡北海，跟着他漂洋过海来到挪威，所以你出生那天，我发誓绝对不让你走上相同的道路。我以为我成功了，因为你当了电工……电工到底为什么要跑到六米高的地方？"

勤务中心发出的电话信号沿着这名电工铺设的铜芯电线行进，穿过楼层之间用工厂预拌水泥砌成的天花板，抵达六楼犯罪特警队队长毕悠纳·莫勒的办公室。莫勒正坐在椅子上纳闷，不知道自己究竟是期待还是害怕一家人即将前往欧斯市的山间小屋度假。欧斯市位于卑尔根市外，七月的欧斯市通常都和飘雨的坏天气画上等号。天气预报说奥斯陆将有热浪来袭，莫勒不反对用欧斯市的毛毛细雨来替代奥斯陆的热浪，但要在没有任何娱乐资源的环境中，只用一副少了红桃 J 的扑克牌让他那两个精力过剩的年幼儿子一直有事可做，实在是个挑战。

莫勒伸长一双长腿，一边用手搔搔耳后，一边接听电话。

"他们是怎么发现的？"莫勒问。

"楼下天花板漏水，"勤务中心传来的声音答道，"管理员和住在楼下的男性邻居去按门铃，可是没人应门。门没上锁，他们就开门进去了。"

"好。我会派两个人过去。"

莫勒放下话筒，叹了口气，伸出手指在桌上一份值班表上依序滑动。队里有一半人员休假去了，每年这个时候都是如此。但这并不代表奥斯陆市民就会因此特别暴露在危险中，因为每年七月歹徒似乎也喜欢放个小假。七月是犯罪特警队的淡季，需要特警队出马的案件量在这个时期明显偏低。

莫勒的手指在贝雅特·隆恩的名字旁边停下，然后拨打鉴识中心的电话。鉴识中心位于科博街，是警方的刑事鉴定部门。无人接听。莫勒等待电话被转接到总机。

"贝雅特·隆恩在化验室。"一个响亮的声音说。

"我是犯罪特警队的莫勒，可以帮我把电话转接给她吗？"

莫勒等待着。把贝雅特从犯罪特警队招揽到鉴识中心的人，是最近刚退休的主任卡尔·韦伯。莫勒将这件事视为新达尔文主义理论的进一步证明，即男人唯一的驱动力就是要让自己的基因永传后世。显然韦伯认为贝雅特的基因跟他的基因有许多相似之处。乍看之下，韦伯和贝雅特有着天壤之别。韦伯性情乖戾，暴躁易怒，贝雅特则有如一只安静的小灰鼠，从警校毕业之后，只要有人跟她说话，她就会害羞。但韦伯和贝雅特拥有相同的警察基因：对工作充满热情，只要一嗅到猎物的气味，就能排除其他事物，把全部注意力都放在刑事线索、间接证据、录像或模糊的描述上，直到案情出现眉目。有些嘴巴恶毒的人会说韦伯和贝雅特应该属于化验室而非警察团体，因为警察团体对人类行为知识的重视更胜于足迹或夹克线头。

韦伯和贝雅特会同意他们属于化验室，但不会同意足迹和夹克线头不重要。

"我是贝雅特。"

"嘿，贝雅特，我是莫勒。在忙吗？我打扰到你了？"

"是啊。有什么事吗？"

莫勒简短说明案情，给了贝雅特地址。

"我会派几个人跟你一起去。"他说。

"有谁？"

"我得看看能找到谁，你知道，现在放假。"

莫勒挂了电话，手指在值班表上继续往下滑动。

他的手指停在汤姆·瓦勒的名字上。

汤姆的休假日期栏一片空白。莫勒对此并不感到诧异，他有时会纳闷汤姆究竟有没有休过假甚至睡过觉。汤姆是部门里最优秀的两位明星警监之一，他总是随时待命、精明强干，而且几乎都马到成功。和另一位明星警监正好相反，汤姆办事可靠，工作记录毫无瑕疵，每位同事都尊敬他。简而言之，他是主管梦寐以求的理想下属。汤姆具备出色的领导能力，等时机成熟，他十有八九会成为莫勒的接班人，坐上犯罪特警队队长的位子。

莫勒拨打电话。电话发出信号不良的吱喳声，穿过薄薄的建筑隔板。

"我是汤姆。"电话那头响起洪亮的声音。

"我是莫勒，我们……"

"请你稍等一下，莫勒，我正在接其他电话。"

莫勒一边等待，一边用手指敲着桌子。汤姆有可能成为犯罪特警队有史以来最年轻的队长。莫勒有时会觉得，将自己的职务交付给汤姆，心里多少有点不安。会不会是因为汤姆太年轻了，还是因为那两次枪击事件？汤姆曾两次在执行逮捕行动时拔枪射击嫌犯，他是警界的射击好手，自然两次都成功射杀嫌犯。矛盾的是，莫勒知道其中一起枪击事件正好可以把队长职位送进汤姆手中。独立警察调查机构 SEFO 并未发现任何证据可以证明汤姆开枪并非出于自卫，调查报告更指出汤姆在这两次紧急事件中都展现出优异的判断力和机警的反应。这份报告等于替汤姆这位队长候选人做了最有力的背书。

"抱歉，莫勒，我刚刚在打手机。有什么事吗？"

"有任务了。"

"终于有了。"

两人的对话短短十秒就结束了。现在莫勒只需要再找到一个人就好。

莫勒想找哈福森，但班表显示哈福森回斯泰恩谢尔市的老家去了。莫勒的手指继续在值班表上往下滑动。休假，休假，病假。然后他的手指停在一个名字上。他叹了口气，这个名字正是他暗自希望可以避开的。

哈利·霍勒。

哈利是独行侠、酒鬼、部门里最恣意妄为且令人头疼的人物，此外他还是除汤姆之外，警署六楼犯罪特警队最优秀的另一位明星警监。若不是哈利具有出色的办案能力，而且多年来莫勒一直为这个有严重酒瘾的警察保驾护航，他可能早就被逐出警界了。在一般情况下，莫勒会第一个打电话给哈利，把任务指派给他，但现在的情况并不寻常。

或者换个说法：现在的情况不只是不寻常，简直是异常。

事情是上个月爆发的。当时哈利花了一整个冬天重新调查一件旧案，命案死者是哈利最要好的同事爱伦·盖登，陈尸地点是奥克西瓦河畔。命案发生后那段时期，哈利对其他案件完全失去兴趣。爱伦命案在许久之前就已宣告侦破，但哈利却越来越耽溺在这起命案中。老实说，莫勒已开始担心哈利的精神状态。四周前，哈利走进莫勒的办公室，提出令人心惊的阴谋论，引发了冲突。基本上，哈利在毫无证据的情况下，对汤姆提出了异想天开的指控。

接着哈利就消失了。几天后，莫勒打电话去施罗德酒吧，证实他害怕的事果然发生了。哈利又开始酗酒，喝得烂醉如泥。为了掩饰哈利的旷工，莫勒再次把哈利的职务排开，列为休假。一周后，哈利来了警署一趟，但只是露个脸而已，如今一晃四周过去，他的休假已然结束。

　　莫勒看了电话一眼，站起身来，踱到窗前。现在是下午五点三十分，警署前方的公园却没什么人，只有几个爱晒太阳的人英勇地暴露在酷热之中。格兰斯莱达街上有几家店铺的老板坐在凉棚下，旁边是他们贩卖的蔬菜。就连马路上的车子也行驶得比较缓慢，尽管这时并非高峰期。莫勒用双手向后将过自己的头发，这个老习惯已经跟了他一辈子，他妻子说他应该改掉，以免别人以为他是在遮掩假发发片。难道除了哈利之外真的没有别人了？莫勒望着一名酒鬼摇摇晃晃地走在格兰斯莱达街上。莫勒猜想那酒鬼可能是要去渡鸦酒吧，但渡鸦酒吧一定不会卖酒给他，最后他可能会去拳手酒吧，也就是爱伦命案的调查行动被断然终止的地方。也许哈利的警察生涯也在那时被终止了。莫勒承受着压力，他必须很快做出决定，怎么解决哈利这个麻烦。但哈利的事毕竟比较长远，眼下最重要的是先处理手上的案子。

　　莫勒拿起话筒，思索着他即将做出的安排，也就是指派哈利和汤姆去侦办同一件案子。这种长假总是很折磨人。电话发出的电子脉冲从塔叶、托普及奥尔森建筑师事务所设计的获奖警署大楼传向秩序良好的挪威社会，让苏菲街一间屋子里的电话响起；这间屋子被混乱所主宰。

3

星期五　　　惊醒

女人再度发出尖叫。哈利睁开眼睛。

阳光穿过慵懒飘动的窗帘，闪现亮光。电车缓缓驶过彼斯德拉街，发出的辘辘声响渐去渐远。哈利试着辨别自己身处何地。他正躺在自家客厅的地板上，身上穿着衣服，但衣衫不整。他处于活人的国度，却不是真正活着。

他脸上附着一层又冷又黏的汗水，犹如一层化妆品。他感觉自己的心脏有点轻，却有压迫感，仿佛水泥地上的一颗乒乓球。他的头感觉更糟。

他犹豫片刻，才决定继续呼吸。只见天花板和墙壁都在旋转。墙上没有图画，天花板没有吊灯，他的视线找不到定点。在他视线外围旋转的是宜家的书柜、椅背，以及升降式绿色咖啡桌。但至少他从一连串的噩梦中逃了出来。

他做的是同一个噩梦，梦中他被钉在一处，无法动弹。他试着闭上眼睛，不去看女人的嘴，却徒劳无功，只能眼睁睁看着女人扭曲地张开嘴巴，无声地尖叫着，瞪着一双空洞的眼睛，发出无声的控诉。小时候，梦中的女人是他妹妹，如今这个女人成了爱伦。起初女人的尖叫是无声的，如今女人的尖叫声有如刹车时发出的尖锐声响。他不知道无声和有声哪一种更糟。

哈利躺在原地没动，透过窗帘缝隙凝望街道上方散发淡淡光芒的太阳和毕斯雷区房舍的后院。划破寂静夏日的只有电车驶过的声音。他的眼睛眨也不眨地凝望着太阳，直到它变成一颗跃动的金黄色心脏，在薄薄一层乳蓝色薄膜上跳动，喷出热气。小时候妈妈跟他说，小孩如果直视太阳，太阳就会烧坏小孩的眼睛，小孩的脑袋里也会整天充满阳光，一辈子都会如此。脑中的阳光会吞噬一切。这景象宛如奥克西瓦河畔雪地里爱伦被敲碎的头骨，上面覆盖着一抹阴影。三年来，哈利一直想抓住那抹阴影，却未能成功。

萝凯……

哈利小心翼翼地抬起头，望向电话答录机上那只死气沉沉的黑色眼睛。自从他在拳手酒吧跟克里波刑事调查部部长碰面之后，那只眼睛已有好几个星期都寂若死灰。可能它也被太阳烧毁了吧。

可恶，屋里好热！

萝凯……

他记起来了，梦中那张脸曾一度变成萝凯的脸。妹妹，爱伦，妈妈，萝凯。女人的面孔。她们的面孔在持续的鼓动中仿佛会产生变化，然后再度融合。

哈利呻吟一声，让头躺回地面。他瞥见上方有个酒瓶立在桌缘，那是一瓶美国肯塔基州克勒蒙生产的占边威士忌。酒瓶内空空如也。蒸发了，挥发了。萝凯。他闭上双眼。什么也不剩。

他不知道现在几点，只知道时间很晚，或是很早。不管现在几点，都不是醒来的好时间。说得更明白一点，这不是睡觉的好时间。这个时间应该做点别的事，例如喝酒。

哈利慢慢爬起身，跪了起来。

他裤兜里有个东西正在振动。原来叫醒他的正是这宛如受困飞蛾拼命鼓动翅膀的振动。他把手伸进口袋，掏出手机。

哈利朝圣赫根区缓步走去，头痛欲裂，眼球后方阵阵抽痛。莫勒给他的地址离他家很近，走路就能抵达。他稍微洗了把脸，从洗脸盆下方的柜子里找出一瓶喝得只剩一口的威士忌，然后出门，希望走一走可以让头脑清醒一点。路上经过水下酒吧：营业时间下午五点到凌晨三点，周一是下午四点到凌晨一点，周日休息。他不常来水下酒吧，因为他常光顾的施罗德酒吧就在隔壁街，但他就像大多数嗜酒人士一样，脑中有个区域会自动储存每家酒吧的营业时间。

他对着污秽窗户中自己的影像微微一笑。下次再来光顾吧。

他来到街角，右转，踏上伍立弗路。哈利不喜欢走伍立弗路，这条路比较适合车辆通行，不适合行人。他觉得伍立弗路唯一的优点，就是在炎炎夏日里人行道右侧有树荫蔽日。

哈利在一栋房子前停下脚步，莫勒给他的就是这栋房子的门牌号码。他粗略地打量着这栋房子。

一楼是自助洗衣店，里面摆着红色洗衣机，窗户上标示营业时间为早上八点到晚上九点，每日营业，二十分钟烘干优惠价三十克朗。一个深色皮肤的女子披着披肩，坐在一台正在旋转的滚筒洗衣机旁对着空气发呆。自助洗衣店隔壁的商店窗户内立着一块墓碑，再旁边是一家快餐店兼杂货店，上方的绿色霓虹招牌上写着"肉串屋"。哈利的视线在肮脏的房屋外观上游走，只见旧窗框的油漆已出现龟裂，屋顶的老虎窗显示这栋四层楼公寓新建了阁楼。生锈的铁门旁边是新装设的对讲装置，上方有个摄像头。可见奥斯陆西区的钱潮正缓慢但稳定地往东区流动。哈利按下对讲机最上面的按钮，按钮旁边写着"卡米拉·洛恩"。

"谁？"扩音器发出声音。

虽然莫勒警告过哈利，但哈利听见汤姆的声音仍然心头一惊。

哈利试着回答，声带却发不出声音。他咳了一声，再次开口。

"我是哈利，请开门。"

铁门发出哗的一声。哈利握住冰冷粗糙的黑铁把手。

"嘿。"

哈利转过身："嘿，贝雅特。"

贝雅特的身高略低于平均水平，深金色头发，蓝色眼眸，生得不算美，但不至于没有魅力。简而言之，除了她那身衣服之外，贝雅特没什么惹人注目之处。她身穿白色连身工作服，看起来有点像太空服。

哈利替她打开铁门，贝雅特提着两个大金属手提箱走了进去。

"你刚到吗？"

贝雅特经过哈利面前，哈利屏住呼吸。

"不是，我去车上拿东西，我们已经来了半小时了。你打到自己了？"

哈利伸出手指摸了摸鼻子上的结痂。

"应该是吧。"

哈利跟着贝雅特穿过公寓大门，走进楼梯间。

"上面是什么情况？"

贝雅特在绿色电梯门前放下箱子，依然抬头望着哈利："我以为你的原则是先看过现场再发问。"她说着按下电梯按钮。

哈利点了点头。贝雅特是那种记忆力超强的人，她可以逐一说出哈利早已忘记的刑事案件细节，也能说出她进警校前的大小事。除此之外，她有异常发达的"梭状回"，也就是脑部用来记忆面孔的区域。她去做过测试，结果让心理医生惊讶不已。去年奥斯陆爆发多起银行抢劫案，贝雅特曾和哈利一起合作办案，哈利教她的东西其实不多，她之所以记得哈利的原则，只是刚好有过人的记忆力而已。

"没错，我喜欢在第一次到达现场的时候尽量保持客观。"哈利说。电梯突然开始运转，吓了他一跳。他掏着身上的口袋，寻找香烟："不过我应该不会参与这件案子。"

"为什么？"

哈利没回答，只是从左裤袋掏出一包皱巴巴的骆驼牌香烟，抽出一根被压扁的烟。

"哦，对，我想起来了，"贝雅特微笑着说，"你说你今年春天要去度假，是去诺曼底对不对？真好……"

哈利把烟放在唇边，吸了一口，只觉得味道糟透了，对他的头痛更是没什么帮助。只有一件事能有所帮助。他看了看表。周一营业时间下午四点到凌晨一点。

"不去诺曼底了。"他说。

"哦？"

"对，不过这不是原因。我不会参与这件案子是因为这案子是'他'负责的。"

哈利深深吸了口烟，用下巴朝楼上比了比。

贝雅特用力凝视哈利好一会儿："别对他执念这么深，你得往前看。"

"往前看？"哈利呼出一口烟，"他会伤害别人，贝雅特，这你应该知道。"

贝雅特脸上一红："汤姆跟我只是短暂交往过一阵子而已，哈利。"

"就是你脖子上有草莓的那段时间吗？"

"哈利！汤姆从来没……"

贝雅特突然住口，发现自己提高了嗓门。她的声音在楼梯间内向上回绕，但随即就被降落在他们面前的电梯吞没了。电梯抖了抖，停了下来。

"你不喜欢他，"贝雅特说，"所以你会编出很多故事。其实汤姆有很多优点，你只是不知道而已。"

"嗯。"

哈利在外面墙上熄灭香烟。贝雅特拉开电梯门，走了进去。

"你不上去吗？"她问道，看着哈利仍站在电梯外专注地凝视某样东西。哈利凝视的是电梯。那台电梯设有拉门，只是一道简单的铁栅门，推开进入后关上，电梯就能运转。尖叫声再度响起。无声的尖叫。他觉得全身冷汗直冒。他出门前喝的那口威士忌还不够，远远不够。

"怎么了？"贝雅特问。

"没什么，"哈利用浑厚的声音回答说，"我只是不喜欢这种老式电梯而已，我走楼梯上去。"

4

星期五　　统计数据

这栋公寓的确有阁楼，而且有两间，其中一间大门敞开，门口拉起一条橘色封锁线，禁止闲人进入。哈利弯下腰，屈起一米九二的身体，从封锁线下方钻过，然后快速踏出一步，稳住身形，从另一侧直起身来。他站在门内，看见地上铺有橡木拼花地板，屋顶是斜的，设有老虎窗。屋里很暖，感觉像浴室。室内空间很小，走的是极简风，跟哈利家一样，但两者的相似处仅止于此。客厅摆着设计师希尔默·赫斯最新推出的沙发、一张R.O.O.M.牌咖啡桌，还有一台飞利浦十五英寸小电视，冰蓝色透明塑料外壳，正好搭配同色系音响。哈利看见里面有两扇门，一扇通往厨房，一扇通往卧室。屋内的空间只有这么大，而且安静得十分诡异。一名身穿制服的警察双手交叠胸前，抖着脚站在厨房门口，满头大汗，双眉扬起看着哈利。哈利亮出证件，那警察摇了摇头，嘻嘻一笑。

大家都认得出洋相的猴子，哈利心想，出洋相的猴子却不认得大家。他伸手抹了抹脸："现场勘查组呢？"

"在卧室，"那警察说，抬起下巴朝卧室比了比，"贝雅特和韦伯。"

"韦伯？现在连退休人员都被叫来出勤了啊？"

那警察耸了耸肩："放长假嘛。"

哈利环视四周。

"好吧，你去关上楼下大门和这里的门，不然所有人都可以随意进出这栋公寓。"

"可是……"

"听好了，楼下也算是犯罪现场，知道吗？"

"我知道。"那警察语气有点不满。哈利知道自己才说两句话就又树了一个敌人，现在他的敌人排起队来可以绵延好几公里了。

"可是我收到明确的命令，要……"

"……要看好这里的东西。"一个声音从卧室里传了出来。

汤姆出现在卧室门口。

汤姆虽然身穿深色西装，浓密的深色发际线下却不见一颗汗珠。他是个好看的男人，也许算不上迷人，但五官端正匀称。他没有哈利那么高，但很多人以为他跟哈利一样高，也许是因为他体态挺拔，而且会不经意流露出自信的神采。许多跟汤姆共事的人不仅感到佩服，还会被汤姆的沉着镇静感染，放松下来，找到发挥一己之长的位置。汤姆让人觉得好看的另一个原因是他拥有健壮的体格，没有一套西装遮掩得了一周健身五天、勤练空手道和重量训练的成果。

"而且他必须看好这里的东西，"汤姆说，"我刚刚叫一个人搭电梯下去视情况关闭所有出入口。一切处理妥当了，哈利。"

汤姆最后这句话语调平平，让人搞不清楚是陈述句还是问句。哈利清了清喉咙："她在哪里？"

"在里面。"汤姆站到一旁，让哈利走进卧室，同时做出关心的表情，"哈利，你打到自己了？"

卧室布置得十分简单，但品味高雅，带有一丝浪漫气息。房内床铺虽是双人床，却只有单人寝具。床边有一根承重梁，梁上刻有一个像是心形的花纹，心形里面刻了一个三角形。可能是情人的记号吧，哈利心想。床头墙上挂着三幅裱框的裸男图，带点情色意味，风格介于软调色情和亲密艺术之间。

浴室的设备是成套的，空间只容纳得下一个洗脸盆、一个马桶、一个没有浴帘的淋浴间，以及卡米拉·洛恩。卡米拉躺在瓷砖地面上，脸扭向门口，眼睛却向上看着莲蓬头，仿佛在等待莲蓬头喷出更多的水。

卡米拉身上只穿一件白色浴袍，浴袍已经湿透，袍襟敞开，盖住了排水口。贝雅特站在门口正在拍照。

"有人检查过她死了多久吗？"

"法医还在路上，"贝雅特说，"不过尸体还没完全僵硬，也没完全冰冷，我猜顶多死了几小时。"

"邻居和管理员发现她的时候，莲蓬头的水是不是开着？"

"对。"

"热水可以维持她的体温，延迟僵硬的发生。"哈利低头看了看表，六点十五分。

"我们可以假定她的死亡时间是五点。"

声音来自汤姆。

"为什么？"哈利问，并没转头。

"没有迹象显示尸体被移动过，所以我们可以假定她是在淋浴的时候被杀害的。你可以看见，她的尸体和浴袍堵住排水孔是导致淹水的原因。管理员说他把水关掉的时候，水龙头开到了最大。我去检查过水压了，对阁楼来说这里的水压相当不错。浴室这么小，用不了几分钟水就会没过门槛，流到卧室里，然后很快，水就会找到缝隙淌到楼下。住在楼下的女性邻居说她发现漏水的时候正好是五点二十分。"

"那不过是一小时前的事，"哈利说，"你们半小时前就到了，看来大家的反应都出奇地快。"

"呃，也不是每个人吧。"汤姆说。

哈利没有接话。

"我是说那个法医，"汤姆微笑着说，"他也该到了才对。"

贝雅特已拍完照片，和哈利对视一眼。

汤姆轻触贝雅特的手臂："如果发现什么的话打手机给我,我去二楼找管理员问话。"

"好。"

哈利等待汤姆离开浴室。"我可以……?"哈利问。

贝雅特点点头,让了开来。

哈利的鞋子踩上湿漉漉的浴室地板,嘎吱作响。只见浴室所有墙面都有水汽凝结,滑落的水珠划出一道道纹路,墙上镜子看起来像是哭花了脸。哈利蹲了下来,手扶墙壁保持平衡。他用鼻子呼吸,只闻得到肥皂的香味,并未闻到应该伴随尸体而来的气味。哈利从犯罪特警队的特约心理医师奥纳那里借了一本书,那本书上说这种症状叫作嗅觉异常,也就是脑部拒绝辨认某些气味,病因通常是情感创伤。哈利不确定自己的病因是不是情感创伤,只知道自己闻不到尸体的气味。

卡米拉很年轻,哈利猜测她大概在二十七到三十岁之间,长得颇有姿色,体态丰满,皮肤光滑,晒成一身古铜色,但肌肤底下透出灰白。人死之后皮肤通常很快就会呈现灰白色。卡米拉有一头深色头发,头发干了之后发色应该会再淡一些。她的额头有个小孔,这个小孔经过殡葬业者化妆之后就会消失。除了这个小孔之外,殡葬业者不需要在她的容貌上花费太多时间,只要给看起来有点肿的右眼涂上一些化妆品就行了。

哈利仔细观察卡米拉额头上那个黑洞洞的圆形小孔,跟一克朗硬币差不多大。哈利总是很难相信这样一个小孔竟然可以夺走人命。有时这种小孔周围的肌肤会闭合,让人看不出小孔的存在。哈利认为击中卡米拉的那颗子弹,体积应该大于它留下的这个小孔。

"可惜她躺在水里,"贝雅特说,"不然我们也许可以在她身上采集到凶手的指纹、皮屑或 DNA。"

"嗯。至少她的额头保持在水面上,淋浴的时候也没沾到多少水。"

"哦?"

"子弹入口的周围有血液凝固，皮肤也有被子弹灼伤的痕迹。也许这个小洞现在就可以告诉我们一两件事。可以拿放大镜给我吗？"

哈利的视线并未离开卡米拉，只是伸出了手，便感到手里被塞进一个坚实的德制光学器具。他开始观察伤口周围的区域。

"你看见了什么？"

贝雅特的声音在哈利耳畔轻轻响起。她总是热切地想吸收更多知识。哈利知道再过不久自己就没什么东西可以教她了。

"灼伤痕迹呈灰色，这表示子弹是在近距离击发的，但枪口并不是凑在额头上，"哈利说，"我猜大概是在半米外击发的。"

"了解。"

"灼伤痕迹不对称，这表示开枪的凶手比她高，射击角度是由上往下。"哈利小心转动卡米拉的头部。她的额头仍有余温。"没有子弹出口，"他说，"这支持了射击角度是由上往下的推测，可能当时她蹲在凶手面前。"

"你看得出凶手用的是哪一种枪吗？"

哈利摇了摇头："这要去问法医和弹道鉴定员了，但灼伤痕迹出现了渐层现象，这表示凶手用的是短枪管的枪，例如手枪。"

哈利有条理地审视卡米拉全身上下，试着记住一切，却感觉到体内残存的酒精麻痹作用滤除了可以供他日后推敲的小细节。不对，应该说可以供"他们"日后推敲的小细节，毕竟这案子不是他一个人的。他的视线来到手部，卡米拉缺了一根手指。"唐老鸭。"他低声说，俯身细看。

贝雅特用狐疑的眼神看着哈利。

"漫画里是这样画的，"哈利说，"唐老鸭只有四根手指。"

"我不看漫画。"

卡米拉的食指遭到切除，那部位只剩下凝固的黑色血丝和闪闪发光的肌腱末梢。伤口看起来十分平整。哈利伸出食指，谨慎地触摸粉红色肌肉中央的白色反光处，只觉得骨头被切断的地方摸起来整齐平滑。

"是用钳子切断的，"他说，"或是非常锋利的刀子。找到手指了吗？"

"没有。"

哈利突然觉得反胃，便闭上眼睛，做了几个深呼吸才睁开眼睛。凶手截断被害人手指的原因有很多，目前他没有必要再多做揣测。

"凶手可能是来勒索的，"贝雅特说，"这种人喜欢用钳子。"

"有可能。"哈利低声说，站了起来，突然发现自己鞋底下踩的是白色瓷砖，他原本以为地上铺的是粉红色瓷砖。贝雅特弯下腰，仔细查看死者的脸部。

"她真的流了很多血。"

"那是因为她的手泡在水里，"哈利说，"水能阻止血液凝结。"

"只被切断一根手指可以流这么多血？"

"可以。你知道这代表什么吗？"

"不知道，但我有预感我很快就会知道。"

"这代表卡米拉的手指被切断的时候，她的心脏还在跳动。也就是说，她的手指是在她被射杀前切断的。"

贝雅特做了个鬼脸。

"我去楼下找邻居聊一聊。"哈利说。

"我们搬进来的时候卡米拉就已经住在这里了，"菲毕卡迅速望向她的同居人安德斯，"我们跟她没什么往来。"

哈利坐在菲毕卡和安德斯四楼家中的客厅里，就在卡米拉那间阁楼的正下方。从外人眼中看来，这里应该是哈利的家，因为菲毕卡和安德斯这对情侣在沙发边缘正襟危坐，哈利则随意地瘫坐在一把扶手椅上。

哈利觉得眼前这对情侣有点怪。他们两人都三十来岁，安德斯·尼高精瘦结实，宛如马拉松运动员，身上的浅蓝色衬衫才刚熨过，头发因为工作的缘故剪得很短，嘴唇很薄，肢体语言述说的是焦躁。他的面容虽然坦率且带有孩子气，可以说近乎天真，全身上下却散发着简朴严肃的气息。菲毕卡·克努森染了一头红发，两颊有深邃的酒窝，看起来喜欢感官享受，她身上那件豹纹紧身上衣更突显了这点。她给人的感觉是她尽情生活过，嘴唇上方的皱纹显示她抽很多烟，眼睛周围的细纹代表她曾纵情享乐。

"她是做什么工作的？"哈利问。

菲毕卡瞥了安德斯一眼，安德斯并未回答，于是她说："我只知道她在广告公司上班，好像是在做设计或其他类似的工作。"

"其他类似的工作。"哈利说，在面前的小本子上记下笔记，表现出一副漫不经心的样子。这是哈利在讯问时会使用的小技巧，如果他不去看接受讯问的人，对方就会比较放松。而且他如果对对方说的话表现得缺乏兴趣，他们就会本能地去努力说些什么来赢得他的注意。当初他应该去当记者才对。哈利觉得人们会比较同情醉醺醺地去上班的记者。

"她有没有男朋友？"

菲毕卡摇了摇头。

"情人？"

"我们又不会去偷听人家怎么过日子。"安德斯说，"你认为是情人干的？"

"我不知道。"哈利说。

"看得出来你不知道。"

哈利注意到安德斯话中的不耐烦。

"可是我们这些住户想知道她是因为个人纠纷被杀，还是有个发疯的杀人狂在这附近出入。"

"可能有个发疯的杀人狂在附近出入。"哈利说，放下手中的笔，等待他们回应。

哈利看见菲毕卡吃了一惊，但他的注意力大多放在安德斯身上。

人在害怕时比较容易发怒，这是哈利在警校一年级时学到的。老师告诉他们这些大一新生，说除非必要，不要去刺激害怕的人。但哈利发现反向操作比较有用，也就是去刺激害怕的人。人只要一发怒，常常会说出有违本意的话，或是说话更切中要害，说出他们原本不想说的话。

安德斯只是冷冷地看着哈利。

"不过这件命案的凶手比较像是情人，"哈利说，"或是曾经跟她有过关系的人，或是被她拒绝过的人。"

"为什么？"安德斯伸出手臂搂住菲毕卡的肩膀。安德斯的这个动作引人发笑，因为他的手臂很短，而菲毕卡的肩膀很宽。

哈利靠上椅背。

"因为统计数据。这里可以抽烟吗？"

"我们想将这里保持为无烟空间。"安德斯微笑着说。

哈利把烟塞回裤子口袋，同时注意到菲毕卡垂下双眼。

"统计数据是什么意思？"安德斯问道，"为什么你认为统计数据可以套用在这件命案上？"

"这个嘛，尼高先生，在我回答这两个问题之前，可不可以先请问你懂不懂统计学？例如常态分布、显著性、标准差？"

"我不懂，可是我……"

"好，"哈利打断说，"因为这件命案不需要你懂统计学。数百年来世界各国累积的犯罪统计数据告诉我们一件简单、基本的事，那就是卡米拉是个典型的受害者。如果她不是典型的受害者，那么凶手认为她是。这回答了你第一个问题，还有第二个问题。"

安德斯哼了一声，放开搂在菲毕卡肩膀上的手："完全不符合科学。你对卡米拉一无所知。"

"对。"哈利说。

"那你为什么还那样说？"

"因为你问了。如果你问完问题，可以让我继续发问了吗？"

安德斯似乎想说什么，话到嘴边又吞了回去，只是低头怒视着桌子。哈利仿佛在菲毕卡的两个酒窝之间看见一丝微笑，心想自己会不会看错了。

"你们认为卡米拉吸毒吗？"哈利问。

安德斯的头猛然抬起："我们干吗要这样认为？"

哈利闭上眼睛等待。

"不，"菲毕卡语声轻柔地说，"我们不这样认为。"

哈利睁开眼睛，对菲毕卡露出感谢的微笑。安德斯有点惊讶地看了菲毕卡一眼。

"她家的门没上锁，对不对？"

安德斯点了点头。

"你们会不会觉得门没上锁很奇怪？"哈利问。

"不会觉得特别奇怪，毕竟她在家啊。"

"嗯。你们家的大门有一道简单的锁，我注意到你……"哈利对菲毕卡点了点头，"在我进来后把门给锁上了。"

"她现在有点焦虑。"安德斯说，伸手拍了拍菲毕卡的膝盖。

"奥斯陆已经跟从前不一样了。"菲毕卡说。

"你说得对，"哈利说，"卡米拉好像也这么认为。她家大门装了双重锁，里面还有安全链。我觉得她不像是那种不锁门就去洗澡的人。"

安德斯耸了耸肩："凶手可以把锁撬开。"

哈利摇摇头："撬锁只会出现在电影情节里。"

"可能凶手已经在她房间里了。"菲毕卡说。

"会是谁？"哈利在静默中等待，等到他认为不会有人打破静默，便站了起来。"之后会有人打电话请你们去署里接受讯问，现在就先到这里为止，谢谢。"哈利走到玄关，转过身来，"对了，是谁报的警？"

"是我，"菲毕卡说，"安德斯去找管理员的时候，我打电话报了警。"

"还没发现尸体你就报警了？你怎么知道……"

"有血滴进锅里。"

"哦？你怎么知道那是血？"

安德斯夸张地大叹一口气，伸出一只手放在菲毕卡的脖子上："因为血是红色的，不是吗？"

"这样啊，"哈利说，"可是除了血之外，还有很多东西是红色的。"

"没错，"菲毕卡说，"我不光是从颜色上判断的。"

安德斯诧异地看着菲毕卡。菲毕卡微微一笑。哈利注意到菲毕卡挪动身体，离开了安德斯的手。

"我以前跟一个厨师住在一起，我们共同经营一家小吃店，那期间我学到很多关于食物的东西，其中一样就是血里含有白蛋白。如果你把血倒进六十五摄氏度以上的水里，血会凝结成块，就像蛋在开水里破裂那样。安德斯吃了一块水里的块状物，说味道像蛋，我就知道那是血，然后我就知道有可怕的事情发生了。"

安德斯张大了无法合拢的嘴，古铜色肌肤霎时转为苍白。

"祝你们用餐愉快。"哈利喃喃地说，转身离去。

5

星期五　　水下酒吧

哈利讨厌主题酒吧，诸如爱尔兰酒吧、上空酒吧、新奇酒吧，其中最糟的莫过于名人酒吧，名人酒吧的墙壁上经常可见一排排声名狼藉的常客的肖像。水下酒吧的装潢主题是航海，笼统地混合了潜水元素与浪漫老木船。喝到大约第四杯啤酒，哈利就不再在乎有绿色水流汩汩流动的水族箱、潜水头盔，以及咯吱作响的粗木装潢，只因情况可以更糟。上次他来水下酒吧，里面的酒客突然一个个唱起歌剧来，有那么一刻他甚至觉得音乐终于追上了现实。他评估现场状况，判断酒吧里的四名酒客应该不至于突然兴起引吭高歌，才松了口气。

"大家都跑去度假了？"哈利问吧台里的女服务生，女服务生把一杯啤酒端到他面前。

"现在才七点。"女服务生找钱给他。哈利刚刚付给她两百克朗纸钞，但从找钱来看，女服务生只当他给了一百克朗。

如果可以，哈利会选择去施罗德酒吧，但他依稀记得施罗德酒吧现在不欢迎他，而他没胆量去搞清楚究竟为什么。至少今天没胆量。他隐约记得星期二发生的事，还是星期三？有人提起他上过电视，还说他被称为"挪威警察英雄"，因为他在悉尼射杀了一个持枪恶徒。有人评论了一番，还叫出他的名字。他说了几句让人难堪的话。最后他们是不是打了起来？不太可能。他醒来时指节和鼻子上的伤痕，很可能是他在多弗列街的铺石路上摔倒造成的。

哈利的手机响起。他看了看来电显示，这通电话也不是萝凯打来的。

"嘿，老大。"

"哈利？你在哪里？"莫勒的声音听起来颇为担心。

"我在水下。怎么了？"

"水？"

"水。清水、盐水、奎宁水。你听起来好像很……要怎么说，疲惫？"

"你是不是喝醉了？"

"还不够醉。"

"什么？"

"没什么。我手机还有电，老大。"

"犯罪现场的一名警察威胁过要申诉你，他说你去现场的时候明显喝醉了。"

"威胁？"

"我说服他打消了念头。哈利，你真的喝醉了吗？"

"当然没有，老大。"

"你现在跟我说的是百分之百的实话吗，哈利？"

"你百分之百确定你想知道吗？"

哈利听见电话那头传来莫勒的呻吟声。

"哈利，你不能再这样继续下去了，你这是在逼我。"

"好啊，那就开始制止啊，把我从这件案子中剔除。"

"什么？"

"你听见了。我不想跟王八蛋一起工作。你找别人来办这件案子吧。"

"队里已经没有其他人可以……"

"那就把我开除，我一点也不在乎。"

哈利把手机塞回口袋，手机抵着他的乳头，感觉得到莫勒的声音产生的轻柔振动，这种感觉竟然还挺愉悦的。他把剩下的酒喝完，站起身来，摇摇晃晃地走进温暖的夏日傍晚，伸手拦出租车。第三辆出租车停了下来，他坐上车。

"霍尔门科伦区。"他说，汗涔涔的脖子靠上后座冰凉的皮面。车子向前驶去，他望着窗外，只见燕子结队飞行寻找食物，把淡蓝色天空划分开来。现在是昆虫出没的时间，也是燕子觅食的时机，直到太阳西沉。

出租车在那栋深色原木大宅的坡道底端停了下来。

"要不要开上去？"出租车司机问。

"不用，在这里停一下就好。"哈利说。

哈利抬头凝望那栋大宅，似乎看见萝凯在窗前一闪而过。欧雷克再过不久就得上床睡觉了，他可能正在抱怨说他想晚点再睡，因为今天是……

"今天是星期五，对不对？"

司机透过后照镜谨慎地望着哈利，微微点了点头。

日子一天天、一周周地过去。天哪，小孩长得真快。哈利伸手抹了抹脸，想把一点生命力揉进他苍白的脸庞。他的脸有如楠木死灰，像是戴了一副死亡面具。去年冬天他过得不错，侦破了几件大案子，以证人身份出庭爱伦命案，滴酒不沾，跟萝凯也从初识、热恋进展到共度家庭生活。他喜欢那些家庭活动，喜欢周末出游以及有小孩做伴。他还负责烤肉。他喜欢在星期日请老爸和妹妹过来一起吃饭，看着患有唐氏综合征的妹妹和九岁的欧雷克一起玩。最棒的是他和萝凯十分相爱。萝凯甚至开始透露出一些他也许可以搬去跟他们一起住的暗示，她的说法是那栋大宅只住了她和欧雷克，似乎稍显空旷。哈利没花什么力气就找出了反驳的理由。

"等我破了爱伦命案再说吧。"他说道。他们预订的诺曼底之旅就是为了试试看他们是否准备好同居了，这趟旅程共有四周，其中三周下榻老农庄，一周住在游河轮船上。但许多事接踵而来。

哈利花了一整个冬天侦办爱伦命案，查得很投入，可以说太投入了。他也只知道这种工作方式。爱伦不仅曾是哈利的同事，还是他最亲近的朋友，跟他志趣相投。三年前爱伦和哈利一同追查一个代号"王子"的军火走私犯，不料爱伦竟遭人用球棒殴打致死，陈尸奥克西瓦河畔。命案现场发现的证据指向斯韦勒·奥尔森，一个警方熟知的新纳粹党员。遗憾的是警方没能听见斯韦勒的说辞，因为汤姆前去逮捕他时，据说他拒捕并朝汤姆开枪，因此汤姆将他一枪击毙，子弹正中额头。尽管如此，哈利仍深信真正的幕后主使者是王子，也极力劝说莫勒让他单独进行调查。这是哈利私下调查的案子，因此违反犯罪特警队所有的工作原则，但莫勒还是给了哈利短期许可，作为哈利侦破其他案件的奖励。案情在去年冬天终于有了突破，爱伦命案发生当晚，有人在基努拉卡区看见斯韦勒坐在一辆红色车子上，旁边还坐着另一个人，车距离犯罪现场只有几百米远。这位目击者叫罗伊·柯维斯，是个有前科的前新纳粹党员，刚从五旬节教派改信费城教派。罗伊算不上模范目击者，但他努力看着哈利给他的照片，看了好一会儿，然后才说，对，这个人就是他看见在那辆车上坐在斯韦勒旁边的人。照片中的人正是汤姆。

哈利虽然怀疑汤姆很久了，但听见罗伊亲口证实，依然大受震撼，因为这代表汤姆在犯罪特警队里还有其他潜藏的同伙。王子不可能在没有支援的情况下支撑如此庞大的犯罪网络。这也代表哈利谁都不能相信。因此哈利对罗伊的证词三缄其口，他知道自己只有一次机会，必须一口气揭穿整个肮脏内幕，而且必须十分有把握能将整个犯罪网络连根拔起，否则他将会面对极为艰难的处境。

这就是哈利展开秘密调查的缘故，他将案情进展保护得密不透风，绝对不让汤姆获知任何消息。哈利不知道将案情透露给谁是安全的，因此调查工作比他想象中更艰难。他必须等其他人都下班了，才能在资料库里进行地毯式搜索，连上内部网络，打印出所有他知道和汤姆有往来的人的电子邮件和通话记录。到了下午，哈利会把车停在青年广场附近，坐在车上监视赫伯特比萨屋。赫伯特比萨屋是新纳粹党员聚会的场所，哈利推断这家店也被拿来当作军火走私的交易场所，但他这个推断却没查到任何线索，于是他转而对汤姆和几个党羽撒下调查网。他把注意力放在那些经常去厄肯区靶场练枪的人，保持安全距离跟踪在后，还把车停在他们家门外。当他们在屋内呼呼大睡时，他却坐在车上瑟瑟发抖，直到清晨才精疲力竭地回到萝凯家。过了一阵子，萝凯要他值两轮班的时候回自己家里睡。他没跟萝凯说他值的夜勤不在记录上、不在班表上、不让上司知道，也几乎不让自己留下痕迹。

他开始值一种别出心裁的班。

首先，他前往赫伯特比萨屋，每晚都去跟店里的客人聊天，请他们喝一轮又一轮的啤酒。店里的客人当然知道哈利是警察，但免费啤酒不喝白不喝，所以他们喝哈利的啤酒，对哈利摆出笑脸，嘴上却不透一丝口风。哈利逐渐摸清他们其实什么都不知道，但他还是继续去，自己也不知道为什么，也许是因为他觉得赫伯特比萨屋十分靠近虎穴吧。只要他有点耐心，说不定哪天老虎就会出现。然而汤姆及其党羽一次也没出现过。哈利于是回去监视汤姆住的公寓。

一天晚上，气温零下二十摄氏度，街道寂静，有一个身穿短薄夹克的男子朝哈利停车处的方向走来。从男子左摇右摆的步伐看来，这是个十足的瘾君子。男子站在汤姆那栋公寓的大门口，左瞧瞧右看看，然后拿出一根撬棒，开始攻击门锁。哈利坐在车上，把这一幕看在眼里，心知如果自己出面制止，他的监视行动就会曝光。男子可能嗑了太多的药，无法把撬棒正确地嵌在门锁上，以致当他往下用力一扳时，一大块木片从门板上飞了出去，还夹带着碎裂声响。就么一扳，男子一屁股坐倒在街口的雪堆里，而且一坐不起。许多扇窗户亮起灯光，汤姆家的窗帘也晃了晃。哈利等待着。没有任何动静。外头气温零下二十摄氏度。汤姆家的窗户依然亮着。那瘾君子一动不动。事后哈利经常回想，当时他到底应该怎么做。他的手机电池因为气温太低而无法正常运作，因此他无法打电话求援。他等待着。

时间一分一秒过去。该死的瘾君子。外头气温零下二十摄氏度。他妈的瘾君子。哈利当然可以驾车前往医院急诊室，告诉值班人员说有个瘾君子坐在这里的雪堆中。这时哈利看见门口有人影晃动，仔细一看竟是汤姆。汤姆身穿睡袍，脚穿靴子，双手戴着连指手套，模样十分滑稽，手中还拿着两条羊毛毯。哈利看见汤姆检查那瘾君子的脉搏和瞳孔，然后用毛毯把他裹住。哈利简直不敢相信自己的眼睛。汤姆站在原地挥动双臂，保持温暖，同时朝哈利停车处的方向望来。几分钟后，一辆救护车驶来，在那栋公寓前停了下来。

那天晚上哈利回到家，在高背沙发椅上坐下，点燃一根烟，聆听拉格摇滚客乐队和爵士乐手艾灵顿公爵的音乐。接着他出门上班，也不管身上那套衣服已经穿了四十八小时。

四月某个晚上，萝凯和哈利第一次吵架。哈利在最后一刻取消了他们的周末旅行，萝凯说这已经是他最近第三次说话不算话了，他没有信守他答应过欧雷克的事。哈利指责萝凯把欧雷克拿来当借口，她只不过是要哈利把她摆在第一位，满足她的需求，而把追缉杀害爱伦的凶手这件事摆在后头。萝凯说爱伦早已成为一缕游魂，但他却把自己封闭起来，守着一具尸体，这样实在太不正常了。萝凯还说哈利只是不断啃食这出悲剧罢了，简直就跟恋尸癖没有两样，而且他的驱动力并非来自爱伦，而是来自他复仇的私欲。

"你受了伤，"萝凯说，"现在你舍弃一切只是为了复仇。"

哈利在屋子里大发雷霆，却突然瞥见欧雷克穿着睡衣、红着眼眶站在楼梯栏杆后。

之后哈利就不再做任何和追查凶手没有直接关联的事。他压低台灯阅读电子邮件，盯着独栋住宅或住宅街上昏暗的窗户，等待永远不会从门里出来的人，每天只抽空回苏菲街的家睡上几小时。

白昼渐长渐亮，哈利却毫无进展。一天晚上，他的童年噩梦突然再度出现，梦中，妹妹的长发被夹住，脸上露出恐怖的表情。哈利吓得全身僵硬。

第二天晚上噩梦再度出现，接下来的晚上他又做了同样的噩梦。

爱斯坦·艾克兰是哈利的童年好友，不开出租车时就在马力克酒吧喝酒，他说哈利看起来累坏了，他可以提供一些便宜的安非他命。哈利一口回绝，继续搜查，坚持不懈。

关系的崩坏只是早晚而已，一件平凡无奇的事，例如未付账单，就能成为导火线。五月底的一天，他在办公椅上被电话铃声吵醒。萝凯在电话里说旅行社提醒她，他们还没支付诺曼底农庄的租赁费用。旅行社表示愿意等他们一星期，之后就会把农庄租给别人。

"最后期限是星期五。"这是萝凯挂电话前说的最后一句话。

哈利去厕所用冷水洗了把脸，看着镜中的自己。他那头修剪得整整齐齐、被水打湿的金色短发下是一双布满血丝的眼睛，眼睛下面是深色眼袋，眼袋下方是扭曲凹陷的双颊。他试着微笑。镜中的黄牙对他回以微笑。他认不出镜中的自己。哈利知道萝凯说得没错：期限到了。对他和爱伦以及他和汤姆而言，期限到了。

同一天，哈利去找跟他最亲近的上司毕悠纳·莫勒。莫勒是哈利在警察总署唯一百分之百信任的人。哈利告诉莫勒他想要的，莫勒时而点头，时而摇头。幸好莫勒说这件事超出他的权限，哈利必须直接去找总警司，不过莫勒心想哈利去找对方之前应该三思。哈利离开莫勒的方形办公室，直接前往克里波刑事调查部部长的椭圆形办公室。他敲了敲门，走了进去，开始述说有目击证人看见汤姆和斯韦勒在一起，而且在逮捕行动中击毙斯韦勒的不是别人，正是汤姆。仅此而已。哈利花了五个月辛苦调查，花了五个月辛苦跟踪监视，让自己在这五个月处于疯狂边缘，查出来的只有这些。

总警司问哈利，他认为汤姆杀害爱伦的动机可能是什么。

哈利回答爱伦正在调查危险情报，爱伦遇害当晚曾在他的答录机里留言，说她知道谁是王子了。她知道非法走私枪支的头目的姓名，这个头目让奥斯陆犯罪分子拥有制式手枪，得以全副武装。

"可惜我回电话给爱伦的时候已经太迟了。"哈利说，试图解读总警司脸上的表情。

"那斯韦勒呢？"总警司问。

"我们发现斯韦勒嫌疑重大之后，王子就杀了斯韦勒灭口，好让他不能泄露杀害爱伦的凶手是谁。"

"你说这个叫'王子'的是……"

哈利又说了一次汤姆的名字。总警司不发一语，点了点头，然后说："是我们自己人，署里最为人敬重的警监。"

接下来十秒钟，哈利觉得自己仿佛坐在真空中，四周没有空气，没有声音。他知道自己的警察生涯在此时此地算是结束了。

"好吧，哈利，我先来见见你这个证人，再决定下一步要怎么做。"总警司站了起来，"我想你应该明白，在你没有收到进一步通知之前，这件事必须保密。"

"我们要在这里待多久？"

哈利被出租车司机说的话吓了一跳。他睡着了。"回去吧。"他说，望了那栋木造大宅最后一眼。

出租车沿着基克凡路往回行驶，这时哈利的手机响了起来。电话是贝雅特打来的。

"我想我们找到凶器了，"贝雅特说，"你说对了，凶器是手枪。"

"那要恭喜我们两个人了。"

"呃，凶器不难找，就在洗脸盆底下的垃圾桶里。"

"制造厂商和编号？"

"格洛克23手枪，编号被锉平了。"

"锉痕呢？"

"如果你是想知道，锉痕是否跟目前我们在奥斯陆最常查扣到的小型枪支上的一样，答案是'是'。"

"知道了。"哈利把手机换到左手，"我不明白的是你为什么打电话来告诉我这些，这又不是我的案子。"

"我可没那么确定，哈利。莫勒说……"

"莫勒跟他妈的整个奥斯陆警署可以去死了！"哈利被自己的刺耳话声吓了一跳，他看见后视镜中隐约浮现的司机的眉毛变成 V 字形，"抱歉，贝雅特。我……你还在吗？"

"嗯哼。"

"我现在情绪不太稳定。"

"我可以等。"

"什么可以等？"

"又不急。"

"别这样。"

贝雅特叹了口气。"你有没有注意到卡米拉的眼皮肿了起来？"

"我注意到了。"

"我本来想说凶手可能打过她，或是她跌倒造成的，结果那不是肿起。"

"哦？"

"法医按压肿胀处，结果很硬，所以他拉起她的眼皮，你知道他在卡米拉的眼球上发现了什么吗？"

"呃，不知道。"

"一颗小小的红色宝石，切割成星形。我们认为那是一颗钻石。你有什么想法？"

哈利吸了口气，看了看表。苏菲酒吧还有三小时才打烊。

"我想这不是我的案子。"哈利说，关掉了手机。

6

星期五　　水

天气干旱。我看见那个警察离开了酒吧。水可以解渴。雨水，河水，羊水。

他没看见我，蹒跚地走在伍立弗路上，想拦出租车。没有人愿意载他。他像个焦躁不安的灵魂在河岸徘徊，没有船夫愿意载他渡河。我有过这种经验，知道那是什么感觉。你养育的人反过来迫害你。就那么一次，轮到你在人生中需要帮助，却被人拒绝，没有人愿意帮助你。你发现你受到践踏，却没有人可以让你践踏。你静静地思索你必须做的事。矛盾的是，有个出租车司机怜悯你，你却对他毫不留情。

7

星期二　　免职

哈利走到商店最里头，打开放牛奶的冰柜的玻璃门，俯身探入冰柜，拉高 T 恤，闭上眼睛，感觉肌肤迎着冰凉的空气。

天气预报说今晚有如热带般炽热。店里寥寥无几的顾客渴求着烧烤、啤酒和矿泉水。

哈利从她的发色认出了她。她站在肉类柜台前，背对哈利，宽阔的背部完美地收束在牛仔裤中。她转了个身，哈利看见她身穿斑马条纹上衣，就跟她那件豹纹上衣一样贴身。菲毕卡·克努森改变心意，把熟牛肉放回柜台，又把购物推车推到冷冻柜台前，拿起两包鳕鱼片。

哈利拉下 T 恤，关上玻璃门。他不想买牛奶，也不想买鳕鱼。基本上他想买的很少，只想买点吃的。他来买食物并非出于饥饿，而是替胃着想。昨天，他的胃开始给他惹麻烦。根据经验，他知道自己再不吃点固态食物的话，就会连一滴酒精都无法保留在胃里。他的推车里有一条全麦面包，一个褐色纸袋里装有从对街的挪威酒品专卖店买来的一瓶酒。他又拿了半只鸡和六瓶装汉莎啤酒，在水果柜台旁焦躁地徘徊许久，最后才加入结账队伍，正好排在菲毕卡后方。这并非刻意，但也不是纯属巧合。

菲毕卡半转过身，没看见哈利，她皱了皱鼻子，可能是闻到了某处飘来的浓烈气味吧，哈利无法完全排除这种可能性。菲毕卡向女收银员要了一包二十支装的王子牌淡烟。

"我以为你正在戒烟。"

　　菲毕卡转过身来，面露讶异之色，仔细打量哈利，勉强给了他三个微笑。第一个微笑是反射性的，一闪即逝。第二个微笑是因为她认出了哈利。结账之后的第三个微笑则是出于好奇。

　　"你看起来像是要办派对。"菲毕卡把她买的东西装进塑料袋中。

　　"很接近。"哈利咕哝着，报以微笑。

　　菲毕卡把头歪到一边，身上的斑马条纹跟着移动："有很多客人？"

　　"几个而已，全都是不请自来的。"

　　女收银员把零钱找给哈利，哈利朝救世军的捐献箱点了点头。

　　"你可以请他们出门，不是吗？"菲毕卡脸上的微笑弧线这次上扬到了眼角。

　　"当然可以，只不过这几个客人没那么容易打发。"

　　哈利拿起袋子，占边威士忌在袋子里跟六瓶汉莎啤酒互相敲击，发出欢快的声响。

　　"哦？老酒友吗？"

　　哈利的视线在菲毕卡身上徘徊。菲毕卡似乎熟知这方面的事，这让哈利更觉纳闷，因为菲毕卡跟一个看起来相当简朴严肃的男人同居，或者说得更精确一点：这样一个简朴严肃的男人会跟菲毕卡同居，真是怪事一桩。

　　"我没有好哥们。"哈利说。

　　"那一定是女人了，那种不肯轻易放手的类型。"

　　哈利原本想帮菲毕卡开门，不料却发现是自动门；这家店他都来过上百次了。两人踏上门外的人行道，停下脚步，相向而立。

　　哈利不知道该说什么，也许因为这样，他才会说："一共有三个女人，如果我喝得够多，她们也许会离开。"

　　"什么？"菲毕卡以手遮眉，阻挡阳光。

　　"没什么。抱歉。我只是把脑袋里想的说出来而已。也就是说，我没有那么……我只是边想边说，瞎说而已……我……"哈利不明白菲毕卡为什么还站在他面前。

"他们整周都在楼梯间跑上跑下的。"菲毕卡说。

"谁？"

"应该是警察吧。"

哈利渐渐想起上次他去卡米拉家已经是上星期的事了。他朝商店窗户瞥了一眼，想看看自己的模样。已经过了一个周末？现在他看起来是什么样子？

"他们什么都不跟我们说，"菲毕卡说，"报上也只说警方还没掌握任何线索，这是真的吗？"

"那不是我的案子。"哈利说。

"哦。"菲毕卡点了点头，然后微笑，"你知道吗？"

"知道什么？"

"其实这可能是件好事。"

哈利想了几秒才明白菲毕卡话中之意。他哈哈大笑，笑声逐渐转为短促的干咳。"真奇怪，我从来没在这家店见过你。"哈利等咳嗽平息之后说。

菲毕卡耸了耸肩："谁知道？说不定我们很快就会再见面。"

菲毕卡对哈利露出灿烂的笑容，抬脚离去，手中塑料袋和臀部左摇右摆。

很快就会见面才怪。哈利愤怒地想，随即心头一惊，心想自己该不会又把脑袋里的想法给说出来了吧。

一名男子肩上挂着夹克，一手按着腹部，坐在苏菲街一栋公寓的大门口，衬衫胸口和腋窝都有深色的汗湿痕迹。男子一见到哈利就站了起来。

哈利吸了口气，用钢铁般的坚硬外壳将自己包裹起来。是莫勒。

"哈利，我的天！"

"这句话奉还给你，老大。"

"你有没有看见自己变成了什么样子？"

哈利取出钥匙："是不是身材没有保持在最佳状态？"

"上周末我们派你去支援卡米拉命案，可是你不见人影，今天你甚至没去上班。"

"我睡过头了，老大，跟你认为的事实没有相差太远。"

"那几个星期你只在星期五露过脸，也都是睡过头吗？"

"也许吧。一周后我去过署里。还有我打电话回队上，才知道有人把我的名字排在休假人员名单中。我想那应该是你做的吧。"

哈利步履艰难地走进门廊。莫勒的鞋跟重重地踩在地上。

"我完全没有选择余地，"莫勒说，呻吟了一声，用手按着腹部，"哈利，你有四周没去上班！"

"呃，那只不过是宇宙的十亿分之一秒……"

"那四周你去了哪里，连一句话也没交代！"

哈利有点困难地找寻锁孔，插入钥匙："现在。"

"现在什么？"

"现在交代：我在这里。"

哈利推开家门，扑鼻而来的是混合了啤酒、烟蒂和腐坏垃圾的酸臭味。"你知道我都待在家里，会感觉更好吗？"哈利走进门，莫勒迟疑了一会儿才跟了进去。

"老大，你不用脱鞋。"哈利在厨房高声说。

莫勒的眼珠转了转，穿过客厅，留意脚下，避免踩到空酒瓶、堆满烟蒂的烟灰缸和旧黑胶唱片。

"哈利，你坐在这里喝酒喝了四个星期？"

"还有休息，老大，我休息了很长一段时间。再怎么说我也是在休假，不是吗？上周我几乎滴酒未沾。"

"哈利，我有坏消息要告诉你。"莫勒高声说，伸手打开窗钩，急切地去推窗户。推到第三次，窗户终于弹开。莫勒呻吟一声，松开腰带，解开裤腰最上方的纽扣。他转过身来，看见哈利站在客厅门边，手里拿着一瓶开了的威士忌。

"家里很乱吧？"哈利说，注意到身为总警监的莫勒松开了腰带，"我是要被鞭笞还是要被强暴啊？"

"我消化迟缓。"莫勒解释说。

"嗯，"哈利盖上威士忌酒瓶的瓶盖，"消化迟缓，很有趣的名词。最近我的胃也有点不舒服，所以我从书上了解了一下消化迟缓。肠胃消化食物的时间大概是十二到二十四小时，不管是什么人吃什么食物都一样。你的胃可能会继续疼，但你的肠子已经不需要再继续消化。"

"哈利……"

"老大，你要来一杯吗？还是说你一定要用干净的杯子？"

"哈利，我是来告诉你，一切到此为止了。"

"你要辞职了？"

"别再用这种口气说话了！"莫勒猛力往桌上一捶，震得空酒瓶跳了起来。他随即瘫坐在绿色扶手椅中，伸手抹了抹脸："哈利，我已经多次不顾自己的工作救你。我的生命中有比你更亲近的人，我必须抚养这些人。到此为止了，哈利，我没办法再帮你了。"

"好。"哈利在沙发上坐下，在玻璃杯里斟上威士忌，"老大，没人请你帮我，不过这些日子以来多谢你了。Skål（干杯）。"

莫勒深深吸了口气，闭上双眼："哈利，你知道吗，有时候你是世界上最傲慢、最自私、最无知的烂人。"

哈利耸了耸肩，将酒一饮而尽。

"你的免职处分我已经写好了。"莫勒说。

哈利又斟了酒。

"已经呈给总警司了，现在只差他签名。你知道这代表什么吗，哈利？"

哈利点了点头："老大，你确定你离开前不喝点酒吗？"

莫勒站了起来，在客厅门边停下脚步："哈利，你不知道我看见你这样有多心痛。萝凯和工作是你的一切。你先是践踏萝凯，现在又践踏你的工作。"

四周前我践踏了这两者，哈利在脑子里高声宣布。

四十五分钟后，哈利在椅子上睡着了。

有人来找过他，但不是平常出现的那三个女人，而是总警司，确切的时间是四星期又三天前。

总警司亲自跟哈利约在拳手酒吧碰面。拳手酒吧是专门服务"饮君子"的酒吧，离警察总署很近，离贫民窟更是只要摇晃几步路就到了。约在拳手酒吧碰面的只有总警司、哈利和罗伊·柯维斯三个人。总警司对哈利解释，说他们约在那里是因为案子没有进入正式程序，所以最好尽量以非正式的方式进行，好让他有回旋空间。

至于哈利的回旋空间，总警司只字未提。

哈利迟了十五分钟才抵达拳手酒吧。总警司已坐在酒吧深处的桌子旁，面前摆着一杯啤酒。哈利坐下时感觉到总警司的视线朝他射来。总警司的蓝色眼睛在深邃眼窝中炯然生光，双眼中间是傲慢的尖鼻子。他有一头浓密的灰发，体态挺拔，身材以他这个年纪来说颇为清瘦。年龄六十来岁，是那种让人难以想象曾经年轻过的人，但是看起来却也不显老。犯罪特警队里大家都称呼总警司为"总统"，因为他的办公室是椭圆形的，而且他说话的样子也像个总统，尤其是在公众场合。不过这个称号大家都"尽可能私底下叫"。

只见总警司的薄唇张了开来："你一个人来的？"

哈利向女服务生点了一瓶法耶牌矿泉水，拿起桌上的菜单，从第一页细细看起，同时随口回答，仿佛说的是无关痛痒的小事："他改变心意了。"

"你的证人改变心意了？"

"对。"

总警司啜饮了一口啤酒。

"过去五个月来他都说愿意出面指认，"哈利说，"前天他还这样说。这里的猪蹄好吃吗？"

"他是怎么说的？"

"我们约好今天在费城教派集会后碰面，一见面他就跟我说他改变心意了，而且他判断跟斯韦勒一起坐在车里的人不是汤姆。"

总警司直视哈利，视线在哈利脸上逗留片刻，然后拉开外套袖口，看了看表。哈利心想这个动作表示这场会面已有结论。

"这样的话我们别无选择，只能假设你的证人看到的是别人，而不是汤姆。你有什么其他想法？"

哈利吞了口口水，接着又重复一次，眼睛盯着菜单："我想点猪蹄。"

"点吧。我得先走，记在我账上就好。"

哈利笑了一声："长官，你人真好，但老实说我有个可怕的预感，我觉得最后可能还是得自己买单。"

总警司蹙起眉头，再开口说话时声音微微颤动，显然动了怒："霍勒警监，我可以直说吗？大家都知道你跟瓦勒警监相互看不顺眼，那天你来我办公室对他做出那么离奇的指控，我就怀疑你的判断力是不是受到个人情绪蒙蔽。从我的角度来看，现在我的怀疑已经被证实了。"

总警司将那杯未喝完的啤酒推离桌缘，站起身来，扣上外套扣子："霍勒警监，现在让我清楚扼要地告诉你，杀害爱伦·盖登的凶手已经死亡，本案到此结束。你或其他人都未能提出实质性的新证据，证明这件命案有必要继续调查。你只要再碰一次这件案子，就会被视为违抗命令，我会亲自签发你的免职令，送交警察任命委员会。我跟你这样说并不是因为我想对贪腐警察睁一只眼闭一只眼，而是因为我必须维持一定程度的警察士气。不管理由是什么，我们都不能容忍有警察窝里斗。要是让我发现你还有任何指控瓦勒警监的企图，你会立刻被免职，案子也会交给独立警察调查机构调查。"

"什么案子？"哈利低声问，"瓦勒对盖登案？"

"霍勒对瓦勒案。"

总警司走后，哈利呆坐原地，凝视那杯喝了一半的啤酒。哈利可以按照总警司说的话去做，但什么都不会改变。无论之前发生过什么事，到此都算结束了。他失败了，如今他成了队里的危险人物，是个偏执的背叛者，是个嘀嗒作响的定时炸弹，他们一找到机会就会把他踢走，现在就看他要不要给他们这个机会。

女服务生端上一瓶法耶牌矿泉水，问哈利需不需要点餐或添加其他饮料。哈利舔了舔嘴唇，脑子里思绪如潮，相互冲击。现在就等他给他们一个机会，剩下的自有人料理。

哈利把那瓶法耶牌矿泉水推到一旁，回答了女服务生。这是四星期又三天前发生的事，也是一切的起点和终点。

第二部

"你知道吗，哈利？没有任何东西可以帮你渡过这个难关，呃，只有一样东西可以。"

"我知道，"哈利说，"一发子弹。"

"只有你自己，我要说的是你自己。"

8

星期二和星期三　　松狮

星期二，奥斯陆阴凉处的气温升到二十九摄氏度，到了下午三点，上班族已准备前往霍克和维尔布达的海滩游玩。汗流浃背的观光客拥向阿克尔港和维格兰雕塑公园的露天餐厅，先去和生命之柱合影，尽完观光义务，再往喷泉雕塑缓缓移动，希望微风可以送来冰凉的水雾，飘落到身上。

观光客必经路径以外的道路十分安静，仅有的生命迹象也只是缓缓移动。修路工赤裸上身倚着机器，国立医院周围工地脚手架上的泥水匠俯瞰着荒凉的街道，出租车司机把车子停靠在阴凉处，聚在一起谈论伍立弗路发生的命案。只有奥克许街看得见活动增加的迹象。这时正值新闻淡季，专走腥膻路线的小报贪婪地消费最近这起谋杀案。报社编辑的同事多半度假去了，只好动用所有人力资源前去采访命案新闻，从暑假打工的新闻系学生到闲来无事的政治评论家全员出动，逃过一劫的只有文化线记者。

街上依然比平常安静。也许是因为《晚邮报》从原本位于市中心奥克许街的旧址搬到了新办公大楼，这栋大楼可以称为邮政大楼、晚邮报大楼或邮政吉罗大楼，随便你怎么称呼。这栋大楼是小镇版摩天楼，外观丑陋，尖尖地指向晴朗无云的蔚蓝天空。碧悠维卡区建筑工地北端的金褐色巨石已经修整一新，但犯罪线记者罗杰·钱登眼中仍只看见瘾君子喜欢聚集的"布拉达广场"，以及棚屋后方的户外毒品注射场；一只只毒虫在那里满怀希望勇敢面对新世界。

有时罗杰发觉自己俯瞰窗外，是想看看托马斯是否也在注射场里，但其实托马斯正在乌勒斯莫监狱服刑，原因是他去年冬天意图闯入一名警察的住处。一个人要多么疯狂或多么不顾一切才会想闯进警察的家？无论如何，罗杰不必担心会突然发现弟弟托马斯正在对自己的手臂注射过量毒品。

《晚邮报》尚未正式指派新的犯罪线编辑。前任犯罪线编辑由于报社精减人员而被遣散，早已开开心心拿了遣散费走人。尔后犯罪新闻就只被归在"新闻"这个大分类项目下，实际上这表示罗杰必须扛下犯罪线编辑的职务，领的却是基层记者的薪水。罗杰坐在办公桌前，手指搁在键盘上，眼睛看着一个女子微笑的脸庞。这名女子的照片被他扫描进电脑作为屏保。这时他脑子里想的全是她。蒂凡已经是第三次收拾行李离开罗杰位于塞路斯街的住所，他知道蒂凡这次不会回来了，他应该继续过日子。他进入控制面板，删除了这个屏保。这是个开始。最近这段时间他负责采访一件海洛因的案子，但他把这案子先放到了一边，这样很好，他讨厌撰写有关毒品的报道。蒂凡强烈认为罗杰讨厌写毒品新闻是因为托马斯。此时罗杰想把蒂凡和弟弟托马斯逐出脑海，好专心写他应该写的新闻稿。

他正在总结伍立弗路命案的细节。目前案情仍有待深入调查，也许警方还会发现新证据或一两名嫌犯。他十分享受这短暂的喘息时间。写这则新闻稿是件简单的事。从各个角度来看，这都是一起吸引人的案子，具备犯罪线记者喜爱的所有素材。

死者是二十八岁的年轻单身女子，在光天化日下，于星期五在自家浴室遭人枪杀。家中垃圾桶起出的手枪被证实是凶器。邻居什么都没看见，也没人看见有可疑陌生人在当地徘徊，只有一个邻居声称听见像是枪响的声音。现场没有闯入迹象，警方正在搜集证据证明卡米拉自己开门让凶手进去，但卡米拉的朋友或她认识的人当中没人有嫌疑，而且这些人或多或少都有完美的不在场证明。卡米拉在李奥伯内公司担任平面设计师，案发当天下午四点十五分下班回家，六点要去"艺术人之家"美术馆门口跟两个朋友碰面，因此她不太可能邀请任何人去她家。同样也不太可能有人去按卡米拉家的门铃，谎报身份摸进公寓，因为卡米拉可以透过门口对讲机的摄像头看见访客的容貌。

报社主编以"变态杀人魔"和"嗜血恶邻"为头条已经够糟了，警方进一步透露的两条线索更是火上浇油，让头版增添两条耸动标题："卡米拉·洛恩的手指惨遭截断"和"眼皮内藏星形红钻"。

罗杰开始撰写结语，刻意用现在式来书写已经发生的事，希望带来戏剧化的强调效果。但他发现案情本身就很耸动，根本不需要多此一举，便将已写好的内容全部删去。他双手抱头坐了一会儿，按了两下屏幕上的回收站图标，把光标移到"清理回收站"上，然后迟疑不决。他只有这么一张蒂凡的照片。蒂凡在他家遗留的痕迹已被清除得一干二净，他甚至还把借给蒂凡穿的羊毛睡衣洗得干干净净。他喜欢穿这件睡衣，因为上面有蒂凡的气味。

"拜拜。"他轻声说，按下鼠标键。

他重读一遍引言，决定把"伍立弗路"改成"救世主的墓园"，救世主的墓园听起来比较顺。接着他便开始动笔，这回写得十分流畅。

晚上七点，太阳虽然还在无云的天际大放光芒，人们却已开始不情不愿地离开海滩，踏上回家的路。到了晚上八点，然后是九点。戴着太阳镜的人仍在户外喝啤酒，无露台餐厅的服务生只能玩弄着自己的大拇指。晚上九点半，挂在伍拉森车站上空的太阳变得红通通的，不一会儿便沉入地平线下。但气温并未跟着下降。夜晚十分燥热，人们从餐厅和酒吧回到家中，清醒地躺在床上，让汗水浸湿床铺。

在奥克许街，截稿时间节节进逼，编辑人员坐下来对头版进行最后一次讨论。警方并未宣布任何新事项，倒不是他们有所保留，而是案发已经四天，警方似乎没什么可以公布的。从另一方面来说，警方保持缄默却让罗杰和他的同事拥有了更大的臆测空间。这正是发挥创意的时候。

　　大约同一时间，奥普索一栋房子里的电话响起，这栋房子的外墙由黄色原木构成，旁边是一座苹果园。贝雅特从被子里伸出一只手臂，心想住在楼下的母亲会不会被电话铃声吵醒。

　　"你在睡觉吗？"一个嘶哑的声音说。

　　"没有，"贝雅特说，"有人在这个时间睡觉吗？"

　　"说的也是。我刚醒来。"

　　贝雅特在床上坐了起来。

　　"你怎么了？"

　　"还能怎么样？呃，很糟，可以说很糟。"

　　一阵静默。哈利的声音距离贝雅特似乎十分遥远，但不是电话连线造成的。

　　"鉴定组那边有没有新消息？"

　　"全都写在报纸上了。"贝雅特说。

　　"报纸？"

　　贝雅特叹了口气："都是你已经知道的。我们在地板上采集了指纹和DNA，但目前似乎都并未清楚地指出凶手。"

　　"我们不知道凶手是不是预谋杀人。"哈利说。

　　"凶手……"贝雅特打了个哈欠。

　　"查出那颗钻石的来源了吗？"

　　"正在查。我们去问过珠宝商，他们说红钻石不算少见，但挪威的需求量很低，所以他们怀疑那颗红钻石可能不是挪威珠宝商进口的。如果来自国外，凶手是外国人的可能性就会提高。"

　　"嗯。"

　　"怎么了，哈利？"

哈利大咳几声："我只是想知道最新进展而已。"

"我记得你上次说这不是你的案子。"

"的确不是。"

"那你想干吗？"

"呃，我醒来是因为我做噩梦了。"

"要我去哄你上床吗？"

"不用。"

又一阵静默。

"我梦到卡米拉，还有你发现的那颗红钻石。"

"是吗？"

"对。我认为红钻石有某种象征意义。"

"什么意思？"

"我也不是很确定，不过你知道，古时候尸体下葬时会在眼睛上放钱币吗？"

"我不知道。"

"那是付给船夫的渡资，好让船夫把灵魂送到亡者的国度。灵魂如果没有被送到亡者的国度，就永远不会安息。你可以朝这方面去想。"

"谢谢你提供这么有智慧的解说，可是哈利，我不相信鬼魂。"

哈利并不答话。

"还有什么事吗？"

"只有一个小问题。总警司是不是这周开始休假？"

"对，他这周开始休假。"

"你不会刚好知道……他什么时候回来吧？"

"三个星期后。你呢？"

"我怎样？"

贝雅特听见打火机发出的咔嚓声，叹息道："你什么时候回来？"

她听见哈利吸了口气。他屏住呼吸，又缓缓吐气，然后才说："你不是说你不相信鬼魂？"

贝雅特挂上电话时，莫勒正因胃痛而醒来。他躺在床上翻来扭去直到清晨六点，终于放弃再度入睡，下了床。他慢悠悠地吃了一顿早餐，没喝咖啡，立刻觉得胃舒服多了。八点刚过，莫勒抵达警署，这时胃痛已完全退去。他搭电梯来到办公室，带着庆祝的心情把双腿一晃，放上了办公桌。他喝下第一口咖啡，开始聚精会神地阅读今天的报纸。

《每日新闻报》头版登出卡米拉面带微笑的照片，标题写着："秘密情人？"《世界之路报》登的是同一张照片，头版标题写的却是"灵媒看见嫉妒之火"。只有《晚邮报》比较关心事实。

莫勒摇了摇头，朝手表看了一眼，然后拨打汤姆的电话号码。时间抓得正好，汤姆刚和负责侦办卡米拉命案的警探开完早会。

"案情没有突破，"汤姆说，"我们挨家挨户做过访问，问过附近所有商家，查过那个时段在附近的出租车，跟报案者聊过，清查过跟卡米拉交恶的老朋友的不在场证明，结果呢，这样说好了：没有一个人可以被列为嫌犯。坦白说，我认为凶手没有前科。死者没有受到性侵害的迹象。屋里的财物都原封不动。没有发现似曾相识的作案特征或手法，像是切断手指或留下钻石……"

莫勒觉得胃部出现异状，暗自希望只是饿了："就是说没有好消息可以报告了？"

"麦佑斯登区警局派了三个人过来，所以现在我们一共有十个人在厘清案情，克里波的技术人员也在帮贝雅特过滤他们在案发现场发现的物证。现在是休假期间，可是我们人手充足，这样算不算是好消息？"

"谢啦，汤姆，希望一直维持这样。我是指人手充足的部分。"莫勒挂上电话，准备继续看报，但先转头朝窗外看了一眼。不料这一眼让他的头停留在一个不舒服的角度上，双眼盯着警署外的草地。只见一个身影走在格兰斯莱达街上，那人走得不快，但至少是走在直线上，而且从行进方向来看，无疑是朝警署走来。

莫勒站起身来，走进走廊，高声吩咐珍妮立刻拿更多咖啡和一个咖啡杯进来。他回到桌前坐下，从抽屉里匆匆拿出一些旧档案。

三分钟后，莫勒的办公室响起敲门声。

"请进！"莫勒大喊，低头看着一封申诉信，并未抬头。那封申诉信洋洋洒洒写了十二页，申诉人是个狗主人，在信中控诉船运街一家宠物诊所注射错误药剂，害死了他的两只松狮犬。门打开了，莫勒随便招了招手，要门外的人进来，然后翻到下一页，下一页写的是那两只松狮的品种和参赛获奖记录，狗主人还称赞它们有多么聪明。

"不会吧，"莫勒最后终于抬头说，"我以为我们已经把你开除了。"

"这个嘛，我的免职书还躺在总警司的桌子上，而且会躺上三周，所以我想这段时间来上个班好了。老大，你说呢？"哈利拿起珍妮拿来的咖啡壶，倒了一杯咖啡，端着杯子绕过莫勒的办公桌来到窗边，"不过这并不表示我会去办卡米拉命案。"

莫勒转头凝视哈利。这种情况莫勒见过几次，前一天哈利还半死不活，第二天却踱步自如，宛如红眼的拉撒路①。尽管如此，莫勒仍然每次都惊讶不已。

"哈利，如果你以为我说要免职是吓唬你，那你就错了。这次不是警告，而是定案。每次你违抗命令，都是我想办法让你受到最轻微的处罚，因此，我不能再逃避我的职责。"

莫勒在哈利眼中找寻恳求的眼神，幸好并未找到。

"就是这样，哈利，到此为止。"

---

① 《圣经·约翰福音》中，拉撒路因病而死，耶稣将他复活。

哈利并不答话。

"还有，趁我记得的时候告诉你，你的枪支执照已经被撤销了，立刻生效。这是标准程序。你今天得去一趟军械室，缴回你身上带的所有警用配件。"

哈利点了点头。犯罪特警队队长莫勒仔细打量哈利，他是否在哈利脸上发现一丝困惑的神情？仿佛一个男学生脸上意外地被打了一拳？要看出哈利的心思不是件简单的事。

"如果你想在最后这几个星期回来上班，帮我们一点忙，我完全没意见。反正你还没有被停职，薪水也得付到月底。要不然，你也可以一直呆坐在这里。"

"好吧，"哈利咕哝着站了起来，"我去看看我的办公室还在不在。老大，你需要我帮忙再跟我说。"

莫勒脸上掠过一抹满足的微笑："好，我会再跟你说。"

"松狮犬那件案子也可以。"哈利说，在身后静静把门带上。

哈利站在门口，凝望他和哈福森共享的办公室。哈福森的办公桌就摆在他的办公桌旁边。哈福森休假去了，那张桌子收拾得很干净。档案柜那一侧的墙壁上挂着爱伦·盖登警官的照片，照片中爱伦坐在哈福森现在坐的位置上。另一面墙壁几乎被一张奥斯陆街道地图占满，地图上有许多大头针、线条和时间，标明爱伦遇害当时，爱伦、斯韦勒和罗伊所处的位置。哈利走到地图墙前，伸手把地图撕了下来，塞进档案柜的抽屉里。他从夹克口袋里取出一个银制扁酒壶，迅速喝了一口，然后把额头抵在档案柜冰凉的金属表面上。

他在这间办公室工作十多年了。六〇五室。六楼红区最小的办公室。即使上级突发奇想擢升他为警监，他也坚持留在这间办公室里。六〇五室没有窗户，但他就从这里观察世界。在这十平方米的空间中，他学会办案技巧、庆祝胜利、饮恨吞败，对人类心智有过少许洞见。他试着回想这十多年来自己还做了哪些事。他一定还做了一些其他的事。他一天只工作八到十小时，至少没超过十二小时，周末也来上班。

哈利在那把破旧的办公椅上坐下，受损的弹簧欢悦地尖叫了一声。他可以在这把椅子上再快乐地坐两个星期。

下午五点二十五分，通常这个时间莫勒已回家陪伴妻儿，但这几天他们去探望祖母了，因此莫勒决定好好利用这段安静的长假，把没做完的文书工作解决。他这个计划多少被伍立弗路发生的枪击命案打断，但他决心要把被占用的时间补回来。

勤务中心打来电话，莫勒接了起来，语气十分不耐烦，说他们应该打去找巡警，找寻失踪人口又不在犯罪特警队的职责范围内。

"抱歉，莫勒，巡警都忙着去处理葛拉森区的野火了，而且报案者说他确信这个失踪者已经遭到不测。"

"我们没休假的人手全都被派去调查卡米拉命案了，所以……"莫勒猛然住口，"等一等，等我一下，我去看看……"

9

星期三　　　失踪者

警察不情不愿地踩下刹车，警车在亚历山大基兰广场旁的红灯前停了下来。

"我们开警笛闯过去？"那警察问，扭头朝后座看去。

哈利心不在焉地摇了摇头，朝公园那头望去。过去这里是一片青草地，草地上设有两张长椅，经常被酒鬼占据。酒鬼们在那里高声唱歌和叫骂，跟汽车比音量。几年前政府拨出几百万，整理这片以挪威作家亚历山大·基兰命名的公园绿地，在这里栽植了许多植物，铺上柏油路和人行道，建造了一座宛如鲑鱼梯的美丽喷泉。于是唱歌和叫骂的行为有了更加赏心悦目的背景。

警车高速驶过桑纳街，越过跨越奥克西瓦河的桥，来到莫勒交给哈利的地址，靠边停下。

哈利对那警察说他会自己回去，下了车，踏上人行道，站直身子。对街是一栋新建的办公大楼，里面依旧空荡，报上说这栋办公大楼还会空置一段时间。办公大楼的窗玻璃映照着的公寓就位于莫勒交给哈利的地址上。那是一栋二十世纪四十年代建造的白色公寓，部分房屋已无法使用，外墙画满用来标示地盘的涂鸦。公交车站旁站着一个深肤色的女孩，双手抱在胸前，口中嚼着口香糖，眼睛盯着对街的大型 Diesel 服饰广告。哈利在最顶端的门铃旁找到报案者的姓名。

"警察。"哈利说，做好爬楼梯的准备。

　　一个样貌怪异的男子站在楼梯顶端的门口，等待哈利气喘吁吁地登上阶梯。男子有一头蓬乱浓密的长发，酒红色的脸庞留着黑胡子，身穿一件有如祭袍的怪异服装，从脖子一直罩到双脚，脚上穿的是凉鞋。

　　"太好了，这么快就赶来了。"男子说着伸出一只手爪。

　　把男子的手称为手爪一点也不为过，他的手如此之大，握手时将哈利的整只手包覆了起来。男子说自己名叫威廉·巴里。

　　哈利自我介绍，一面想把手抽回来。哈利不喜欢跟男人有身体接触，更何况和威廉握手近似于拥抱。但威廉紧紧握住哈利的手，仿佛命悬于此。

　　"莉斯贝思不见了。"威廉低声说，咬字竟然颇为清晰。

　　"我们接到你的报案了。进去说话好吗？"

　　"好，请进。"

　　威廉领着哈利进屋。威廉的住处跟卡米拉的住处一样是阁楼，但卡米拉家很小，走的是极简风，威廉家则十分宽敞，装潢得华丽俗艳，犹如新古典主义的模仿大杂烩。屋内装潢夸张到极点，几乎将所有能用的古典元素全都用上了，使得这套房子看起来简直就是举办罗马长袍派对的绝佳地点。屋里摆的不是一般的沙发椅，而是躺椅，宛如好莱坞版本的古罗马场景，木质梁柱包上石膏，做成希腊古典建筑的多立克柱式或科林斯柱式。哈利从未分辨出这两种柱式的差别，但他看得出石膏浮雕是直接粘在门廊的白墙上的。小时候，哈利的母亲曾带他和妹妹去哥本哈根的博物馆，他们在那里见到了丹麦雕塑家巴特尔·托瓦尔森的雕刻作品《取得金羊毛的伊阿宋》。屋内的装潢显然刚完工不久，哈利注意到漆还很新，刷油漆留下的胶带碎屑依然可见，还闻得到各种溶剂的迷人芳香。

　　客厅摆着一张双人矮桌。哈利跟着威廉上楼，来到一个铺了瓷砖的屋顶露台，露台可以俯瞰天井。天井由公寓四面围成。露台上的摆设属于挪威当代风格。三块烧焦的肉片正躺在烤肉架上冒着烟。

　　"阁楼一到下午就很热。"威廉语带歉意，朝一把巴洛克式白色塑料椅指了指。

"我也发现了。"哈利说着，走到露台边缘朝天井里望去。他并不恐高，但长时间酗酒之后，即使是普通的高度，也会让他突然感到头晕。十五米下有两辆老旧自行车，一条白色床单挂在旋转衣架上迎风飘荡。他必须适时地把头抬起来。

越过天井，对面是一座由熟铁栏杆围起来的露台，露台上的两个邻居举起啤酒向哈利打招呼。哈利对他们点了点头，纳闷为什么楼下院子里有风，楼顶却一点风也没有。

"要不要来杯红酒？"威廉说着，拿起半瓶红酒，倒了一杯给哈利。哈利注意到威廉的手微微发颤。红酒标签上写着酒庄名称"巴斯迪"，下半段已被威廉焦虑的手指揉去了。

哈利坐了下来："谢谢，可是我在执勤，不能喝酒。"

威廉做了个鬼脸，赶紧把酒瓶放到桌上："当然当然，真是抱歉，我急得像热锅上的蚂蚁，而且在这种情况下我也不应该喝酒的。"他把酒杯凑到嘴边，喝了几口，酒滴沿嘴角流下，在罩袍领口形成红色酒渍。

哈利看了看表，暗示威廉长话短说。

"莉斯贝思只是去超市买一些土豆沙拉回来配猪排，应该很快就会回来，"威廉吸了口气，"两个小时前，她就坐在你现在坐的这把椅子上。"

哈利稍微调整脸上的太阳镜："你老婆才失踪两个小时？"

"对，呃，我不确定有没有超过两个小时，可是她只是去转角的奇异超市，应该马上就会回来的。"

阳光照着对面露台上的啤酒瓶，光芒折射过来。哈利以手遮眉，发现自己的手指湿漉漉的，心想不知哪里可以擦汗，便把指尖放在灼热的塑料椅扶手上，感觉汗水被烘烤得慢慢蒸发。

"你有没有打电话去问朋友？有没有去超市找？说不定她遇见了朋友，就跑去跟朋友一起喝啤酒。说不定……"

"不对，不对，不对！"威廉在胸前伸出双掌，五指张开，"不会的！她不是那种人。"

"不是哪种人？"

"她是那种……会回家的人。"

"哦……"

"我先打了她的手机，可是她的手机留在家里。然后我打电话给她可能遇见的朋友。我还打电话到处去问，例如奇异超市和警察总署，还打给三个警察局、每家医院的急诊室，包括伍立弗医院和国立医院，结果什么都没问到，完全没有她的消息。"

"看得出来你很担心。"

威廉俯身越过桌子，湿润的嘴唇在胡子下微微颤抖："我不只是担心，我是吓坏了。你听说过有人身上只穿比基尼，只带五十克朗钞票，猪排还在烤肉架上烤着，却突然心血来潮跑去别的地方吗？"

哈利摇了摇头。他正决定来杯红酒时，却见威廉把剩下的红酒全倒进了自己的杯子里。他为什么不站起来，安慰威廉说很多类似的失踪案件，最后失踪者都会打电话回家，而且多半都会说出一个极为自然且合乎常理的原因；然后请威廉等到就寝时间，如果妻子还没回家再打电话去警署，接着告辞离开？也许是因为比基尼和五十克朗钞票这类的小细节，又或许是因为哈利整天都在等着有事可做，而这是个可以拖延他回家要做的事的好机会。但最重要的是威廉明显表现出不合逻辑的恐惧。过去哈利曾低估自己和其他人的直觉，结果每次都给他带来很大的麻烦，没有一次例外。

"我需要打几个电话。"哈利说。

傍晚六点四十五分，贝雅特抵达威廉和莉斯贝思位于桑纳街的公寓。十五分钟后，一名驯犬师带着一只德国狼狗到来，驯犬师介绍说自己和那只狼狗都叫伊凡。"就这么巧，"伊凡说，"它可不是我的狗。"

　　哈利看得出伊凡正在等他说几句俏皮话，但他没什么好说的。

　　威廉进卧室去找莉斯贝思的近照和衣服，衣服要给警犬伊凡闻。哈利趁这个时候快速地对贝雅特和伊凡低声说："好，莉斯贝思可能在任何地方，她有可能离开了威廉，有可能心血来潮转个弯去了别的地方，有可能说过她要去某个地方但威廉没听清楚。可能性有千百种，但莉斯贝思也有可能被下了药，昏迷不醒地躺在汽车后座，正被四个看见她身穿比基尼而亢奋不已的少年强暴。我没有要你们特别去找什么，反正去搜索就对了。"

　　贝雅特和伊凡点了点头，表示明白。

　　"一辆巡逻车很快就会过来，贝雅特你去接车上的警察，叫他们去查问邻居，问问附近的人，尤其要到莉斯贝思去的奇异超市里到处问问。你负责查问这一侧公寓里的人，我去问问对面露台上的邻居。"

　　"你认为对面的邻居知道些什么？"贝雅特问。

　　"他们可以清楚地看见这套房子，而且从空酒瓶的数量来看，他们已经在那里坐了很长一段时间。根据威廉的说法，莉斯贝思整天都在家里，我想知道那两个邻居有没有在露台上看见莉斯贝思，如果看见过，是什么时候看见的。"

　　"为什么？"伊凡问，拉了拉警犬伊凡的狗绳。

　　"这房子热得跟烤箱一样，一个女人穿着比基尼而没到露台上来，我一定会大大怀疑。"

　　"这是当然，"贝雅特轻声说，"你怀疑这个丈夫吗？"

　　"根据原则我会怀疑丈夫。"哈利说。

　　"为什么？"伊凡又问。

　　贝雅特露出内行的微笑。

　　"犯案的总是丈夫。"哈利说。

　　"这是哈利第一定律。"贝雅特说。

　　伊凡瞧瞧哈利，又瞧瞧贝雅特，然后望向哈利："可是……报案的人不就是她丈夫吗？”

“对，是她丈夫没错，”哈利说，“不过就算是丈夫报的案，犯案的也总是丈夫。这就是为什么你要跟伊凡从这里开始搜索，而不是从街上开始。如果有必要的话就编个理由，可是我要你先从这间屋子、阁楼储藏室和地下室里开始搜索。之后你就可以去外面搜索，明白吗？”

伊凡耸了耸肩，低头看了看跟他同名的警犬，警犬伊凡温驯地回望着他。

哈利从威廉的露台看过去，原以为对面露台上那两个人是年轻男子，结果竟然不是。哈利知道就算一个成年女性在自家墙上挂起澳大利亚流行歌手凯莉·米洛的照片，跟另一个年龄相仿的女子住在一起，那个同居女子头上还留着刘海，身上 T 恤印着特隆赫姆老鹰足球队的标志，也不代表这个女子是女同性恋，但哈利依然先如此假定。他在扶手椅上瘫坐下来，面对那两名女子，摆出上次他讯问菲毕卡和安德斯时使用的态度。

“抱歉把你们从露台上拖进来。”哈利说。

自我介绍叫鲁思的女子用手捂住嘴巴，打了个嗝。“没关系，反正我们也在外面坐得够久了，对不对？”她说。

鲁思在同伴的膝盖上拍了一掌。这一掌拍得很有男人味，哈利心想，却又立刻想起警署特约心理医生奥纳说过的话：刻板印象具有自我强化的特质，因为你会无意识地去找寻特定事物来强化刻板印象。这就是为什么警察会根据所谓的“经验”，认为所有罪犯都是笨蛋，而罪犯也都认为警察是笨蛋。

哈利很快地叙述了事情经过。两人听了满脸惊讶，看着哈利。

“这件案子一定很快就会解决，但我们必须遵循警方的标准办案程序。现在我们只是想先建立起时间线。”

两名女子神情严肃，点了点头。

“太好了。”哈利说，试着展露哈利式微笑。过去爱伦常把哈利式微笑称为"扮鬼脸"，因为每当他做出这种表情，都是刻意想表现出开心或和蔼可亲的样子。

鲁思证实说她们在露台上待了一整个下午，看见莉斯贝思和威廉躺在露台上，直到四点半莉斯贝思才进屋。她一进屋，威廉就开始烤肉，还高声喊什么土豆沙拉，莉斯贝思则在屋里应了一声。接着威廉走进屋内，二十分钟后回到露台，手里拿着牛排（哈利更正说那是"猪排"）。过了一会儿，两个女人一致认为是五点十五分的时候，她们看见威廉开始打手机。

"声音很容易在这种环绕空间里传播，"鲁思说，"我们听见另一个手机在屋子里响了起来，威廉显然很不高兴，至少他把手机摔到了桌子上。"

"显然他是想打电话给他老婆。"哈利说。

哈利注意到两名女子立刻交换眼神，后悔自己说了"显然"这两个字。

"去转角的超市买土豆沙拉要多长时间？"

"你是说去奇异超市吗？如果没人排队结账，五分钟就够了。"

"莉斯贝思又不是那种来去如风的人。"鲁思的同伴低声说。

"你认识她？"

鲁思和身穿特隆赫姆老鹰队 T 恤的女子互望了一眼，像是要斟酌彼此的回应。

"不认识，可是我们当然知道她是什么人。"

"真的？"

"对啊，你一定在《世界之路报》看过大篇幅报道，说今年夏天威廉要在国家剧院执导一出音乐剧吧？"

"只不过写了五行而已，鲁思。"

"才不是呢，"鲁思立刻回嘴说，"莉斯贝思要演女主角，报上登了好大一张照片，你应该看过才对。"

"嗯，"哈利说，"今年夏天我没什么时间……看报纸。"

"这件事还闹得沸沸扬扬，不是吗？所有的文化界精英都认为，要在

国家剧院举行夏季演出实在太不像话了。那出音乐剧叫什么来着？是不是
《妖娇淑女》？"

"是'窈窕'淑女。"老鹰队女子说。

"所以你会注意剧院消息？"哈利插嘴说。

"多少会注意一些。威廉是那种让自己保持忙碌的人，他会搞讽刺剧、
电影、音乐剧……"

"威廉是制作人，莉斯贝思唱歌。"

"真的？"

"对啊，你一定记得莉斯贝思没跟威廉结婚之前姓哈兰吧。"

哈利遗憾地摇了摇头，鲁思长叹一声："那时候莉斯贝思跟她姐姐都
是纺车乐队的歌手，莉斯贝思是个不折不扣的甜心宝贝，有点像美国流行
歌手珊妮亚·唐恩，嗓音很棒。"

"她没那么有名啦，鲁思。"

"呃，她在维达·隆恩·奥内森①的节目上唱过歌，他们的唱片还大卖呢。"

"是磁带，鲁思。"

"我在摩马克达乡村音乐节上看过纺车乐队的演出，你知道，她们唱
得很棒。她们应该去纳什维尔录专辑，不过后来莉斯贝思被威廉发掘，威
廉打算把她塑造成音乐剧明星，可是花了很多时间。"

"八年。"老鹰队女子说。

"反正莉斯贝思离开了纺车乐队，嫁给威廉。一个有钱，一个有美貌，
很熟悉的组合吧？"

"所以纺车后来不转了？"

"什么？"

"鲁思，他是问那个乐队。"

---

① 挪威歌手和电视及广播主持人，二十世纪七十年代红极一时。

"哦，那个乐队啊，后来变成莉斯贝思的姐姐独唱，但其实莉斯贝思才是乐队的核心。现在纺车乐队好像是在度假酒店和丹麦渡轮上演出，应该是吧。"

哈利站了起来："最后一个例行问题。你们知道威廉和莉斯贝思的婚姻状况吗？"

老鹰队女子和鲁思又对望了一眼。

"我们说过，声音很容易在这种环绕空间里传播，"鲁思说，"他们的卧室又面对天井。"

"你们听得见他们吵架？"

"不是吵架。"

她们意味深长地凝视着哈利。过了几秒，哈利会意过来，发现自己不由自主红了脸，心下有些不悦："所以你们认为他们的婚姻状况很好？"

"威廉家的露台门整个夏天都是开着的，所以我曾经开玩笑，说我们可以偷偷爬上屋顶，绕到对面，跳上他家的露台，去偷看他们一下。"鲁思咧嘴而笑，"有什么不可以？又不难，只要站上我们家的露台栏杆，跨过排水槽，然后……"

老鹰队女子用手肘轻推鲁思的肋骨。

"其实也没必要啦，"鲁思说，"反正莉斯贝思是个专业的……你都是怎么叫她的？"

"广播电台。"老鹰队女子说。

"没错。她的声音表现力一级棒。"

哈利揉揉颈背。

"很会叫。"老鹰队女子说，犹豫地笑了笑。

哈利回到威廉家，只见那对人犬搭档仍在屋内搜索。警察伊凡满身大汗，狼狗伊凡则张开嘴，舌头垂挂在外，犹如迎接贵宾用的肝赭色地毯。

哈利小心地在一张躺椅上坐下，请威廉把事发始末从头讲一遍。于是威廉叙述他们下午几点做了哪些事，都跟鲁思和老鹰队女子的说法吻合。

哈利从威廉眼中看见发自内心的绝望，不禁开始怀疑，说不定莉斯贝思真的遇上了歹徒，那么这件案子可能（也只是"可能"）成为统计数据中的例外。但最重要的是，这更让哈利认为莉斯贝思很快就会回来。如果丈夫不是凶手，那就没有凶手。统计数据是这么说的。

贝雅特回到屋内，报告说这栋公寓只有两户有人在家，这两户人家在楼梯间或外面街上都没听见或看见什么。

大门传来敲门声，贝雅特上前开门，进来的是巡逻车上的一名巡警，哈利立刻认出他跟上次负责看守卡米拉家的警察是同一个人。他转头望向贝雅特，似乎完全没看见哈利。

"我们问过街上和奇异超市里的人，也查过公寓入口和院子，什么都没发现。现在是假日，街上几乎都没人，就算失踪的女性被拉进车里也不会有人看见。"

哈利感觉到站在他身旁的威廉听见这话吃了一惊。

"也许我们应该去巴基斯坦人在这附近开的店里问一下。"那警察说着把小指伸进耳朵里掏了掏。

"为什么要特意去巴基斯坦人的店里问？"

那警察终于转头望向哈利说："难道你没看过犯罪统计数据吗，警监？"他用夸张的语气强调最后的"警监"一词。

"我看过，"哈利说，"据我记忆所及，商店老板犯案的概率很低。"

那警察瞧着自己的小指："警监，我知道一些关于他们的事，你应该也知道。对他们来说，女人穿着比基尼等于是乞求别人去强暴她们。"

"哦？"

"我跟伊凡搜索完这里了。"伊凡说，牵着警犬走下楼梯。

"我们只在垃圾桶里发现了几根排骨而已。对了，最近这里有其他的狗来过吗？"

哈利望向威廉，威廉只是摇头，脸上表情似乎表明他快说不出话来了。

"伊凡来到门廊的时候，表现得像是这里还有另一只狗，不过应该是别的东西吧。我们准备去搜查阁楼和地下室了，有人可以带我们去吗？"

"我带你们去。"威廉说，站了起来。

伊凡和威廉走出门。搭巡逻警车前来的那名警察，问贝雅特他是否可以离去。

"你得去问老大。"贝雅特说。

"他要睡着了。"警察轻蔑地朝哈利的方向点了点头。哈利正在试验这把罗马躺椅躺起来舒不舒服。

"警员，"哈利低声说，并未睁开眼睛，"请过来。"

那警察站到哈利面前，双腿分开，大拇指插在腰带里："是，警监。"

哈利睁开眼睛："如果你再受到汤姆·瓦勒的怂恿，对我提出申诉，我保证会让你剩下的警察生涯都坐在巡逻车里，明白吗，警员？"

那名警察的面部肌肉微微抽动，张开了嘴，哈利以为会听见愤怒的咒骂，不料那警察竟十分冷静，低声说："第一，我不认识什么汤姆·瓦勒。第二，我觉得我有责任汇报任何醉酒执勤而把自己和同事置于险境的警察。第三，我从来没想过要去其他地方工作，我只想在巡逻车上工作。我可以走了吗，警监？"

哈利睁开一只眼，凝视那名警察，然后又闭上眼睛，吞了口唾沫，说："可以。"

哈利听见外面大门摔上，然后呻吟一声。他需要酒。现在就要。

"你要来吗？"贝雅特问。

"你去吧，"哈利说，"我留在这里等他们搜完阁楼和地下室，再帮伊凡搜查周围。"

"你确定？"

"非常确定。"

哈利步上楼梯，来到露台。他望着天上的燕子，聆听院子里开着的窗户传出来的声音。他从桌上拿起那瓶红酒，里面只剩一滴。他把那滴酒咽下肚，朝鲁思和老鹰队女子挥了挥手，然后回到屋内。鲁思她们还没喝够，这时又喝了起来。

哈利一打开卧室门就感觉到寂静。他总是可以感觉到这种寂静，却不知道别人卧室里的寂静是从哪里流出来的。

卧室里仍有刚装修完留下的痕迹。

旁边一扇镶了镜子的衣柜门是开着的，铺得整整齐齐的双人床旁放着一个打开的工具箱。床上方挂着一张威廉和莉斯贝思的合影。哈利并未仔细查看威廉交给那名巡警的照片，但这时，他看了这张合影，便明白鲁思说得没错。莉斯贝思的确是个甜心宝贝，一头金发，水汪汪的蓝色眼睛，身材玲珑有致。她起码比威廉年轻十岁。照片中两人晒成古铜色，开心地笑着，应该是去国外度假了。哈利看见照片的背景是一座宏伟的建筑和骑马者雕像，可能是在法国某个地方拍的，也许是诺曼底。

哈利在床边坐下，却被这张床的晃动方式吓了一跳。原来这是张水床。他在水床上躺下，感觉床垫依照他的身形将他包覆。凉爽的被子接触他的手臂肌肤，感觉十分美好。他变换姿势，橡胶床垫里的水发出啪嗒声。他闭上眼睛。

萝凯。他们在河上。不对，是在运河上。他们搭乘的平底船行驶在运河中，上下摆动，河水拍打两侧船身，发出亲吻的声音。他们在船舱里，萝凯在床上静静躺在他身边。他对她轻轻细语，她发出低低笑声。现在她假装自己睡着了。他喜欢她这样。他喜欢她装睡。这是他们玩的游戏。哈利扭头去看她。他的视线落在衣柜镜子上，只见镜子里映着整张床。他望着那个打开的工具箱。工具箱上层放着一把短凿刀，凿刀的木质刀柄是绿色的。他拿起那把凿刀，觉得又轻又小。凿刀上附着一层薄薄的工地灰泥，灰泥下没有生锈的迹象。

他正要放回凿刀，伸出的手突然停在半空，只因他赫然看见工具箱里有一段被肢解的人类肢体。他在其他犯罪现场曾经见过同样的器官，同样被肢解的性器官。过了一会儿，他才认出那根肉色的东西只是十分逼真的人造阳具罢了。

他躺回床上，吞了口唾沫，手中依然拿着那把凿刀。

办了这么多年案，他每天都在翻别人的私人物品、查探别人的私生活，这已算不上什么。但这不是他吞唾沫的原因。

这里，就在这张床上。看来得去喝一杯了。

声音很容易在环绕空间里传播。萝凯。

他勃起了。哈利闭上双眼，感觉她的手四处游移，像是在沉睡中无意识地随意游走，然后停留在他的腹部。她的手只是停在那里，似乎哪儿也不想去。她的唇贴上他的耳，她温热的吐息听起来有如火焰燃烧的嘶吼。他一触碰她，她的唇立刻移开。她的乳房娇小柔软，他一吹气，敏感的乳头就坚挺起来；她张了开来，将他吞没。他的喉头爆炸，想放声大哭。

哈利听见楼下传来关门声，吓了一跳。他坐了起来，把被子铺平，站起身来，检视镜中的自己，又用双手用力抹了抹脸。

威廉坚持留在外面，看看警犬伊凡是否嗅闻到任何气味。

他们走上桑纳街时，一辆红色公交车悄悄驶离公交车站。一个小女孩透过后车窗凝望哈利；公交车朝罗德拉卡区驶去，小女孩的圆脸渐远渐小，终于消失。

他们走进奇异超市又出来，警犬伊凡没有任何反应。

"这不代表你太太没来过这里，"伊凡说，"繁忙的街道上有很多人和车，很难区分出一个人的气味。"

哈利环视四周。他心头浮现一种被人监视的感觉，但街上空无一人，眼前一排房屋的窗户上也只看得见深色的天空和太阳。应该只是酗酒者的妄想吧。

"呃，"哈利说，"这样我们就没什么好查的了。"

威廉看着他们，一脸绝望。

"不会有事的。"哈利说。

"不对，会有事的。"威廉语气平板，仿佛广播节目的气象播报员。

"伊凡，过来！"伊凡大喊着拉扯狗绳。一辆大众高尔夫停在人行道旁，警犬伊凡把鼻子伸进了高尔夫的前保险杠下。

哈利拍拍威廉的肩膀，避开他急切的眼神。

"我们已经通知了所有的巡逻车。如果到了午夜她还没出现，警方就会组织一支搜索队，这样好吗？"

威廉并不答话。

警犬伊凡对着那辆高尔夫吠叫，拉扯着颈上的狗绳。

"等一下。"伊凡说。他伏在地下，头部贴近柏油路面，一只手臂伸进车底。

"找到什么了吗？"哈利问。

伊凡转过身来，手里握着一只高跟鞋。哈利听见背后传来威廉的呜咽声，便问："威廉，这是莉斯贝思的鞋子吗？"

"会有事的，"威廉说，"会有事的。"

10

星期四和星期五　　　　噩梦

星期四下午，一辆红色邮政车在罗德拉卡区的邮局外停下。邮筒里的信件被装进粗布袋中，小心地放上邮政车后车厢，再运送到甘纳吕斯主教街十四号的邮政中心。当天晚上，邮政中心依照邮件的尺寸进行分类，一个褐色的气泡信封和其他 C5 大小的信件都被分到同一个信件匣。气泡信封辗转经过数人之手，这中间自然无人特别注意它。气泡信封又被按照地区分发，成为第一个被放进格兰区信件匣的信件，接着又被分到邮政编码 0032 的信件匣。

最后当气泡信封躺在红色邮政车后车厢，准备第二天早晨寄送时，夜色已深，奥斯陆居民多已入睡。

"不会有事的。"小男孩说，拍了拍圆脸小女孩的头，却发觉小女孩的细长头发贴在他手指上。原来是静电造成的。

小男孩今年十一岁，小女孩七岁，是小男孩的妹妹。兄妹俩来医院探视妈妈。

电梯来了，他们打开门。一个身穿白色外套的男子将铁栅门拉到一旁，对他们微微一笑，随即离去。他们走进电梯。

"这台电梯怎么这么旧啊？"小女孩问。

"因为这是老房子啊。"小男孩说，拉上铁栅门。

"这里是医院吗？"

"不算是。"小男孩说，按下一楼按钮，"这房子是给很累的人来这里休息一下的。”

　　“妈妈很累吗？”

　　“对啊，但她不会有事的。妹妹，不要靠在门边。”

　　“什么？”

　　电梯发出震动，开始移动。小女孩长长的金发飘了起来。是静电，小男孩心想，看着妹妹的头发缓缓飘起。小女孩的双手突然按在头上，发出尖叫。尖细刺耳的叫声令小男孩呆立原地。小女孩的头发飘到了铁栅门外，一定是被电梯门夹住了。小男孩想移动，但他似乎也被夹住了，动弹不得。

　　“爸爸！”小女孩尖声大叫，踮起脚。

　　但爸爸先去停车场开车了。

　　“妈妈！”小女孩放声大叫，双脚被拉离电梯地面。但妈妈躺在床上，脸上带着苍白的微笑。

　　小女孩拉住头发，双脚乱踢。要是他能移动就好了。

　　“救命啊！”

　　哈利心头大惊，在床上坐了起来，心脏猛烈跳动，犹如暴走的大鼓。“我的天。”他听见自己声音嘶哑，然后又躺回枕头上。

　　窗帘缝隙透入的光线灰蒙蒙的。他朝床头桌上的红色数字瞄了一眼，显示的是四点十二分。夏日夜晚糟透了。噩梦糟透了。

　　他双腿一荡，下了床，走进厕所。尿液射入清水。眼神空洞。他知道自己不会再回床上睡觉了。

　　冰箱里空荡荡的，只有一瓶低度啤酒，那瓶啤酒是他在视线模糊的情况下放进购物袋的。他打开洗涤槽上方的橱柜，只见啤酒瓶和威士忌瓶一字排开，静默地望着他。这些酒瓶全是空的。他一阵暴怒，将这些酒瓶打飞，关上橱柜时仍听得见酒瓶当啷作响。他又看了一次时钟。现在是星期五清晨，挪威酒品专卖店还要再等五小时才会开门。

　　哈利在客厅电话旁坐下，拨打爱斯坦·艾克兰的手机号码。

"奥斯陆出租车公司。"

"街上车多吗？"

"哈利？"

"晚上好，爱斯坦。"

"好个头，已经半小时没拉到客人了。"

"假日嘛。"

"还用你说！这辆出租车的车主跑去克拉卡罗镇的木屋度假了，留我一个人在这个全北欧最死气沉沉的城市里，开着这辆全奥斯陆最死气沉沉的出租车到处跑，偏偏奥斯陆像是被人投了天杀的中子弹一样，没有半个人影。"

"我以为你喜欢不会流太多汗的工作。"

"哈，我流汗流得才多呢，跟猪一样。那个抠门的王八蛋买的是没空调的车。下班后我还得喝很多酒才能补充流失的水分，跟骆驼没两样，酒又贵得要命，我昨天赚的都不够付酒钱。"

"我由衷地为你感到遗憾。"

"我应该继续干破解计算机密码的老本行才对。"

"你是说当黑客？那个勾当不是害你被挪威银行开除，还被判六个月缓刑吗？"

"对啊，可是当黑客我很在行啊，开出租车……对了，车主想减少他开车的时间，可是我已经要值一个十二小时的班了，又找不到新的司机。哈利，你会不会也想来开出租车啊？"

"谢谢你，我会考虑。"

"有什么事吗？"

"我需要可以让我入睡的东西。"

"去看医生啊。"

"我去看过了，医生开了安眠药'佐匹克隆'给我，可是没有效。我要医生开更强效的药，被拒绝了。"

"哈利，你满嘴酒气跑去跟医生要安眠药是行不通的。"

"他说我要服用更强效的药物还太年轻。你有这种药吗？"

"你是说洛喜普诺？你疯了吗？那不是非法的吗？不过我有氟硝西泮，是差不多的东西，只要半颗就会让你睡得昏天暗地。"

"好。最近我手头有点紧，不过月底可以把钱给你。这种药能把梦消除吗？"

"什么？"

"这种药可以让我不做梦吗？"

电话里一阵静默。

"你知道吗，哈利，我突然想到我没有氟硝西泮了，还有，这种药很危险，它不会让你不做梦，效果正好相反。"

"你骗人。"

"也许吧，反正氟硝西泮不是你要的。试试看放轻松，哈利，休息一下。"

"休息一下？你知道我是不休息的。"

哈利听见有人打开出租车门，又听见爱斯坦叫开门的人去死，然后爱斯坦回到电话上。

"是因为萝凯吗？"

哈利并不答话。

"你跟萝凯吵架了？"

哈利听见吱吱啦啦的声响，猜想可能是爱斯坦正在监听警用频道。

"嘿？哈利？你小时候的哥们在问你，你存在的基础还在不在？你要不要回答？"

"不在了。"哈利喃喃地说。

"为什么？"

哈利深深吸了口气："因为我几乎是逼她把它连根拔起的。有个任务我进行了很长一段时间，结果失败了，我没办法接受，所以我去酗酒，整整三天都泡在自己的烂摊子里，什么电话都不接。第四天她来我家按门铃。起初她大发脾气，说我不能就这样跑掉，还说莫勒一直问我怎么了，然后她抚摸我的脸，问我是不是需要帮助。"

"据我对你的了解，你一定会请她出门之类的，对不对？"

"我说我没事，然后她露出悲伤的表情。"

"很显然这个女人喜欢你。"

"她也是这么说，可是她还说她没办法再经历一次。"

"再经历一次什么？"

"欧雷克的父亲也有酗酒的毛病，这个毛病毁了他们三个人。"

"结果你怎么回答？"

"我说她说得对，她应该避开我这种人。她脸色一沉，然后就走了。"

"然后现在你会做噩梦？"

"对。"

爱斯坦深深叹了口气。

"你知道吗，哈利？没有任何东西可以帮你渡过这个难关，呃，只有一样东西可以。"

"我知道，"哈利说，"一发子弹。"

"只有你自己，我要说的是你自己。"

"这我也知道。忘了这通电话吧，爱斯坦。"

"已经忘了。"

哈利夫冰箱拿出那瓶低度啤酒，在扶手椅上坐下，看着酒瓶上的标签。瓶盖噼的一声被打开，释放出气体。他把凿刀放在咖啡桌上。凿刀的木质刀柄是绿色的，刀柄和刀身附着薄薄一层黄色的工地灰泥。

星期五早上六点，太阳的光芒照耀着艾克柏山，使得警察总署闪闪发光，有如水晶。接待处的警卫大声打了个哈欠，从《晚邮报》上抬起双眼，看着第一位早起员工拿出身份识别卡在读卡器上刷了一下。

"报纸上说天气还会更热。"警卫说，很高兴终于有人能跟他讲一两句话。

进门来的金发男子身材高大，双眼布满血丝。他只是瞥了警卫一眼，并未接话。

警卫注意到两台电梯都停在一楼无人使用，男子却选择爬楼梯。警卫回过头来，继续专心阅读《晚邮报》。报上一则新闻说，本周三早上有个女子在光天化日下失踪，如今仍下落不明。记者罗杰·钱登在报道中引述犯罪特警队队长毕悠纳·莫勒发表的声明：警方在女子住处外的一辆车子底下发现她的一只鞋，这个发现提高了发生犯罪事件的可能性，然而目前为止并未出现可供确认的具体证据。

哈利轻弹手中报纸，来到信架前，取出过去这两天莉斯贝思的搜寻报告。他的答录机里有五则留言，四则是威廉留的，一则不是。哈利听着留言。威廉的留言都大同小异：警方应该加派人手；他认识一个灵媒；他想登报悬赏，希望有人协助警方找到莉斯贝思。最后一则留言只有呼吸声，没有其他声音。

哈利按下倒带键，再听一次。然后又听了一次。

他难以听出打来的人是男是女，更难以听出打来的人是不是萝凯。信息显示这通电话是在晚上十一点十分打来的，来电显示为"无号码"。如果萝凯是从霍尔门科伦区的家中打电话来，号码就会这么显示。倘若真是萝凯打来的，她为什么不打他家里的电话或手机？

哈利开始阅读报告。什么发现也没有。他又读了一次。依然毫无所获。他整理思绪，开始把案情从头想一遍。

想完之后，他看了看表，再去信架看看有没有其他信件送达。他从信架上拿出一份警探送交的报告，把一封收件人为莫勒的信放到正确的信架，然后走回办公室。

警探的报告简明扼要：没有任何发现。

哈利按下答录机的倒带键，再按播放键，调高音量。他闭上眼睛，靠上椅背，试着记起她的呼吸，感觉她的呼吸。

"打电话来却不声不响，很讨人厌，对不对？"

哈利听见这句话，不禁汗毛直竖。令他汗毛直竖的不是这句话，而是说这句话的声音。他缓缓转过椅子，椅子发出痛苦的尖叫。

汤姆倚着门框，脸上带着微笑。他正在吃苹果，把装苹果的袋子递向哈利："不知道是哪里产的苹果，可能是澳大利亚吧，很好吃。"

哈利摇了摇头，视线并未离开汤姆。

"我可以进来吗？"汤姆问。

哈利没有回答。汤姆走进来，在身后关上门，绕过办公桌，在另一把办公椅上坐下，然后靠上椅背，大声咀嚼诱人的红苹果："哈利，你有没有发现我们两个几乎都是最早到办公室的？很奇怪，对不对？因为我们也都是最晚回家的人。"

"你坐的是爱伦的椅子。"哈利说。

汤姆拍了拍办公椅扶手："我们也该聊一聊了，哈利。"

"请便。"哈利说。

汤姆朝天花板上的电灯举起苹果，眯起一只眼睛："办公室没有窗户不会让人心情郁闷吗？"

哈利沉默不答。

"有传言说你要离职了。"汤姆说。

"传言？"

"说是传言也许有点夸张。这样说好了，我有我的消息来源。你可能已经在找工作了吧，比如说保安公司、保险公司，说不定还有讨债公司？

一定有很多公司需要一个有点法律背景的警探。"强健亮白的牙齿咬入苹果果肉之中。

"可能也有很多公司不希望看见应征者的工作记录里注明了酗酒、无故缺勤、滥用职权、不服从上级命令、不忠诚。"

汤姆的下颌肌肉持续碾磨着、咀嚼着："不过呢，如果他们不录用你，也不是什么坏事。这么说好了，他们都没办法提供让人感兴趣的挑战。再怎么说，对一个警界公认的顶尖警监来说，那些工作都太没有挑战性了。再说他们给的薪资也不高。最后的结果大概就是这样，对吧？你提供服务赚取薪资，让自己有足够的钱可以吃饭付房租，有足够的钱可以买啤酒和红酒，以及威士忌？"

哈利发觉自己紧咬牙根，把补牙处咬得发痛。

"最好的状况是，"汤姆继续说，"你赚的钱除了足以应付生活基本开支之外，还多出许多，可以让你偶尔带家人去诺曼底旅行。"

哈利觉得自己的脑中发出嗞嗞声，仿佛保险丝烧断了。

"哈利，你跟我在很多方面都不一样，但这不表示我不尊重你的专业才能。你是个目标明确、聪明、有创意的人，你的清廉操守更是无可怀疑。我一直都这样觉得。最重要的是，你是个坚强的人。社会上的竞争越来越激烈，很需要你的这种特质。不幸的是，竞争的手段不一定都是我们想用的，但是如果想赢，你就得和对手使用同样的手段。还有……"汤姆压低声音，"你必须跟对人，你跟的人必须能让你有所收获。"

"汤姆，你到底想做什么？"哈利感觉自己声音发颤。

"我想帮你，"汤姆站了起来，"你知道，事情不必搞成这样……"

"怎样？"

"搞到你我势不两立。搞到总警司得签署那些文件，你知道的。"汤姆朝门口走去，"还有，搞到你永远无法为你自己和你爱的人做一些美好的事，因为你负担不起……"汤姆的手停留在门把上。

"考虑一下，哈利。在外面的丛林里，只有一样东西能帮助你。"

一发子弹，哈利心想。

"你自己。"汤姆说完，然后离去。

11

星期日　　出发

　　她躺在床上抽烟，端详站在五斗柜前的他，看着他的肩胛骨在背心下移动，使得背心呈现蓝黑色光泽。她把视线移到镜子中，看着他的手温柔而自信地调整领带。她喜欢他的手，她喜欢看他手的动作。

　　"你什么时候回来？"她问。

　　两人的视线在镜中交会。他微微一笑。他的微笑也是温柔自信的。她脸一沉，噘起下唇。

　　"我会尽快回来，Liebling（亲爱的）。"

　　没有人能像他那样说"亲爱的"。Liebling，带着奇怪的口音和宛如歌唱般的腔调，使得她几乎又要爱上德语。

　　"希望可以搭明天晚上的班机回来，"他说，"你会去接我吗？"

　　她无法停止微笑。他笑了。她也笑了。可恶，他总是这么有办法。

　　"我敢说奥斯陆一定有一大群女人在等着你。"她说。

　　"希望有喽。"他扣上背心，手伸进衣柜，取下衣架上的外套，"手帕你熨过了吗，Liebling？"

　　"我把手帕和袜子一起放进你的行李箱了。"她说。

　　"太好了。"

　　"你打算跟那些女人碰面吗？"

　　他大笑，走到床边，在她面前弯下腰来："你说呢？"

　　"我不知道。"她伸出手臂搂住他的脖子，"每次你回家，我总在你身上闻到女人的味道。"

"那是因为我离开得总是不够久，没办法让你的味道消散，Liebling。我找到你有多久了？有二十六个月了。你的味道已经在我身上停留二十六个月了。"

"没有其他女人的味道吗？"

她扭动身躯将他往下拉，两人一前一后倒上了床。他在她唇上轻轻一吻。"没有其他女人的味道了。我的飞机，Liebling……"他离开她的怀抱。

她望着他走到五斗柜前，拉开抽屉，拿出护照和机票放进外套内袋，扣上外套。这几个动作一气呵成，这种毫不费力的效率和自信令她同时感到醉心与恐惧。他是不是几乎每件事都能用最不费力的方式完成？她认为他为一件事已经训练了一辈子，那就是：出发，离开。

别忘了，过去两年他们有相当多时间在一起，她对他的了解却很少，但他对自己曾经交往过无数女人这件事却毫不隐瞒。他总说那是因为他在热切地寻找她。他发现那些女人不是她时，就立刻把她们甩了，然后继续无止境地寻找，直到两年前那个美丽秋日，他在布拉格瓦茨拉夫广场的欧洲大饭店酒吧里遇见她为止。

这是她听过的对于多重性伴侣最美妙的陈述。这个陈述无论如何都比她自己的故事美妙，因为她是为了赚钱。

"你在奥斯陆是做什么工作的？"

"我做生意。"他说。

"你为什么从来都不好好跟我说你的工作？"

"因为我们彼此相爱。"

他在身后静静把门带上，她听见他走下楼梯的脚步声。

又剩她孤零零一个人了。她闭上双眼，希望他的气味留在床上，直到他回来。她把手放在项链上。这条项链自从他送给她，她就没取下来过，就算洗澡也不拿下来。她的手指揉搓着坠子，心里想的是他那个行李箱，想的是她在袜子旁边看见的硬挺白领。那是神职人员用的白领。她为什么不问他白领的事？也许是因为她觉得自己问的问题已经太多了。她不能让他觉得厌烦。

她叹了口气，看了看表，又闭上眼睛。不知今天该如何度过，除了下午两点跟医生的约诊，就没其他事了。她开始一秒一秒地数时间，手指不停搓揉坠子。坠子是一颗红钻石，形状宛如星星，有五个尖角。

《世界之路报》头版一整页都在报道某位不知名的挪威媒体名人曾和卡米拉有过"短暂而热烈"的关系。报上还登出一张斑驳的照片，照片中是身穿比基尼的卡米拉，这张照片显然是用来突显报道中描述的亲密关系，以及这段亲密关系的重点。

同一天，《每日新闻报》发布了对莉斯贝思的姐姐朵娅·哈兰的访谈报道，这篇报道的标题是"莉斯贝思老爱跟男人跑"。朵娅在访谈中说妹妹小时候常干这种事，算是替莉斯贝思的无故失踪给了个可能的解释。文中引述朵娅说的话："她在纺车乐队的时候不就跟男人跑了，现在为什么不可能？"

报上登了一张朵娅头戴牛仔帽、在纺车乐队巴士前摆姿势对镜头微笑的照片。哈利心想，在记者拍照前，朵娅一定没想清楚自己在做什么。

"一杯啤酒。"

哈利在水下酒吧的高脚凳上坐下，摊开《世界之路报》。美国摇滚歌手布鲁斯·斯普林斯汀在荷芬谷体育场举办的演唱会门票已销售一空。这对哈利来说没什么区别。第一，他讨厌在体育场举办的演唱会。第二，他十五岁时曾和爱斯坦一同搭便车前往德拉门体育馆，结果发现爱斯坦买来的斯普林斯汀演唱会门票竟然是伪造的。当时的斯普林斯汀、爱斯坦和哈利都处于人生的高峰。

哈利推开报纸，翻开自己买的那份《每日新闻报》，上面印有莉斯贝思的姐姐朵娅的照片。她们姐妹俩长得很像。哈利跟住在特隆赫姆市的朵娅在电话里谈过，但她没什么可以跟哈利说，或者说得更准确一点，她说的话都引不起哈利的兴趣。他们在电话里谈了二十分钟，但是对哈利有用的线索却少得可怜。朵娅（Toya）说她的名字的重音应该放在 a 上。而且她不是以迈克尔·杰克逊的姐姐拉托娅·杰克逊命名的，拉托娅（LaToya）的名字重音放在 oy 上。

莉斯贝思失踪至今已经四天，案情走入死胡同，绕不出来。

卡米拉命案也是一样，连贝雅特都沮丧万分。一整个星期贝雅特都在帮几个没休假的警探查案，实在是个好女孩，遗憾的是好人并没有好报。

卡米拉是个社交活动频繁的年轻女子，因此警方设法拼凑出卡米拉在命案发生前一周从事的大部分活动，但目前收集到的线索对厘清案情都没有帮助。

其实哈利很想跟贝雅特说，汤姆去过他的办公室，而且算得上公开建议他出卖灵魂，但基于某些原因，哈利并没有把这件事说出口。再说，他有很多顾虑。如果他把这件事告诉莫勒，两人一定会吵起来，所以他立刻打消了这个念头。

第二杯啤酒喝到一半，哈利看见了她。她独自坐在墙边一张昏暗的桌子旁，直视着哈利，嘴角微带笑意。她桌上摆着一杯啤酒，食指和中指夹了根烟。

哈利端起自己的啤酒，朝她那桌走去："我可以坐下吗？"

菲毕卡朝空着的椅子点了点头："你怎么会在这里？"

"我就住在拐角。"哈利说。

"我想也是，可是我从来没在这里见过你。"

"对，我常去的那家店上周发生了一件事，他们对那件事的解读和我不一样。"

"他们把你列入黑名单了？"菲毕卡问，发出嘶哑的笑声。

哈利喜欢她的笑声，也觉得她颇有魅力，也许是因为她脸上的妆，或是因为她坐在昏暗之中。那又怎样？他喜欢她的眼睛；她的眼神充满欢乐和生命力，如孩子般天真而聪明，就跟萝凯的眼睛一样，但菲毕卡和萝凯的相似之处仅限于眼睛。萝凯的嘴唇娇小敏感，菲毕卡的嘴唇颇厚，涂上红得有如消防车的口红显得更厚。萝凯低调、优雅、机敏，身材纤瘦好比芭蕾舞演员，看不见丰盈的曲线。菲毕卡今天穿的是虎纹上衣，就和豹纹或斑马纹一样抢眼。萝凯给人的整体感觉是深色的：深色眼眸、深色头发、深色肌肤。哈利从未见过有其他女人的肌肤像萝凯那样闪耀光泽。菲毕卡有一头红发，肤色苍白，她跷着脚，露出的大腿在黑暗中显得更加白皙。

"你一个人在这里干吗？"

菲毕卡耸了耸肩，啜饮一口啤酒："安德斯不在家，出差去了，今天晚上才回来，所以我出来放纵一下。"

"他去了很远的地方吗？"

"欧洲某个地方吧。你知道的，男人总是什么都不说。"

"他做什么工作？"

"教堂设备的业务员，推销圣坛装饰品、布道坛、十字架什么的，二手的和新的都卖。"

"嗯，他在欧洲到处跑？"

"如果瑞士一家教堂需要新的布道坛，可能得从奥勒松市进货，然后瑞士教堂的旧布道坛最后可能会卖到斯德哥尔摩或纳尔维克市。他常常出差，不在家的时间比在家多，尤其是最近这几个月。应该说过去这一年都是这样。"菲毕卡吸了口烟，又补充一句，"不过他不是基督徒。"

"是吗？"

菲毕卡摇了摇头，红艳艳的嘴唇吐出浓重的烟圈，嘴唇上方可以看见细密的皱纹。

"他的父母是五旬节教派的信徒，他是在那种宗教环境里长大的。我去参加过一次五旬节教派的聚会，可是你知道吗，我觉得那个聚会很诡异，尤其当他们开始讲灵言什么的。你有没有参加过那种聚会？"

"两次，"哈利说，"费城教派的。"

"你被拯救了吗？"

"很不幸，没有。我只是去那里找人，那个人说他愿意帮我出庭做证。"

"就算你没找到耶稣，至少找到了一个证人。"

哈利摇了摇头："他们说那个人不去参加聚会了，也从原来的住处搬走了。所以没有，我绝对没有被拯救。"哈利喝干杯中的啤酒，朝吧台打了个手势，又点燃一根香烟。

"我那天打电话去警署找过你。"菲毕卡说。

"是吗？"哈利想起答录机里那则无声的留言。

"对，可是他们跟我说那件命案不是你负责的。"

"如果你指的是卡米拉命案，那他们没有说错。"

"所以我就找了另一个去过我们公寓的警察，身材很结实的那个。"

"汤姆·瓦勒？"

"对，我跟他说了一些卡米拉的事，一些你去我们家的时候我没办法说出口的事。"

"为什么没办法说出口？"

"因为安德斯就坐在我旁边。"菲毕卡深深吸了口烟，"我如果说了贬低卡米拉的话，安德斯会非常生气，虽然他不太认识卡米拉。"

菲毕卡耸了耸肩。"我不认为我说的话带有贬低的意思，可是安德斯会那样想，这跟他的成长环境有关。我相信他真的认为女人一辈子只能跟一个男人有性关系。"菲毕卡按灭香烟，又低声加了一句，"甚至连一个男人都不能有。"

"嗯，那卡米拉不止跟一个男人有过性关系？"

"她取的那个上流社会的名字就很能说明问题了。"

"你怎么知道？你能听见楼上的声音？"

"声音从天花板是传不下来的，所以冬天听不到什么。可是到了夏天，窗户都是开着的，你知道，声音……"

"很容易在环绕空间里传播。"

"一点也没错。安德斯常常从床上爬起来，去把卧室的窗户关上。如果我顺口说了一句，例如'她开始浪了'，安德斯就会大发脾气，跑去客厅睡。"

"所以你找我是想说这件事？"

"对，还有另一件事。我接到了一通电话。起初我以为是安德斯打来的，可是他的电话通常都可以听见背景噪声，因为他常常会在欧洲某个城市的街上打给我。奇怪的是那些噪声听起来都一样，就好像他每次都在同一个地方打电话给我一样。总之，这通电话的背景噪声不一样。通常我接到这种电话，二话不说立刻挂掉，可是卡米拉发生了那种事，安德斯又不在家……"

"所以呢？"

"其实也没什么大不了。"菲毕卡疲倦地笑了笑。哈利觉得那笑容很棒。

"我在电话里只听见人呼吸的声音，觉得很诡异，才想跟你说。瓦勒警官说他会去查，可是我想他们应该查不到那通电话的号码。凶手要回到犯案现场看看，不是吗？"

"只有侦探小说才会那样写，"哈利说，"如果是我，就不会想太多。"哈利转动酒杯。药开始发挥作用了。"你跟安德斯认不认识莉斯贝思？"

菲毕卡凝视哈利，画过的眉毛高高扬起："你是说那个失踪的女人？我们为什么会认识她？"

"你说得对，你们为什么会认识她？"哈利喃喃地说，纳闷自己怎么会这样问。

将近九点，两人走出水下酒吧，踏上人行道。哈利得拿出在船上行走的本事才不致摇晃。"我就住在附近，"哈利说，"要不要……"

菲毕卡侧过头，微微一笑："哈利，不要说出以后会后悔的话。"

"后悔？"

"刚才这半个小时，你一直滔滔不绝地跟我说萝凯的事，你没忘记她，对吧？"

"我说过她不要我了。"

"对，而且你也不要我。你要的是萝凯，或是萝凯的代替品。"她把手放在哈利的手臂上，"换作其他的情况，我也许可以稍微假装一下自己是萝凯，可是现在不行，而且安德斯很快就会到家了。"

哈利耸了耸肩，横跨一步，稳住摇晃的身体。"好吧，那我陪你走回去。"哈利带着鼻音说。

"我家有两百米远，哈利。"

"我走得到。"

菲毕卡放声大笑，挽起哈利的手臂。

两人缓缓走上伍立弗路，马路上的车辆从他们身旁驶过，晚风轻抚他们的肌肤，这是个典型的奥斯陆七月。哈利听着菲毕卡哼歌，心想不知道现在萝凯在做什么。他们在黑色熟铁栅门前停下脚步。

"晚安，哈利。"

"嗯。你要搭电梯吗？"

"怎么了？"

"没什么。"哈利把双手插进裤袋，试着让自己保持平衡，"保重，晚安。"

菲毕卡微微一笑，走到哈利面前。哈利闻到她身上散发的幽香。她在哈利的脸颊上轻轻一吻。

"说不定下辈子吧，谁知道呢？"她轻声说。

铁栅门在菲毕卡身后关上，发出咔嗒轻响，十分滑顺，显然上过润滑油。哈利站在原地，试着辨认方向，就在此时，面前的橱窗吸引了他的目光。吸引他目光的不是橱窗内的那排墓碑，而是橱窗反射的影像。只见一辆红色汽车停在对面人行道旁。假如哈利对车子有点兴趣，就会知道那辆车是富田 ZZ-R 限量跑车。

"靠！"哈利咕哝着穿过马路。一辆出租车大鸣喇叭，跟哈利擦身而过。哈利来到那辆跑车旁，站在驾驶座前。黑色车窗无声无息地降下。

"妈的你在这里干吗？"哈利喘息着说，"你是在监视我吗？"

"晚上好，哈利。"汤姆打了个哈欠说，"我在监视卡米拉的住处，看有什么人进出。你知道，'凶手会回到命案现场'这句话不是随便说说的。"

"对，这句话说得一点没错。"哈利说。

"你应该知道，我们只能寄希望于凶手会回到犯罪现场，他没有留下什么线索供我们调查。"

"我们并不知道凶手是男人……"哈利说。

"还是女人。"汤姆插嘴说。

哈利耸了耸肩，稳住摇晃的身体。副驾驶的车门弹了开来："上车，哈利，我想跟你聊聊。"

哈利瞟着那扇开着的车门，犹豫了一下。他横跨一步，稳住身体，然后绕过车子，坐上了车。

"你是不是喝酒了？"汤姆问，把音乐音量关小。

"对，我喝酒了。"哈利说，在狭小的桶形座椅里局促不安。

"你做出正确的决定了吗？"

"你真的很喜欢红色日本跑车，"哈利一扬手，在仪表板上用力拍了一掌，"挺结实。告诉我……"哈利集中精神，努力把话说清楚，"爱伦被杀害的那天晚上，你在基努拉卡区是不是跟斯韦勒坐在这辆车上？"

汤姆凝视哈利好一会儿，才开口答道："哈利，我完全不知道你在说什么。"

"不知道？你知道爱伦确认了你是军火走私的主犯，对不对？你为了不让爱伦泄露这件事，就叫斯韦勒杀了爱伦。你知道我把目标锁定在斯韦勒身上，就赶去他家把他杀了，还把现场布置得像是他拔枪拒捕，就跟那个在哈纳罗格大楼下被你击毙的家伙一样。你的专长好像是处决惹麻烦的嫌犯。"

"哈利，你喝醉了。"

"你知道吗，汤姆，我花了两年的时间想找出你涉案的证据。"

汤姆沉默不语。

哈利大笑，又拍了一下仪表板。仪表板发出一声不祥的响声。

"你当然知道！王子和他的爪牙显然什么都知道。告诉我，你是怎么做的？"

汤姆透过侧面车窗看见一个男子从"烤肉园"餐厅里走出来，男子停下脚步，往两侧看了看，才往三一教堂的方向走去。汤姆和哈利一言不发，直到男子转了个弯，踏上墓园和圣母医院之间那条路。

"好吧，"汤姆高声说，"要我自白很简单，可是你要记住，一旦你听了我的自白，就会立刻陷入进退两难的境地。"

"那算不了什么。"

"我惩罚了斯韦勒，他罪有应得。"

哈利缓缓转头，盯着汤姆，只见汤姆靠在头枕上，眼睛半闭。

"但不是因为我怕他泄露我跟他是一伙的，你这部分的推论不正确。"

"是吗？"

汤姆叹了口气："你有没有想过，像我们这种人为什么会来当警察？"

"我又没做过别的工作。"

"哈利，你小时候最早的记忆是什么？"

"什么时候？"

"我最早的记忆是有一天晚上，爸爸弯腰看着我躺在床上睡觉。"汤姆抚摸着方向盘，"当时我也就四五岁，我闻得到爸爸身上有香烟和安全感的味道。你知道，父亲身上总是有这种味道。他总是在我上床睡觉后才回家，我也知道早上我醒来时，他早已去上班了。我知道如果我睁开眼睛，他就会对我微笑，拍拍我的头，然后离开。所以我假装还在睡觉，希望他留在我身边久一点。有时候如果我做噩梦，梦见那个猪头女人在街上寻找儿童的鲜血，我就会在爸爸离开的时候睁开眼睛，要他坐下来再多陪我一会儿。爸爸听了就会坐下，我则睁大眼睛看着他。你父亲也是这样的吗，哈利？"

哈利耸了耸肩。"我爸是老师，他常常在家。"

"那算是中产阶级家庭喽。"

"大概是吧。"

汤姆点了点头："我爸爸是工人，我最好的朋友盖尔和索罗的爸爸也是工人，他们就住在我家楼上。我是在奥斯陆老街的社区里长大的，那个社区在奥斯陆东区，房子灰扑扑的，但是个好社区，房子是工会的，维护得很好。我们没有把自己视为工人阶级，而是企业家。索罗的爸爸还开了一家店，他们家每个人在那家店里都有职位。社区里的男人都很努力地工作，但没有人像我爸爸那么努力，他从早到晚、无论日夜都在工作。他就像是台机器，只有星期日才关机。我爸妈都不是虔诚的基督徒。爸爸在夜校里念过半年神学，因为我爷爷希望他去当牧师，等爷爷一死，爸爸就不念了。我们每个星期日都会去瓦勒伦加的教堂做礼拜，做完礼拜后，他会带我们去艾克柏区或厄斯马卡森林。到了下午五点，我们会换衣服，在客厅里吃周日晚餐。这些事听起来可能有点无聊，可是我跟你说，那时候我一星期都盼望星期日赶快来临。

"到了星期一，他又离开了，总是有建筑工地需要他加班。我爸爸常说：'有些钱比白色还要白，有些是灰的，有些是黑的。'他做的那行只有这样才能赚得到钱。我十三岁的时候，我们搬到西区一幢有苹果园的房子，爸爸说那里环境比较好。班上只有我一个人的父母不是律师、经济学家、医生或者其他专业人士。我们新家的邻居是法官，他有个儿子跟我一样年纪。爸爸希望我将来也能像他们一样。他说我如果想从事某一行，一定要去交那一行的朋友，学会那一行的规矩、语言和潜规则。可是我从来没见过那个法官的儿子，只见过他们家的狗，一只德国狼狗，那只狗整晚都在阳台上乱叫。放学后，我还是会坐地铁回奥斯陆老街去找盖尔和索罗。有一次我爸妈举办烤肉会，邀请新家附近的邻居来参加，可是他们全都婉拒了，最后只来了一个。我还记得那年夏天烤肉的烟味，还有邻居院子里传来的刺耳笑声。后来，那些邻居一次也没来邀请过我们。"

哈利努力让自己吐字清晰："这个故事的重点是什么？"

"这就得你自己决定了，需要我停下来吗？"

"不用，你继续说，反正今天晚上也没什么电视好看。"

"有个星期日，我们跟平常一样要去教堂做礼拜，我站在街上等我爸妈，一边看着邻居院子里那只德国狼狗在篱笆里对我狂叫。不知道为什么，我走过去把栅门打开了，也许我觉得那只狗之所以生气，是因为它很孤单。结果那只狼狗跑过来，把我扑倒在地，朝我的下巴一口咬了下去，疤痕到现在都还留着。"

汤姆指了指下巴，但哈利什么也没看见。

"后来那个法官在阳台上呼唤那只狗，它才松开嘴巴，然后，那个法官叫我滚出他的院子。我爸妈开车载我去急诊室的时候，妈妈一直哭，爸爸没说几句话。回来以后，我的脸上多了一排粗大的黑色缝线，从下巴一直延伸到耳朵下面。爸爸去找那个法官，回来的时候气得脸色铁青，话说得比平时更少了。那个星期日晚上，我们吃饭时，餐桌上没有人说一句话。那天晚上我睡到一半，突然爬起来，纳闷是什么把我吵醒了。原来是因为四周很安静，然后我突然发现那只德国狼狗不叫了。这时我听见前门关上的声音，直觉告诉我，我们再也听不见那只狼狗乱叫了。然后，我房间的门轻轻打开，我赶快紧紧闭上眼睛，但还是瞄到了一把锤子。我闻到他身上香烟和安全感的味道。我假装睡着了。"

汤姆拍去方向盘上肉眼看不见的尘埃。

"我干掉斯韦勒，是因为知道他杀了爱伦。我这么做是为了爱伦，哈利，是为了我们。现在你知道我杀了人，你要不要向上级报告？"

哈利只是瞪着汤姆。汤姆闭上双眼。

"哈利，我们对斯韦勒只掌握了间接证据，他已经算是逃掉了。我们怎么可以让这种事发生？你会让这种事发生吗，哈利？"汤姆转过头来，直视哈利冷酷的眼睛，"你会吗？"

哈利吞了口唾沫："有人看见你跟斯韦勒一起坐在车里，这个人愿意为此事出庭做证，我想你应该已经知道了，对不对？"

汤姆耸了耸肩："我跟斯韦勒谈过几次话，他是新纳粹分子，也是个凶手。密切关注这些事是我们的工作，哈利。"

"后来看见你的那个人突然什么都不想说了，那是因为你去找他谈过话，对不对？你威胁他闭嘴。"

汤姆摇了摇头："哈利，这种问题我不能回答。就算你决定加入我们，我们也有不容变更的规则，你只能知道你需要知道的，才能扮演好你的角色。这听起来可能很严格，但很管用，对我们来说很管用。"

"你有没有去找过罗伊？"哈利咬字含糊。

"你去找罗伊也是白费力气，哈利，把他忘了吧。你应该多替自己想想。"汤姆靠向哈利，压低嗓音，"你都失去了什么？好好照照镜子……"

哈利眨了眨眼。

"你看，"汤姆说，"你是个快四十岁的人了，酗酒，又没有工作，没有家庭，没有钱。"

"我再问你最后一次！"哈利想大吼，但喝得太醉了，吼不出来，"你有没有去……去找过罗伊？"

汤姆在座椅上坐直了身子："回家吧，哈利，想想你到底欠谁什么？是警界吗？是谁吃你的肉喝你的血，最后还嫌味道不好，把你吐了出来？

你的老大是不是一闻到麻烦就像受惊的老鼠一样立刻把你甩开？还是你欠自己什么？你每年都在努力维护治安，最后也不过是让奥斯陆的治安维持在马马虎虎的状态而已，更不用提这个国家保护罪犯比保护人民公仆还要周到。你的确是警界的佼佼者，哈利，不像其他人。你有真才实干，可是你赚的钱却只够糊口。我能付你的钱是你现在赚的五倍之多，可这不是重点，重点是我能给你尊严，哈利。尊严。你回去好好想一想吧。"

哈利集中视线，努力想把汤姆看清楚，可是汤姆的脸却一直在变形。哈利四处摸寻门把手，摸来摸去却找不着。该死的日本车。汤姆俯身越过哈利，推开了门。

"我知道你一直在找罗伊，"汤姆说，"我就替你省点麻烦吧。是的，那天晚上我在基努拉卡区跟斯韦勒说过话，但这不表示我跟爱伦命案有关。我对这件事只字未提，是因为我不想把事情搞得更复杂。你想做什么随便你，可是相信我：罗伊的话没有一句值得听。"

"他人在哪里？"

"我告诉你的话，会有什么改变？那样你就会相信我了吗？"

"说不定，"哈利说，"谁知道？"

汤姆叹了口气："松恩路三十二号，他住在他继父的地下室客厅里。"

哈利转过身，对着朝他驶来的一辆出租车招了招手，那辆出租车亮着空车灯。

"不过今天晚上他会去参加曼纳唱诗班的合唱练习，"汤姆说，"他们在老奥克教堂的大厅里排练，从这里走路就到了。"

"老奥克教堂？"

"他从费城教派改信伯利恒教派了。"

那辆亮着空车灯的出租车放慢速度，犹豫片刻，然后加速离开，朝市中心驶去。汤姆露出揶揄的微笑："哈利，你要弃暗投明，是不用放弃自己的信念的。"

12

星期日　　伯利恒

　　星期日晚上八点，莫勒打了个哈欠，锁上抽屉，伸手准备关上台灯。他感到疲惫，但很有成就感。自从卡米拉命案和莉斯贝思失踪案发生之后，媒体就对案情穷追不舍，到了周末才有所缓和，于是莫勒在不被打扰的情况下利用整个周末批了大量公文。长假一开始就在莫勒办公桌上堆积如山的公文很快就少了一半。现在他可以回家享受一杯温醇顺口的尊美醇威士忌，收看《音乐大挑战》的重播了。他的手指按在台灯开关上，最后看了一眼收拾得整整齐齐的桌面。这时他看见一个褐色的气泡信封。他依稀记得这个信封是他星期五从信架上取出来的，显然它一直被埋在成堆的文件当中。

　　他犹豫片刻，信可以明天再拆。他捏了捏信封，感觉到里面那样东西的形状，但无法立刻辨识出究竟是什么。他用拆信刀打开信封，却发现里面没有信。他倒转信封，也没有东西掉出来。他用力摇晃信封，突然听见某样东西从气泡纸衬里脱落的声音。那东西掉到桌上，弹了起来，越过电话，落在吸墨台上，正好压在值班表上面。

　　突然，他的胃痛了起来。他弯下腰，站在原地不住喘息，过了几分钟才终于直起身子，拨打电话。如果疼痛不是那么剧烈，他也许就会发现，他拨打的号码，正好是那样东西指着的值班表上某个人的电话。

　　茉莉又一次坠入了爱河。

她看了一眼教堂大厅的阶梯。光线从门上嵌有伯利恒之星的圆窗照射进来，照亮了新成员罗伊的脸庞。罗伊正在跟唱诗班其他女性成员说话。茉莉想吸引罗伊的注意，思考了好几天却毫无灵感，想不出该用什么方法吸引他。直接过去跟罗伊说话是个不错的开始，她必须等待机会。上周排练时，罗伊响亮而清晰地介绍自己的过去，说自己曾是费城教派的教友，在获得救赎前是新纳粹党党员。一个女性成员听说罗伊身上有个很大的纳粹刺青。她们一致认为这真是糟透了，但茉莉听了只觉得全身兴奋得微微颤抖。她内心深处知道，她之所以坠入爱河，是因为新鲜感、未知感，以及这种美妙但短暂的兴奋感。她知道自己最后会跟别的男人在一起，例如克里斯蒂安那样的男人。克里斯蒂安是曼纳唱诗班的领唱，父母都是国会议员，他最近刚开始在青年聚会里上台布道。而罗伊这种人最后多半都会变节。

今天晚上他们排练了很长一段时间。他们除了排练新歌，还几乎把所有曲目都唱了一遍。每当有新成员加入，克里斯蒂安都会这样做，好展现曼纳唱诗班有多么出色。曼纳唱诗班在耶米斯路有自己的排练室，但今天排练室因为法定假日而关闭，他们才借奥克巴肯街的老奥克教堂大厅来排练。排练结束后，虽然已过午夜，大家还是站在教室外迟迟不肯离去。他们叽叽喳喳地说话，宛如一群昆虫嗡嗡作响，仿佛今晚空气中弥漫着大量的兴奋之情。也许是因为天气炎热，也许是因为已婚和订婚的成员都度假去了。那些已婚和订婚的人平常总是对年轻成员投以忍耐的微笑和告诫的眼神，示意他们打情骂俏得太夸张了。这时茉莉对姐妹们的问话只是条件反射性地回应，她不时偷偷朝罗伊瞧去，心想不知那个纳粹大刺青文在哪里。

一个姐妹用手肘推了推茉莉，又朝一个往奥克巴肯街走来的男人点了点头。

"你们看，那个人喝醉了。"一名女性成员低声说。

"真可怜。"另一名女性成员说。

"那就是耶稣想拯救的迷途灵魂。"

说这句话的人是苏菲。苏菲总会说这种话。其他女性成员纷纷点头，茉莉也点了点头。这时茉莉发觉机会来了，于是毫不犹豫地离开她的朋友，走到那男人面前。

男人停下脚步，低头看着茉莉。他比茉莉预想中要高很多。"你认识耶稣吗？"茉莉大声问道，话语清晰，面带微笑。

男人满脸通红，视线模糊。茉莉身后的嘁嘁话声突然停止，她从眼角余光瞥见站在阶梯上的罗伊和其他女人都转头朝她望来。

"可惜我不认识，"男人鼻音颇重，"可是小姑娘，你也不认识耶稣，不过你也许认识罗伊·柯维斯这个人？"

茉莉不由得脸上一红，原本计划要说的"你知道耶稣在等你吗"也卡在喉咙里说不出来。

"怎么样？"男人问，"他在这里吗？"

茉莉看见男人留着平头、穿着靴子，她整张脸突然涨得通红。眼前这个男人会不会是新纳粹分子？他是不是罗伊的旧识？他是不是来找叛徒罗伊复仇的？他是不是来劝罗伊回头的？"我……"

男人已横跨一步，绕过了她。

茉莉转过身，正好看见罗伊急急忙忙退入教堂大厅，用力关上大门。

酒醉的男子迈开大步，穿越碎石路面，把碎石踩得咯吱作响。他上半身歪歪斜斜，犹如被突来的强风吹弯的旗杆，走到阶梯前还突然滑了一跤，跪倒在地。

"我的天哪……"一名女性成员倒抽一口凉气。

男人爬了起来。

茉莉看见当男人奔上阶梯时，克里斯蒂安迅速退开。男人站上台阶顶端，左摇右摆，还往后晃了一下，不过他成功对抗了地心引力，抓住门把。

茉莉伸手捂住嘴巴。

男人用力推门，幸好罗伊锁上了门。

"靠！"男人大骂，声音里带着浓浓的醉意。他向后仰身，接着有如鞠躬一般向前撞去。他的额头撞上门上的圆窗，只听见清脆的迸裂声响，几片碎玻璃掉落到台阶上。

"住手！"克里斯蒂安叫道，"你不能……"

男人转过头来，张嘴，瞪着克里斯蒂安。只见他额头上有一片三角形碎玻璃，鲜血流下形成一条小溪，遇到鼻梁后分成两条。

克里斯蒂安无法再说出第二句话。

男人张开嘴巴，厉声吼叫，吼声有如钢刀刀锋那般令人不寒而栗。他带着茉莉从未见过的炽烈的怒火，挥舞紧握的双拳猛力攻击坚实的白色大门。他发出狼嚎般的吼叫，挥出一拳又一拳，击打坚实的木门。接着，他又攻击圆窗内以熟铁制成的伯利恒之星。茉莉看见鲜血喷溅在白色木门上，耳中仿佛听见皮开肉绽的声音。

"快想想办法啊。"一个声音尖声叫道。茉莉看见克里斯蒂安掏出了手机。

铁制的伯利恒之星被打得松动。蓦然间，男子跪了下来。

茉莉往前走了几步。其他人都退开了，只有她走上前去。她的心脏在胸腔内剧烈跳动。她走到阶梯前，感觉克里斯蒂安的手搭上了她的肩，便停下脚步。她听见男子在阶梯顶端急促地吸气，仿佛鱼在岸上挣扎。那声音听起来像是啜泣。

十五分钟后，警车赶来将男子带走时，他已瘫倒在阶梯上。警察将他扶了起来，他并未抵抗，乖乖地让警察扶着他朝警车走去。一名警察问在场的众人有没有损害需要报案。唱诗班成员只是摇头，震惊得完全忘了被打碎的圆窗。

警车离去，只留下炎热的夏日夜晚。茉莉突然觉得刚刚的事似乎并没有发生过，因此她并未注意到罗伊的出现。罗伊一脸苍白憔悴，很快就消失在夜色之中。茉莉也没发觉克里斯蒂安伸出一只手臂搂着她。她怔怔地望着圆窗中的伯利恒之星，只见星星已经扭曲歪斜，五个尖角中有两个向上，一个向下。夜晚虽然炎热，她还是把肩上披的夹克裹得紧了些。

午夜过后，警署窗户映照着夜空中的月亮。莫勒穿过空荡荡的停车场，走进拘留所，快速环顾四周，却见三个窗口里都没有人，只有两名警察坐在警卫室里盯着电视看。莫勒是美国演员查尔斯·布朗森的老影迷，一眼就认出电视里正在播放《猛龙怪客》。他也认得两名警察中年纪较长的那个名叫葛洛斯。葛洛斯有个外号叫"肝洛斯"，因为他脸上从左眼到脸颊上方有一道肝赭色的疤痕。在莫勒的记忆中，葛洛斯一直都在拘留所任职，大家也都知道拘留所的大小事务都是葛洛斯在管。

"嘿。"莫勒喊道。

葛洛斯的视线不离电视，伸出食指朝那个较年轻的警察指了指。年轻警察不情愿地转过椅子，面对莫勒。

莫勒亮出证件，但这个动作显然是多余的，他们都认得他。"哈利在哪里？"莫勒问。

"那个白痴？"葛洛斯哼了一声。查尔斯在电视中举起手枪，准备复仇。

"应该在五号拘留室，"年轻的警察说，"你可以去问一下里面的法警，如果你找得到他们的话。"

"谢谢。"莫勒说，穿过一扇门，朝拘留室走去。

拘留所内大约有一百间拘留室，拘禁的人数随季节而有所变动。现在这个季节绝对是淡季。莫勒懒得去法警室，直接走进铁质拘留室之间的走廊，脚步声四处回荡。他一向不喜欢拘留所。第一，把活生生的人监禁在这里根本就很荒唐。第二，这里充满落魄和堕落的气氛。第三，他知道这里会发生什么事。曾有一个囚犯申诉，说葛洛斯用消防水管的水柱喷他。SEFO的人到现场拉出消防水管，往案发拘留室走去，走到一半就发现水管不够长，无法再往前拉，于是决定不受理这起申诉案件。整个警署似乎只有 SEFO

的人不知道葛洛斯一听说自己可能有麻烦，立刻把消防水管剪掉了一半。

五号拘留室和其他拘留室一样，没有锁，也没有钥匙，门上只有基本装置，可以从外面打开。

哈利坐在地上，把头埋在双手之中。莫勒首先注意到的是哈利的右手裹着绷带，绷带浸满了血。哈利缓缓抬起头，看着莫勒。他的额头贴着一片护创胶布，双眼红肿，像是哭过，身上飘散着呕吐物的气味。

"你为什么不躺在床上？"莫勒问。

"我不想睡，"哈利低声说，声音难以辨别，"我不想做梦。"

莫勒做了个鬼脸，掩饰自己正在发抖。莫勒见过哈利消沉的样子，但从没见他如此低落，也从来没见过他崩溃。莫勒清了清喉咙："我们走吧。"

他们经过警卫室，肝洛斯和那个年轻警察连看都没看他们一眼，但莫勒看见肝洛斯意味深长地摇了摇头。

哈利在停车场里吐了，弯着腰边吐边咒骂。莫勒点燃一根香烟递给他。

"现在不是上班时间，"莫勒说，"这件事不会被正式记录下来。"

哈利笑得呛到："谢啦，老大，很高兴知道我被开除的时候工作记录会稍微好一点。"

"我不是这个意思。我如果不这样做，就得立刻让你停职。"

"所以呢？"

"这几天我需要像你这样的刑警，但要清醒的，所以问题在于你能够保持清醒吗？"

哈利直起身来，吸了口烟："老大，你知道我可以保持清醒，可是我愿意吗？"

"我不知道。你愿意吗，哈利？"

"你得给我一个理由，老大。"

"对，我想我得给你一个理由。"莫勒仔细考量哈利和现在的情况。这是个奥斯陆夏夜，他们站在空荡荡的停车场里，头上有月光和路灯照耀，路灯里布满死亡的昆虫。莫勒想起他跟哈利共同经历过的事，想起那些他们达成和未达成的事。无论如何，他们共事了这么多年，难道要在这里以如此乏味的方式分道扬镳？"我认识你这么久了，支撑你往前走的只有一件事，"莫勒说，"那就是案子。"

哈利沉默不语。

"我有一个任务派给你，看你愿不愿接。"

"什么任务……"

"我今天收到一个褐色的气泡信封，里面是这个东西，然后我就一直在找你。"莫勒摊开手掌，仔细观察哈利的反应。月光和路灯灯光照亮莫勒的手掌，手掌上是一个鉴定组的塑料袋。

"嗯，"哈利说，"身体的其他部分呢？"

塑料袋中是一根纤长的手指，指甲涂了红色指甲油。手指上戴着一枚戒指，戒指上镶有一颗有五个尖角的星形宝石。

"目前只有这个，"莫勒说，"左手中指。"

"鉴定人员辨认出这根中指属于谁了吗？"

莫勒点了点头。

"这么快？"

莫勒另一只手按着腹部，又点了点头。

"好吧，"哈利说，"看来是莉斯贝思的。"

第三部

你一整天都在床上等我，做完这件事，我立刻就去找你。如果你喜欢，我可以从墙里拿出那封信，轻声念给你听。"亲爱的，我时时刻刻想着你，我仍感觉得到你的唇贴上我的唇，你的肌肤贴上我的肌肤。"

13

星期一　　触碰

亲爱的，你上电视了，整面电视墙都是你。你的十二个分身踩着相同的步伐，色彩和深浅只有些许不同。你在巴黎走台。你停下脚步，抬高臀部，低头看我一眼，脸上露出你学来的那抹充满厌恶的冷淡神情，然后，你转过身对我不理不睬。"拒绝"每次都管用。亲爱的，这一点你很清楚，不是吗？

一则新闻结束。十二个你露出十二个相同的严肃表情，读出十二则相同的新闻。我看着二十四片红色嘴唇开开合合，但你没发出声音，我爱你不出声。

接着是欧洲某地发生洪水的视频。亲爱的，你看，我们在街上涉水而过。我伸出手指在电视屏幕上替你画了一个星形符号。电视是死的，但我感觉得到满是灰尘的屏幕和我的手指之间产生的张力。那是静电。被封住的生命。我的触摸给了它生命。

亲爱的，星星的一个尖角指向路口对面那栋红砖大楼的人行道。我站在这家电视行里，透过电视机之间的缝隙仔细观看这个路口。这是奥斯陆一个繁忙的路口，车子在这里经常大排长龙，但是从柏油路口散开的马路今天只有两条上有车。亲爱的，这个路口有五条马路交会。你一整天都在床上等我，做完这件事，我立刻就去找你。如果你喜欢，我可以从墙里拿出那封信，轻声念给你听。"亲爱的，我时时刻刻想着你，我仍感觉得到你的唇贴上我的唇，你的肌肤贴上我的肌肤。"

我打开店门，走出去。阳光像洪水般涌来。阳光。洪水。我很快就会回到你身边。

莫勒从一大早开始就很不顺。

昨晚他去拘留所把哈利领出来，今天早上又在胃痛中醒来，感觉自己的胃部犹如一个充气过度的海滩球。更糟的还在后面。

早上九点的时候还算不错，颇为清醒的哈利走进六楼犯罪特警队的会议室，此时已经坐在会议桌前的人有汤姆、贝雅特、特警队里负责个案策略分析的四名警探，以及昨晚被召回的两位专业人员。

"各位早安，"莫勒开口说，"我想大家都已经知道目前我们手上有两件案子，可能都是命案，而且有迹象显示凶手可能是同一个人。简而言之，这两件案子看起来很像是我们大家都不希望发生的噩梦。"

莫勒把第一张胶片放上投影仪："画面左边是卡米拉的左手，食指被切断。画面右边是莉斯贝思的左手中指，这根中指是以邮寄方式到达我手上的。虽然我们没有尸体可以用来比对，但贝雅特把这根中指的指纹拿去和威廉·巴里家里采集到的指纹进行比对，两者相符。贝雅特，做得好。"

贝雅特脸上一红，用铅笔敲击笔记本，假装不受影响。

莫勒换上另一张胶片："这是我们在卡米拉的眼皮下发现的宝石，一颗切割成星形的红钻石，有五个尖角。画面右边的戒指原本戴在莉斯贝思的中指上，大家可以看到，戒指上的钻石颜色比较浅，不过形状同样是星形的。"

"我们去查过第一颗钻石的来源，"汤姆说，"可是什么都没查到。后来我们把照片寄往安特卫普市最大的两家钻石切割厂，他们看了之后，说这种切割手法可能源自欧洲某个地方，可能在俄罗斯或德国南部。"

"我们联系了世界上最大的未切割钻石采购公司'戴比尔斯'，找到一位钻石专家，"贝雅特说，"根据她的说法，用光谱测定法和微断层分析可以精准地辨识出钻石的来源。她今天晚上就会从伦敦飞过来协助我们。”

麦努斯·史卡勒举起了手。麦努斯是个年轻警探，刚加入犯罪特警队不久。“长官，回到你开头说的话，我不明白，如果这是双重命案，为什么它会是噩梦？因为这样一来我们要找的凶手不就从两个变成一个了吗？而且我们所有的人不就可以一起合作了吗？在我看来，这反而可以……”

麦努斯听见有人清了清喉咙，声音低沉。会议室里的人全都转头往哈利坐的那把椅子望去。

“再说一次，你叫什么名字？”哈利问。

“麦努斯。”

“姓什么？”

“史卡勒，”麦努斯的话音里透出不耐烦，“请你记住……”

“不，我不会记住，倒是我现在说的话你得记住。当刑警面对的是预谋杀人案，就拿这件案子来说，凶手行凶前经过缜密的计划，那么刑警就会知道凶手占有许多明显的优势。凶手可能销毁了所有的刑事鉴定证据，制造看起来很稳固的不在场证明，以及丢弃凶器，等等。不过有一件事，凶手可以说永远躲不过刑警的调查，这件事是什么？”

麦努斯连续眨了好几次眼睛。

“动机，”哈利说，“很根本，对不对？我们就是要从动机着手调查。它非常根本，根本到有时我们会把它忘了。直到有一天，天上掉下来一个凶手，一个足以被称为每个刑警的噩梦的凶手，或是春梦，看你的脑袋喜欢哪一种。为什么要把这个凶手称为每个刑警的噩梦？因为他没有动机。或者说得更准确一点：这个凶手的动机是一般人无法理解的。”

“霍勒警监，你说得太夸张了吧，像是在墙上画了个恶魔，”麦努斯环视在场众人，“我们都还不知道这两件命案背后有没有动机呢。”

汤姆清了清喉咙。

莫勒看见哈利绷紧了下颌肌肉。

"他说得对。"汤姆说。

"我当然说得对，"麦努斯说，"很明显……"

"麦努斯，闭嘴，霍勒警监说得对。这两件案子，一件我们查了十天，另一件我们查了五天，都没发现这两个被害人之间有任何关联。当被害人之间唯一的联系是遇害方式、杀人仪式，以及那些看起来像是密码的信息，我们就会想到一个词，我建议大家先别把这个词大声说出来，放在心里就好。我也建议麦努斯和其他刚从警校毕业的菜鸟，以后霍勒警监说话的时候，请你们闭上嘴巴、竖起耳朵。"

会议室里一片静默。

莫勒看见哈利盯着汤姆。

"结论就是，"莫勒说，"我们必须记住两件事：第一，我们要把这两件案子当作一般的命案处理；第二，我们得在墙上画一个又大又肥的恶魔。媒体那边由我应付，你们谁都不准对媒体发言。下一次开会时间是五点，干活去吧。"

聚光灯下的男子十分优雅，身穿花呢衫，手上拿着福尔摩斯烟斗，踱着步子，用同情的眼神望着眼前衣衫褴褛的女子。"你打算付我多少学费？"

衣衫褴褛的女子头一仰，双手叉腰："哦，我知道行情，我的一位女性朋友跟真正的法国绅士学过法语，一小时十八便士。你要教我我的母语，应该没有脸开出跟法语课一样的价钱，所以我最多付你一先令，不要就拉倒。"

威廉坐在第十二排，眼泪自然流下。他感觉泪水经过脖子，流到丝质泰国衬衫下，来到胸部；咸咸的泪水刺痛他的乳头，继续往下流到腹部。

泪水无法停止。

他用手捂住嘴巴，不让啜泣声影响到台上演员或坐在第五排的舞台导演。一只手搭上他的肩膀。他吓了一跳，转过头，看见一个高大的男子蓄立在他面前。他心头掠过不祥的预感，坐在椅子上僵直不动。

"你是？"威廉挤出声音低语问道。

"是我，"男子低声说，"哈利·霍勒，警察。"

威廉放下捂着嘴的手，仔细瞧了瞧哈利。"原来是你，"威廉松了口气，"抱歉，霍勒警监，这里很暗，我还以为……"

哈利在威廉旁边坐下："你还以为什么？"

"你穿着黑色衣服。"威廉用手帕擤了擤鼻涕，"我还以为你是神父，带来……坏消息的神父。很蠢，对不对？"

哈利默然不语。

"你正撞上我情绪激动的时候。今天是我们第一次彩排，你看看她。"

"谁？"

"伊莱莎·杜利德，台上那个角色。我看见她站在台上就好像看到莉斯贝思一样，觉得莉斯贝思的失踪只不过是一场梦。"威廉深深吸了口气，全身发抖，"可是她一开口，我的莉斯贝思就不见了。"威廉发现哈利看着台上，一脸讶异。

"她很像莉斯贝思，对不对？所以我才找她来。这原本是莉斯贝思主演的音乐剧。"

"哦……"哈利喃喃道。

"那是她姐姐。"

"那是朵娅？我是说朵—娅？"哈利把重音放在 a 上。

"这件事目前还是秘密，下午会开记者招待会。"

"明白，这样应该可以制造宣传话题。"

朵娅大摇大摆走了几步，不小心绊了一跤，她立刻大声咒骂。跟她演对手戏的男演员绝望地举起双臂，朝导演望去。

威廉叹了口气："不能只靠宣传话题，你看，我们还有很多工作要做。朵娅有一种未经雕琢的表演才华，可是在国家剧院的舞台上演出，毕竟跟在挪威中部小镇的社区中心演唱牛仔歌曲有很大的不同。我花了两年才教会莉斯贝思该如何在舞台上演出，现在我们却得在两周之内教会朵娅。"

"打扰你了，我把事情很快地说一遍，巴里先生。"

"把事情很快地说一遍？"

威廉试着在黑暗中解读哈利脸上的表情。恐惧再度向他袭来。哈利正欲张口，威廉凭直觉打断哈利："你没打扰我，霍勒警监，我只是制作人，负责统筹而已，现在其他人已经接手了。"

威廉朝台上指了指，只见一个身穿花呢衫的男子正高声说道："我会把这个邋遢的女孩变成公爵夫人。"

"导演、舞台设计、演员，"威廉说，"从明天开始，我就只是个旁观者，看着这出……"他挥舞着手，直到找到合适的词，"喜剧。"

"呃，我们都得找到自己的才华。"

威廉发出空洞的笑声，但随即住口，他看见导演的头突然朝他们这边转来。他靠向哈利，轻声说："你说得对。我跳过二十年舞。告诉你，我跳得很烂，可是歌剧界很缺男舞者，所以男舞者只要有一半水准，全部都收。总之，我们到了四十岁就被迫退休，我必须另找出路。后来我发现，我真正的才华是安排别人跳舞，也就是做舞台管理，霍勒警监，那是我唯一能做的工作。可是你知道吗，人只要有一点小小的成功，就会变得很可悲。不过是几出戏恰巧做得很成功，我们就相信自己是神，以为自己可以控制所有的变数，不管在哪里都可以塑造自己的命运。这种事就发生了，然后我们才发现自己有多么无助。我……"威廉突然住口，"我讲这些事很无聊，对吗？"

哈利摇了摇头，然后清了清喉咙："是你老婆的事。"

威廉眯起双眼，仿佛正屏息以待令人不悦的巨大噪声。

"我们收到一个包裹，里面有一根手指。很遗憾，那根手指是莉斯贝思的。"

　　威廉用力吞了口唾沫。他一向认为自己是个充满爱意的人，但这时他再度感受到某种情绪正在逐渐扩张。自从莉斯贝思失踪，他胸口就出现一团有如肿瘤般的感觉，这感觉几乎把他逼疯。此时他察觉到这感觉有颜色，这种叫恨意的感觉是黄色的："霍勒警监，你知道吗，这让我松了口气。我一直都知道他会伤害莉斯贝思。"

　　"伤害？"

　　威廉察觉到哈利的语气带有一丝焦虑的诧异："你能答应我一件事吗，哈利？我可以叫你哈利吗？"

　　哈利点了点头。

　　"把这家伙找出来。哈利，把这家伙给找出来，然后惩罚他，严厉地惩罚他。答应我好吗？"

　　威廉仿佛看见哈利点头，但不甚确定。泪水模糊了他的视线。

　　哈利起身离去。威廉深深吸了口气，试着把注意力放到舞台上。

　　"不！我会报警的，我真的会。"朵娅高声喊道。

　　哈利坐在办公室里，怔怔地望着办公桌桌面。他非常疲倦，不知道自己有没有办法继续工作。

　　昨天他大闹教堂、被关进拘留室、做了一整晚的噩梦，这些都让他疲惫不堪，和威廉碰面更令他心力交瘁。他坐在剧院里，答应威廉会抓到凶手，听威廉说妻子被"伤害"时却只能保持沉默。有一件事他很确定，那就是莉斯贝思已经死了。

　　今天早上，哈利一起来就感觉到体内的酒瘾在噬咬着他。他的身体先是出现本能的渴望，接着就被恐慌袭击，因为他为了让自己碰不到酒，上班不带皮夹，也不带钱。如今疼痛迈入新境界，他不只全身疼痛，还感觉到空虚和恐惧，觉得自己似乎就要被撕成碎片。敌人在下面拉扯铁链，狗在兽栏里吠叫，就在他心脏下方的胃里。天哪，他是多么痛恨它们。他痛恨它们就跟它们痛恨他一样。

哈利站了起来。他星期一在档案柜里藏了半瓶贝尔威士忌。他是现在才想起来还是一直都记得这件事？他常跟自己玩数百种把戏，已经很习惯了。他正要拉开抽屉，却突然抬起头。他看见某样东西动了动，却只看见爱伦在照片里对他微笑。是他疯了，还是爱伦的嘴唇真的动了？

"贱人，看什么看？"他咕哝说。接着，爱伦的照片被他从墙上打了下来，玻璃相框在地上摔得粉碎。哈利看着爱伦在破碎的相框中平静地微笑。他握住自己的右手，绷带下的伤口隐隐作痛。

正当他转头准备打开抽屉，却发现有两个人站在门口，这才意识到两人已经在门口站了好一会儿。他在相框上看见的其实是那两人映照在玻璃上的动作。

"嘿。"欧雷克说，望着哈利，脸上混杂着疑惑和恐惧。

哈利吞了口唾沫，放开抽屉："嘿，欧雷克。"

欧雷克穿着运动鞋、蓝裤子、巴西国家足球队的黄色上衣。哈利知道那件上衣背后印有数字9和罗纳尔多的名字。那件上衣是某个星期日他在一家加油站买的，那时萝凯、欧雷克和他正要去诺勒菲山滑雪。

"我在楼下碰见他。"汤姆说，他的手放在欧雷克头上。

"他在接待处说要找你，我就把他带过来了。欧雷克，看来你会踢足球？"

欧雷克并没回答，只是看着哈利。欧雷克有一双跟他母亲一模一样的深色眼眸，有时无限温柔，有时冷酷严厉。这时哈利读不出欧雷克的眼睛是温柔还是冷酷，他的眼睛只是深色的。

"是不是踢前锋？"汤姆问，面带微笑，摸了摸欧雷克的头发。

哈利看着汤姆强壮有力的手指。欧雷克的深色头发衬着汤姆的古铜色手掌，根根直竖。哈利觉得一阵脚软。

"不是，"欧雷克说，眼睛紧紧盯着哈利，"我是后卫。"

"嘿，欧雷克。"汤姆说，面带询问地看着哈利，"哈利还得在这里练拳，我心烦的时候也会这样。我们去楼顶看看风景，让他整理一下，好不好？"

"我要留在这里。"欧雷克明确地说。

哈利点了点头。

"好吧，欧雷克，很高兴见到你。"汤姆拍了拍欧雷克的肩膀，随即离去。欧雷克依然站在门口。

"你是怎么来的？"哈利问。

"坐地铁。"

"你自己来的？"

欧雷克点了点头。

"萝凯知道你来这里吗？"

欧雷克摇了摇头。

"你不进来吗？"哈利喉咙干涩。

"我要你回家。"欧雷克说。

哈利按下门铃才四秒钟，大门就被萝凯猛地打开，只见她乌黑的眼睛里蕴含怒意："你跑到哪里去了？"

哈利本以为萝凯这句话是对他和欧雷克说的，但萝凯的视线扫过哈利，落在欧雷克身上。

"没有人陪我玩，"欧雷克低着头说，"所以我坐地铁去城里。"

"地铁？你一个人？怎么可能……"萝凯的语气软下来。

"我偷偷溜出去的，"欧雷克说，"妈妈，我以为你会高兴，你不是说你也想……"

萝凯突然把欧雷克抱进怀里："宝贝，你知道我有多担心吗？"萝凯抱着欧雷克，斜眼看着哈利。

萝凯和哈利站在后院篱笆旁，向下眺望奥斯陆市区和奥斯陆峡湾。两人不发一语。蓝色海洋中的帆船犹如小小的白色三角形，十分显眼。哈利转过身，面对房子。夏日的鸟儿从草地上振翅飞起，掠过敞开窗户前的苹果树。这是一栋大房子，外墙由黑色原木构成。这栋房子是为冬天建造的，不是为夏天。

哈利望向萝凯。她身穿浅蓝色连衣裙，外罩一件带纽扣的红色棉夹克，露出双腿。她脖子上戴着一条十字架项链，这条项链是她母亲留给她的，项链下的点点汗珠在阳光照耀下闪闪发光。哈利陷入沉思，心想自己知道她的一切：棉夹克上的气味、连衣裙下背部的温柔弧线、流汗时肌肤的气味、她想过的人生、她不发一语的原因。哈利知道她的一切。

"最近怎么样？"哈利问。

"很好，"萝凯说，"我租了一间小木屋，可是八月才能入住，我去租的时候已经太晚了。"她的口气不带情绪，只能微微感受到其中的责备之意，"你的手受伤了？"

"只是划伤。"哈利说。

萝凯的一缕头发被风吹起，横过脸庞。哈利抑制住想把那缕头发拨开的冲动。

"我昨天请人来给这栋房子估价。"萝凯说。

"估价？你不会想把它卖掉吧？"

"哈利，这栋房子只有两个人住实在太大了。"

"对，可是你爱这栋房子，你是在这里长大的，欧雷克也是。"

"不用你说我也知道，可是冬天要照顾它得花两倍的力气，比我想的还麻烦，现在屋顶又要整修。这是栋老房子了。"

"嗯。"

哈利看着欧雷克对车库门踢球。欧雷克又踢出一球，球一离开他的左脚，他立刻闭上眼睛，举起手臂，想象自己接受无数球迷的欢呼。

"萝凯。"

她叹了口气："什么事，哈利？"

"你可不可以至少在我说话的时候看着我？"

"不。"她的声音既不生气，也不烦躁，她只是陈述事实。

"如果我放弃的话，会不会有改变？"

"你是不会放弃的，哈利。"

"我是说放弃当警察。"

"我猜到了。"

哈利踢了踢青草。"我可能没有选择了。"他说。

"没有？"

"没有。"

"那为什么要提出这个假设性的问题？"她吹开那缕头发。

"我可以找个安定一点的工作，可以多点时间在家，也可以照顾欧雷克。我们可以……"

"哈利，别说了！"她的声音宛如鞭子。她低下头，双手抱胸，仿佛在炙热的太阳下感到寒冷。"答案是'不会'，"她低声说，"不会有什么改变。问题不在你的工作，而是……"她吸了口气，转头直视哈利的双眼，"而是你，哈利。你才是问题所在。"

哈利看见泪水逐渐充满她的眼眶。

"你走吧。"她轻声说。

哈利想说些什么，但改变主意，朝海湾里的帆船点了点头。"你说得对，"他说，"我才是问题所在。我去跟欧雷克说说话，然后就离开。"他跨出几步，又停下，回过身来，"萝凯，别把房子卖掉。你听见了吗？不要卖掉。我会想办法的。"

她眼角含泪，微微一笑。"你真是个奇怪的男人。"她低声说，伸出一只手，仿佛要抚摸他的面颊，但他距离太远，她的手又落了下去，"保重，哈利。"

哈利离开时，脊背突然掠过一股凉意。五点十五分了，他得赶紧去开会。

　　我在红砖大楼里，这里的气味好像地下室。我静静站着，仔细看着面前布告栏上的名字。我听得见楼梯上的说话声和脚步声，可是我不害怕。虽然他们看不到，但我是隐形的。你听见了吗？虽然他们看不到，但是……亲爱的，这并不矛盾，我只是用这种方式把它说得好像是矛盾的。什么都可以用矛盾表达，这并不难。只不过真正的矛盾是不存在的。真正的矛盾，哈，哈。你看，很简单吧？这都只是词语而已，语言是不精准的。我已经不再仰赖词语，不再仰赖语言了。我正在看表。这才是我的语言。它十分清楚，没有矛盾。我准备好了。

14

星期一　　芭芭拉

芭芭拉·史文森最近经常思考"时间"。她之所以思考时间，并不是因为她生性爱好哲学，认识她的人都会说她不好此道。她之所以思考时间，是因为她从未想过时间这东西，她从未想过她拥有的时间可以让她做任何事，但这些时间却都已被啃食殆尽。几年前她明白自己绝对不可能成为模特儿，有个前模特儿的头衔就应该满足了。前模特儿（ex-mannequin）这个词源自荷兰语，意思是"小男人"，即便如此，这个词听起来还是很顺耳。这个词是彼得跟她说的。彼得也跟她说了很多他认为她应该知道的事。彼得替芭芭拉在迎击酒吧找了份工作。由于摇头丸的关系，她下班后经常不想直接去奥斯陆大学上课；她在那儿念社会学。

然而，跟彼得在一起、吃摇头丸、梦想成为社会学家的日子就这么过去了。有一天她发现自己孤单一人，为了未完成的学业背了助学贷款，赊摇头丸的钱尚未还清，在全奥斯陆最无趣的酒吧工作。于是芭芭拉抛弃了一切，跟父母借钱前往里斯本，想让生活重回正轨，还能顺便学点葡萄牙语。在葡萄牙度过的时间十分美妙，日子转瞬即逝，但她并不烦恼。时间只是来了又走，直到银行户头再没有进账，直到马可不再"永远忠贞"，直到欢乐落幕。芭芭拉回到老家，年龄长了几岁，经验长了一些。比如说，她知道葡萄牙的摇头丸虽然比挪威的便宜，但同样会把人生搞得一塌糊涂，以及葡萄牙语是一种非常难学的语言，而时间是有限且无法再生的资源。

她还依次跟罗夫、朗恩和罗兰在一起，依次被他们拥有。这比听上去更有趣，只有跟罗兰那段时间除外。罗兰很好，但随着时间流逝，他也成了回忆。

　　等到她搬回父母家，回到自己的老房间里，世界才停止旋转，时间才慢下来。她不再出去玩乐，设法戒了摇头丸，开始盘算也许可以回学校完成学业。同时，她替人力资源公司做短期工作。她去卡尔柏纳广场的哈勒、杜纳及卫特里律师事务所做了四周的临时员工。这家律师事务所专门处理较为低级的收账工作。四周以后，她成为正式员工。

　　这已经是四年前的事了。

　　她接受这份工作，主要是因为她发现在办公室里，时间过得比她去过的其他地方都慢。只要一踏进事务所所在的红砖大楼，在电梯里按下五楼按钮，时间就开始慢下来。光是等电梯关门就要等到永恒，然后电梯才会慢慢往天堂爬升。天堂里的时间过得更慢了。芭芭拉一在前台安坐下来，就会记下挂在事务所门口上方时钟的秒针动作，以及如蜗牛般勉强嘀嗒行进的秒、分、小时。有时她几乎能让时间完全静止，只要集中注意力就行。奇怪的是，对她周围的人来说，时间似乎过得很快，仿佛他们存在于平行但时间不同的次元中。她面前的电话不断响起，人们仿佛无声电影中的人物快速来去，但这一切似乎又都跟她毫无关系，仿佛她是个由机械零件组成的机器人，表面上行动速度跟其他人一样，但内心世界却有如慢动作般缓慢。

　　上星期刚发生的事就是个典型的例子。一家规模颇大的账款催收公司突然倒闭，为了这件事每个人都来回奔走，陷入疯狂般地猛打电话。卫特里律师告诉芭芭拉，说这件事引发了抢滩潮，一堆人如秃鹰一般贪婪地大口瓜分空出来的市场，但这也是晋升市场龙头的良机。今天早上，卫特里律师问芭芭拉，可不可以晚一点走，说他们要跟倒闭公司的客户开会开到六点，非常希望为哈勒、杜纳及卫特里律师事务所营造一种一切运作良好的形象。一如往常，卫特里律师跟芭芭拉说话时双眼盯着她的胸部。一如往常，她保持微笑，下意识地挺起胸膛。彼得曾跟她说，她在迎击酒吧工作时也有这个习惯。这已经成了反射动作。

　　每个人都会炫耀自己拥有的东西。至少就芭芭拉所知是这样。比方说，这时正好走进事务所的快递员就是一个好例子。快递员头上戴着安全帽，脸上戴着护目镜和口罩，芭芭拉敢打赌这些东西之下的容貌一定没什么看头，而这也可能是快递员不把这些东西取下来的原因。快递员只说他知道包裹要送到哪间办公室，便慢慢往走廊里走去，好让芭芭拉能好好欣赏他紧身运动短裤下露出的结实的臀部肌肉。即将开始工作的清洁工是另一个好例子，她是佛教徒或印度教徒，或随便其他什么教徒。阿拉说她必须把身体藏在一堆床单之下，但她有一口美丽健康的牙齿，所以她怎么做？没错，她走到哪儿就微笑到哪儿，活像一只吃了摇头丸的鳄鱼。炫耀，炫耀，再炫耀。

　　事务所大门打开时，芭芭拉正看着时钟上的秒针。

　　走进事务所的男子又矮又胖，呼吸沉重，眼镜起雾，芭芭拉推测男子是爬楼梯上来的。她刚进事务所的前四年，完全分辨不出两千克朗的德斯曼男装和普拉达的精品服饰有何不同。但她一点一点接受训练，如今她不仅懂得分辨男装等级，还分辨得出领带和鞋的等级，后者尤其能帮助她判别应该提供什么等级的服务。

　　走进来的矮胖男子站在那里擦拭眼镜。单从他的相貌来看并没有什么特别，甚至还令芭芭拉联想到美国情景喜剧《欢乐单身派对》里的那个胖子，叫什么名字她忘了，因为她其实没怎么看这部电视剧。如果衣服是用来以貌取人的标准——而它也的确是标准，那么矮胖男子身上的细直条纹西装、丝质领带和手工缝制皮鞋，都显示他很快就会被律师事务所奉为上宾。

　　"晚上好，请问有什么需要帮忙的吗？"芭芭拉说，展露她的二级微笑。她的一级微笑只为一天而保留，那天她的白马王子会走进门来，成为她的男人。

　　"有，"男子报以微笑，从胸前口袋掏出手帕按在额头上，"我是来开会的，可以麻烦你先帮我倒杯水吗？"

　　芭芭拉觉得男子说话似乎带有一丝外国口音，但无法完全确定。不过他谦恭有礼但颇具威仪的说话方式，更让芭芭拉确定此人大有来头。

"没问题，"她说，"请稍等一下。"她踏进走廊，想起卫特里律师提过今年业绩如果达标，所有员工都可能分到奖金。说不定到时候公司就有经费购置一台她在其他地方看过的那种制冷饮水机。接着，毫无预警之下，怪事发生了。时间加速了。时间突然向前冲，但只冲了几秒便恢复到原来缓慢的速度。虽然难以清楚说明，但似乎有几秒钟的时间从她身上被偷走了。

她走进洗手间，来到洗手台前，打开其中一个水龙头，从盒子里抽出一个塑料杯，把手指凑到水龙头下试水温。水是温的。外面那个男子得耐心等一会儿。今天广播说诺玛迦区的气温大约二十二摄氏度，但只要让水流得够久，来自莫里道湖的饮用水就会变得冰凉宜人。她盯着自己的手指，纳闷水为什么会变冷。当水变得很冷，她试水温的手指就会发白，几乎完全失去知觉。她用的是左手无名指。她何时才能戴上婚戒？在她的心变得苍白、失去知觉之前，她希望能戴上一枚婚戒。她感觉背后有风拂过，旋即消失，所以并未转头去看。水依然是温的。时间继续流逝。时间快被耗尽了，就跟水一样。胡说什么，她还有二十个月才满三十岁。时间还多的是。

她听见声响，抬起双眼，在镜中看见洗手间隔间的两扇白色门板。是不是有人进来，她却没注意到？

水突然冷了起来，差点吓她一大跳。地表深处有洞穴存在。因为那些洞穴，水才会如此冰冷。她把塑料杯放到水龙头下，水很快就满到了杯沿。她心头浮现一股冲动，想赶紧走出去。她一转身，杯子跌落在地。

"我吓到你了？"声音表现出真切的关心。

"抱歉，"芦芦拉说，忘了挺起胸膛，"我今天有点神经过敏。"她弯腰去捡杯子，又补上一句："你进女厕所了。"

杯子转了几圈，杯口朝上停了下来。杯里还有些水，所以当她弯腰捡拾，可以在圆形的白色水面中看见自己的面孔。她在她面孔倒影和水面之间的狭长处，看见某样东西在移动。时间再度缓慢行进。慢得似乎永无止境。再一次，她想起时间正一秒一秒流逝。

15

星期一　　　爱的血脉

哈利把他那辆生锈的红白相间的福特雅士停在一家电视行前，两辆警车和汤姆的红色超级跑车看起来像是被随意遗弃在路口旁的人行道上。这个路口有个体面的名字，叫卡尔柏纳广场。

哈利停下雅士，从夹克口袋里拿出那把绿柄凿刀，放在副驾驶座。他在家里四处找不到车钥匙，于是拿了一截钢丝和那把凿刀，去附近街上寻找。他在史登柏街找到了他的爱车，果然，车钥匙插在点火开关上。那把绿柄凿刀正好可以用来撬开车门，让他插进钢丝，钩开车门门锁。

路口亮着红灯，哈利穿越斑马线。他走得很慢，他的身体无法承受快速运动。他的胃和头都在疼，汗湿的衬衫粘在背上。现在是下午五点五十五分，到目前为止他都没喝酒，但他不保证能维持下去。

大厅布告板指示哈勒、杜纳及卫特里律师事务所位于五楼。哈利呻吟一声。他看了电梯一眼，是滑门式电梯，不是栅门式电梯。

电梯是通力电梯公司生产的。闪闪发亮的金属门关上时，哈利觉得自己像是置身于焊接锡罐里。他试着不去听电梯上升发出的机器声，闭上眼睛，只要妹妹的影子出现在眼皮底下，就立刻睁开眼睛。

一名身着制服的警察打开通往办公区的门。

"她在那里。"警察说，指了指接待前台左侧的走廊。

"巡警来了吗？"

"他们在路上。"

"如果你去封锁电梯和楼下的门，他们一定会感谢你。"

"好。"

"鉴定组的人来了吗？"

"李和汉森来了。那个女人被发现后，他们就把还在公司里的所有人集合起来，现在正在会议室里讯问那些人。"

哈利踏进走廊，只见走廊地毯已磨损，挪威民族浪漫宝藏的复制品已然褪色。这家公司曾经风光一时，或者从来不曾风光过。

女洗手间的门开着。哈利往前走去，地毯吸去了他的脚步声。他听见汤姆的说话声，便在门外停下脚步。听起来汤姆是在打手机。

"如果是他的东西，那他显然不再经过我们了。好，交给我来办。"

哈利把门推开，看见汤姆蹲在地上。汤姆抬起头来："嘿，哈利，等我一下。"

哈利站在门口，将眼前的景象全都看进眼里，耳中聆听汤姆的手机发出遥远的噼啪声。

洗手间竟然十分宽敞，大约五米长、四米宽，里面有两个白色隔间，长长的镜子下设有三个白色洗手盆。天花板上的氖灯发出刺目光芒，照射在白色墙壁和白色地砖上，没有任何色彩，十分耀眼。也许正因为这个白色背景，才使得尸体看起来宛如小型艺术作品，像是一场精心设计的展出。女子年轻苗条，蹲在地上，额头顶着地面，宛如穆斯林祈祷者，只不过两只手臂都被压在身体下方。她的套装裙缩到内裤上方，露出乳黄色丁字内裤。深红色的血沿着瓷砖之间的水泥缝从她的额头流到排水孔，看起来几乎像是画的，以达到最佳效果。

尸体的姿势十分平衡，由五个点支撑：双脚、双膝、额头。她的套装、怪异姿势和裸露的臀部让哈利联想到准备让老板进入的秘书。又是个刻板印象。说不定她才是老板。

"好，可是现在我们没办法处理，"汤姆说，"晚上再打给我。"他把手机收进衣服内袋，依然蹲着。哈利注意到汤姆的另一只手放在女子的白色肌肤上，就在内裤边缘的下方。可能是为了保持平衡吧，哈利心想。

"照片照出来一定会很精彩，对不对？"汤姆说，像是读出哈利的心思似的。

"她是谁？"

"芭芭拉·史文森，二十八岁，住在贝斯坦区，是这里的接待员。"

哈利在汤姆旁边蹲下。

"你可以看见，她是从后脑被射杀的，"汤姆说，"凶器一定就是洗手盆下面的那把枪，闻起来还有无烟火药的味道。"

哈利朝厕所角落地上的一把黑色手枪望去，只见枪管末端套有黑色金属。

"捷克兵工厂出品的手枪，"汤姆说，"装有特制消音器。"

哈利点了点头，很想问这把枪是不是汤姆走私进口的货，也想问他刚刚在手机上说的是不是那把枪。"很不寻常的姿势。"哈利说。

"对，我猜她可能正好弯腰或蹲下，然后才往前倒。"

"是谁发现的？"

"一个女律师发现的，勤务中心在五点十一分接到报案。"

"目击证人呢？"

"目前我们讯问过的人什么都没看见。过去这一小时没发生奇怪的事，也没有可疑人员进出。一个要来找律师的访客说，芭芭拉在四点五十五分离开柜台去帮他倒水，结果一去不回。"

"然后她就来了这里？"

"应该是吧，要从接待室走到厨房还挺远的。"

"可是都没人看见她从接待室走到这里？"

"有两个人的办公室位于接待室和厕所之间，可是那两个人都已经下班回家，还留在公司的人不是在自己办公室就是在会议室。"

"她没回前台，那个访客做了什么？"

"他跟律师约了五点开会，等不到接待员回来，就不想再等，于是直接进去，找到跟他约好的律师的办公室。"

"这里的办公室他很熟？"

"不熟，他说他是第一次来。"

"嗯，他是最后一个在死者生前见过她的人？"

"没错。"

哈利注意到汤姆并未移开他的手。

"所以案发时间应该是在四点五十五分到五点十一分之间。"

"对，看起来是这样。"

哈利低头看着自己的笔记本。"你一定要这样吗？"哈利低声说。

"怎样？"

"触碰她。"

"你不喜欢吗？"

哈利并不答话。汤姆朝哈利靠得近了些："哈利，你是说你从来没碰过吗？"

哈利想写点什么，笔却写不出字来。

汤姆咯咯轻笑："你不用回答，你的表情已经全都告诉我了。好奇又没什么错，哈利。这也是我们加入警界的原因之一，不是吗？好奇和刺激。像是想知道他们刚死不久，皮肤不太热也不太冷的时候是什么感觉。"

"我……"

汤姆抓住哈利的手，哈利手中的笔掉落在地上。

"感受一下。"

汤姆抓着哈利的手压到死者大腿上。哈利鼻息粗重。他的第一个反应是想把手抽回，但他并没有这样做。汤姆抓着他的那只手温暖干燥，但汤姆的肌肤感觉不太像人的。哈利的手贴着死者大腿，感觉像是贴着橡胶，微温的橡胶。

"你有没有感觉到？很刺激，哈利。你也觉得很刺激，对不对？可是这个工作结束以后，你要去哪里找刺激？你会不会跟其他可怜虫一样，去音像店找，还是去你的酒瓶里寻找？或者你想真实地去体验？感受一下，哈利。这是我们提供给你的。真实的体验。要，还是不要？"

哈利清了清喉咙："我只是想说，鉴定人员希望在我们触碰任何东西前先检查证据。"

汤姆凝视哈利很长一段时间，最后开朗地眨了眨眼睛，放开哈利的手。"你说得对，是我错了。"

汤姆站了起来，走出洗手间。

持续的胃痛让哈利难以忍受，他只能深呼吸，试着保持平静。要是他在犯罪现场呕吐，贝雅特肯定不会饶了他。他把脸颊贴上冰凉的地面，掀开芭芭拉的外套，看看里面是什么。她的膝盖和上半身柔顺的曲线之下有一个白色塑料杯，但真正吸引哈利注意的是她的手。

"靠，"哈利轻声说，"靠。"

六点二十分，贝雅特匆匆走进律师事务所的办公室。哈利站在洗手间外，倚在墙边，手里拿着白色塑料杯，正在喝水。

贝雅特走到哈利面前，停下脚步，放下金属手提箱，用手背在泌出汗水的红润额头上抹了抹："抱歉，我刚才躺在英吉雅海滩上，得先回家换衣服，再开车到科博街拿工具。有个白痴下令封锁电梯，我还得爬楼梯上来。"

"嗯，那个白痴这么做可能是想保护证据。媒体来问东问西了没？"

"只有几个记者在外面舒服地晒太阳，不多，现在是假期。"

"假期恐怕结束了。"

贝雅特做个鬼脸："你是说……"

"进来。"哈利领着贝雅特走进洗手间，蹲了下来，"你看她身体下面的左手，无名指被切断了。"

贝雅特呻吟一声。

"没有流太多血，"哈利说，"所以手指是在她死后才切断的，然后还有这个。"哈利拨开盖住芭芭拉左耳的头发。

贝雅特皱起鼻子说："耳环？"

"心形的，跟她另一只耳朵戴的银耳环不一样。我在一个厕所隔间的地上发现另一只银耳环。所以这只耳环是凶手戴上去的。有趣的是，耳环可以打开。像这样。怎么样？里面的东西很特别吧？"

贝雅特点了点头。"星形红钻，有五个尖角。"她说。

"所以我们面对的是怎样的凶手？"

贝雅特望着哈利："现在我们可以大声说出那个词了吗？"

"连环杀手？"

莫勒提到这个词时，声音压得又低又轻，哈利不得不把手机更用力地压在耳朵上。

"我们在命案现场，凶手的作案手法如出一辙。"哈利说，"老大，你得赶快取消休假，能召回的人手越多越好。"

"杀人手法会不会是模仿的？"

"绝对不可能，只有我们才知道手指被切断和钻石的事。"

"哈利，这可不太方便。"

"很少有连环杀手会方便别人，老大。"

莫勒沉默了一会儿："哈利？"

"我还在，老大。"

"我想请你用你最后这几周的时间，协助汤姆侦办这件案子。犯罪特警队里只有你有追查连环杀手的经验。我知道你会拒绝，可是哈利，我还是得开口请你协助我们侦破案件。"

"好，老大。"

"这比你跟汤姆之间的不和更重要……你说呢？"

"我都说'好'了。"

"你是真心的吗？"

"对，我得挂电话了。我们应该会在这里待上一整晚，所以你最好能召集相关人员在明天召开第一次会议，汤姆建议八点。"

"汤姆？"莫勒惊讶地问。

"汤姆·瓦勒。"

"我知道你说的是谁，我只是从来没听过你用这种口气叫他。"

"其他人在等我了，老大。"

"好。"

哈利把手机放回口袋，把塑料杯丢进垃圾桶，走进一个男洗手间隔间，把门锁上，然后抱着马桶吐了起来。

吐完之后，他站在洗手台前，打开水龙头让水哗哗地流，看着镜中的自己，听着走廊传来叽叽喳喳的说话声。贝雅特的助理正在让大家站到封锁线外；汤姆正在指示其他警察去查出谁曾出现在这栋大楼附近；麦努斯正在对同事吼，说他点的汉堡不加薯条。

水变凉后，哈利把脸凑到水龙头下，让水流过脸颊、流进耳朵、流过脖子、流进衬衫、流到肩膀，再继续往下流到手臂。他大口大口地把水吞进肚里，拒绝聆听内心深处敌人发出的声音，然后跑进隔间又吐了起来。

大楼之外，夜色迅速降临，卡尔柏纳广场空荡荡的。哈利走出大楼，点燃一根香烟，同时举起一只手做出拒绝的手势，因为一名贪婪的报社记者正朝他走来。记者立刻停下脚步。哈利认得那个记者，他是不是叫罗杰？哈利办完悉尼那件案子回来，曾和罗杰聊过。罗杰跟其他记者差不多，也许稍微好一点点。

那家电视行依然开着。哈利走了进去。店里没有客人，只有一个肥胖男子，身穿肮脏的法兰绒衬衫，坐在柜台里看报纸。柜台上的电风扇吹乱了男子为了遮掩秃头而仔细戴上的假发，也把他的汗臭味吹得整家店都是。男子看见哈利亮出的警察证，鼻子里发出嗤的一声。哈利问他有没有在店里或店外看见可疑人物。

"每个人都很可疑啊，"男子说，"这个地区快要沦陷了。"

"有没有人看起来像是会杀人的？"哈利冷冷地问。

男子眯起一只眼睛："所以外面才开来那么多警车？"

哈利点了点头。

男子耸了耸肩，继续看报："警察先生，有谁没多多少少想过要杀人？"

哈利往店门口走去，突然停下脚步。他看见自己的爱车出现在电视屏幕上。镜头扫过卡尔柏纳广场，停在那栋红砖大楼的方向，然后画面跳回二频道，新闻，接着又跳到时装秀。哈利深深吸了一口烟，闭上眼睛。萝凯踏着台步朝他走来，不对，是十二个萝凯踏着台步朝他走来。萝凯穿过电视墙，站在他面前，双手叉腰，凝视他一眼，然后扭过头去，转身离开。哈利睁开眼睛。

晚上八点，哈利试着不去想起附近的特隆赫姆路上有一家酒吧，那家酒吧有卖烈酒的执照。

傍晚最艰辛的时刻在他面前展开。

然后是黑夜。

晚上十点，温度计的水银虽然大发慈悲降了两度，但空气依然炽热且凝滞，等着吹向海面或从海面吹起的微风，或任何一种微风。鉴定组空荡荡的，只有贝雅特的办公室仍亮着灯。卡尔柏纳广场发生的命案把这一天搞得乱七八糟，原本贝雅特还待在命案现场，但她同事毕尔·侯勒姆打电话来，说前台有个戴比斯的女人来找她，说要来检验钻石。

贝雅特赶紧返回警署，现在正专注地和对方谈话。贝雅特面前这个女子身材娇小，精力充沛，跟其他定居伦敦的荷兰人一样，能说一口地道的英语。

"钻石有地质指纹,理论上来说我们可以通过钻石证书追查到钻石持有人。钻石证书会注明产地来源,一直跟着钻石到处流通。可是很遗憾,这不适用于你的钻石。"

"为什么?"贝雅特问。

"因为你给我看的这两颗钻石是所谓的血钻。"

"因为它们是红色的?"

"不是,因为它们多半来自塞拉利昂的基阜矿场。全球钻石业者现在已经联合抵制塞拉利昂的钻石,因为那里的钻矿被反政府势力控制,他们出口钻石是为了资助战争,而战争的目的不是政治,而是钱。这就是血钻这个名称的由来。我认为这两颗钻石是最近出产的,应该是从塞拉利昂走私到其他国家,然后再制作假的证书,证明它们是从知名矿场出产,比如说南非共和国的矿场。"

"你知道这些钻石可能被走私到什么地方吗?"

"大部分会流落到前社会主义国家,那些国家的铁幕落下了,懂得做假证书的专业人士得找新的出路,以假乱真的钻石证书可以卖很多钱。可是血钻会走私到东欧却不仅仅是这个原因。"

"哦?"

"我见过这种星形钻石,它们是从前东德和前捷克斯洛伐克走私进来的,就跟你这两颗一样,它们也归为次等钻石。"

"次等?"

"红钻看起来也许漂亮,可是价格比白钻,也就是透明的钻石低。你们发现的这两颗红钻里明显有未结晶碳的残余物,使得净度比一般人喜欢的低。要把钻石切割成星形,必须磨掉很多部分,如果你想切割出星形钻石,最好一开始就不要用完美无瑕的钻石。"

"所以说,东德和捷克。"贝雅特闭上双眼。

"我只是根据专业知识来猜测而已。如果没其他事,我还能搭晚班飞机回伦敦……"

贝雅特睁开眼睛，站了起来。

"真不好意思，今天是漫长又混乱的一天。你帮了我们很大的忙，感谢你专程跑一趟。"

"不用客气，只希望能帮你们抓到杀人凶手。"

"我们也希望如此。我帮你叫出租车。"

贝雅特在电话上等待奥斯陆出租车公司回应，却发现那个钻石专家一直盯着她拿着话筒的右手看。贝雅特微微一笑。

"这颗钻石很美，看起来像是订婚戒指。"

贝雅特脸上一红，却不知自己为何脸红："我还没订婚，这是我爸送给我妈的订婚戒指，他去世以后就留给了我。"

"哦，难怪你戴在右手。"

"怎么说？"

"订婚戒指通常戴在左手，而且是左手中指。"

"中指？我以为订婚戒指要戴在无名指。"

"如果你相信埃及人的说法，就要戴在左手中指。"

"埃及人的说法是什么？"

"埃及人相信'爱的血脉'，也就是 Vena Amoris，直接从心脏通到左手中指。"

出租车到了，钻石专家上车离去后，贝雅特怔怔地站了一会儿，看着自己的手，左手中指。然后，她打电话给哈利。

"那把手枪也是捷克的。"哈利听贝雅特说完，说道。

"说不定有关联。"贝雅特说。

"说不定……"哈利说，"你说那叫什么脉来着？"

"爱的血脉？"

"爱的血脉。"哈利喃喃地说，挂上电话。

16

星期一   对话

你睡着了。我的手贴上你的脸。你想我吗？我吻你的肚子。然后往下移，你开始苏醒。海浪。你不出声。你装睡。你可以醒来了，亲爱的，你被人发现了。

哈利从床上猛然坐起，过了几秒才明白原来惊醒他的是自己的尖叫。他望向昏暗的房间，看着窗帘和衣柜旁的黑影。

他躺回枕头上。他刚刚梦见了什么？梦中有两个人在床上朝彼此移动，两人的面目都看不清楚。他按亮手电筒，光线照在那两人身上，这时他便被自己的尖叫声惊醒。

他看了一眼床头桌上的闹钟。距离早上七点还有两个半小时。两个半小时可以在梦中去一趟地狱再回来。可是他得睡觉。非睡觉不可。他深深吸了口气，仿佛准备潜水，闭上了眼睛。

17

星期二　　侧写

哈利盯着汤姆头上那个时钟的秒针。

他们必须另外搬椅子来，才能让每个人都在六楼绿区的大会议室有位子坐。大会议室弥漫着近乎肃穆的气氛：没人聊天，没人喝咖啡，没人看报纸，只有笔记本上发出沙沙的写字声。众人在静默中等待时针指向八点。哈利数了数，一共十七个人，这表示只有一个人还没到。汤姆双手抱在胸前，站在会议室前方，看着手腕上的劳力士。

墙上时钟的秒针移动，停止，然后颤抖着指着正上方。

"我们开始吧。"汤姆说。

众人同时在椅子上坐直身子，发出一阵窸窸窣窣的声音。

"这次的调查行动由我带队，哈利·霍勒从旁协助。"

众人面露诧异之色，纷纷转头去看会议室后方的哈利。

"我想先感谢各位毫无怨言地缩短了休假时间，"汤姆继续说，"但是未来这段时间，你们可能得牺牲更多，不只是假期而已。我不确定到时候能不能去跟你们一一道谢，所以我现在说的'感谢'是针对这一个月的，好吗？"

会议桌上出现微笑和点头。就好像跟未来的特警队队长点头一样，哈利心想。

"从许多方面来说，今天都是特别的一天。"汤姆打开上方的投影仪。《每日新闻报》的头版显示在他身后的屏幕上，上面写着："连环杀手逍遥法外？"没有照片，只有这几个粗体字发出尖叫。现在的新闻编辑在头版使用问号时很少秉持新闻专业素养。没几个人知道——K615室更没人知道——加上问号是报纸付印前最后一分钟才决定的，助理编辑打电话向正在特菲德镇度假的上司寻求意见。

"近年来挪威很少出现连环杀手，至少据我们所知没有，自从二十世纪八十年代阿尔芬·涅赛特张狂过一段时间后，"汤姆说，"连环杀手在挪威就很少见了。正因为非常少见，所以这件案子很容易吸引国际媒体的注意。现在我们已经是多方关注的焦点了，各位。"

汤姆说完，沉默了一会儿，好让这段话产生震撼效果，但其实是多此一举，在场人员昨晚接到电话时，莫勒就已经跟他们说明了这件案子的重要性。

"好，"汤姆说，"如果我们要面对的真的是连环杀手，那目前我们有几个优势。第一，我们当中曾经有人调查过类似案件，也逮捕过连环杀手。我想大家都知道霍勒警监在悉尼大显身手的故事吧。哈利？"

哈利见众人转头看他，清了清喉咙。他感觉自己的声音似乎离他远去，便又清了清喉咙。"我不确定我去悉尼出的任务能不能称得上模范案例，"哈利露出不自然的微笑，"大家可能都还记得，最后我杀了那个凶手。"

没有人笑，甚至连一丝微笑的迹象也没有。看来哈利跟特警队队长的位子是无缘了。

"哈利，我们可以想象到比杀了那个凶手更糟的结果。"汤姆说，又看了看他的劳力士，"大家都知道，有时候我们办案会征询心理学家史戴·奥纳的专家意见，奥纳今天答应来为我们简要说明连环杀手的现象。连环杀手，你们有些人可能并不陌生，但复习一下无伤大雅。他应该很快就会……"

会议室的门打开，众人抬头朝门口望去。进门的男子大声喘气，在他浑圆肚子的上方，是从花呢夹克里凸出的一条松散的橘色领带和一副小眼镜，眼镜小到让人怀疑是否真的可以拿来看东西。闪闪发亮的脑袋下方是冒着汗、亮晶晶的额头，额头下方是一对深色眉毛，可能染过，但打理得很整齐。

"刚说到你……"汤姆说。

"我就到了！"奥纳接道，从胸前口袋掏出手帕，擦干额头上的汗水，"而且快被热死了！"奥纳走到会议桌尽头，把那个用旧了的褐色真皮包砰的一声丢在桌上。

"各位女士、先生，早上好，很高兴看见这么多年轻人同时早起。你们有些人见过我，有些人逃过一劫。"

哈利微微一笑。他绝对不是逃过一劫中的一个。多年以前，他因为酗酒去找过奥纳。奥纳不是药物滥用的专家，但哈利必须承认他和奥纳的关系已发展到接近朋友的程度。

"各位懒鬼，拿出笔记本来吧！"奥纳把夹克搭上椅子，"你们看起来像是在参加丧礼，可能从某些方面来看真的是这样吧，但我在离开前一定要看到一些笑容。这是命令。另外，跟上我的节奏，我会讲得飞快。"

奥纳从白板下方的凹槽拿出一支马克笔，一边以极快的速度写字，一边说："我们有很多理由相信，自从地球上有了人可以作为杀戮目标以后，就有连环杀手的存在。不过许多人认为，一八八八年的所谓'恐怖秋季'是现代连环杀人案的开端，这也是第一起纯粹以性为动机的连环杀人案，而且有文献记录，凶手在杀害五名女子之后就人间蒸发。大家给这个连环杀手冠以'开膛手杰克'的称号，但他的真实身份如今已经随他入土。大家应该都记得阿尔芬·涅赛特这个人吧，他在八十年代毒死了二十多个病人。可是国际最知名的挪威连环杀手不是他，而是贝尔·甘妮丝，她才是非常罕见的女性连环杀手。贝尔在一九○二年嫁到美国，在印第安纳州拉波特郡外的一座农场住了下来，她的丈夫是个瘦弱的男人。我说这个男人瘦弱是因为他体重七十公斤，而贝尔体重一百二十公斤。"

奥纳轻轻拉了拉裤子吊带："如果你问我，我会说她的体重很适中。"

众人发出阵阵笑声。

"这个丰腴曼妙的女人杀了她的丈夫、几个小孩，还有数量不明的追求者，这些追求者是被她在芝加哥报纸上刊登的寂寞芳心广告吸引来的。被害人的尸体会被发现，是因为她的农庄在一九〇八年被离奇烧毁。尸体当中有一具女尸，体形庞大，头部被砍掉。据推测，贝尔杀了这个女人是为了让警察以为这个女人是她。后来美国警方接到全国各地许多民众的报案，说他们看见了贝尔，却一直没找到她。这就是我讲这段故事的重点，各位朋友，很遗憾，开膛手杰克和贝尔正好就是典型的连环杀手。"

奥纳写完了字，用马克笔在白板上啪的一声画了个圈："他们不会被捉到。"

众人静默无言地看着他。

"所以，"奥纳说，"连环杀手的概念跟我现在要告诉你们的同样充满争议，这是因为心理学这门科学还处于婴儿期，而且心理学家天生就爱吵架。接下来我会告诉你们一些目前所知关于连环杀手的事，虽说只是目前所知，其实跟'未知'差不多。顺带一提，许多心理学家认为'连环杀手'这个词毫无意义，因为它是用来形容一组其他心理学家声称不存在的心理疾病的。这样清楚吗？呃，反正有些人在微笑，很好。"

奥纳用食指轻敲他写在白板上的第一点：典型的连环杀手是白人男子，年龄介于二十四到四十岁之间。根据惯例，他会单独行动，但他也可能和别人一起合作，比如说两个人搭档。如果他对被害人施以暴行，就说明他是单独行动。被害人可能是任何人，但通常会跟凶手属于同一个种族，而且只有极少数情况下，被害人跟凶手是认识的。

"通常他会在熟悉的地区寻找第一名被害人。社会大众总是把特殊仪式跟此类命案联系在一起，这是不正确的，不过一旦出现杀人仪式，经常都跟连环杀人案有关。"

奥纳指向白板上写的第二点："精神病患者、反社会者"。

"不过，连环杀手最显著的特征是，他们是美国人，原因可能只有上帝和一些奥斯陆大学的心理学教授才知道。这就是为什么全世界最了解连环杀人案的是 FBI 和美国法律专家。有趣的是，他们把连环杀手分成两种类型：精神病患者和反社会者。我刚刚提到的奥斯陆大学心理学教授认为这种概念和分类方式烂透了，但在连环杀手的故乡美国，大部分法庭都采用迈克纳顿法则。法则认为，只有精神病患者才不知道他们犯案时自己在做什么。因此精神病患者跟反社会者不同，他们可以免于牢狱之灾和死刑，在上帝的国度可能也是如此吧。对了，我认为连环杀手，呃……"奥纳闻了闻马克笔，惊讶地扬起双眉。

汤姆举起手。奥纳点了点头。

"要判处什么罪行的确很有趣，"汤姆开口说，"但首先我们必须捉到他。请问你有什么实用的建议给我们做参考吗？"

"你疯了吗？我可是心理学家。"

众人大笑。奥纳心满意足，鞠了个躬："是的，瓦勒警监，这是我正要说的。不过我得先说，如果你们现在就已经觉得不耐烦了，接下来只会更加煎熬。根据经验，如果连环杀手是棘手的那一类，那么要逮到他得花很长的时间。"

"棘手的那一类是哪一类？"问这句话的是麦努斯。

"首先，我们来看看 FBI 分类的精神病患者和反社会者这两个类型，看看大家通常会给他们什么样的心理侧写。精神病患者通常是环境适应不良的人，没有工作，没受过教育，有犯罪记录和各种社交问题。反社会者就不一样了，他们聪明、成功，过着普通人的生活。精神病患者会引人注意，很容易受到怀疑，反社会者则会隐藏在人群之中。反社会者被证实是凶手的时候，邻居和朋友多半都会非常震惊。我跟一个曾在 FBI 做侧写的心理学家聊过，她告诉我，说她面对命案思考的第一件事是作案时间。当然，杀人得花时间。对她来说，有用的线索在于命案发生时间是工作日、周末，还是法定假日。如果发生在法定假日，就表示凶手可能有工作，也提高了凶手是反社会者的可能性。"

"所以说，如果我们这个凶手在法定假日犯案，就表示他有工作，而且是个反社会者？"贝雅特问。

"现在要下这个判断当然还言之过早，不过根据我们已经知道的线索来分析，不无可能。这对你们来说实用吗？"

"实用，"汤姆说，"不过如果我理解得没错，这是不是同时也是坏消息？"

"正确。我们这个凶手看起来很像那种棘手的连环杀手，也就是反社会者。"奥纳花了几秒时间沉淀，然后继续说明，"根据美国心理学家乔尔·诺里斯的说法，连环杀手每次作案都会经历一个心理历程，这个历程共分为六个阶段。第一个阶段称为酝酿阶段，凶手在这个阶段会逐渐脱离现实。第五个阶段称为图腾阶段，这个阶段就是杀人阶段，也是连环杀手的高潮所在，或者说得更精确一点，这个阶段是反高潮的，因为凶手希望并且期待杀人可以带来洗涤和净化，可是这个希望和期待永远都不可能满足。这就导致凶手直接进入第六个阶段，也就是沮丧阶段。沮丧阶段会导致新的酝酿阶段发生，然后，凶手开始累积能量，准备下一次杀人。"

"这六个阶段会不断循环。"莫勒说。他悄悄走来，站在门口，无人注意到他："就像永动机一样。"

"只不过永动机是重复相同的动作，没有变化，"奥纳说，"而连环杀手会经历变化，长期下来，他的行为模式会出现改变。幸运的是他对人的控制会逐渐减弱，但不幸的是他的行为会越来越残暴。第一次下手后通常最难复原，因此他杀人以后会度过的所谓冷却期也最长，这会导致长时间的酝酿阶段，这段时间他会为下次杀人累积能量，同时也给自己充裕的时间好好计划。如果凶手花费大量心力处理犯罪现场的小细节，而且杀人仪式执行得精准无比，被追查到的风险非常低，那么就表示他还处于早期的阶段。这个时期他还在磨炼技艺，以变得更有效率。要在这个时期逮到他是最困难的。不过等他作案几次之后，冷却期通常会越来越短，那么他的计划时间就会缩短，命案现场因此也会更凌乱，杀人仪式执行得不那么利落，他冒的风险也更高。这些迹象都显示，他越来越沮丧，或者用我的话说，他的嗜血程度持续升高。他失去了自制力，也更容易被逮到。但如果这个时候警方出手而不幸失败，那么他会被吓到，并且停止杀人一阵子。这样一来，他会冷静下来，然后又从头开始。希望我举的这些例子不会让你们太泄气。"

"我们会适应的，"汤姆说，"可不可以请你说说我们手上的案子？"

"好，"奥纳答道，"我们手上有三起命案……"

"两起！"又是麦努斯，"目前莉斯贝思只是失踪。"

"三起命案，"奥纳说，"年轻人，相信我。"

几位警察互望一眼。麦努斯似乎还想说什么，但把话咽了回去。奥纳继续往下说："这三起命案间隔的天数是相同的，都有相同的仪式，就是切断肢体并在尸体上放置装饰品。他切断被害人一根手指，然后给被害人一颗钻石作为补偿。顺带一提，补偿在这类的残暴行为中是很常见的特征，凶手如果在严格的道德环境下长大，就会出现这种典型行为。也许这是你们可以追查的线索，因为现在的挪威家庭已经没什么道德了。"

没有人笑。奥纳叹了口气："这叫黑色幽默。我不是故意用讽刺的方式说话，用别的方式也许更能表达我的意思，只不过我不想让自己在这件案子还没开始调查之前，就被它给吞噬了。我建议你们也避免这样。总之，以这件案子来说，命案间隔和仪式手法显示出高度自制力和早期阶段。"

有人轻轻清了清喉咙。

"怎么了，哈利？"奥纳说。

"被害人和地点的选择。"哈利说。

奥纳用食指搓揉下巴，想了一会儿，然后点了点头："哈利，你说得对。"

会议桌上的人纷纷以询问的眼神彼此对望。"什么说得对？"麦努斯大声问道。

"被害人和地点的选择显示情况正好相反，"奥纳说，"凶手正快速进入失去自制力和随意挑选下手目标的阶段。"

"怎么说？"莫勒问。

哈利望着桌面，头也不抬地说："第一件，卡米拉命案发生在她的独居公寓里，凶手进出公寓的时候被逮到或被认出来的风险很低，他可以在不被干扰的情况下杀人和执行仪式。可是到了第二个被害人，他已经开始冒险了。他光天化日下在住宅区里绑架莉斯贝思，也许使用了汽车，而且他开的车显然有车牌。第三件命案，当然纯粹是碰运气，他选择的下手地点是办公室的女厕所。没错，那个时候已经过了下班时间，可是公司里还有很多人，他必须要很幸运才不会被逮到或至少不被认出来。"

莫勒转头望向奥纳："这是结论吗？"

"我们没办法下任何结论，"奥纳说，"顶多只能假设他是个整合良好的反社会者。我们不知道他会不会发疯，还是依然很有自制力。"

"那我们有什么希望吗？"

"有一种可能是，我们将会目睹一场连环大屠杀，但是我们也有机会逮到他，因为他会冒险。另一种可能则是命案的间隔时间会拉长，如果是这样，经验告诉我们，在可预见的未来，我们将无法逮到他。你们自己选择要哪一种。"

"可是我们应该从哪里查起呢？"莫勒问。

"如果我相信我那些满脑子统计数据的同行，我就会建议你们从尿床、虐待动物的人，还有强奸犯和纵火狂开始查起，尤其是纵火狂。可是我不相信他们的说法。而且很遗憾，我没有备用的目标，所以我的回答是：不知道。"奥纳盖上马克笔笔帽。会议室里一片安静，气氛凝重。

汤姆跳了起来："好吧，各位，我们有工作要做。首先，我要你们把到目前为止讯问过的人全都再讯问一遍，然后去清查所有曾被定罪的杀人犯，我还要所有曾经犯下强奸罪和纵火罪的人的报告。"

哈利观察汤姆分派工作，注意到他办事效率高、有自信，遇到中肯、实际的反对意见时，能迅速反应且手腕灵活，如果反对意见并不中肯，他会理智地进行决断。

门口上方的时钟显示九点十五分。今天还没正式开始，哈利就已经觉得能量被榨干，犹如一只垂垂老矣的公狮，有机会挑战狮王却缩在狮群后方。也许他从来没有领导狮群的雄心壮志，况且目前局势已急转直下，他现在能做的只是保持低调，希望有人能丢根骨头给他。

有人丢了根骨头给他，一根大骨头。

小讯问室的隔音效果让哈利觉得自己像是在被子里说话。

"我进口助听器。"矮胖男子说，伸手抚摸他的丝质领带。一枚素面黄金领带夹将领带别在白色衬衫上。

"助听器？"哈利复述，垂眼看着汤姆给他的讯问单。矮胖男子在讯问单的姓名栏内填的是安德烈·克劳森，职业栏填的是商人。

"你有听力问题吗？"克劳森问。哈利分辨不出这句讽刺是针对他，还是只是用挖苦的语气说话而已。

"嗯。所以你去哈勒、杜纳及卫特里律师事务所是谈助听器的事？"

"我只是想请他们评估一张代理合约，你的一个亲切的同事昨天下午已经拿走一份合约复印件了。"

"是这份吗？"哈利指了指档案夹。

"没错。"

"我刚刚看过，上面的签名和日期是两年前的，是要更新合约吗？"

"不是，我只是想确定我没有被骗。"

"现在才来确定？"

"亡羊补牢。"

"难道你没有自己的律师？"

"有，可是他年纪大了。"克劳森微微一笑，金牙一闪即逝。他继续说道："我请他们安排一次会面，介绍一下他们这家律师事务所能提供什么服务。"

"你是在周末前跟他们约好的，而且是一家专门讨债的律师事务所？"

"我跟律师谈过以后才知道，而且没谈多久外面就一片骚乱了。"

"如果你是在找新的律师，那你一定去过许多律师事务所，"哈利说，"可以告诉我们有哪几家吗？"

哈利并未看着克劳森的脸，谎言不会在那里浮现。哈利一见到克劳森就知道，他是那种不会让面部表情显露想法的人。可能因为害羞，可能因为职业需要他摆出一张扑克脸，也可能因为过去所处的环境将自制力视为重要的美德。因此，哈利留心其他信号，例如克劳森会不会从大腿上举起手来抚摸领带。克劳森的手并未举起，他只是坐在那里看着哈利，并不是紧盯着，而是半垂眼皮，像是觉得眼前这种情况不仅令他厌烦，而且有点冗长。

"我打过电话，大部分律师都想把会议安排在假期结束后。"克劳森说，"这家事务所很愿意配合客户的要求。告诉我：我是不是有嫌疑？"

"每个人都有嫌疑。"哈利说。

"很公平。"克劳森说这句话时带有标准的 BBC 口音。

"我注意到你有一点口音。"

"哦？这几年我到处旅行，说不定是这个原因。"

"你都去哪里旅行？"

"事实上都在挪威境内，我会去医院和疗养中心，除此之外我会待在瑞士那边生产助听器的工厂里。商品的进步日新月异，你得在专业领域里跟上时代的脚步才行。"克劳森的语气中又透露出难以捉摸的讽刺意味。

"你结婚了吗？有没有家室？"

"你只要看看你同事填的那张表，就会发现我未婚。"

哈利看了看那张表："对，原来如此。所以你一个人住……我看看……住在津利楼？"

"不，"克劳森说，"我跟楚斯住在一起。"

"没错，我知道。"

"你知道？"克劳森微微一笑，眼皮更沉了，"楚斯是一只黄金猎犬。"

哈利觉得头痛，痛源来自眼球后方。他看了看自己的清单，上面写着午餐之前他要讯问四个人，午餐后有五个。他没力气跟每个人玩心理战。他请克劳森把事发经过从头再说一遍，从他踏进卡尔柏纳广场那栋大楼到警察抵达现场为止。

"我很乐意。"克劳森说，打了个哈欠。

哈利靠上椅背，聆听克劳森流利、自信地述说他如何搭出租车到那栋大楼，搭电梯上楼，跟接待员说了几句话，等她拿水回来等了五六分钟。接待员迟迟未归，他便在办公室里随便走走，接着就在一扇门上看见哈勒律师的名牌。

哈利看见汤姆在备注上写道，哈勒律师确认克劳森在五点五分敲他办公室的门。

"你有没有看见有人进出女厕所？"

"我在接待室看不见女厕所的门，我走进办公区的时候也没看见有人进出女厕所，这两句话我已经说过很多次了。"

"你还会说更多次。"哈利大声打了个哈欠，伸手抹了抹脸。这时麦努斯轻敲讯问室窗户，抬起手腕上的表。哈利认出麦努斯身后站的是卫特里律师。他点了点头，表示知道了，朝讯问单看了一眼："这上面说你坐在接待室里，没看见有任何可疑人物进出接待室。"

"没错。"

"嗯，谢谢你这么配合调查，"哈利说，把讯问单放进档案夹，按下录音机的停止键，"我们一定会再跟你联络的。"

"没看见'可疑'人物。"克劳森说着站了起来。

"你说什么？"

"我说我在接待室没看见任何'可疑'人物，可是有个清洁工走进来，然后走进办公区。"

"对，我们跟她谈过，她说她直接进了厨房，什么人也没看到。"哈利站了起来，视线在清单上扫过。下一场讯问是十点十五分，地点是四号讯问室。

"还有一个快递员。"克劳森说。

"快递员？"

"对，我走进去找哈勒律师的时候，那个快递员直接从前门走了出去，他一定是送了件或取了件。警监先生，你干吗这样看着我？一个普通快递员出现在律师事务所，坦白说，根本没什么好怀疑的。"

半小时后，哈利清查完哈勒、杜纳及卫特里律师事务所和奥斯陆几家快递公司，弄清楚了一件事：该律师事务所在星期一那天，没有人登记快递送件或取件。

克劳森离开警署两小时后，就在太阳升至中天之前，又被载回警署描述快递员的样貌。

克劳森能描述的不多：快递员身高大约一米八，中等身材。他并未仔细打量快递员的身体特征。这种行为对男人而言不只无趣而且无礼，他如此说道，又说那快递员的打扮就跟一般的单车快递员一样：黄黑相间的运动衫，紧身材质，短裤，以及运动鞋，踏上地毯还会发出嚓嚓声。快递员的脸则被安全帽和太阳眼镜遮住了。

"他的嘴呢？"哈利问。

"他戴白色口罩，"克劳森说，"就像迈克尔·杰克逊戴的那种。那时我心想，快递员戴口罩是为了避免吸入废气。"

"在纽约或东京是有必要，可这里是奥斯陆。"

克劳森耸了耸肩："呃，当时我也不觉得有什么奇怪的。"

哈利放克劳森离开，然后前往汤姆的办公室，一走进去就看见汤姆的耳朵贴着话筒，口中不断咕哝着"嗯哼"和"嗯嗯"。

"我想我知道凶手怎么进入卡米拉的公寓了。"哈利说。

汤姆还没结束通话，就先把电话搁在一旁。

"她住的那栋公寓大门装了摄像头，连接到她家的对讲机，不是吗？"

"对……"汤姆倾身向前。

"有什么人可以随便按门铃，脸上戴着东西出现在摄像头前面，别人还是会安心地打开大门让他进来？"

"圣诞老人？"

"不是，不过如果有快递员手里拿着快递或一束花，你会不会开门让他进来？"

汤姆按下电话上的保留键。

"克劳森抵达事务所四分多钟后，看见一个快递员离开。快递员进公司送件以后立刻就会出来，不会在里面闲晃四分多钟。"

汤姆缓缓点了点头。

"快递员，"他说，"非常简单，真聪明。快递员有正当理由来访，而且脸上戴口罩不会不礼貌。每个人都看得见他，却没有人会注意他。"

"特洛伊木马，"哈利说，"连环杀手的梦幻配备。"

"一个快递员匆匆离开，没有人会去多想，而且用的是不必登记的交通工具，这可能是都市里最有效率的逃跑方式了。"汤姆把手放在电话上。

"我派人去问有没有人在命案发生那段时间，在现场看见这样一个快递员。"

"还有一件事我们必须考虑。"哈利说。

"对，"汤姆说，"我们是不是需要警告民众留意不明快递员？"

"对。你会跟莫勒报告这件事吗？"

"会。还有哈利……"

哈利在门口停下脚步。

"他妈的干得好。"汤姆说。

哈利简洁地点了点头，随即离去。

三分钟后，整个犯罪特警队沸沸扬扬地传开了，说哈利查到了线索。

18

星期二　　五芒星

尼古拉·洛普温柔地按下琴键，钢琴声在空荡荡的房间里听起来纤细缥缈。他弹的是柴可夫斯基降 b 小调第一钢琴协奏曲。许多钢琴家认为这首协奏曲写得又怪诞又不优雅，但在尼古拉听来，这是天底下最优美的曲子。他只弹了他记住的几个小节，心头就浮现出思乡之情。每当他在老奥克教堂大厅礼堂里这台未调音的钢琴前坐下，这首协奏曲的音符总是会自然而然从手指底下流淌而出。

他从打开的窗户向外看，鸟儿正在墓园里歌唱，令他想起列宁格勒的夏日和父亲。父亲曾带他去城外的老战场，爷爷和叔伯们则长眠在早已被人遗忘的万人冢里。

"你听，"父亲曾说，"他们的歌声那么美，那么微弱。"

尼古拉听见有人清喉咙的声音，转过了身。门口站着一个身穿 T 恤牛仔裤的高大男子，一只手上缠着绷带。尼古拉首先想到的是，这是不是有时会出现在教堂的毒虫？

"有什么需要帮忙的吗？"尼古拉高声问道。房间里严肃的传声效果使他的声音听起来有些不友善。

男子跨过门槛，走了进来。"有，"他说，"我是来赔罪的。"

"真令人高兴，"尼古拉说，"可是我恐怕没办法在这里接受告解。大厅里有一张表，上面注明了时间，你可以去我们在印可尼多街的礼拜堂。"

男子朝尼古拉走来。尼古拉看见男子的眼睛布满血丝，底下还有深色的黑眼圈，心想他可能已经有好久没睡觉了。

"我打坏了你们门上的星星，我是来赔罪的。"

尼古拉花了几秒钟才明白男子说的是什么。"哦，原来如此，可是那不是我负责的，我只看见星星松掉了，而且倒了过来，"他微微一笑，"说得含蓄一点，那个样子在教堂里实在有点不太合适。"

"你不是这里的人？"

尼古拉摇了摇头："我们有时候会借用这里的房间。我在圣奥尔加服务。"

哈利扬起双眉。

"圣奥尔加是俄国东正教的教堂，"尼古拉又说，"我是牧师兼行政负责人。你得去教堂办公室，那里说不定有人能帮你。"

"嗯，谢谢。"男子却没动，"你在弹柴可夫斯基，对不对？第一协奏曲？"

"对。"尼古拉惊讶地说。他之所以惊讶，是因为挪威人不太算得上是有文化的一群人，更何况眼前这个 T 恤男子看起来如此粗俗。

"我妈妈以前常弹给我听，"男子说，"她说这首曲子很难。"

"你有个好母亲，会给你弹她觉得对你来说有难度的曲子。"

"对，她是个好母亲，像圣人一样。"

男子不对称的微笑让尼古拉感到困惑。那是自相矛盾的微笑，既开朗又沉静，既友善又愤世嫉俗，笑着又痛苦着。但尼古拉也可能跟往常一样过度解读了。

"谢谢你帮忙。"男子说完往门口走去。

"不客气。"尼古拉回过身，看着钢琴，集中注意力，轻轻压下一个琴键，让琴键碰触琴弦，却不发出声音。他感觉得到琴键抵住琴弦的那种紧绷感，就在此时，他注意到没听见关门声。他转过头，看见男子站在门口，手握门把，呆呆看着破窗里的星星。"怎么了？"

男子抬头望向他："没什么，我只是在想你刚刚说星星倒过来不合适是什么意思。"

尼古拉哈哈大笑，笑声在墙壁间回荡。"那是个倒过来的五芒星，不是吗？"尼古拉从男子脸上的表情看出他并不明白，"五芒星是古老的宗教符号，不是只有基督教用它。你可以看见那个有五个尖角的星星由连续的直线组成，直线交叉了好几次。一些有数千年历史的墓碑就刻有五芒星。不过当五芒星倒过来，一个角往下指，两个角向上，就代表完全不同的意思，变成了魔鬼研究的重要符号。"

"魔鬼研究？"

男子问这句话的声调冷静而坚定，似乎很习惯别人给他回答，尼古拉心想。

"就是对魔鬼的研究，当人类认为邪恶是因为魔鬼而产生，魔鬼研究就诞生了。"

"嗯，那现在魔鬼被消灭了？"

尼古拉从钢琴椅上转过身来。他是不是看错了人？对一个吸毒者或落魄的人来说，男子的问题似乎有点尖锐。

"我是警察，"男子像是回应尼古拉的思绪，"我们喜欢问问题。"

"哦，不过你为什么要特意问这个？"

男子耸了耸肩："不知道。我最近看过这个符号，可是我记不太清楚在哪里看过，我也不确定这件事重不重要。是哪个魔鬼使用这个符号？"

"黑神。"尼古拉说，轻轻按下三个琴键，这三个琴键是不和谐音，"又叫撒旦。"

奥莉·希芬森打开通往阳台的落地玻璃门，阳台面对的是碧悠维卡区。她在椅子上坐下，看着红色火车经过她家。这栋十分平凡的独栋红砖房子建于一八九一年，它的不凡之处在于它的位置。房子名叫弗勒公馆，以它的设计师命名，它独自矗立在奥斯陆中央火车站旁边的铁轨旁，就位于铁路系统的范围内，附近邻居是挪威铁路公司的小房子和维修厂。弗勒公馆是建造给火车站站长、站长的家人和佣仆居住的，墙壁造得特别厚，好让站长和妻子不会被每次经过的火车吵醒。此外，站长还要求建筑工人加固墙壁，这个建筑工人之所以得到这份工作，是因为他使用了一种特殊灰泥，可以让砖墙更为坚固。倘若火车出轨，撞上弗勒公馆，站长希望承受冲击力的是列车长，而不是他和他的家人。目前为止尚未有火车撞上站长这栋地点孤单而又怪异的优雅房子，这栋房子犹如矗立在黑色碎石荒地上的城堡，铁轨在碎石荒地里闪烁微光，在阳光下如同蛇一般蜿蜒而行。

奥莉闭上眼睛，沐浴在温暖的阳光中。她年轻时不喜欢炎热的天气，那种天气下，她的皮肤会发红发痒，她渴望挪威西北部那种凉爽潮湿的夏季。如今她年近八十，反而喜欢热，不喜欢冷，喜欢亮，不喜欢暗，喜欢有人陪伴，不喜欢孤单，喜欢有声音，不喜欢寂静。

一九四一年，时年十六岁的她并非如此。那年她离开阿弗罗亚岛，沿着铁轨来到奥斯陆，在弗勒公馆当女仆，服侍恩尼斯·施瓦伯中将和他的妻子兰迪。施瓦伯中将是个高大英俊的男子，妻子兰迪出身贵族。奥莉刚到弗勒公馆的前几日，心中十分惶恐，但施瓦伯中将和兰迪待她不错，也相当尊重她。不久，奥莉就明白，只要她工作细心准时，符合德国人有时毫无道理可言的著名民族性，就没什么好害怕的。

施瓦伯中将是 WLTA 首长，WLTA 是德意志国防军的运输部门，他选择了火车站旁的弗勒公馆作为自己的居所。施瓦伯中将的妻子兰迪可能也在 WLTA 服务，但奥莉从来没见过她穿制服。奥莉的房间面向南方，俯瞰庭院和铁轨。刚住进弗勒公馆的前几周，她晚上常被长铁轨发出的当啷声、尖锐的鸣笛声和其他噪声吵得睡不着觉，但日子久了也就逐渐习惯了。在弗勒公馆工作一年后，她首次返乡过节，回到小时候生长的屋子，躺在床上，聆听着寂静和空无，却发现自己渴望听见热闹的人声。

热闹的人声，弗勒公馆在二战期间相当热闹。施瓦伯中将喜欢社交，跟他往来的有德国人，也有挪威人，人们如果知道有哪些挪威社会的领袖曾是德意志国防军的座上宾，在弗勒公馆吃香喝辣还抽烟，肯定会引起轩然大波。战争结束后，他们命令奥莉做的第一件事就是烧毁她藏起来的座位卡。她听从了命令，不曾对任何人透露半句。当然，当她看见报上登出的面孔明明是弗勒公馆的熟客，却大言不惭地说起他们在德国占领期间过着被德国人摆布驱使的生活，她心里就会升起违抗命令的冲动。她一直乖乖闭嘴，只为了一个原因：和平降临后，他们威胁说要带走她的孩子，她在世界上最珍视的宝贝。害怕失去儿子的恐惧一直围绕着她。

奥莉在薄暮下眯起双眼。太阳暴晒了一整天，把她窗台花盆里的花晒得奄奄一息，这时太阳已然西斜。奥莉微笑。天哪，她曾经那么年轻，没有人曾经像她那么年轻。她是否渴望再度年轻？也许不会，但她渴望身旁有人围绕，充满生气。以前听人说老人很孤单，她一直无法了解，如今……

与其说是孤单，不如说是没有人需要。她早上醒来之后，心里知道就算她躺在床上一整天，对其他人也没有影响，一想到这里她就十分伤心。

这就是她把房间租出去的原因。房间租给了一个从特伦德拉格来的开朗少女。

一想到依娜现在就住在她刚搬来奥斯陆时住的那个房间，奥莉就有种奇怪的感觉，而且依娜的年龄比她刚来时只大了几岁。依娜半夜醒来，躺在床上，心里也许渴望远离喧嚣的城市生活，回到静谧的北方小镇特伦德拉格。

但这可能只是奥莉一厢情愿的想法。依娜有个绅士朋友。奥莉没见过这位男性友人，更别说认识了。但奥莉在自己卧室里听见他踏上屋后楼梯的脚步声，那里可以通往依娜的卧室。奥莉不可能禁止男人造访依娜的房间，不像她自己当女佣的时候，只是她也从未有过这个念头。她只希望不会有人带走依娜。依娜已经变成她的亲密朋友，甚至像她女儿，她不曾有过的女儿。

　　然而奥莉发现，一个老太太和依娜这样的少女之间的关系，通常是少女提供友情，老太太接受友情。因此奥莉时常留心，不让自己多管闲事。依娜对她总是很友善，但她心想那可能是因为房租便宜的关系。

　　她们的互动已经变成某种固定仪式：晚上七点左右，奥莉会泡壶茶，拿一盘饼干，端着托盘去敲依娜的门。奥莉更喜欢跟依娜在她的房间里聊天。说来奇怪，奥莉觉得这个房间最有家的感觉。她们在夕阳下，什么都聊。依娜对二次大战和弗勒公馆发生过的事最感兴趣，奥莉也一一告诉她，跟她说施瓦伯中将和兰迪如何爱着彼此，他们夫妇俩会在客厅里坐好几个小时，谈天说地，温柔地抚摸对方，拨开一缕头发，把头靠在对方肩膀上。奥莉跟依娜说，有时她会躲在厨房门后偷看。她描述的施瓦伯中将有着挺拔身形、浓密黑发、高阔额头，他的眼神可以在玩笑与正经、愤怒与大笑之间变换，他对生命中的大事十分自信，对琐碎小事却如孩子般困惑。不过大多数时候，奥莉看的是兰迪的闪亮红发、细长白颈和明亮双眼。兰迪的虹膜是浅蓝色的，周围是一圈深蓝色。兰迪的眼睛是奥莉见过最美丽的眼睛。

　　见他们如此恩爱，奥莉认为他们简直是天造地设的一对，有如灵魂伴侣，没什么可以拆散他们。不过，奥莉告诉依娜，当弗勒公馆的宾客回家后，快乐的派对气氛有可能变成激烈的争吵。

　　有一晚，就在这种激烈争吵过后，奥莉已上床就寝，施瓦伯中将敲了敲她的房门，走了进来。他并未开灯，只是在床边坐下，跟奥莉说，他妻子一怒之下离家出走，跑去饭店过夜。奥莉一闻就知道施瓦伯中将喝了酒，但她还年轻，不知道该如何应付一个大她二十岁的男人。她尊敬、景仰这个男人，甚至有点爱上了他。他请她脱下睡衣，说想看看她裸体的样子。

　　第一个晚上，他并未碰她，只是看着她，抚摸她的面颊，告诉她她很美，比她能够了解的还要美，然后他就站了起来。他离开时，眼泪似乎就要夺眶而出。

　　奥莉站起身来，关上阳台的门。快七点了。她朝屋后楼梯的顶端看了一眼，只见一双时髦的男鞋摆在依娜房间外的地垫上。原来依娜有访客。奥莉在床上坐下，侧耳聆听。

　　晚上八点，房门打开。奥莉听见有人穿上鞋子，走下楼梯。她还听见另一种声音，一种拖着脚走路发出的刮擦声，像是狗的脚爪发出的声音。她走进厨房，烧水泡茶。

　　几分钟后，奥莉轻敲依娜的房门，惊讶地发现依娜并未回应，耳中却听见她屋里传出轻柔的音乐声。奥莉又敲了敲门，依然无人回应。

　　"依娜？"奥莉一推门，门荡了开来。她注意到的第一件事是屋里空气滞闷。窗户紧闭，窗帘拉上，里面几乎一片漆黑。

　　"依娜？"

　　无人回应。也许依娜睡着了。奥莉走进屋内，往床铺的方向看去。床上没人。奇怪。她衰老的眼睛逐渐适应黑暗，然后她看见了依娜。依娜坐在窗边的摇椅上，看起来像是睡着了，眼睛闭着，头垂向一旁。奥莉仍辨别不出那低低的吟唱是从哪里传出来的。她走到摇椅旁。

　　"依娜？"

　　依娜依旧没有回应。奥莉用一手托住托盘，伸出另一只手轻轻触碰依娜的脸颊。

　　茶壶跌落在地毯上，发出咚的一声轻响。两把茶匙、一个刻着德意志帝国老鹰徽章的银糖罐、一个盘子、六块玛丽兰牌饼干接连跌落在地毯上。

　　正当奥莉的茶壶——或说得准确一点，施瓦伯家族的茶壶跌落地面时，奥纳端起了杯子——或说得更精确一点，奥纳端起了奥斯陆警局的杯子。

　　莫勒细看着胖嘟嘟的心理医生奥纳胖嘟嘟的小指，心想奥纳的小指高高跷起，到底有几分是装腔作势，有几分纯粹是因为小指太胖。

　　莫勒在办公室召开会议，除了奥纳，还找了主管调查案的汤姆、哈利和贝雅特。

四个人看起来疲惫不堪，多半是因为原本抱着可以找到那个假冒的快递员的希望，如今这个希望已开始褪色。

他们在电视和广播中登出了告示，汤姆刚刚才过滤完民众提供的线报。警署一共接到二十四个报案电话，其中十三个来自报案常客，这些人不管有没有看见什么都会打电话来。至于另外十一个电话，其中七个提供的线索经过清查只是一般快递员，另外四个电话提供的线报则是警方已经知道的信息：星期一下午五点左右，卡尔柏纳广场曾经出现一个快递员。警方接获的新消息是有人在特隆赫姆路上看见了那个快递员。只有一个报案电话令人关注，这个电话是一个出租车司机打来的，司机说他在艺术与科技学院外见过一个骑车人戴着安全帽和墨镜，身穿黄黑相间的运动衫，当时出租车司机驾车行驶在伍立弗路上，正好是卡米拉遇害时间前后。当天那个时间，没有一家快递公司在伍立弗路附近区域有快递业务，但后来第一快递公司有个快递员打电话来，说他骑车前往圣赫根区的露台餐厅喝啤酒时，曾经过伍立弗路。

"换句话说，调查工作毫无进展。"莫勒说。

"调查工作才刚刚开始。"汤姆说。

莫勒点了点头，脸上表情显示他并没有因为这句话而受到鼓舞。除了奥纳，办公室里每个人都知道，民众一开始提供的线报最为重要，因为人们都遗忘得很快。

"人手不足的法医学研究所那边有消息吗？"莫勒问，"他们有没有发现了什么，可以帮助我们辨识凶手的身份？"

"恐怕没有，"汤姆说，"他们把其他解剖工作摆到一旁，优先处理我们的，但目前为止没有任何发现。没有精液，没有血迹，没有毛发，什么都没有。留下的具体线索只有弹孔。"

"有趣。"奥纳说。

莫勒语气沮丧地问哪里有趣。

"有趣之处在于，这表示凶手并未性侵被害人，"奥纳说，"这对连环杀手来说很不寻常。"

"也许动机不是性。"莫勒说。

奥纳摇了摇头："动机一向是性，没有例外。"

"也许他跟电影《无为而治》里的彼得·谢勒一样，"哈利说，"'我喜欢看着。'"

其他人一脸不解地看着哈利。

"我的意思是说，说不定凶手不必触碰被害人也能满足性欲。"哈利避开汤姆的目光，"说不定杀人行凶和看见尸体对他来说就够了。"

"不无可能，"奥纳说，"一般来说，凶手希望达到高潮，但他有可能射精却不在犯罪现场遗留精液，也可能他有足够的自制力，等抵达安全的地方才解决。"

众人沉默了几秒钟。哈利知道其他人跟他一样正在想同一件事：凶手到底对失踪的莉斯贝思做了什么？

"我们在犯罪现场发现的手枪呢？"

"检查过了，"贝雅特说，"测试结果显示，有百分之九十九点九的可能性是凶器。"

"这样就够好了，"莫勒说，"知道枪支来源了吗？"

贝雅特摇了摇头："跟其他枪支一样，序号被锉掉了，锉痕跟我们没收的大部分枪支是一样的。"

"嗯，"莫勒说，"又是那个神秘的大型枪支走私团伙。密勒局的人很快就会查到他们，对不对？"

"这件案子国际刑警组织已经查了四年，仍然没有收获。"汤姆说。

哈利向后一倒，靠上椅背，偷偷朝汤姆望去，就这么一眼，他惊愕地发现自己心中对汤姆浮现出一种前所未有的感觉：钦佩。就好像你发现你的猎物竟然发展出如此完美的生存技能，因而感到钦佩。

莫勒叹了口气："我知道，比分三比零，对手连球都没让我们摸到。没有人有什么好主意吗？"

"我不确定是不是个好主意……"

"说说看，哈利。"

"更像是对犯罪现场的直觉，这些犯罪现场都有一些相似的地方，可是我还没办法清楚地说出来。第一桩枪击命案发生在伍立弗路。第二桩发生在西北方向一公里外的桑纳街。第三桩命案的现场距离第二桩同样是一公里，这次是在东方，在卡尔柏纳广场的办公区。凶手会移动，但我感觉这背后有一个合乎逻辑的脉络。"

"怎么说？"贝雅特问。

"他有地域性，"哈利说，"我们的心理学家也许可以解释这一点。"

莫勒转头望向奥纳，奥纳正好端起茶杯喝了一口："奥纳，你有什么看法？"

奥纳做了个鬼脸："呃，这不是伯爵茶。"

"我说的不是茶。"

奥纳叹了口气。"莫勒，我是开玩笑的。不过哈利，我知道你的想法，这个凶手对犯案的地理位置有强烈的偏好。以地点来说，我们可以把连环杀手大致分为三种类型。"奥纳伸出手指数，"第一种是固定型杀手，他会引诱或强迫被害人到他家，然后下手。第二种是地域型杀手，他会在特定地区犯案，比如说开膛手杰克只在红灯区杀人，但这个特定地区很可能是整个城镇。第三种是游牧型杀手，这种杀手可能背负的人命最多，美国的奥迪斯·杜尔和亨利·李·卢卡斯这对搭档就杀了三百多人。"

"原来如此，"莫勒说，"可是哈利，我还是不太明白你所说的逻辑是什么。"

哈利耸了耸肩："就像我刚刚说过的，老大，只是直觉而已。"

"这些命案现场有一个共同点。"贝雅特说。

众人像是被遥控器操控似的，同时转头朝贝雅特望去。她脸上立刻浮现红晕，似乎后悔说了这么一句，不过她努力克制，继续说道："凶手闯进了女人觉得最安全的地方。他闯进她们的家、光天化日下的街道和办公室的女厕所。"

"很棒的切入点，贝雅特。"哈利说，并收到贝雅特的脸红作为答谢。

"小姑娘观察入微，"奥纳插嘴说，"既然我们在讨论移动模式，我想再补充一点。反社会型杀手通常很有自信，从这系列案子来看也是如此。他们有个特点，就是会密切留意调查工作的进行，而且会利用每个机会亲自靠近调查工作。他们可能会把调查工作看成是和警方玩的一场游戏，很多反社会型杀手都说他们觉得警察苦恼的样子很好玩。"

"也就是说，现在有一个人正坐在那里享受这一切？"莫勒双手一拍，"今天的会议就开到这里。"

"还有一件小事，"哈利说，"凶手留在被害人身上的钻石……"

"怎样？"

"这些钻石有五个尖角，很像五芒星。"

"很像？据我所知，根本就是五芒星。"

"五芒星是用一条线连续转折交叉画成的。"

"啊哈！"奥纳高声说，"五芒星，以黄金分割比例画成，形状很有意思。对了，有一种理论说，凯尔特人在维京时代想让挪威改信基督教，所以他们在挪威南部画了一个圣五芒星，用它来判定城镇和教堂的位置。"

"那跟钻石有什么关系？"贝雅特问。

"跟钻石无关，"哈利说，"而是跟五芒星的形状有关。我知道我在命案现场的某个地方见过这个形状，可是我记不起来是哪个现场、哪个地方。这听起来很像胡说八道，可是我觉得很重要。"

"所以说，"莫勒双手支着下巴，"你记得某件你不太记得的事，可是却觉得很重要？"

哈利用双手用力抹了抹脸："当你走进犯罪现场，你会非常专注，以致你的大脑吸收到的周边信息大大超出你可以处理的范围。这些信息会留在你的大脑里，直到某些事情发生、某个新线索出现、一块拼图和另一块拼上，可是你已经忘了第一块拼图是从哪里来的。不过你的直觉会告诉你，这很重要。这样解释听起来怎么样？"

"好像精神病。"奥纳说着打了个哈欠。

其他三人望向奥纳。

"我说笑的时候你们至少挤出一点笑容吧，"奥纳说，"哈利，这听起来完全就是大脑的正常功能，没什么好害怕的。"

"我想今天这里的四个大脑已经工作得够多了。"莫勒说着站了起来，这时他面前的电话响起，"我是莫勒……请等一下。"

莫勒把电话递给汤姆，汤姆接过，凑到耳边："什么事？"其他人纷纷移动椅子准备离开，但汤姆做了个手势，示意大家先别走。"太好了。"他说，挂上电话。

大家提起兴趣，望着汤姆。

"刚刚有个目击者打电话来，说卡米拉遇害的那个星期五下午，她在伍立弗路看见一个骑自行车的人从救世主墓园附近的一间公寓出来。她会记得这件事是因为她看见这人脸上戴着白色口罩，心里觉得很奇怪。那个经过伍立弗路去圣赫根区喝啤酒的快递员脸上并没有戴口罩。"

"然后呢？"

"她不记得是伍立弗路的哪间公寓了，所以麦努斯载她去看，她指出的那间公寓就是卡米拉的公寓。"

莫勒在办公桌上重重拍了一掌："终于有了！"

奥莉坐在床沿，一手放在喉咙上，感觉脉搏逐渐慢下来，恢复正常。"你吓死我了。"奥莉低声说，声音沙哑难辨。

"真是抱歉，"依娜说着吃下最后一块玛丽兰饼干，"我没听见你进来。"

"该道歉的人是我，"奥莉说，"我就这样闯了进来，没看见你头上戴着……"

"耳机，"依娜笑道，"可能是音乐开太大声了，我在听柯尔·波特。"

"你知道我赶不上潮流，不听这些现代音乐的。"

"柯尔·波特是个老爵士乐手，早就作古了。"

"我的老天，你这么年轻，不应该听死人的音乐。"

依娜又放声大笑。那时她一感觉有东西触碰她的脸颊，就下意识地挥手去拨，于是打翻了盛放茶具的托盘。现在地毯上还留有一层薄薄的白砂糖。

"有人放他的专辑给我听。"

"你脸上这个笑容真神秘，"奥莉说，"是不是你那个绅士朋友？"此话一出口，奥莉就后悔了，依娜可能会觉得自己在监视她。

"也许吧。"依娜说，眼睛闪闪发光。

"他的年龄是不是比你大？"奥莉绕了个弯，间接说明她并未逾越界限，偷看依娜那个绅士朋友长什么样子，"你说他喜欢老歌。"

奥莉听出这样说不合适，她问这些就好像是个爱嚼舌根的老太婆在窥探别人的隐私。她心头一阵惊慌，仿佛看见依娜已经在盘算要搬去别的地方住。

"对，比我大一点。"依娜露出促狭的微笑，令奥莉觉得困惑，"我们可能有点像你和施瓦伯中将那样吧。"

奥莉和依娜一同开怀大笑。奥莉之所以大笑，主要是因为松了口气。

"想象一下，施瓦伯中将就坐在你现在坐的地方。"依娜突然说。

奥莉伸手抚摸床上的被单："是啊。"

"那天晚上他流下眼泪，是因为他不能拥有你吗？"

奥莉仍在抚摸被单。粗糙的羊毛摸起来触感很好。"我不知道，"奥莉说，

"我不敢问。我只是编了许多我自己喜欢的答案，让我能在夜里做个好梦，这可能就是我那么爱他的原因。"

"你们曾一起出去过吗？"

"有啊。有一次他开车带我去碧戴半岛，我们去游泳，我的意思是我游泳，他坐在那边看。他说我是他一个人的仙女。"

"你怀孕的时候，他太太有没有发现孩子的父亲是他？"

奥莉看着依娜好一会儿，然后摇了摇头。"他们在一九四五年五月离开挪威，后来我再也没见过他们。到了七月我才发现自己怀孕了。"奥莉拍了拍被单，"亲爱的，我的老故事你一定都听腻了，说说你吧，那个绅士朋友是什么人？"

"他是个好男人。"依娜脸上仍留着做梦般的神情。每次奥莉说起她这一生唯一的情人施瓦伯中将，依娜脸上都会出现这种神情。"他给我一样东西。"依娜说着打开桌子抽屉，拿出一个绑着金色蝴蝶结的小包，"他说要等到我们订婚才能打开。"

奥莉微笑，摸摸依娜的脸颊，替她感到高兴。

"你喜欢他吗？"

"他跟其他人都不一样。他没有那么……他很老派。他希望我们等到……才……你知道的。"

奥莉点了点头："听起来他很认真。"

"对。"依娜轻轻叹了口气。

"在你让他更进一步之前，你必须确定他是适合你的男人。"奥莉说。

"我知道，"依娜说，"这才是困难之处。他只是来这里坐坐而已，在他离开前我说我需要时间想一想。他说他明白，毕竟我的年龄比他小这么多。"

奥莉想问他有没有养过狗，但及时打住。她已经窥探得够多了。她又摸了摸被单，然后站起身来："亲爱的，我再去泡点茶。"

天启降临了。不是奇迹，只是天启。

其他人离开半小时后，哈利看完了住在莉斯贝思家对面那两名女子的讯问报告，关掉台灯，在黑暗中眨眼，这时天启突然降临。也许是因为他关掉台灯就好像上床前关灯那样，又或许是因为他在关灯后的那个片刻停止了思考，无论原因是什么，他面前仿佛有人塞来一张清晰锐利的照片。

他走进存放命案现场钥匙的办公室，找到他要找的那把钥匙，然后驾车前往苏菲街，拿了手电筒，往伍立弗路走去。时间将近午夜。一楼锁着，自助洗衣店已经打烊。墓碑店的橱窗里聚光灯照亮"长眠安息"这几个字。

哈利开门，走进卡米拉的住处。

家具和其他物品都没被移动过，但他的脚步声依然在屋里回荡，仿佛主人的死去让这间房子留下一个真实存在的空洞。同时，他感觉自己并非孤身一人。他相信灵魂的存在。倒不是他有什么宗教信仰，而是每当他看见尸体，总是有一种感觉：尸体少了什么东西，这样东西跟尸体的物理变化无关。尸体看起来像是蜘蛛网上的昆虫空壳，里面的生物不在了，亮光熄灭了，而且不会像早已燃烧殆尽的恒星那样，依然亮着如梦似幻的残存星光。尸体缺少的是灵魂，就因为尸体少了灵魂之后的那份空洞感，才让哈利相信灵魂的存在。

他并未开灯，天边照进来的月光已经足够。他直接走进卧室，按亮手电筒，照向床边的承重梁。他猛然吸了口气。梁上刻着的果然不是他原本以为的三角形。

哈利在床上坐下，用指尖触摸梁上刻痕。这根褐色承重梁年代久远，上面的刻痕却十分清晰，一定是最近才刻上的。很明显，刻痕一气呵成，几条直线转折交错，形成一个五芒星。

哈利压低手电筒，照向地面，只见木质地板上有薄薄一层灰尘和许多小尘块。卡米拉去世前显然没打扫家里。是的，就在床脚上方，他找到了他来这里寻找的东西：木屑。

哈利在床上躺下。床垫柔软有弹性。他看着倾斜的天花板，思索着。如果床边梁柱上那个五芒星刻痕真的是凶手留下的，它代表什么意思？

"长眠安息。"哈利喃喃地说，闭上眼睛。他太疲倦，无法清楚地思考。另外有个问题在他脑海里翻搅。他为什么没有注意到五芒星？他为什么没有把五芒星跟钻石联系在一起？还是他已经联想过？也许因为他动作太快，也许因为他的潜意识把五芒星跟别的东西联系到一起，某样他在其中一个命案现场看见的东西，可是他无法确切找出那是什么。

他试着在心里重建命案现场。

莉斯贝思在桑纳街。芭芭拉在卡尔柏纳广场。卡米拉在这间卧室隔壁的浴室。卡米拉几乎全身赤裸，肌肤湿润。他碰触过她的肌肤。热水让她感觉起来没有死那么久。他碰触过她的肌肤。贝雅特在一旁观看。他无法停止触摸她。那感觉仿佛是用手指滑过温暖柔顺的橡胶。他的视线往上飘移，看见这里只有他们两人，没有别人，这时他才感觉到莲蓬头喷出的热水所产生的温暖水气。他的视线往下，看见她正看着他，眼中闪烁着奇异的微光。他心头一惊，把手抽回；她的眼神就像关机时的电视屏幕，逐渐褪去光芒。奇怪，他心想，伸手贴上她的脸颊。他等待着，莲蓬头喷出的热水浸湿了他的衣服。微光又逐渐亮起。他把另一只手放上她的腹部。她的眼神活了起来，他感觉得到她的身体在他的手指底下蠕动。他知道抚触使她恢复了生命力，少了抚触，她会消失，死去。他把额头抵在她的额头上。热水流进他的衣服，浸湿他的肌肤，仿佛在他们之间形成一层温暖的隔膜。这时他发现，她的眼睛不是蓝色的，而是褐色的。她的嘴唇不再苍白，变得红润而富有生命力。萝凯。他的唇贴上她的唇。他发现她的唇冷冰冰的，立刻缩了回来。

她凝视着他，嘴唇动了动。

"你在干吗？"

哈利的心脏停止跳动，一部分是因为这句话依然回荡在房间里，因此他知道这不是梦，另一部分是因为这不是女人的声音。而最重要的，是有人站在床边，俯身望着他。

哈利的心脏迅速恢复跳动，他四处摸索，想找回仍然开着的手电筒。手电筒掉落地面，轻轻发出砰的一声，在地上滚动了一圈。手电筒的光线和那人的影子掠过墙面。

然后，天花板的灯亮了起来。

哈利觉得万分刺眼，第一个反应是举起双臂挡在面前。过了一秒，没有任何事发生。没有人开枪，没有拳头招呼。哈利放下手臂。他认出了站在面前的人。

"你到底在干吗？"男人问。

他身穿粉红色睡袍，除了那身衣服，看不出才刚下床的迹象。他的分头梳理得一丝不苟。

安德斯·尼高。

"我被噪声吵醒，"安德斯说，把一杯滴滤式咖啡放在哈利面前，"我脑中闪过的第一个念头是有人发现楼上没人住，闯了进去，所以我就上来查看。"

"可以理解，"哈利说，"可是我把门锁上了。"

"我有管理员的钥匙，以防万一。"

哈利听见窸窣的脚步声，转过头去。菲毕卡身穿睡衣出现在走廊上，睡眼惺忪，红发四散。她没上妆，被厨房的刺眼灯光一照，和哈利之前的印象比，顿时老了好几岁。她看见哈利在这里，吓了一跳。"怎么回事？"她咕哝说，视线在哈利和安德斯之间来回扫射。

"我来卡米拉家查几件事，"哈利看见菲毕卡以为有坏事发生，便说，"我坐在床上闭目养神几秒钟，结果就睡着了。安德斯听见我发出的声音，上楼把我叫醒。真是漫长的一天。"哈利故意打个哈欠，以示证明，完全不明白自己为何要这样做。

菲毕卡望向安德斯："你穿的是什么？"

安德斯低头看了看，仿佛这时才发现自己穿的是粉红色睡袍："哇，我看起来一定像变装皇后。"

哈利暗自窃笑。

"亲爱的，这件睡袍是我买来送你的，还放在行李箱里，刚才我匆匆忙忙只找到这件衣服。给你。"

安德斯解开腰带，脱下睡袍，丢给菲毕卡。菲毕卡退了一步，但还是把睡袍接到手上。"谢谢。"她一脸困惑。

"对了，你怎么起来了？"安德斯轻声问道，"你没吃安眠药吗？"

菲毕卡不好意思地瞥了哈利一眼。"晚安。"她低声说，转身离去。

安德斯走到咖啡机前，放回咖啡壶。他的背部和上臂十分苍白，几乎是白色的，但他的小臂却是古铜色的，宛如夏天货车司机的手臂。他的膝盖同样有如此明显的肤色分界线。"她通常整个晚上都会睡得很沉。"他说。

"可是你不会？"

"为什么这样说？"

"呃，因为你知道她睡得很沉。"

"是她自己说的。"

"所以只要有人从楼上走过，就会把你吵醒？"

安德斯看着哈利，点了点头："警监先生，你说得没错，我没睡着，发生那种事后要睡着不太容易。我醒着躺在床上，脑子里浮现关于命案的种种推论。"

哈利啜饮一口咖啡："要不要跟我们分享你的推论？"

安德斯耸了耸肩："我对大屠杀凶手不是很了解，如果这个凶手是的话？"

"不是，是连环杀手，这两者的差别可大了。"

"原来如此，可是你没注意到被害人有共同点吗？"

"被害人都是年轻女性，还有呢？"

"她们的性关系都很随便。"

"哦？"

"报纸上都写了，她们的过去有目共睹。"

"莉斯贝思已经结婚了，据我所知她很忠贞。"

"那是在结婚以后，可是她在结婚前是玩乐队的，常常在全国各地的舞厅里表演。警监先生，你应该没那么天真吧？"

"嗯。你对这些共同点有什么结论？"

"这类凶手会表现得像是审判者，认为自己跟上帝一样。还有，《圣经·希伯来书》第十三章第四节说，上帝将审判奸淫之人。"

哈利点了点头，抬起手腕看了看表："我会记下来。"

安德斯玩弄着他的咖啡杯："你找到你想找的东西了吗？"

"可以这样说。我找到了五芒星。你是做教堂装潢的，应该知道五芒星是什么吧？"

"你是说有五个尖角的星星？"

"对，用连续线条画成的，你知道这种符号可能代表什么意思吗？"哈利的头低向桌面，但他其实正偷偷观察安德斯的表情。

"有很多意思，"安德斯说，"五是黑魔法最重要的数字。你说的五芒星有一个还是两个尖角向上？"

"一个。"

"那就不是魔鬼的符号，你说的这个符号可能象征生命力和热情。是在哪里发现的？"

"在她床铺旁边的横梁上。"

"哦，原来如此，"安德斯说，"这就简单了。"

"哦？"

"这种五芒星我们称为噩梦十字，或魔鬼之星。"

"噩梦十字？"

"异教徒的符号。人们通常把它刻在床铺上方或者门口，用来驱赶梦魇。"

"梦魇？"

"对，'魇'指的是噩梦。据说有个女魔鬼会趁人睡觉的时候，坐在人的胸口，把人当马骑，所以人才会做噩梦。异教徒认为她是精灵。这并不奇怪，因为魇（mare）这个词是从印欧语的'mer'演变来的。"

"我得承认，我对印欧语系了解不多。"

"'mer'是'死亡'的意思，"安德斯垂眼看着他那杯咖啡，"说得更准确一点，'mer'是'谋杀'的意思。"

哈利到家时，答录机里有一则留言，是萝凯留的。她问哈利明天可不可以去维格兰雕塑公园的游泳池陪欧雷克，因为她下午三点到五点得去看牙医，还说这是欧雷克要求的。

哈利坐下，反复聆听留言，看能不能听见任何呼吸声，就像他几天前接到的那则无声留言，可是最后什么也没听见。

他脱下衣服，裸身躺上床。昨晚他把被套里的被子拿走，只盖着被单睡觉。他把被单踢来踢去，踢了一阵，逐渐入睡，脚却跑到了外面，他心头一慌，在棉布撕裂声中醒来。外面的黑夜已染上一层灰色。他把还留在床上的被子一角丢在地上，面朝墙壁躺了下来。

然后，她就来了。她跨坐在他身上，把缰绳塞进他嘴里，用力拉扯。他的头被拉得乱转。她俯身在他身上，把炙热的气息吹进他的耳朵，宛如一条喷火的恶龙。答录机里的无言讯息，咝咝声。她抽打他的侧胁、臀部，抽打的疼痛是甜蜜的。她说，她迟早会成为他唯一能爱的女人，他最好一开始就想清楚。

直到太阳照到屋顶上最高处的瓦片，她才离去。

19

星期三　　水下

将近下午三点，哈利把车子停在维格兰雕塑公园的露天游泳池外，才发现原来那些离开奥斯陆的人都跑来了这里。售票亭前方的队伍排了一百多米长。他排在队伍中缓缓前行，一边看《世界之路报》，一边朝加了氯的游泳池前进。

连环杀人案没有新发现，但报社还是挖出很多题材写满四个版面。头版标题写得有点隐晦，专门为关注了这则新闻一段时间的读者而写。现在报社给命案取了个名字，叫"快递员谋杀案"。调查工作完全摊在阳光下，警方已不再领先媒体，哈利猜想报社编辑开的晨间会议和他与众办案警探的开会内容应该相差无几。他们在警署讯问过的那些证人接受了采访，哈利读了那些证词，发现他们好像在接受采访时记得更多。哈利也读了报社做的民意调查，这份调查询问民众是害怕、非常害怕，还是胆战心惊。另外，快递公司表示他们应该得到赔偿，因为如果民众不让他们进门，生意还怎么做下去？而且追根究底，把凶手缉捕归案不是政府的责任吗？快递员谋杀案和莉斯贝思失踪案已不再是"可能"有关联，而是"确实"有关联。"姐姐接替妹妹"这个大标题下登着一张大照片，照片中，朵娅和威廉站在国家剧院前。照片下方的说明写道："王牌制作人无意取消演出。"

哈利的视线向下移动，来到报道内文，只见里面引述了威廉的话："'表演必须继续'这句话不仅仅是廉价的陈词滥调，我们干这行必须认真看待这件事，我知道莉斯贝思一定会支持我们，不论她发生了什么事。现在的情况自然会带来一些冲击，不过我们都尽量保持乐观。这出戏是献给莉斯贝思的；她是一流的表演者，虽然她现在还没完全发挥潜力，但有一天她一定会的。我不能容许自己有其他想法。"

哈利终于踏进泳池入口，他停下脚步，环顾四周。他上次来维格兰雕塑公园的露天游泳池已经是二十年前的事了，但是除了建筑物外墙做过翻新、浅水池多了大型蓝色滑道，这里变化不大。空气中依然弥漫着氯的气味；下水前的淋浴区散放出水雾，形成小小的彩虹；脚丫子踩在柏油路面发出啪嗒啪嗒的声响；孩童穿着湿透的泳衣，浑身发抖地站在小摊贩前的阴影中排队。

他在儿童池下面的草地斜坡上找到了萝凯和欧雷克。

"嘿。"

萝凯的嘴角露出微笑，脸上却戴着一副 Gucci 太阳镜，难以看见她的眼神。她身上穿的是黄色比基尼。很少有女人能把黄色比基尼穿得好看，萝凯是那少数女人之一。

"你知道吗？"欧雷克大声说，侧头想把耳朵里的水甩出来，"我从五米板上跳下来了。"

尽管野餐布上还有很大的空间，哈利还是在他们身旁的草地上坐下："你吹牛。"

"我是说真的，真的！"

"五米？那可以去当特技演员了。"

"哈利，你有没有从五米的高度跳下来过？"

"勉强算有。"

"七米呢？"

"呃，我肚子先落水的。"

哈利意味深长地看了萝凯一眼，但萝凯正看着欧雷克。欧雷克突然停止甩头，低声问道："那十米呢？"

哈利抬头朝游泳池看了一眼，所有的尖叫、欢乐和救生员透过扩音器发出的刺耳声音都从那个方向传来。十米。跳水台矗立在蓝色晴空下，宛如黑白的 T 字。他上次来并不是二十年前，那次之后又过了几年，他曾在一个夏日夜晚和克丽丝汀翻越外墙，爬上跳台的台阶，肩并肩躺在最高层的台子上。他们躺在那里天南地北无所不谈，坚硬粗糙的地垫刺着他们的肌肤，满天星斗对着他们眨眼。他曾以为克丽丝汀是他这一生唯一的挚爱。

"没有，我从来没从十米的高度跳下来过。"哈利说。

"从来没有啊。"

哈利从欧雷克的语气中听到了失望。

"我不是跳下来，而是跳水。"

"跳水？"欧雷克跳了起来，"那更酷啊，有没有很多人看见？"

哈利摇了摇头："我是晚上跳的，只有我自己一个人。"

欧雷克呻吟一声："那能干吗？又没有人看见你英勇地跳下来……"

"我有时也这样想。"哈利想看看萝凯的眼神，但她的太阳镜颜色太深。她收拾了包，穿上 T 恤，在比基尼外面套上蓝色牛仔布迷你裙。"这就是最困难的部分，"哈利说，"只有你一个人，没有人看。"

"谢谢你帮忙，哈利，"萝凯说，"你真好。"

"能帮忙是我的荣幸，"他说，"你慢慢来。"

"应该是叫牙医慢慢来，"她说，"可是最好不要弄得太久。"

"你是怎么入水的？"欧雷克问。

"就是一般那样。"哈利说，目光并没离开萝凯。

"我五点回来，"她说，"不要换地方。"

"我们一定会守在这里。"哈利说，话才出口就后悔了。这不是个装可怜的好时机和好地点，要装可怜，还有更好的场合。

哈利看着萝凯离去，直到她的身影消失不见，心想在法定假期预约牙医不知道有多困难。

"你会看着我从五米处跳下来吗？"欧雷克问。

"当然。"哈利说，脱下 T 恤。

欧雷克盯着哈利："哈利，你晒过日光浴吗？"

"从来没有。"

欧雷克跳了两次之后，哈利脱下牛仔裤，到跳台前加入欧雷克。哈利身上那件印有欧盟旗帜的平脚短裤，在队伍中吸引了不少男孩不以为然的目光。哈利一边排队，一边教欧雷克如何做折刀式跳水。他的一只手平平伸出。"诀窍就是在空中保持水平，这样看起来很奇怪，别人以为你会像薄煎饼一样平平落水，可是就在最后一刻……"哈利的拇指向食指靠拢，"你屈起身体，就像一把折刀，然后双手双脚同时入水。"

哈利开始助跑，奋力一跳。他做出折刀姿势时，耳中听见救生员的哨音，接着水面就撞上了他的额头。

"嘿，那边那个家伙，我说过五米处禁止跳水。"

哈利浮上水面，听见扩音器发出的声响。欧雷克在跳台上做了个手势，哈利竖起大拇指，表示收到。

哈利出了跳水池，轻手轻脚地走下阶梯，站在一扇观景窗前，观景窗可以直接看到跳水池的池底。他伸出两根手指，在冰凉的观景窗的水雾上画了几下，凝视着蓝绿色的水底风光。他往水面看去，可以看见各式泳衣、踢水的脚，以及蓝天中的云朵轮廓。他想起了水下酒吧。

接着，欧雷克落入水中，猛地穿过水面，激起一大团气泡。他没往水面游去，而是踢了几下，朝哈利站着的那扇观景窗游来。

他们隔着观景窗看着彼此，欧雷克面带微笑，挥动双臂，指来指去，苍白的脸色中带有一抹绿。哈利听不见池子里的声音，只看见欧雷克的嘴唇在动，头发在头顶上方无重力地飘扬，仿佛舞动的海草。欧雷克往上指了指。这让哈利想起了某件事，某件他此刻不希望想到的事。欧雷克在观景窗的另一侧，烈日高挂天空，周围尽是欢声笑语，哈利站在这中间静止不动，心中突然浮现预感：可怕的事即将发生。

下一刻，他已忘了这个预感，预感被另一种感觉取代。此时欧雷克双腿一蹬，消失在观景窗外。哈利的目光停在空白的电视屏幕上。空白的电视屏幕。眼前是他在雾气上画的几条线。他知道曾经在哪里见过它了。

"欧雷克！"他冲上楼梯。

总的说来，卡尔对人没兴趣，虽然他在卡尔柏纳广场开电视行已超过二十年，他对人还是提不起兴趣。比如说，电视行所在的这个广场以卡尔柏纳命名，跟他同名，但是他从来不想了解关于卡尔柏纳的事。他也不想知道现在他面前这个亮出警察证的高大男子是谁，站在高大男子身旁的小男孩是谁，高大男子口中说的年轻女子又是谁。高大男子说这个年轻女子是他们在对面律师事务所的厕所里发现的。他现在唯一有兴趣的是《我们男人》杂志的封面女郎，不知道她多大了？她是不是真的来自滕斯贝格市？她是不是喜欢在她家露台上赤裸着晒日光浴，经过的男人都看得见？

"芭芭拉遇害那天我来过。"警察说。

"你说来过就来过。"

"你有没有看见窗户旁边那台电视？没插电的那台。"警察伸手一指。

"飞利浦的，"卡尔说，把《我们男人》杂志推到一旁，"很不错，对吧？五十赫兹，平面，立体声，有文字广播和收音机功能。定价七千九，五千九就卖你。"

"有人在沾了灰尘的屏幕上画画，你有没有看见？"

"好吧，"卡尔说，"五千六。"

"我才不管什么电视机，"警察说，"我想知道在上面画画的人是谁。"

"为什么？"卡尔说，"我又没想投诉那个人。"

警察俯身越过柜台，卡尔一看对方的脸色就知道他不喜欢这个回答。

"你给我仔细听好了，我们正在追捕一个杀人凶手，我认为在那个电视屏幕上画画的人就是凶手，现在你明白了吗？"

卡尔无言地点了点头。

"很好，现在我要你仔细回想。"

店门铃铛响了起来，警察转过身去，一个女子提着金属手提箱走进门来。

"那台飞利浦电视。"警察伸手一指。

女子点了点头，不发一语，在摆放那台电视的电视墙前蹲了下来，打开手提箱。卡尔睁大双眼，瞪着他们。

"怎么样？"警察说。

卡尔这才明白，这件事比来自滕斯贝格市的封面女郎丽姿重要多了。"我又没办法记住每个来过店里的人。"他结结巴巴地说，言下之意是说他谁也不记得。事实就是如此，脸对他来说不具意义，就连丽姿的脸他也已经忘了。

"我不用知道每个来过你店里的人，"警察说，"我只要知道这个人。今天这里好像比较安静。"

卡尔只能听天由命，摇了摇头。

"如果给你看几张照片呢？"警察说，"你能不能认出来？"

"不知道，我都认不出你来了……"

"哈利……"小男孩说。

"你有没有看见有人在那台电视上画画？"

"哈利……"

那天卡尔在店里见过一个人，当时警察来问他有没有看见可疑人物，他就想到过这个人，问题是这个人又没做什么事，只是站在那里盯着电视屏幕看而已，所以他该怎么说？说有个他不记得长什么样子的人来过他店里，行为可疑，然后惹上一大堆不必要的麻烦吗？

"没有，"卡尔说，"我没看见有人在电视上画画。"

警察嘴里咕哝了几句。

"哈利……"小男孩抓着警察的 T 恤，"五点了。"

警察直起身子，看了看表。"贝雅特，"他说，"发现了什么吗？"

"现在说还太早，"她说，"上面是有痕迹，可是他的手指在屏幕上滑动，很难采集到完整的指纹。"

"记得给我打电话。"

店门口的铃铛再度响起，店里只剩下卡尔和那个带金属手提箱的女子。卡尔再度拿起以丽姿作为封面的杂志，却又改变心意，把丽姿放下，朝那名女警察走去。女警察在屏幕上洒了一些粉，正用小刷子小心翼翼地把粉刷去。现在他看见了灰尘上画的图形。他是以能省就省的方式经营这家店，打扫工作也是，所以这个图形隔了几天还留在屏幕上并不令他惊讶，令他惊讶的是图形本身。

"那是什么？"他问道。

"不知道，"她说，"我也是刚刚知道它的名字。"

"叫什么？"

"魔鬼之星。"

20

星期三　　　教堂建筑工

哈利和欧雷克来到维格兰雕塑公园的露天泳池，碰上正要离开的萝凯。萝凯张开双臂奔向欧雷克，把欧雷克紧紧抱住，同时对哈利怒目而视。"你去做什么了？"她低声说。

哈利站在原地，双手垂在身侧，双脚不停变换姿势。他知道他可以给她一个答案。他可以说他去"做"的是拯救奥斯陆市民，但即使这样说也是谎言。事实上他是去"做"他自己的事，却让他周围的人付出代价。他过去总是这样，未来也还是会这样，如果这样刚好救了人命，那是额外的奖赏。"抱歉。"最后，他只是这样说，至少这句话是实话。

"我们去连环杀手去过的地方……"欧雷克兴高采烈地说，一看见母亲脸上露出不可置信的神情，便住了口。

"这个……"哈利开口说。

"不用了，"萝凯插嘴说，"你不用解释了。"

哈利耸了耸肩，苦着脸对欧雷克笑了笑："至少让我送你们回家吧。"

他还没说出这句话，就已经知道回应会是什么。他站在那里目送他们离去。萝凯大步向前走去，欧雷克跟在她身后，回头朝哈利挥了挥手，哈利也挥了挥手。

太阳在他眼皮底下跳动。

员工餐厅位于警署顶楼，哈利站在门内，扫视整个餐厅。偌大的餐厅空荡荡的，只有一个人背对着他坐在餐桌前。哈利从维格兰雕塑公园直接开车来到警署。他穿过六楼走廊，确定汤姆的办公室没人，但里面亮着灯。

他走到前台，钢制百叶窗已经拉上了。悬挂在角落的电视正在播放乐透开奖。哈利看着彩球从漏斗上滚下来。电视音量很小，但哈利听得见一个女人的声音说："五，号码是五。"有人幸运中奖。桌旁传来椅子刮擦地面的声音。

"嘿，哈利，前台已经没人了。"

说话的人是汤姆。

"我知道。"哈利说。

哈利想到萝凯的那句话，问他去做什么了。

"我只是想抽根烟。"

哈利朝通往顶楼露台的门点了点头，那里实际上被当作全年无休的吸烟室。

顶楼露台的景色很美，但空气就跟街上一样闷热。午后阳光斜斜越过整个城市，落在碧悠维卡区。奥斯陆的碧悠维卡区有高速公路、集装箱码头和毒虫聚集所，不过当地即将兴建歌剧院、旅馆和豪宅。财富已开始席卷整个奥斯陆。这让哈利想到非洲某种体形庞大的黑鲶鱼，那种黑鲶鱼不知道干旱来临时应该游到深水处，最后被困在一个慢慢干涸的泥塘里。建筑工程已经开始了，起重机矗立在午后阳光中，侧影有如长颈鹿。

"一定会很棒的。"

哈利并未听见汤姆走来。"再说吧。"哈利狠狠抽了口烟。他不知道汤姆指的是什么，也不知道自己回答的是什么。

"你会喜欢的，"汤姆说，"只是习惯而已。"

哈利眼前浮现出躺在泥里的黑鲶鱼，最后一滴水已经蒸发，黑鲶鱼的尾巴不断摆动，嘴巴大大张开，仿佛想试着呼吸空气。

"可是我需要一个答案，哈利，我需要知道你要不要加入。"

在空气中溺死。黑鲶鱼的死亡也许不比其他的死亡更糟。相比之下，溺死应该更愉悦。

"贝雅特打电话来，"哈利说，"她在电视行采集了指纹。"

"哦？"

"可是只采集到部分指纹，而且那个老板什么都不记得。"

"真可惜。奥纳说他们在瑞典对健忘的目击者做过催眠，结果很不错，也许我们应该试试看。"

"好啊。"

"鉴定组今天下午给了我们一个很有趣的消息，是关于卡米拉的。"

"嗯？"

"她怀孕了。两个月。我们去她的朋友圈里问过，没有人知道父亲可能是谁。我想这应该跟她的死没有关系，不过是个很有趣的消息。"

"嗯。"

两人沉默地站着。汤姆走到栏杆前，倚上栏杆。

"哈利，我知道你不喜欢我，我也不要求你一夜之间就开始喜欢我这个人。"汤姆顿了顿，"可是如果我们要合作，总得有个开始，也许对彼此多卸下一点防备。"

"卸下防备？"

"对，听起来是不是有点冒险？"

"是有一点。"

汤姆微微一笑："我同意，不过你可以先问我问题，看你想知道什么，随便问。"

"知道？"

"对，随便什么事都可以。"

"你是不是射杀了……"哈利顿了顿。"好，"他说，"我想知道你的动力是什么？"

"什么意思？"

"是什么驱使你每天早上醒来去做你想做的事？你的目标是什么？原因是什么？"

"我懂了。"汤姆细细思索了许久，然后伸手指向起重机，"你有没有看见那些起重机？我的曾祖父是苏格兰移民，他带了六只萨瑟兰羊和一封阿伯丁市泥水匠公会的信来到挪威。现在你在奥克西瓦河沿岸和东区铁路线沿线看见的房屋，很多都是我曾祖父协助建造的。后来他儿子继承他的技艺，也干了泥水匠。他儿子的儿子也一样。传到了我父亲这辈，我的祖父把他的苏格兰姓氏改成了挪威姓氏，但是我们搬到奥斯陆西区以后，我爸爸又把我们的姓氏改回瓦勒（Waaler），也就是墙壁（Wall）的意思。他多少有点以这个姓氏为傲，不过他也觉得安德森这个姓氏对未来的法官来说有点太平常了。"

哈利看着汤姆，想找出他下巴上的疤痕："所以你念书是打算成为法官？"

"我开始读法律的时候是这样，如果不是因为发生了一件事，我可能会继续念。"

"发生了什么事？"

瓦勒耸了耸肩："我爸在工作的时候因为意外而去世。奇怪的是，我爸一走，我突然发现我读法律的决定似乎是为他做的。我立刻注意到我和其他的法学院学生没有一点共同之处。我想我是个天真的理想主义者，我以为读法律是为了伸张正义，促进现代民主社会的进步，可是我发现大部分法学院学生只是想有个头衔或工作，或是拿高分好向禹兰镇上的邻居女孩炫耀。呃，你也是读法律的……"

哈利点了点头。

"也许是遗传吧，"汤姆说，"我一直喜欢建造东西，大的东西。我小时候就喜欢用乐高积木建造大王宫，建得比其他小朋友的大。我在法学院上课的时候，发现自己跟那些视野狭小、目光短浅的人根本不一样。我爸去世两个月后，我就报名了警察学院。"

"嗯，根据传言，你是以第一名的成绩毕业的。"

"第二名。"

"所以你在警署也必须建造自己的王宫？"

"我不用建造，也没有'必须'这回事，哈利。我小时候会拿其他小孩的乐高积木，来把我自己的房子盖得更大。问题只在于你想要什么。你是要一个狭小的房子，过着狭小的生活，还是想要歌剧院、教堂和宏伟的建筑？这些建筑都指向比你更伟大的方向，值得你去奋斗。"

汤姆伸手在钢栏杆上抚摸。

"建造教堂是天职，哈利。意大利人把建造教堂却中途去世的泥水匠封为殉道者。我爷爷时常说，虽然教堂建筑工是为人类服务，可是人类历史上没有一座教堂不是建筑在人骨和人血之上，未来也会一直如此。我家族的血曾经被混在灰泥里，在这里可以看见的很多建筑物都是用它建造的。我只是想替每个人争取更多的正义，而我会使用所有必要的建材。"

哈利凝视着手中香烟的红光："我是建材？"

汤姆微微一笑："要这样说也可以，答案是'正确'，如果你愿意的话。我有选择的余地……"汤姆并未把这句话说完，但哈利知道下一句是："可是你没有。"

哈利深深吸了口烟，低声问道："如果我同意加入呢？"

汤姆扬起双眉，热切地注视着哈利，良久，才说："你会接到第一个任务，这个任务你必须自己执行，什么问题都不能问。过去加入的人都执行过这个任务，作为效忠的标记。"

"什么任务？"

"时机到了你就会知道，不过这代表你不能回头了。"

"这代表违反挪威法律吗？"

"有可能。"

"啊哈，"哈利说，"这样你就有我的把柄，我就不能背叛你了。"

"我也许不会这样说，不过你说得没错。"

"你说的任务到底是什么？走私吗？"

"这我不能告诉你。"

"你怎么能确定我不是密勤局或 SEFO 的卧底？"

汤姆倚到栏杆外，伸手向前指去："你有没有看到她，哈利？"

哈利来到栏杆旁，向下朝公园的方向看去。只见许多人躺在草坪上，享受最后一抹日光。

"穿黄色比基尼的那个，"汤姆说，"黄色比基尼很漂亮，对不对？"

哈利的胃翻搅了起来，他的身体微微一缩，又立刻挺直。

"我们不笨，"汤姆的目光停留在草坪上，"我们会跟踪我们想招募的人。她很会穿衣服。我觉得她既聪明，又独立。不过她当然跟其他女人一样，希望有个男人可以养她。这是纯粹的生理需求。而且你没有太多时间。像她那样的女人不会单身太久。"

哈利的烟从栏杆上掉落，化为一道火光。

"今天厄斯兰全区都有森林大火警告。"汤姆说。

哈利默然不语。汤姆的手搭上他的肩膀时，他全身一震。

"严格说来，期限早就过了，哈利。不过为了展现我们多和善，我再给你两天时间。到时候我没得到回应，这个提议就算失效。"

哈利用力吞了口唾沫，想挤出一句话，但他的舌头拒绝服从，他的唾液腺仿佛成了非洲的干旱河床。最后，他终于挤出一句："谢了。"

贝雅特喜欢工作。她喜欢例行公事、安全感和胜任工作的感觉，她知道科博街 21A 鉴识中心的其他工作人员，也都知道她胜任这份工作。她认为她的生活中只有工作最重要，所以早上就有起床的动力。生活中的其他部分只是插曲。她住在奥普索乡她母亲的房子里，顶楼整层只有她一个人。她和母亲相处得十分融洽。父亲在世时，她一直都是父亲的宝贝女儿；她觉得这就是自己当警察的原因，像他一样。她没有嗜好。虽然她和哈福森——也就是和哈利共用一间办公室的警察——成了情人，但她并不完全认定这份关系。她在女性杂志上读到，有这种怀疑是自然的，而且女人应该冒险。贝雅特不喜欢冒险，也不喜欢处在怀疑之中，这就是她喜欢工作的原因。

成长过程中，只要一想到有人可能想到她，她就会脸红，所以大部分时间都在思考不同的躲藏方式。现在她仍会脸红，但她找到许多可以躲藏的好地方。她可以坐在鉴识中心的老旧红砖墙里，一坐就是好几个小时，研究指纹、弹道报告、视频记录和声纹比对，分析 DNA 或织物纤维、足迹、血液和无数的技术线索，这些线索可能以完全平和安静的方式侦破重大复杂而富有争议的案子。她也发现工作并不像表面看起来那样危险，只要她清楚大声地说话，想办法抑制恐慌就好了。这种恐慌可能来自脸红、丢脸、穿着，或者站在众人面前的害羞，原因究竟是什么，她其实不太清楚。科博街的办公室是她的城堡，制服和专业工作是她心理上的盔甲。

办公桌上的电话响起时，时钟显示是午夜十二点三十分，她正在阅读莉斯贝思的手指化验报告，却被电话铃声打断。她一看见来电显示为"无号码"，心脏就因恐惧而加速跳动。"无号码"只可能意味着电话是他打来的。

"我是贝雅特。"

是他打来的。他的声音如狂风骤雨般席卷而来："你为什么没打电话告诉我指纹的事？"

她微微屏住呼吸，然后才回答："哈利说他会跟你说。"

"谢谢你，我收到了，下次你先告诉我，知道吗？"

贝雅特咽了口唾沫，她不知道自己是出于恐惧还是愤怒："好。"

"还有什么事是你已经告诉他却还没告诉我的？"

"没有，除了我们收到的那根手指，指甲底下物质的化验报告出来了。"

"莉斯贝思的手指？结果是什么？"

"排泄物。"

"什么？"

"大便。"

"真谢谢你，我知道那是什么意思。知道是从哪里来的吗？"

"呃，知道。"

"更正，知道是'谁'的大便吗？"

"我不确定，不过可以猜测。"

"可以请你……"

"排泄物里有血，可能来自痔疮。血型是 B 型。挪威只有百分之七的人血型是 B 型。威廉有捐血记录，血型是……"

"好，你的结论是什么？"

"我不知道。"贝雅特立刻说。

"不过你知道肛门是性感带吧，贝雅特？男人女人都是，还是你忘了？"

贝雅特紧紧闭上眼睛。拜托，不要再提起，不要提。那已经是很久以前的事了，她已经开始忘记，过去已经从她的身体逐渐离开。但他的声音就在耳边，既光滑又强硬，宛如蛇皮。

"贝雅特，你很会扮演平凡的女孩，我喜欢你那样，我喜欢你假装不要。"

你知道，我知道，没有其他人知道，她心想。

"哈福森的技巧有我好吗？"

"我要挂电话了。"贝雅特说。

他的笑声在她耳中回响。这时她明白，没有地方可以躲藏。躲到哪里他们都找得到，就像那三个女人一样，就算是在她们觉得最安全的地方，也还是被找到了。世界上没有城堡，没有盔甲。

爱斯坦坐在他那辆出租车的驾驶座上，车子停在特雷塞街的出租车招呼站，他正在听滚石乐团的磁带，这时电话响起。

"奥斯陆出租……"

"嘿，爱斯坦，我是哈利，你车上有客人吗？"

"只有米克和基思。"

"什么？"

"世界上最伟大的乐队。"

"爱斯坦。"

"怎么了？"

"滚石乐队不是世界上最伟大的乐队，连第二都排不上。他们只是世界上最被高估的乐队，《野马》这首歌也不是基思和米克写的，而是格兰·派森写的。"

"你明明知道那是骗人的！我要挂电话了……"

"喂？爱斯坦？"

"说点好听的，快点。"

"《给我听话》还蛮好听的，《颓废大街》这张专辑红极一时。"

"好吧，有什么事？"

"我需要帮忙。"

"现在是凌晨三点，你不是应该在睡觉吗？"

"睡不着，"哈利说，"我一闭上眼睛就害怕。"

"还是一样老做那个噩梦？"

"来自地狱的点播。"

"有电梯的那个？"

"我知道会做什么梦，可是每次还是被吓得半死。你多久能到这里？"

"我不喜欢这样，哈利。"

"多久？"

爱斯坦叹了口气："给我六分钟。"

爱斯坦踏上阶梯时，哈利只穿了一条牛仔裤站在门口。

两人在客厅里坐下，并未开灯。

"你有啤酒吗？"爱斯坦摘下绣着 PlayStation 标志的帽子，然后把一缕汗湿的头发拨到后方。

哈利摇了摇头。

"吃这个吧。"爱斯坦说，把一个黑色的胶卷筒放在桌上。

"我请客。氟硝西泮。吃了保证让你昏睡，一颗就够了。"

哈利凝视着那个胶卷筒。

"我找你来不是为了这个，爱斯坦。"

"不是吗？"

"不是。我需要知道如何破解密码，你是怎么做到的。"

"你是说当黑客？"爱斯坦惊讶地看着哈利，"你有计算机密码要破解吗？"

"可以这样说。你有没有看到报纸上那个连环杀手？我想他给了我们一些密码。"哈利开了灯，"你看这个。"

爱斯坦细看哈利放在桌上的一张纸："星星？"

"这叫五芒星。他在两个命案现场留下这个记号，其中一个刻在床边梁柱上，另一个画在命案现场对面一家电视行里积了灰尘的电视屏幕上。"

爱斯坦仔细观察那个五芒星，点了点头："你认为我可以告诉你它的含义？"

"不是，"哈利双手支着下巴，"我希望你能告诉我破解密码的原理。"

"哈利，我破解的密码是数学码，人和人之间的密码在语义上是完全不一样的。比如说，我就没办法破解女人说的话。"

"那就把它想成是两者兼具好了，纯粹的逻辑加上弦外之音。"

"好吧，那我们来谈谈密码学、暗号。看来你需要逻辑和所谓的类比思维。类比思维代表你必须运用潜意识和直觉，也就是你已经知道却不明白的部分。然后再结合线性思考和识别模式。你有没有听过阿兰·图灵这个人？"

"没有。"

"他是英国人，在二战时期破解了敌军的密码。简而言之，他让德军在二战中败北。他说，要破解密码，首先必须知道你的对手是在什么层面运作。"

"意思是？"

"这样说好了，这个层面存在于文字和数字之上，也在语言之上。答案不会告诉你'怎么做'，只能告诉你'为什么'，明白吗？"

"不明白，告诉我你是怎么做的就好了。"

"没有人知道，这有点像是宗教体验，而且跟天赋有关。"

"先假设我知道为什么好了，然后呢？"

"然后你可以绕远路，做排列组合，做到死。"

"要死的人不是我，我的时间只够抄近路。"

"我只知道一个办法。"

"什么办法？"

"出神状态。"

"出神状态，当然。"

"我不是开玩笑。你就是一直盯着数据资料看，直到你的表层意识停止思考，有点像你锻炼肌肉，直到它抽筋，开始不听使唤自行其是。你有没有看过登山客被卡在山里，结果全身痉挛？没有，呃，就是像那样。一九八八年的时候，我花了四个晚上入侵丹麦银行，服了十几颗 LSD[1]。如果你的潜意识破解了密码，你就成功了，如果没有的话……"

---

[1]　麦角酸二乙基酰胺，一种致幻药。

“会怎样？”

爱斯坦笑道：“你就会被破解，精神病院里多的是像我这种人。”

“嗯。出神状态？”

“出神，直觉，加上一点药物的帮助……”

哈利把黑色胶卷筒拿到眼前：“爱斯坦，你知道吗？”

“知道什么？”

哈利把胶卷筒抛过桌面，爱斯坦接到手里。

“我说《给我听话》很好听是乱说的。”

爱斯坦把胶卷筒放在桌边，低头去系他那双穿得异常破烂的 Puma 运动鞋的鞋带，这双鞋是他早在复古风流行前买的：“我知道。你有没有再跟萝凯见面？”

哈利摇了摇头。

“这让你觉得心烦，对不对？”

“也许吧，”哈利说，“有人提供一份工作给我，我不知道能不能拒绝。”

“呃，你说的显然不是我老板提供的工作。”

哈利微微一笑。

“抱歉，我没办法提供求职建议，”爱斯坦站起身来，“我把胶卷筒留在这里，随便你拿它怎样。”

21

星期四　　皮格马利翁

　　领班从头到脚把男人打量一番。他累积了三十年经验，闻得出麻烦的味道，而这男人的麻烦味他大老远就闻到了。不是所有的麻烦都不好，一则有益的丑闻有时是维也纳剧院餐厅的客人衷心期盼的。不过也要是"正确"的麻烦才行，例如年轻有抱负的艺术家在剧院餐厅长廊里，高唱他们将成为下一个重量级艺术家，或是国家剧院的前浪漫爱情剧主角醉醺醺地大声宣布，说他邻桌那位著名金融家只有一个优点，就是他是同性恋，不会把基因遗传下去。然而站在领班面前的这个男人，口中不像会吐出什么机智或富有创意的话。他看起来更像是会惹出讨厌的麻烦的那类人，例如不付账、发脾气或打架。男人的外在模样——黑牛仔裤、红鼻子和平头——让领班认为他是舞台工作人员，应该去柏恩斯那种地窖酒吧。但男人一开口说要找威廉·巴里，领班就知道他是从托谢勒那家记者酒吧来的下水道老鼠。托谢勒酒吧在一家露天餐厅底下，这家露天餐厅有个十分贴切的名字，叫"马桶盖"。领班对这些有如秃鹰般的记者没有一丝尊重，这些记者只会肆无忌惮地吞噬可怜的威廉。自从那个美丽的妻子不幸失踪之后，威廉都快不成人形了。

　　"你确定你说的这位先生在这里吗？"领班问，仔细查看订位簿，尽管他清楚地知道，威廉一如往常已在早上十点准时出现，坐在他平常坐的那张桌子前，桌子就在面向议会街的玻璃露台上。反常的是这位生性快活的制作人把日子搞错了，在星期四，而不是通常的星期三来到这里，这让领班不禁开始担心威廉的心理状态。

"算了，我看见他了。"站在领班面前的男人说着走了进去。

哈利认出威廉那一头蓬乱浓密的头发，但是他走得越靠近，越怀疑自己会不会认错人了："巴里先生？"

"哈利！"威廉的眼睛亮了起来，随即又黯淡下去。他双颊凹陷，几天前还十分健康的古铜色肌肤，如今已罩上一层死气沉沉的灰白。威廉整个人似乎小了几号，宽阔的肩膀看起来也变窄了。

"要不要吃鲱鱼？"威廉指了指面前的桌子，"这里的鲱鱼是全奥斯陆做得最棒的，我每星期三都会来吃，别人说对心脏很好。不过前提是你要有一颗心，而会来这家餐厅的人……"他双臂一张，朝这个客人寥寥无几的空间比了比。

"不用，谢谢。"哈利说，坐了下来。

"那吃片面包吧。"威廉端起面包篮，"这是全挪威唯一一个能吃到纯正茴香面包的地方，里面有整颗茴香籽，搭配鲱鱼恰到好处。"

"我喝咖啡就好，谢谢。"

威廉朝服务生打了个手势。

"你是怎么找到我的？"

"我去过剧院。"

"哦？他们都被告知要对外宣称我不在奥斯陆，那些记者……"

威廉模仿摔跤勒颈的动作。哈利不知道这个动作是表示威廉自己的处境，还是威廉想对记者做的举动。

"我出示警察证，说有重要的事要找你。"哈利说。

"很好，很好。"

服务生摆上第二个杯子，拿起桌上的咖啡壶斟上咖啡，这时威廉的注意力游移到哈利前方某处。服务生离去，哈利清了清喉咙。威廉吓了一跳，注意力又回到哈利身上。

"哈利，如果你是来跟我说坏消息的，就请直说吧。"

哈利一边喝咖啡，一边摇了摇头。

威廉闭上眼睛，口中喃喃自语不知说了什么。

"音乐剧怎么样了？"哈利问。

威廉虚弱地笑了笑："《每日新闻报》文艺组的女记者昨天也打电话来问我同样的问题，我说了音乐剧艺术层面的进展，但她真正想知道的，是莉斯贝思的神秘失踪和她姐姐代演所带来的宣传效果，对票房有没有帮助。"威廉的眼珠转了转。

"呃，"哈利说，"有帮助吗？"

"老兄，你疯了吗？"威廉的声音宛如凶兆般隆隆响起，"现在是夏天，大家只想玩乐，谁会为一个不认识的女人哀悼？我们失去了最主要的卖点：莉斯贝思·巴里，C&W兰德公司的明日歌唱巨星。首演前一晚失去她，对票房当然不好！"

餐厅最里面有几个人转头过来看，但威廉继续扯着嗓门说话："票几乎都没卖出去。呃，除了首演，首演的门票就像刚出炉的蛋糕，一下子就被抢购一空。那些人都很嗜血，闻得到丑闻的味道。基本上，哈利，我们完全仰赖一片叫好的评论来拉高票房，可是现在……"威廉在白色桌布上捶了一拳，咖啡杯跳到空中，"我满脑子全都是该死的票房！"

威廉看着哈利。所有迹象都显示威廉的暴怒会持续下去，但是在毫无征兆的情况下，似乎有一只无形的手把愤怒从威廉脸上抹去。他发了一会儿呆，像是不知道自己身在何处，然后整张脸垮了下来。他很快用双手掩住。哈利看见领班朝他们投来充满希望的怪异目光。

"真抱歉，"威廉在指缝间咕哝，"我平常不会……我睡得不好……哦，可恶，我真是太戏剧化了！"

他发出介于笑和哭之间的呜咽声，又捶了桌子一拳，然后做了个扭曲的鬼脸，看上去有如绝望的苦笑："有什么需要我帮忙的吗，哈利？你看起来像是为自己感到难过。"

"为自己感到难过？"

"悲伤,忧郁,凄凉。"威廉耸了耸肩,叉了一叉子鲱鱼和面包,送进嘴里。鲱鱼皮闪闪发亮。服务生悄悄来到桌边,给威廉的杯里斟上尚塞堡白葡萄酒。

"我得问你一件非常不愉快、非常私密的事。"

威廉吞下食物和白酒，摇了摇头："哈利，越是私密，就越不会不愉快。别忘了，我是艺术家。"

"好。"哈利喝了口咖啡，做好心理准备，"我们在莉斯贝思的指甲里发现了排泄物和血迹。初步分析符合你的血型。我想知道，我们是不是需要做进一步的 DNA 检验。"

威廉停止咀嚼，把右手食指放在嘴唇上，忧伤地望向空中。"不，"他说，"不必麻烦。"

"所以她的手指接触过你的……排泄物。"

"她失踪前一晚我们做过爱。我们每天晚上都做爱。白天也做，只要屋子里不是太热的话。"

"那么……"

"你想问我们有没有玩指交？"

"什么……"

"你想问她是不是用手指捅我的屁股？我们经常玩，可是要很小心。我这个年龄的挪威男人有百分之六十都有痔疮，这就是莉斯贝思不会把指甲留得太长的原因。你会玩指交吗，哈利？"

哈利被咖啡呛到。

"自己玩还是跟别人玩？"威廉问，"你应该试试的，哈利，男人尤其该玩玩看。让手指进入自己可以被触碰到的非常根本的地方。如果你敢玩，你会发现你的感情范围比自己以为的要大多了。如果你紧守不放，等于就把别人排拒在外，同时也把自己封闭起来。如果你敞开自己，容许自己脆弱，展现信任，就等于让别人有机会走进你的心。"

威廉挥舞手中的叉子："当然了，这样做不是没有风险，她们可能摧毁你，从内心把你切成两半，可是她们也可能爱你，然后你就能拥有她们全部的爱。哈利，爱是属于你的。我们都说性交的时候是男人占有女人，可是真的是这样吗？性交的时候是谁占有谁呢？想想看吧，哈利。"

哈利在心中想了想。

"对艺术家也是一样的。我们必须坦诚，容许自己脆弱，让他们进来。为了有被爱的机会，我们必须冒着内心被摧毁的危险。这可是高危运动，哈利。我很高兴我没再继续跳舞。"威廉脸上挂着微笑，两滴眼泪一前一后从两眼流下，颠簸、弯曲地流下面颊，消失在胡子里，"我想念她，哈利。"

哈利的眼睛紧盯桌布，考虑是否应该离席，但仍坐着不动。

威廉掏出手帕，擤了擤鼻涕，发出犹如喇叭般的响亮声音，然后把酒瓶里剩下的酒全都倒进杯子。

"我不想多管闲事，哈利，可是当我说你看起来像是为自己感到难过时，我才突然发现你看起来总是这样，是因为某个女人吗？"

哈利玩弄着手里的咖啡杯。

"还是好几个？"

哈利原本想给出一个可以挡开进一步询问的答案，但不知为何，他改变主意，点了点头。

威廉举起酒杯："你有没有发现，从来都是为了女人？你失去了谁？"

哈利看着威廉。眼前这个大胡子制作人的表情里有一种痛切的真挚、一种毫无防卫的坦诚，这些表情告诉哈利，这个人可以信任。

"我妈在我小时候生病死了。"哈利说。

"你想念她？"

"对。"

"还有其他女人？"

"我的一个女同事被人杀了。萝凯，我的女……"哈利忽然住口。

"怎么样？"

"你不会有兴趣听的。"

"我猜我们说到重点了，"威廉叹了口气，"你们分道扬镳了。"

"不是我们，是她，我希望她改变心意。"

"啊哈，那她为什么还是要离开？"

"因为我就是这样。说来话长，总之我是问题所在，她希望我能变得不一样。"

"你知道吗，我有个想法，你可以带她来看我的音乐剧。"

"为什么？"

"因为《窈窕淑女》是根据希腊神话改编的，在这则神话中，雕刻家皮格马利翁爱上了自己雕刻出来的雕像，美丽的伽拉忒娅。皮格马利翁向维纳斯女神祈求，赐给这尊雕像生命，好让他能娶她为妻，结果他的祈求被应允了。这出戏也许可以告诉萝凯，想要改变另一个人，会发生什么事。"

"会把事情搞得很糟？"

"正好相反。皮格马利翁在《窈窕淑女》中是希金斯教授这个角色，希金斯教授改变别人的意图在这出戏里成功实现。我只制作有美满结局的剧目，如果没有，我就自己创造一个，这是我的人生座右铭。"

哈利摇了摇头，露出不对称的微笑："萝凯没有想要改变我，她是个聪明的女人，她只会走她自己的路。"

"我有一个感觉，她想要你回去。我会寄两张首演的门票给你。"

威廉向服务生比了个结账的手势。

"你为什么会认为她要我回去？"哈利问道，"你又不认识她。"

"你说得对，是我胡言乱语，白葡萄酒配早午餐是个好主意，不过只在理论上行得通。我今天喝多了，真是抱歉。"

服务生送来账单，威廉看也没看就签了字，跟服务生说和其他的账算在一起。服务生离去。

"不过呢，拿最贵的门票带女人去看音乐剧的首演，绝对不会有错。"威廉微微一笑，"相信我，我彻底地实践过了。"

威廉的微笑让哈利联想到父亲那伤心的、听天由命的微笑，那是男人回首往事时的微笑，因为那里才有曾经能让他微笑的人："很感谢你，可是……"

"没有可是。如果现在你们无话可说，最起码这让你有个借口打电话给她。让我寄两张票给你，哈利。我想莉斯贝思会希望你去看这出戏的，而且朵娅的演技有进步了，这出戏会很精彩。"

哈利玩弄着手里的桌布："让我考虑一下。"

"太好了。我睡午觉前会把事情办好。"威廉站了起来。

"对了，"哈利把手插进夹克口袋，"我们在另外两件案子的现场附近发现这个符号，它叫魔鬼之星，你在莉斯贝思失踪以后有没有看过这个符号？"

威廉细看照片："没有，应该没看过。"

威廉又凝神细看，伸手抓弄胡子："等一下。"

哈利在一旁等待。

"我看过，"威廉说，"不过，是在哪里呢？"

"家里？楼梯间？楼下的街道上？"

威廉摇了摇头："都不是，而且我不是最近看到的，是在别的地方，很久以前看到的。不过是在哪儿呢？这很重要吗？"

"可能很重要，如果你想到什么，再打电话给我。"

两人道别后，哈利站在街上，凝望德拉门路。阳光照在街道电车上，闷热空气闪烁微光，使电车看起来像是飘在路面上。

22

星期四和星期五　　天启

占边威士忌采用裸麦、大麦和百分之七十五的玉米酿造而成，因此具有圆润甘甜的口感，不同于纯威士忌。占边威士忌用的水来自肯塔基州克勒蒙区酿酒厂附近的水源。这家酿酒厂也制作特殊酵母，有些人认为这种酵母的配方跟占边酒厂创办人雅各布·宾在一七九五年使用的一模一样。占边威士忌酿造完成后，至少要存放四年才能运送到世界各地，并被哈利·霍勒购买。哈利才不管什么雅各布·宾，他也知道水源之类的根本就是鬼话连篇，就跟挪威法耶矿泉水编造的那些关于水源的营销伎俩没有两样。他唯一关注的百分比是标签上用小字写的数字。

哈利站在冰箱前，手里拿着猎刀，盯着那瓶金褐色液体。他一丝不挂。卧室的热气逼得他脱去内裤。那条内裤依然潮湿，飘散着氯的气味。

他已戒酒四天。最糟的时期已经过去，他对自己说道。但这不是真的，最糟的时期还远没结束。奥纳问过哈利，他认为自己为什么喝酒，哈利毫不迟疑地答道："因为我口渴。"哈利用许多方式哀叹，他所在的这个时代、这个社会，为什么饮酒的坏处比好处多？他保持清醒的理由从来都不是原则性的，仅仅出于实用。对一个重度酗酒者来说，保持清醒非常令人疲倦，得到的却只是短暂、悲惨的生活，充满了无聊和身体痛楚。对酗酒者而言，人生是由酒醉和酒醉之间的间隔所组成的，哪个部分才是真正的人生是个哲学问题，他一直没有足够时间去研究，反正就算有了答案也无法让他的人生更美好，或更糟糕。根据酗酒者的人生基本法则——大干渴——一切美好的事物早晚都会失去。哈利就是如此看待这个等式，直到他遇见萝凯和欧雷克，戒酒才迈入了全新境界，但这并没有让酗酒者法则失效。如今他再也无法忍受噩梦的袭击，再也无法忍受她的尖叫声，再也无法忍受看见她的头在电梯里被拉向天花板，死寂的双眼中充满惊吓。他的手朝橱柜伸去。他可以把每瓶酒都喝得底朝天。他在占边威士忌旁放下猎刀，关上橱柜，回到卧室。

他没开灯，屋里只有透过窗帘缝隙射入的一道月光。枕头和床垫似乎想从湿黏卷缠的床单里挣脱。

他爬上床。上次他睡着而没做噩梦，是在卡米拉的床上睡着的那几分钟。那次他也梦见了死亡，不同的是他并不害怕。人可以把自己封闭起来，但还是必须睡觉，而在睡梦中无处可躲。

哈利闭上双眼。

窗帘飘动，月光微颤。月光照耀在床头墙壁和猎刀的黑色标志上。当时一定刻得很用力，刻痕才会深深陷入白色壁纸下面的木材里。连续的刻痕画成一个大大的、有五个尖角的星星。

她躺在床上，聆听窗外卓斯卡路的车声，以及身旁他深沉、规律的呼吸声。她仿佛不时听见动物园传来的尖叫，但那可能只是河对岸轮班火车进入总站前发出的刹车声。他们搬来特洛伊区时，他说他喜欢火车的声音。伏尔塔瓦河穿过布拉格，在这里形成褐色的问号，而特洛伊区就位于问号的顶端。

外面下着雨。

他整天都不在。去了布尔诺市，他说。当她听见他终于用钥匙打开他们住处的大门，她才安定下来。他还没走进卧室，她就听见行李箱擦过墙壁的声音。她假装睡着，却偷看他慢慢地、冷静地挂好衣服，偶尔朝衣柜旁的镜子看上一眼，看看镜中的她。最后，他爬上床，双手冰冷，肌肤带有汗水蒸发后的黏腻感。他们在从屋顶瓦片上传来的雨声中做爱，他的肌肤尝起来带有咸味。事后他睡得像婴儿一样。做爱之后她通常也会想睡，但现在，她醒着躺在床上，体内渗出他的精液，浸湿床单。

虽然她一直想着同样的事，却仍假装不知道自己为什么醒着。她想到他从奥斯陆回家后第二天，她刷拭他的西装外套，在袖子上发现了一根金色长发；她想到他星期六还要返回奥斯陆；她想到这已经是四周来他第四次去奥斯陆了；她想到他还是不肯告诉她，他在奥斯陆做的是什么工作。当然，那根金发可能是任何人的，有可能是男人的，也有可能是狗的。

他开始打鼾。

她回想起他们认识的那个时候。他有坦率的面容和爽朗的自信，使她误以为他是个开放的人。他融化了她，宛如瓦茨拉夫广场融化的春雪。然而当你这么容易就爱上一个男人，心头永远都被某个怀疑啮咬着，你会怀疑可能不只你一个人以同样的方式爱上了他。

他十分尊重她，几乎是平等地对待她，即便他可以用钱买她，就像用钱买波洛伐街的其他妓女一样。他是她的意外惊喜，是她唯一拥有的，也是她唯一可以失去的。这些认知让她处处小心，不过问他去了哪里、跟谁在一起、到底做什么工作。

然而某件事发生了，使她必须知道自己能不能信任他。如今她有更珍贵的东西可以失去。这事她还没跟他说；她原本也不确定，直到三天前去看医生才确定。

她悄悄下床，踮起脚走过地板，轻轻压下门把，同时看着梳妆台镜子里他的脸庞。然后，她踏进走廊，小心翼翼把门关上。

行李箱是铅灰色的，很时尚，上面有新秀丽的标志。箱子近乎全新，侧边有擦痕，到处贴着海关检查的撕条，撕条上有许多她从未听过的地名。

昏暗的灯光中，她看见密码刻度盘显示：000。刻度盘显示的总是这个数字，她不必去试也知道行李箱打不开。她很少看见这个行李箱是开着的，除了当她躺在床上，他从抽屉里把衣服拿出来放进去时。上次他整理行李时碰巧被她看见刻度盘，因为行李箱密码锁的数字正好位于侧面。要记住三个数字并不难。当你一定要记住就不难。忘了其他每件事，却记住饭店房间号的三个数字并不难。他们会打电话给她，请她提供服务，告诉她房间号，以及她该穿什么衣服和其他特殊要求。

她侧耳聆听。他的鼾声从门后传来，犹如低低的锯木声。有些事他不知道，有些事他不需要知道，她曾经被迫去做一些事，但那些事都已经过去了。她把指尖放在数字的锯齿状齿轮上，然后转动。今后，只有未来才是最重要的。

密码锁轻轻发出咔嗒一声，弹开了。

她蹲在地上，看着行李箱。密码锁之下，白衬衫之上，躺着一把丑陋的黑色金属物体。她不必去触碰就知道那把枪是真的。她小时候见过枪。她吞了口唾沫，感觉泪水夺眶而出。她把手指按在眼睛上，轻轻说了两次母亲的名字。

这个姿势只持续了几秒钟。然后，她深深吸了口气，让自己冷静下来。她必须熬过这一关。他们必须熬过这一关。至少这解释了他不能多谈工作的原因，而这份工作显然让他赚了很多钱。她曾经想过这件事，不是吗？

她做出了决定。有些事她不知道。有些事她不需要知道。

她锁上行李箱，把密码锁调回到三个零。她先聆听门后的动静，然后轻轻打开门，悄悄走进去。长方形的灯光投射在床上。她关门前如果先朝镜子里看一眼，就会发现他有一只眼睛是睁开的。但她脑子里思绪翻腾，或者说，有个思绪不断重复出现。当她躺在那里聆听车声、动物园传来的尖叫，以及他深沉、规律的呼吸声时，这个思绪便不断出现。今后，只有未来才是最重要的。

尖叫声传来，瓶子在人行道上摔个粉碎，接着是喧闹的笑声。咒骂声和啪嗒啪嗒的奔跑声逐渐消失在苏菲街通往毕斯雷球场的方向。

　　哈利盯着天花板，聆听窗外夜晚的声音。他睡了三小时，没有做梦，醒来后开始思索那三个女人、两个命案现场，以及一个要出钱买他灵魂的男人。他试着在其中找出脉络，试着破解密码，看出其中的模式，了解爱斯坦所说的存在于模式之上的层面，以及存在于"怎么做"之前的问题，也就是"为什么"。

　　一个男人为什么要假扮成快递员，杀害两个女人，甚至有可能已经杀了三个？为什么他要选择难度这么高的犯罪现场？为什么他要留下线索？过去所有的连环杀人案都指出犯人的动机是性，但是卡米拉和芭芭拉身上为什么都没有发现性侵害的迹象？

　　哈利渐渐开始觉得头痛。他踢开被单，转身侧躺。时钟上的红色数字闪着两点五十一分。最后的两个问题是哈利问自己的：既然灵魂让你心碎，为什么还要死命抓住它不放？既然警界这么恨你，为什么你还要在乎它？

　　他的脚踩上地面，走进厨房，看着洗涤槽上方的橱柜。他打开水龙头，用玻璃杯盛满水，然后打开餐具抽屉，拿出那个黑色胶卷筒，打开灰色盖子，把里面的药丸倒在手掌上。一颗药丸可以让他睡觉，两颗加上占边威士忌可以让他亢奋，三颗以上会带来无法预见的后果。

　　哈利张大嘴巴，丢了三颗到嘴里，用玻璃杯里的温水吞服。

　　然后他走进客厅，播放艾灵顿公爵的唱片。在电影《对话》中，金·哈克曼坐在夜间公交上那段剧情的背景配乐里，哈利听见了他听过的最孤单的钢琴旋律，于是去买了艾灵顿公爵的这张唱片。

　　他在高背安乐椅上坐下。

　　"我只知道一个办法。"爱斯坦说道。

　　哈利从头开始想起。那天他脚步蹒跚地经过水下酒吧，前往伍立弗路的那个地址，星期五。桑纳街，星期三。卡尔柏纳广场，星期一。三个女人。三根被切断的手指。左手。先是食指，接着是中指，然后是无名指。三个现场。现场有邻居，没有家庭住户。一个现场是老公寓，十九世纪末建造，一个现场是三十年代建造的公寓，一个现场是四十年代建造的办公大楼。现场有电梯。可以在电梯门上看见楼层数。麦努斯跟奥斯陆的专业快递员和附近地区的人谈过，那些人在自行车器材或黄色运动衫方面没帮上什么忙，可是通过紧急救援服务的保险计划，他们至少设法取得了过去六个月购买快递员使用的昂贵自行车的所有车主名单。

哈利觉得麻木感上来了。椅子上粗糙的羊毛刺着他赤裸的大腿和屁股。

被害人：卡米拉，广告公司文案撰稿人，单身，二十八岁，深色头发，身材略丰满；莉斯贝思，歌手，已婚，三十三岁，金发，身材苗条；芭芭拉，接待员，二十八岁，跟父母同住，暗金色头发。三个女子都长得不错，但算不上特别突出。命案发生时间。如果莉斯贝思是当场被杀害，那么三起命案都发生在工作日，时间是下午，下班时间过后。

艾灵顿公爵的弹奏速度很快，仿佛脑子里充满了音符，必须把它们密集地弹出来。然后，琴音几乎止歇，只再加上一些必要的休止符。

哈利并未深入调查被害人的背景，他没跟被害人的亲友说过话，只是浏览过报告，但没什么能引起他的兴趣。答案不在那里。跟被害人的身份无关，而是跟她们的特质有关，跟她们所代表的东西有关。对凶手来说，被害人只是外人，或多或少是随机挑选的，就跟他周围的其他东西一样。重点就在于捕捉到那个特质，看见其中的模式。

化学药物犹如复仇般狠狠袭击了哈利。效果更像迷幻药，而不像安眠药。思考让位于情绪，并且完全失控，就好像高速飞驰一样。他沿河流航行。时间搏动着，一张一缩犹如扩张的宇宙。他回过神来，四周的一切是静止的，只有唱盘上的唱针传出摩擦标签的声音。

他走进卧室，在床尾盘腿坐下，把注意力集中在魔鬼之星上。过了一会儿，魔鬼之星开始在他眼前舞动，他闭上眼睛，让眼前浮现着魔鬼之星的影子。

晨光渐亮，他已超脱一切。他坐着，听着，看着，但他在做梦。《晚邮报》砰的一声被投掷在阶梯上，吵醒了他。他抬起头，注视着魔鬼之星，这时星星已不再舞动。

没有东西在舞动。结束了。他看见了那个模式。

那个模式是一个麻木的男人绝望地寻找真实的感受，这人是个天真的白痴，他相信有人爱着的地方就有爱，有问题的地方就有解答。这就是哈利·霍勒的模式。盛怒之下，他用头去撞击墙上的五芒星。他眼前闪现火花，然后倒在床上。他的目光落在时钟上：五点五十五分。被单又湿又温暖。

然后，仿佛有人关了灯，他晕了过去。

她在他的杯子里斟上咖啡。他咕哝了声谢谢，翻过一页《观察家报》，报纸是他在拐角的饭店买的，他还买了新鲜的羊角面包，是当地的赫林卡面包店最近推出的新品。她从来没出过国，只去过斯洛伐克，去斯洛伐克不算真的出国，但他向她保证，现在布拉格跟其他欧洲大城市一样什么都有。她曾经想去旅游。认识他之前，一个美国商人爱上了她。有个药商跟这个美国商人在布拉格有生意往来，把她送给美国商人作为他独享的礼物。美国商人很贴心、很天真，长得圆圆胖胖，什么都愿意给她，只要她跟他回洛杉矶的家。她当然一口答应。但是当她把这件事告诉她的皮条客兼同母异父的哥哥托马斯之后，托马斯立刻跑进美国商人的房间，用刀加以威胁。美国商人第二天就离开了，从此不见踪影。四天后，她垂头丧气地坐在欧洲大饭店里喝红酒，这时他出现了。他坐在酒吧角落，看着她对纠缠不休的男人不理不睬。这就是他爱上她的原因。他总是这样说，不是因为有很多男人要她，而是因为她对男人的求爱完全无动于衷，拒绝起来毫不费力，绝对地高贵脱俗。

她让他请她喝红酒，说声谢谢，然后独自走路回家。

她住在斯特拉尼萨区的一间地下室，第二天他就来按她的门铃。他从未跟她说过他是怎么找到她的住处的，但她的人生眨眼间就从灰色变成了粉红色。她很开心。她很快乐。

报纸发出窸窣声，他又翻过一页。

她早该知道才对。如果不是行李箱里的那把枪，她不会多想。她决定忘了那把枪，忘了一切，只记得最重要的。他们很开心。她爱他。她坐在椅子上，依然穿着围裙。她知道他喜欢她穿围裙。毕竟她还知道什么可以撩拨男人，诀窍就在于不要装模作样。她低头看着自己的大腿，嘴角泛起微笑；她无法停止微笑。

"有件事我要告诉你。"她说。

"什么事？"报纸飘动，宛如风中的船帆。

"你要保证你不会生气。"她说，感觉自己微笑的嘴角更上扬了。

"这我不能保证。"他头也不抬地说。

她的微笑僵在脸上："什么……"

"我猜你要告诉我，你晚上爬起来去翻我的行李箱。"

她第一次注意到他说话的腔调不太一样，抑扬顿挫不见了。他放下报纸，直视她的双眼。

感谢上帝，这下她不必对他说谎了，她知道自己永远无法对他说谎。现在她有了证据。她摇了摇头，发现无法控制自己脸上的表情。

他扬起双眉。

她吞了口唾沫。

厨房那个大时钟的秒针无声地走着，大时钟是她用他的钱去宜家买回来的。

他微微一笑："你发现了我的情人寄来的一大堆情书，对不对？"

她眨了眨眼，茫然不解。

他倾身向前："我是开玩笑的，伊娃，怎么了？"

她点了点头。"我怀孕了。"她低声说，说得很快，仿佛突然要赶时间似的，

"我……我们……要有个宝宝了。"

他坐在那里，大为吃惊，瞪着前方，倾听她述说她是怎么起了疑心，怎么去看医生，最后才确定是怀孕了。她说完，他站起身来，离开厨房，回来时拿了一个黑色小盒子给她。"我是去看我母亲。"他说。

"什么？"

"你不是一直想知道我去奥斯陆干吗吗？我是去看我母亲。"

"你有母亲……"这是她脑子里闪过的第一个念头。他真的有母亲吗？她又补上一句："在奥斯陆？"

他微微一笑，朝小盒子点了点头："你不打开它吗，Liebling？是送你的，送给孩子。"

她眼睛眨了两下，才镇静下来，打开小盒子。"好漂亮。"她说，感觉泪水湿了眼眶。

"我爱你，伊娃·玛伐诺瓦。"抑扬顿挫又回到了他的声调中。

她眼角含泪，嘴角含笑，让他把自己抱在怀里。"原谅我，"她轻声说，"原谅我。我只知道你爱我，其他的都不重要。你不必告诉我你母亲的事，也不必告诉我那把枪……"

她感觉他的身体在她怀中突然变得僵硬。她把嘴巴凑到他的耳边。"我看见了那把枪，"她低声说，"可是我什么都不用知道，什么都不用，你听见了吗？"

他离开她紧扣的双臂。"呃，"他说，"抱歉，伊娃，可是没有其他办法了，现在没有了。"

"什么意思？"

"你得知道我是谁了。"

"我知道你是谁，亲爱的。"

"你不知道我做什么工作。"

"我不确定我想知道。"

"你一定得知道。"他从她手中拿过小盒子，取出里面的项链，放在手上，"这就是我的工作。"

厨房窗户反射晨光，把那颗星形钻石照得熠熠生辉，犹如情人的眼眸。

"还有这个。"他把手从夹克口袋里抽出来，只见他手里拿着一把枪，跟她在行李箱里看见的那把一样，只不过这把枪比较长，枪管末端套有一大段黑色金属。伊娃不懂枪支，但她知道那一大段黑色金属是什么。它的正式名称叫消音器。

哈利被电话铃声吵醒，只觉得嘴里像是被人塞了一条毛巾。他想用舌头让嘴巴变得湿润，但味蕾接触到口腔就好像摩擦到了腐坏的面包，感觉十分粗糙。床头柜的时钟显示十点十七分。一半的记忆和一半的影像进入他的大脑。他走进客厅。电话铃声响到第六声。

他拿起话筒："我是哈利，哪位？"

"我只是想跟你道歉。"

是他朝思暮想的声音。

"萝凯？"

"那是你的工作，"她说，"我没有权利生气，抱歉。"

哈利在椅子上坐下。某样东西想从他已忘记大半的梦境底层挣扎而出。"你当然有权利生气。"他说。

"你是警察，是保护我们的人。"

"我不想谈工作的事。"哈利说。

她没有回答。他在电话上等待。

"我想要你。"她呜咽地说。

"你想要的是你希望我变成的那个样子，"他说，"而我想要……"

"再见。"她说，像是一首歌前奏播到一半就被切断。

哈利坐着凝视电话，既得意又气馁。昨夜梦境的一块碎片最后一次尝试浮出水面，冲撞表面冰层的底部。温度不断降低，冰层每过一秒就增厚一些。哈利翻遍咖啡桌寻找香烟，只在烟灰缸里找到一截烟蒂。他的舌头仍处于半麻痹状态。萝凯听他讲话含糊不清，可能会认为他又喝酒了，虽然这其实离事实不算太远，只不过他没心情去吃更多同样的药。他走进卧室，看了一眼床头的时钟。该去上班了。某样东西……

他闭上眼睛。

艾灵顿公爵的一段音乐仍萦绕在耳中。不在那里，他得听得更深入一点。他继续侧耳聆听，听见街道电车发出的痛苦尖叫、一只猫走在屋顶上的脚步声，还有院子里郁郁葱葱的白桦树丛发出的不祥的窸窣声。再听得更深入一点。他听见院子的呻吟声、窗框油灰的龟裂声、空地下室发出的无底深渊般的隆隆声。他听见床单摩擦肌肤发出的刺耳声响，以及他的鞋子在玄关发出不耐烦的啪嗒声。他听见母亲像以前那样在他睡前轻声念叨："在衣橱后面的衣橱后面的衣橱后面……"接着，他又回到梦中。

梦中是夜晚。他瞎了，他一定是瞎了，因为他只能听。他听见低低的咏唱，背景像是祈祷者的喃喃祷语。从音响效果听起来，他身处一个宛如教堂的偌大空间里，可是他又听见持续的滴水声。高耸的圆顶——如果真有圆顶的话——传来狂乱的翅膀拍打声。是不是鸽子？神父或牧师正在主持一场聚会，但布道用的言语十分奇特，带有异国情调，很像俄语，或是灵言。众人齐声念起赞美诗，诗句简短，参差不齐，带有一种奇特的和谐。诗文中没有熟悉的人名如耶稣或马利亚。突然，众人齐声歌唱，管弦乐团开始演奏。他认得那个旋律。他在电视上听过。等一等。他听见某样东西滚动。是一颗球。球停了下来。

"五，"一个女性的声音说，"号码是五。"

那就是密码。

23

星期五　　人的数字

哈利得到的天启通常很小，犹如一滴冰水滴到头上，仅此而已，不过当然了，抬头注视水滴落下的轨迹可以用来建立因果关联。但是这个天启很不一样。这个天启是一件礼物，偷来的礼物，是不应当得到的帮助，是来自天使的帮助，就如同艾灵顿公爵那种顶尖乐手才会得到的音乐灵感，完全现成，从梦中直接出炉，只要坐下来把它弹出来就行了。

哈利现在准备把它弹出来。他召集演奏会观众，请他们下午一点到他办公室集合。下午一点之前的这段时间，足够让他拼凑出最重要的部分，也就是最后一部分的密码。要拼凑出最后的密码，他需要北极星和地图。

上班路上，他顺便去文具店买了一把尺子、一个量角器、一个指南针、一支笔头最细的马克笔和许多透明幻灯片。他一到办公室就开始工作。他把撕下来的那张奥斯陆大地图找出来，粘好撕破的地方，把布告栏的表面弄平整，再次将地图钉在办公室的长墙壁上。然后，他在透明幻灯片上画一个圆，分成五等份，每一等份七十二度，用笔和尺子将距离最远的两个点用直线连起来。画完以后，他把幻灯片举起来对着灯光，上面画的正是魔鬼之星。

会议室的投影仪不见了，于是哈利前往犯罪科的会议室。抢劫案组组长伊佛森正在进行例行演讲，同事之间都把伊佛森的演讲题目称为"我如何变得这么聪明"。台下听讲的是一群假日被召来上班的人。

"高优先等级。"哈利说，拔下插头，推着放置投影仪的小推车，从惊愕不已的伊佛森身旁走过。

　　哈利回到办公室，把幻灯片放上投影仪，把方形的光对准地图，然后关灯。

　　在没有窗户的黑暗办公室里，哈利可以听见自己的呼吸声，他旋转幻灯片，移动投影仪的远近，调整焦距，直到构成星星的黑线吻合为止。它吻合了。它当然吻合。他看着地图，圈起两个地点，打了几通电话。

　　一切准备妥当。

　　一点零五分，莫勒、汤姆、贝雅特和奥纳坐在借来的椅子上，挤在哈利和哈福森共用的办公室里，像老鼠一样安静。

　　"那是密码，"哈利说，"一个非常简单的密码，一个常见的分母，一个从古代就清楚流传下来的数字。"

　　四人看着哈利。

　　"五。"哈利说。

　　"五？"

　　"数字是五。"哈利望着四张疑惑的脸。

　　此时，某种状况发生了，这种状况有时会发生在他身上。长期酗酒导致这种情况发生得越来越频繁。毫无征兆之下，地面突然消失，他感觉自己往下坠落，失去所有的现实感。坐在他面前的不再是四名同事，不再是命案，不再是奥斯陆的温暖夏日，叫萝凯和欧雷克的人也从不存在。他知道这短暂的恐慌发作结束后，陆续还会有恐慌来袭。他硬着头皮撑住。

　　他端起马克杯，缓缓啜饮咖啡，让自己镇定下来。他决定当自己听见马克杯放回桌上的声音，就回到这里，回到现实。

　　他放下马克杯。

　　马克杯轻轻发出砰的一声，回到桌面。

　　"第一个问题，"哈利说，"凶手在每个被害人身上都留下一颗钻石作为标记，这个钻石有几个角？"

"五个。"莫勒说。

"第二个问题，凶手切下每个被害人的左手手指，一只手有几根手指？第三个问题，命案和失踪案连续三周发生，分别发生在星期五、星期三和星期一，中间间隔是几天？"

一阵静默。

"五天。"汤姆说。

"时间呢？"

奥纳清了清喉咙："五点左右。"

"第五个问题，也是最后一个问题，凶手选择的作案地点，从地址来看似乎是随意挑选的，可是命案现场都有一个共通点，这个共通点是什么？贝雅特？"

贝雅特做了个鬼脸。"五？"

四人都看着哈利，眼神茫然。

"哦，该死的……"贝雅特惊呼，猛然住口，涨红了脸，"抱歉，我是说……五楼。所有的被害人都死在五楼。"

"没错。"

其他三人脸上慢慢出现恍然大悟的表情。哈利走到门边。

"五。"莫勒口中吐出这个数字，仿佛吃了某样恶心的东西。

哈利把灯关上，办公室漆黑一片，四人只听见哈利走动的声音："在许多仪式中，五是个常见的数字，例如黑魔法、巫术和魔鬼崇拜，基督教也会出现五这个数字。耶稣在十字架上就是被钉出五个伤口。伊斯兰教有五大支柱，每日必须五次拜祷。在许多文献记载中，五被称为人的数字，因为人类有五种感官，人生会经历五个阶段。"

只听见咔嗒一声，一张苍白的脸蓦然间被照亮，脸上有两个深陷的黑色眼窝，额头上有一颗星星。这张脸在黑暗中浮现在四人眼前，接着便听见一阵嗡嗡低语。

"抱歉……"哈利把投影仪转了个圈，把方形投影光从他脸上转到白色墙面上，"各位可以看到，这是五芒星，又称魔鬼之星，我们在卡米拉和芭芭拉的陈尸现场附近都发现刻的或是画的五芒星。大家都知道，这个五芒星是根据黄金分割比例画出来的。奥纳，要不要再跟我们说一次它是怎么画的？"

"我真的不知道，"心理医生奥纳哼了一声，"我最厌恶精密科学了。"

"好吧，"哈利说，"我用量角器画了一个简单版的五芒星，不过已经够我们用了。"

"够我们用？"莫勒问。

"到目前为止，我跟各位说了一些数字上的巧合，说不定它们真的是巧合，不过接下来这个可以证明它们不是。这三起命案都发生在圆周上，圆心是奥斯陆中心，"哈利说，"另外，命案地点正好间隔七十二度。各位可以看到，命案现场位于……"

"星星的三个尖角上。"贝雅特低声说。

"我的天，"莫勒惊骇地说，"你是说他……他给我们……"

"他给了我们一颗北极星，"哈利说，"这就是他的密码……告诉我们一共会有五起命案，三起已经发生，还有两起。根据这颗星星，剩下两起命案应该发生在这里和这里。"哈利指向他在地图上画的两个圈，分别位于星星的两个尖端。

"而且我们知道时间。"汤姆说。

哈利点了点头。

"我的天，"莫勒说，"每五天杀一个人，那不就是……"

"星期六。"贝雅特说。

"明天。"奥纳说。

"我的天。"莫勒第三次说这句话，他对上天的祈祷听起来十分真诚。

　　哈利继续说明，不时被其他人兴奋的声音打断。太阳高高越过苍白炎热的夏日晴空，下面无数白色小船帆正懒洋洋地、意兴索然地往岸边驶去。碧悠维卡区一处隆起的十字路口上（当地人称之为交通机器），一个购物袋在道路上方的暖气流上飘浮，道路蜿蜒盘绕，仿佛蛇巢里相互缠绕的毒蛇。歌剧院工地面海那一侧的库棚旁，一个男子正努力在已经发炎的伤口下找寻静脉；他绷着脸朝四处张望，仿佛一只憔悴的豹子，脚下踩着猎物，知道自己必须动作快，否则鬣狗很快就会来到。

　　"等一下，"汤姆说，"凶手如果是在街上等待，他怎么知道莉斯贝思住在五楼？"

　　"他不是在街上等待，"贝雅特说，"他是在楼梯间等待。威廉说他们公寓的大门没办法关好，我们去查过，确实如此。凶手在楼梯间留意电梯，看有没有人从五楼下来，如果有人出现就躲进通往地下室的楼梯。"

　　"很好，贝雅特，"哈利说，"然后呢？"

　　"凶手跟着莉斯贝思来到街上，然后……不对，这样太危险了。莉斯贝思一出电梯，凶手就拦住她，用氯仿将她迷昏。"

　　"不对，"汤姆斩钉截铁地说，"太危险了，这样他就得把莉斯贝思扛出去，放进停在路边的车里。如果有人看见，就会记得车型，说不定还会记下车牌号码。"

　　"不是用氯仿，"莫勒说，"而且车子停在远处。他用枪威胁莉斯贝思，逼莉斯贝思走在他前面，他跟在后面，枪藏在口袋里。"

　　"不管手法是什么，被害人是随意挑选的，"哈利说，"重点是下手地点。如果是威廉搭电梯从五楼下去，而不是莉斯贝思，那威廉就会成为被害人。"

　　"如果真如你所说，也许可以解释为什么这些女性被害人没有受到性侵害，"奥纳说，"如果这个谋杀犯……"

　　"凶手。"

　　"这个凶手没有特定的下手对象，这就表示，被害人是女性全都是巧合，这样一来，被害人就不是特定的人，让凶手满足的是杀人本身。"

"那女厕所呢？"贝雅特说，"去女厕所就不算是随机下手了。如果被害人的性别不重要，那凶手去男厕不是比较自然吗？这样他走出男厕的时候就不会引人注意，可以降低风险。"

"有可能，"哈利说，"但如果他准备得像目前看起来这么充分，那么他应该会知道律师事务所的男性比女性多，是不是？"

贝雅特用力眨了眨双眼。

"好想法，哈利，"汤姆说，"在女厕所执行仪式被发现的可能性比较低。"

下午两点零八分，莫勒的一句话替这场争辩画下句号："好了，各位，讨论死者已经讨论得够多了，我们是不是应该把注意力放在活人身上？"

太阳开始沿抛物线的下半段运行，影子慢慢向德扬区一处废弃的校园延伸，校园里只听得见足球被踢上墙壁的单调声响。哈利那间密闭的办公室里，空气已变得有如一碗浓汤，由蒸发的人类体液熬成。卡尔柏纳广场右边的星星尖角正好位于坎本区英顺路的一栋建筑物上。哈利说，尖角下的建筑物建于一九一二年，当时被称为"结核病之家"，后来作为学生宿舍，起初提供给经济系学生住宿，后来提供给护校学生住宿，最后只要是学生都可以住。

五芒星的最后一个尖角指向一条条黑色平行线。

"奥斯陆火车站的铁路线？"莫勒问，"没有人住在那里吧？"

"注意。"哈利说，指向一个画有阴影的小方块，"那一定是仓库，它……"

"不对，地图是正确的，"汤姆说，"那里的确有间房子。你们乘火车进奥斯陆的时候都没注意到吗？有一栋砖房孤零零地矗立在那里，还有花园什么的……"

"你说的是弗勒公馆，"奥纳说，"站长的家，非常有名，我想现在应该变成办公室了吧。"

哈利摇了摇头，告诉大家，根据国家户政局的记录，有一位叫奥莉·希芬森的老太太住在那里。

"学生楼或站长之家都没有五楼。"哈利说。

"这会阻止他吗？"汤姆转头望向奥纳。

奥纳耸了耸肩："我认为不会。现在我们是在预测个人行为的特征，我猜得并不比你们准。"

"好吧，"汤姆说，"我们可以假设他明天会去学生楼下手，那么要阻止他，我们必须做好完善的行动计划，大家都同意吗？"

每个人都点了点头。

"很好，"汤姆说，"我会联络特种部队的希维德·傅凯，立刻准备详细计划。"

哈利在汤姆眼中看见火花燃起。哈利了解汤姆：汤姆喜欢行动、缉捕、扑向猎物，这些正是警察工作中的美味珍馐。

"我跟贝雅特去施怀歌德街，看能不能见到希芬森老太太。"哈利说。

"大家小心！"莫勒吼道，吼声盖过椅子刮擦地面的声音，"绝对不能泄露半点消息，记住奥纳说过的，这种反社会型杀手会到处打探警方的调查行动。"

太阳缓缓下沉，温度慢慢上升。

24

星期五　　欧图·哈根

欧图·哈根翻身侧躺，又是一个炽热的夜晚，他满身大汗，但他并不是因为流汗才醒来的。他伸手去接电话，坏了的床垫发出不祥的吱吱声。一年多前的某个晚上，欧图在床垫的横向那头，在奥翠塔身上埋头苦干时，把床垫弄塌了。奥翠塔在面包店工作，是个瘦高的女人，那年春天欧图的体重却突破了一百一十公斤。那天晚上，他们发现床垫的设计是用来承受纵向动作而非横向时，屋里一片漆黑，奥翠塔被压在欧图身体底下，锁骨骨折，欧图只得开车送奥翠塔前往赫纳福斯市的急诊室。奥翠塔气炸了，大声叫嚷，威胁说要把这件事告诉尼尔斯。尼尔斯是奥翠塔的丈夫，也是欧图最要好的朋友。当时尼尔斯体重一百一十五公斤，以脾气火爆著称。欧图笑得连气都喘不过来，自此以后，每次他只要踏进那家面包店，奥翠塔就满脸怒容。这让他感到悲伤，因为虽然那天晚上发生了这种事，却是他相当珍视的回忆。那也是他最后一次跟女人上床。

"哈利监视器材公司，你好。"欧图对电话喘气。

金·哈克曼在电影《对话》中饰演的主角名叫哈利，欧图便拿来作为公司名称。《对话》是一九七四年弗朗西斯·科波拉导演的电影，片中主角是个监听专家，这部电影从许多方面决定了欧图的职业和未来的生活。欧图有限的朋友圈之中没人看过这部电影，他自己则看了三十八次。看完这部电影，他才发现，原来一个小小的器材就能让你洞察别人的生活，于是他在十五岁那年买了生平第一个麦克风，并偷听了他父母在卧室里的私房话。第二天，他开始存钱，打算购买第一台摄像机。

　　如今他三十五岁，收集了大约一百个麦克风、二十四台摄像机，还有一个十一岁的儿子。某个潮湿的秋夜，他在耶卢市跟一个女人在监控车上度过一夜，然后有了这个儿子。至少他说服那女人在受洗时将儿子取名为金。然而他可以眼睛眨也不眨地说，他在感情上跟他的麦克风更亲近。他的收藏品也的确丰富，包括五十年代的 Neuman 吊杆式麦克风和 Offscreen 旋转式麦克风。Offscreen 旋转式麦克风是专门为军事摄像机设计的，他特地跑去美国，通过非法渠道才得以入手，但现在只要在网络上订购就行了，省去很多麻烦。然而要说到他的头号收藏品，肯定是那三个只有针头大小的俄制谍报麦克风，上面没有品牌名称，是他在维也纳的一次贸易展上买来的。

　　此外，全挪威只有两家专业手机监听室，而哈利监视器材公司就拥有其中一家，这表示警方和密勤局偶尔会找上他，国防部的情报单位也会找上他，不过机会就更少了。他希望这些单位找上他的频率高一点；他厌倦了替 7-11 和 Videonova 影音租售店架设监视器和训练员工，那些员工对监视毫无戒备的顾客的精密器材一窍不通。就监视工作而言，警方和国防部比较容易找到跟他志同道合的人。但哈利监视器材公司的高品质器材价格高昂，欧图觉得他越来越常听见有人跟他提到削减预算云云。他们说自己在监视目标附近的楼层或屋子里架设器材更便宜。话是这样说，但有时在监视目标附近的合适范围内没有房子，或缺乏监视工作需要的高品质器材时，他们就会打电话到哈利监视器材公司，就像现在。

　　欧图听着电话。听起来是个很棒的任务。这次的监视目标附近有很多公寓，因此他怀疑对方要钓大鱼，而现在这个时间点，水里的大鱼只有那一条。

　　"是不是快递员那件案子？"他小心地从床上坐起来，避免在中间陷下去。他应该去买一张新床垫。他不知道自己迟迟不肯去买新床垫究竟是因为经济因素还是感情因素。不管原因是什么，如果这笔生意可以谈成，他很快就能买得起一张体面的定制床垫，甚至可以定做一张圆的床垫，然后他就能再次对奥翠塔发动攻势。尼尔斯现在已经一百三十五公斤，看起来令人作呕。

"这件事很紧急。"汤姆说，并未回答欧图的问题，但欧图已经得到他想要的答案，"今天晚上必须架设完成。"

欧图放声大笑。

"你要在一栋四层建筑的楼梯间、电梯和好几个走廊里架设监控器材，而且一个晚上就要装好？抱歉，老哥，这是不可能的。"

"这是高优先等级的特别案件，我们不能考虑……"

"没——办——法，明白吗？"欧图咯咯大笑，连床铺也摇晃起来，"如果真的这么紧急，瓦勒警监，我们今天晚上就可以动工，我保证星期一早上就完工。"

"我明白了，"汤姆说，"抱歉，我太天真了。"

如果欧图解读话语的技术跟他的录音技术一样高超，那么他也许就能从汤姆的口气中察觉出来，他那句"没办法"用在汤姆身上的效果不怎么好。只是他正全神贯注地说服汤姆降低急迫性，同时把工时拉长，因此并未多加留意。

"很好，这样我们多多少少调整到同样的波段了。"欧图说，往床底下找袜子，但只看见尘土和空啤酒瓶。

"晚上工作得加收费用，周末也是。"

啤酒！他是不是应该去买一箱啤酒，邀请奥翠塔来庆祝他接到这个大单了？如果奥翠塔不来，也许可以考虑尼尔斯。

"另外，你们得先付我一些费用，让我去租用器材，我没办法一下子把这些器材全部都生出来。"

"不行，"汤姆说，"这些器材应该都在史戴恩·亚斯楚在阿斯克尔市的谷仓里。"

欧图手中的话筒差点掉下来。

"哎呀,"汤姆柔声说,语气充满挖苦,"我是不是踩到你的痛处了?你是不是还有什么事忘了说?是不是还有器材要从鹿特丹用船运过来呀?"

床铺砰的一声塌到地上。

"我们会派些人帮你装设器材,"汤姆说,"快把你的肚子塞进裤子里,坐上那辆超级监控车,到我办公室了解简要情况、看现场蓝图。"

"我……我……"

"你是不是要说'我感激不尽'?欧图,好朋友能再度合作是一件很棒的事,对不对?放聪明点,多做事少说话,工作做得漂亮点,这样就没什么问题了。"

25

星期五　　灵言

"你住在这里吗？"哈利心中无比惊讶。

他之所以无比惊讶，是因为门一打开，他就发现眼前这位老妇人实在太像某人了。哈利凝望那张苍白老迈的脸庞，看见她眼里有相同的冷静和温暖。最像的莫过于眼睛。但当他确认老妇人就是奥莉·希芬森时，哈利发现她连说话声音也像。

"我们是警察。"哈利说，扬起警察证。

"哦？出了什么事？"

奥莉那张爬满皱纹的脸流露出关切之情。哈利心想她关心的是不是别人？也许是因为哈利觉得奥莉实在太像某人了，才会觉得她关心的是别人。

"没出什么事，"哈利直接回答，同时摇了摇头，"我们可以进去吗？"

"当然可以。"奥莉打开门，让到一旁请他们进屋。哈利和贝雅特踏进了门。哈利闭上眼睛。屋子里有液态肥皂和老旧衣服的气味。他睁开眼睛，看见奥莉正看着他，嘴角带有一抹疑惑的微笑。哈利回以微笑。奥莉不可能猜到哈利期待她给他一个拥抱，拍拍他的头，对他轻声说爷爷准备了意外惊喜，正在等他和妹妹。

奥莉领着他们走进客厅，客厅里没人。公馆里共有三间客厅，一间接着一间，天花板饰有环状花纹和玻璃王冠，里面有许多优雅的古董摆设。家具和地毯都已老旧，但纤尘不染，整整齐齐。没想到这套房子只有一个人住，竟然能收拾得如此整洁。

哈利纳闷自己为什么要问奥莉是不是住在这里，是因为她开门的方式，还是因为她同意让他们进屋里？无论如何，他心里多少预期会看见一个男人，看见一家之主，但国家户政局的资料是正确的，奥莉一个人住在这里。

"请坐，"奥莉说，"喝咖啡吗？"

这句话听起来更像是乞求而不是提议。哈利局促不安，清了清喉咙，不确定是要在谈话开头还是结尾表明来意。

"好啊。"贝雅特微笑说。

希芬森老太太报以微笑，拖着脚走进厨房。哈利对贝雅特露出感谢的表情。"她让我想起……"哈利开口说。

"我知道，"贝雅特说，"全都写在你的脸上，我奶奶也有点像她。"

"嗯。"哈利说，举目四顾。

客厅里并未摆放很多家庭照片，只有两张褪色的黑白照片中有几张热切的脸庞，看起来是二战前拍的。另外还有四张照片，照片中是同一个男孩，只是处于不同的年龄段。在青少年阶段的照片里，男孩脸上有雀斑，留着六十年代的时髦发型，一双眼睛就跟走廊里的泰迪熊一样，脸上的微笑是真实的微笑，不像那个年纪的哈利，在相机前只能用痛苦的面容勉强挤出一丝微笑。

希芬森老太太回到客厅，手里端着托盘，坐了下来，斟上咖啡，摆上放着玛丽兰牌饼干的盘子。哈利等贝雅特称赞完咖啡之后才开口。

"希芬森夫人，你有没有在报纸上读到最近奥斯陆有年轻女子被谋杀的新闻？"

奥莉摇了摇头。"我看到报纸标题了，就在《晚邮报》的头版上，一眼就能看到，可是我没细读。"她微笑时，眼睛周围的皱纹来回移动，"而且我只是个老小姐，不是什么夫人。"

"抱歉，我以为……"哈利朝那几张照片看了一眼。

"对，"奥莉说，"那是我儿子。"

一阵静默。微风送来远处的犬吠声和铿锵的播报声，说十七站台开往哈尔登市的列车就要开车了。风很轻，几乎没能吹动阳台门前的窗帘。

"哦。"哈利端起咖啡想喝，却觉得还是说话为好，于是又放下杯子，"我们有理由相信杀害这些年轻女子的是个连环杀手，而这个连环杀手接下来的两个下手目标是……"

"希芬森夫人，这饼干真好吃。"贝雅特突然插话，嘴里满是饼干。哈利看着贝雅特，满脸困惑。阳台门外传来火车进站的咝咝声。

希芬森老太太微微一笑，笑容带有一丝迷惑。"哦，只是买来的饼干罢了。"她说。

"让我再从头说一次，希芬森夫人，"哈利说，"第一，我想说您不必担心，我们已经掌控了局面。第二……"

"谢了。"哈利说。他们走在施怀歌德街上，经过库房和低矮的工厂厂房。这些建筑物跟弗勒公馆的花园砖房形成强烈对比，使得弗勒公馆看起来像是黑色碎石中的一块绿洲。

贝雅特微微一笑，并未脸红："我只是觉得应该避免给她造成太大的心理压力，说话可以绕点圈子，用比较温和的方式告诉她这件事。"

"是，我听说过这种方式。"哈利点燃一根烟，"我一直不太会跟人说话，我更会听人说话，也许……"他突然住口。

"也许什么？"贝雅特说。

"也许我变得有点不敏感，也许我不再在乎那么多，也许我该去……做点别的事。你可以开车吗？"哈利把钥匙抛过车顶。

贝雅特接到钥匙，秀眉微蹙，低头看着钥匙。

晚上八点，主导调查工作的四名警探加上奥纳，再度聚集在会议室里。

哈利报告说他们去弗勒公馆找过奥莉·希芬森。希芬森老太太听了这件事十分冷静，但显然很害怕，虽然在得知自己可能是连环杀手的下一个目标之后，没有完全惊慌失措。

"贝雅特建议她暂时搬去跟她儿子住，"哈利说，"我想这是个很好的办法……"

汤姆摇了摇头。

"不是吗？"哈利诧异地说。

"凶手可能一直在注意未来作案地点的动静，如果发生不寻常的事，可能会把他吓跑。"

"你是说我们要利用一个无辜的老太太来……来……来……"贝雅特强忍怒意，说话结巴，涨红了脸，"来当诱饵？"

贝雅特怒视着汤姆，汤姆也瞪了回去。她难得直视别人的目光，没有移开。会议室里剑拔弩张的肃静气氛越来越高涨，莫勒不得不开口，正打算随便说句话，却被汤姆抢先一步："我只是想确定我们能抓到这个家伙，这样晚上才能安安稳稳睡个好觉。据我了解，下星期才会轮到这位老太太。"

莫勒哈哈大笑，笑声十分勉强，当他发现紧张气氛逐渐缓和，笑得就更大声了。

"总之，"哈利说，"希芬森老太太留在原地，她儿子住得太远了，不知道在哪个国家。"

"很好，"汤姆说，"至于学生楼，现在放假，宿舍很空，不过我们已经告知还住在里面的学生，明天他们必须待在自己的房间里，至于原因，我们没有明说，对他们透露的信息也很少。我们只说警方要在一名窃贼作案的时候当场逮捕他。今天晚上我们会安装监控器材，希望这段时间凶手还在睡觉。"

"特种部队呢？"

汤姆微微一笑："他们开心得很。"

哈利望向窗外，琢磨着开心是什么样的心情。

莫勒替会议做了总结，宣布散会。哈利注意到奥纳的衬衫两侧出现的汗渍，形状很像索马里。

他们三人再度坐下。

莫勒从厨房冰箱里拿出四瓶嘉士伯啤酒。奥纳点了点头，露出开心的神色。哈利则摇了摇头。

"可是为什么？"莫勒说，打开啤酒，"为什么凶手自愿给我们解开密码的钥匙，让我们知道他接下来的行动？"

"他是想告诉我们怎样才能逮到他。"哈利把窗户往上推开。

夏日的都市夜生活声响立刻涌了进来：蜉蝣仓促短暂的生命周期、敞篷汽车传出的音乐声、夸张的笑声、高跟鞋激动地敲击柏油路面发出的咔嗒声。人们正在享受生活。

莫勒用不可置信的眼神看着哈利，然后瞥了奥纳一眼，希望奥纳能证实哈利疯了。

心理医生奥纳五指指尖相触，置于下垂的蝴蝶领结前方。"哈利说的可能没错，"奥纳说，"连环杀手会引导甚至协助警方办案，这并不罕见，因为他们内心深处希望有人能阻止他们。有个叫山姆·华宁的心理学家坚称，连环杀手心里希望被逮到并受到惩罚，以满足他们残酷成性的超我。我个人比较倾向于认为他们需要别人帮助，以阻止住在内心的那头怪兽。我认为他们有被逮到的渴望，是因为他们某种程度上对自己的病态心理有客观的了解。"

"他们知道自己疯了吗？"

奥纳点了点头。

"那种感觉一定跟地狱没两样。"莫勒轻声说，拿起啤酒。

莫勒回了一通电话给《晚邮报》的记者，这名记者想知道警方是否支持儿童议会提出的恳求，希望让儿童留在室内。

哈利和奥纳留在原地，聆听远处传来的宴会声、模糊难辨的吼叫声和鼓击乐队音乐声，这些声音被一声祷告给打断了，不知为何，这声祷告突然刺耳地回荡着，可能有点亵渎上帝，却有一种怪异的美。这些声音全都从那扇打开的窗户传了进来。

"我有点好奇，"奥纳说，"你是怎么想到的？你怎么会知道密码是五？"

"什么意思？"

"我对创造性思维有一点了解……你身上发生了什么？"

哈利微微一笑："你说呢？反正今天早上我睡着之前，看见床头的时钟显示三个五，代表三个女人和数字五。"

"大脑真是个神奇的工具。"奥纳说。

"我想是吧，"哈利说，"我有一个精通解码的朋友说，要完全破解密码，必须先找出'为什么'，而五并不是答案。"

"为什么？"

哈利打了个哈欠，伸伸懒腰："奥纳，'为什么'属于你的专业领域。如果我们逮到他，我会很高兴。"

奥纳微微一笑，看了看表，站了起来。"哈利，你是个非常奇怪的人。"他穿上花呢夹克，"我知道你最近喝了点酒，可是你看起来好一点了，已经度过最坏的时期了？"

哈利摇了摇头："我只是清醒而已。"

哈利步行回家，头上的苍穹辉煌壮观。

一个戴墨镜的女子站在尼亚基杂货店霓虹招牌下的人行道上，尼亚基杂货店就在哈利家隔壁。女子一手叉腰，一手拿着杂货店的纯白塑料袋。她面带微笑，假装站在那里等候哈利许久。

是菲毕卡·克努森。

哈利知道她在演戏，她那副想要他加入的神态是个玩笑，所以他慢下脚步，回以相同的微笑，表示他一直在等待她的出现。奇怪的是，他的确一直在等待她出现，只是直到这一刻他才意识到。

"最近没在水下酒吧看见你，宝贝。"菲毕卡说，抬起墨镜，看着哈利，仿佛太阳依旧低低地挂在屋檐上。

"我最近努力让自己的头保持在水面上。"哈利拿出一包烟。

"哎呀，玩起文字游戏来了。"她伸了个懒腰。

今天晚上她没穿奇装异服，只穿了一件深 V 领蓝色连衣裙。她心里十分清楚，自己的身材撑得起这件连衣裙。哈利把烟递给她，她抽出一根，把烟凑到双唇间，这个姿势哈利只能用"粗鄙"来形容。

"你在这里干吗？"哈利问，"你平常不是都去奇异超市买东西吗？"

"那里打烊了，都快午夜了，哈利，我是一路找到这里来的，看看还有什么店开着。"她的微笑放大，眼睛眯了起来，犹如爱玩的猫咪。

"这个地区在星期五晚上对姑娘有点危险，"哈利替她点燃香烟，"要买东西的话应该叫你家那位来。"

"调酒用的饮料，"她举起塑料袋，"和酒混合，酒才不会太烈。我的未婚夫不在家。如果这个地区真的那么危险，那你应该拯救这个姑娘，带她去安全的地方。"她朝哈利家点了点头。

"我可以泡杯咖啡给你。"哈利说。

"哦？"

"雀巢的，我家只有这个。"

哈利端着开水和咖啡杯走进客厅，菲毕卡的两条腿已经蜷曲在沙发上，鞋子放在地上。她的乳白色肌肤在昏暗灯光下闪闪发亮。她又点了一根烟，这次是她自己的烟，哈利从未见过这个品牌的外国香烟，而且没有过滤嘴。哈利在火柴的摇曳火光中，看见她脚趾上的深红色指甲油有缺损。

"我不知道我能不能再这样继续下去，"她说，"他变了，他一回到家不是烦躁不安，就是在客厅里走来走去，再不然就出去运动，感觉像是急着要离开去旅行。我试着找他谈，可是他不是打断我的话，就是看着我，好像完全听不懂我在说什么。我们真的是从两个不同的星球来的。"

"行星就是因为彼此的距离和相互的吸引力，才维持在轨道上。"哈利说，用汤匙舀出冰冷干燥的咖啡粉。

"又是文字游戏？"菲毕卡从湿润的粉红色舌头上挑下一根烟草。

哈利轻笑道："这是我在等候室里读到的，出于私心，我希望这段话是真的。"

"你知道最奇怪的地方是什么吗？他不喜欢我，可是我知道他绝对不会放我走。"

"什么意思？"

"他需要我。我不知道他到底需要我什么，可是他好像失去了什么，所以才需要我。他的父母……"

"怎样？"

"他从不跟他们联络，我从来没见过他父母，我想他们甚至不知道我的存在。前不久有个男人打电话来找安德斯，我立刻察觉到那是他父亲。父母亲叫儿女名字的口气是听得出来的，从某方面来说，这个名字他们叫过无数遍，是世界上叫起来最自然的名字。可是从另一方面来说，这个名字非常亲密，就好像剥光他们的衣服一样，所以他们会说得很快，几乎有点害羞。'请问安德斯在吗？'我说我去叫醒他，那男人就开始喋喋不休地说起一种外语，或是……也不尽然，比较像是我们在匆忙之间想要找到恰当的话语才会说的话，也类似教堂的宗教聚会上会说的话。"

"你是说灵言？"

"对，好像就是灵言。安德斯从小在这些东西里长大，只不过他从来不提。我听了一会儿，起初可以偶尔听见'撒旦'和'索多玛'几个词，后来越听越下流，出现像是'操'或'婊子'之类的，于是我就把电话挂了。"

"安德斯怎么说？"

"我没对他提过。"

"为什么？"

"我……那就像是个他一直不准我进入的地方，而且我也不想进去。"

哈利喝了口咖啡。菲毕卡没碰她那杯："你不会偶尔觉得寂寞吗，哈利？"

哈利抬起双眼，和菲毕卡四目相交。

"有点像是孤单的感觉，难道你不希望跟一个人在一起吗？"

"你跟某个人在一起，和你是孤单的，这是两码事。"

她打了个冷战，仿佛有股冷风穿过客厅。"你知道吗？"她说，"我想喝一杯。"

"抱歉，我的酒都喝光了。"

她打开手提包："宝贝，去拿两个杯子来，好吗？"

"我们只需要一个杯子。"

"哦，好吧。"菲毕卡打开随身带来的扁酒瓶的盖子，仰头便喝。"我是不准动的。"她笑着说，一滴褐色酒液沿着下巴流下来。

"什么？"

"安德斯不喜欢我动，我必须躺得直挺挺的，完全不能动。我不能说话，也不能呻吟。我必须假装睡着了。他说我一展现热情，他的欲望就会消失。"

"然后呢？"

她又喝了口酒，然后旋上盖子，望着哈利："那简直是不可能的。"

她的目光是那么直接，哈利的呼吸不禁变得又深又长，同时感觉自己正在勃起，下体在裤子里鼓动着，让他暗自恼怒。

菲毕卡扬起双眉，仿佛也感觉到了。"坐到这边来。"她轻声说。

她的声音变得粗糙嘶哑。哈利看见她雪白颈部的粗大静脉鼓了起来。只不过是条件反射而已，哈利心想，就像巴甫洛夫训练的小狗一听见食物的信号就会站起来一样，只是一种本能，仅此而已。

“我想可能不行。”哈利说。

“你怕我？”

“对。”哈利说。他的下腹部顿时充满哀伤的甜蜜，一种对性欲的无声哀悼。

菲毕卡放声大笑，但一看见哈利的双眼，便停了下来。她噘起了嘴，用孩子般乞求的口气说：“继续说啊，哈利……”

“我没办法，你很好，可是……”

她的笑容依然挂在嘴边，但眼睛眨了眨，仿佛被扇了一巴掌。

“我要的不是你。”哈利说。

菲毕卡的目光闪烁不定，嘴角动了动，仿佛要笑。

“哈。”她说。

这个词本应带有讽刺意味，应该是夸张的感叹，可是一说出口却变成了厌倦、死心的呻吟。戏演完了，两人都忘了各自的台词。

“抱歉。”哈利说。

泪水在她眼眶里滚来滚去。“哦，哈利。”她轻声说。

哈利希望她没说这句话，这样就可以立刻请她回家。

“不管你希望在我身上得到什么，我都没有。”哈利说，“她已经知道了，现在你也知道了。”

第四部

哈利心头一惊，全身僵直，静止不动。慢慢地，他的视线开始聚焦；溺水的感觉逐渐退去，取而代之的是已然淹死的感觉。

灰色塑料膜里，一对呆滞的眼睛正和他对视。

26

星期六　　灵魂　　这一天

星期六早晨,太阳翻越艾克柏山,做出一副准备打破最高温纪录的架势。欧图正在对综合控制台进行最后一次检查。

监控车里又黑又窄,弥漫着发霉衣物的气味,无论是欧图的猫王牌汽车空气清洁器还是卷烟,都无法消除那股气味。他有时觉得自己像是坐在碉堡中,鼻孔里充满尸臭,但仍和外面正在发生的事隔绝开来。

学生楼矗立在坎本区一块土地中央,俯瞰德扬区。这栋四层红砖建筑的两旁是两栋比较高的大楼,五十年代兴建的,几乎跟学生楼平行。学生楼和那两栋大楼使用的油漆和窗户相同,可能是为了要让这个地区展现一致的外观。然而房龄是难以掩饰的:学生楼看起来像是曾被龙卷风吹起,然后轻轻放在住宅合作社建地的中央。

哈利和汤姆一致同意把监控车停在学生楼正前方的停车场内,和其他车辆混在一起;那个位置信号良好,车停在那里也不会太引人注目。不过路人依然会对监控车投以好奇的目光,以为这辆窗户盖着橡胶、车体生锈的蓝色沃尔沃是"幼儿园意外"摇滚乐队的专车,因为车侧漆着"幼儿园意外"几个黑色大字,两个字母 i 上面的圆点被画成了骷髅头。

欧图擦了擦汗,检查所有摄像机是否正常运作,视线是否没有死角,是否至少有一个摄像头可以捕捉到学生楼外的动静。四层的学生楼共有八条走廊、八十间寝室,目标只要一踏进门厅就可以被追踪到。

他们一整晚都在组装和调试摄像头,把摄像头固定在墙壁上,现在欧图嘴里还有干砂浆的金属苦味，他那件肮脏的牛仔夹克的肩膀上布满了黄色墙壁的灰泥，像是洒满了鳞片状的头皮屑。

最后，汤姆终于听取了欧图的建议，明白要在时限之内完成安装，就必须舍弃声音。少了声音完全不会影响逮捕任务的进行，唯一的缺点是，如果目标说了自陷于罪的话，就没办法录下来当作证据。

他们也无法在电梯内装设摄像头。欧图用的是无线摄像头，可是信号被水泥电梯井挡住了，监控车收不到清晰的画面。如果使用有线摄像头，无论怎么设置，线路不是外露，就是可能会跟电梯的机械装置缠在一起。汤姆允许电梯不装摄像头，反正目标只会一个人搭电梯。住在里面的学生已发誓保密，并接到严格指示，下午四点到六点必须待在房内，锁上房门。

欧图把无数小画面组成的马赛克画面移到三个大型屏幕上，放大画面，直到各个画面组成井井有条的整体画面。左边屏幕显示的是通往北边的走廊，上面是四楼，下面是一楼。中央屏幕显示的是宿舍入口、所有的楼梯口和电梯门。右边屏幕显示的则是通往南边的走廊。

欧图按了一下"储存"，双手放在脑后，靠上椅背，发出满意的咕哝声，现在整栋建筑物和里面的年轻人都在他的监视范围中。如果有时间，他可能会在几间学生寝室内装设摄像头。当然，他不会让学生知道。小如鱼眼的摄像头装上去绝对不会被发现，然后再搭配俄制麦克风就行了。挪威那些年轻的实习护士都很淫荡，可以拍下来制作成影片，通过有关渠道销售出去。那个浑蛋汤姆，去他的，他怎么会知道亚斯楚和阿斯克尔市谷仓的事！怀疑的念头在欧图的脑子里翻飞，然后消失。他老早就开始怀疑亚斯楚付钱请人罩他的生意。

欧图点燃一根烟。监视画面看起来静止不动：黄色走廊和楼梯上没有一丝动静，完全看不出是实况画面。那些在寝室里过暑假的学生可能都还在床上睡觉。但如果再等上几个小时，也许会看见一个男人；凌晨两点，三〇三室的漂亮宝贝开门让这个人进入寝室。当时女子看起来喝醉了，不仅喝醉了，而且一副蓄势待发的模样。男子看起来只是蓄势待发。欧图想到了奥翠塔。他第一次见到奥翠塔是在尼尔斯家喝酒小聚的时候，那天每个人都伸出肥胖大手来握手，只有奥翠塔对欧图伸出白色小手，拖长了声音自我介绍，说她叫"奥翠塔"，听起来像是问："喝醉了？"

欧图长长叹了口气。

浑蛋汤姆跟特种部队的人开会开到午夜，欧图听见汤姆和特种部队队长在监控车外说话。当天稍晚，特种部队人员将会三人一组，部署在各楼层的各个拐角。二十四人，身穿黑衣，头戴头罩，配备装了子弹的MP5冲锋枪、催泪瓦斯和防毒面具。只要目标敲门或企图进入寝室，监控车一声令下，他们就会立刻行动。想到这里，欧图兴奋得直发抖。他看过两次特种部队行动，那些家伙看起来好不真实，现场发出爆破声和闪光，就像重金属演唱会一样，两次行动的目标都当场吓傻了，整个行动在几秒钟内就宣告结束。欧图听说这就是重点所在，要把目标吓得脑袋一片空白，丧失顽强抵抗的能力。

欧图熄灭香烟。陷阱设好了，只等老鼠上钩。

警方会在三点左右抵达。不论在这之前或之后，汤姆都禁止人员进出监控车。今天会是又长又热的一天。

欧图躺到地板上的床垫上，心想三〇三室现在不知在上演什么好戏。他想念他那张床。他想念他那张床晃动的方式。他想念奥翠塔。

与此同时，大门在哈利身后砰地关上。他面对阳光站立，点燃今天第一根烟，朝天空抬头望去，只见天空晨雾弥漫，如同一层薄纱，等着被太阳烧穿。他睡了一觉，是深沉、持续、无梦的一觉，令他难以置信。

"哈利，那玩意儿今天一定会很臭！天气预报说今天可能会是一九〇七年以来最热的一天。"

说这话的人是阿里，他就住在哈利楼下，是尼亚基杂货店的老板。不论哈利起得多早，他出门上班时，总会看见阿里和他弟弟在忙东忙西。阿里举起扫帚，指着人行道上的某样东西。

哈利眯起眼睛，朝阿里指着的那样东西看去，是一坨狗屎。昨晚他和菲毕卡就站在那里，当时他并未看见狗屎，显然是今早或昨晚有人遛狗却没注意到狗拉了屎。

哈利看了看表。就是今天。再过几小时，答案就会揭晓。哈利将烟深深吸入肺里，感受混合了新鲜空气的尼古丁如何振奋他的身体。这是许久以来他首次尝到香烟的味道，那味道竟然很好。这一刻，他忘记了他即将失去的一切：萝凯、工作、灵魂。

就是这一天。

而这一天有个好的开始。

再度令他难以置信。

哈利能感觉到她听见他的声音很开心。

"我跟爸爸说过了，他很高兴能照顾欧雷克，妹妹也会在。"

"首演？"她的声音中带着兴高采烈的笑意，"在国家剧院？太好了。"

她的语气有点夸张，她有时喜欢这样说话，尽管如此，哈利仍发现自己一直处于兴奋状态。

"你要穿什么？"她问。

"你还没答应。"

"看情况。"

"西装。"

"哪一套？"

"我想想……前年独立纪念日穿的、在黑德哈路买的那套。你知道，灰色的，上面有……"

"那是你唯一一套西装。"

"所以我一定会穿那一套。"

她笑了，笑声轻柔，轻柔得有如她的肌肤和亲吻，是她的笑声中他最喜爱的一种。这笑声很简单。

"我六点去接你。"他说。

"好，可是哈利……"

"什么？"

"别以为……"

"我知道，只是去看戏而已。"

"谢了，哈利。"

"哦，是我的荣幸。"

她又咯咯一笑。一旦她开始笑，他不管说什么都可以逗她笑，仿佛他们存在于同一个脑袋中，从同一双眼睛看出去，他只需要伸手一指，用不着多说什么。他必须强迫自己挂上电话。

就是这一天。这一天到目前为止依然美好。

他们同意在行动过程中，让贝雅特陪着希芬森老太太。万一目标（两天前汤姆开始把凶手称为"目标"，现在每个人都这样叫）发现警方设下陷阱，就会改变下手顺序，莫勒不想冒这个险。

电话响起，是爱斯坦打来的，询问事情的进展。哈利说事情进行得很顺利，并问他有什么事。爱斯坦说他打来就是为了这件事：想知道事情进行得如何。哈利突然有点害羞，他不习惯这种贴心的问候。

"你在睡觉吗？"

"我昨晚睡了。"哈利说。

"很好。密码呢？你破解了吗？"

"破解了一部分。我知道地点和时间了，还不知道为什么。"

"所以你能读懂他的语言，可是你还不知道他的意思？"

"可以这样说，等我们逮到他才能知道剩下的部分。"

"你不懂的是什么？"

"多着呢，例如为什么要把一具尸体藏起来？或者一些小地方，像是他切断被害人的左手手指，可是每次切的都是不同的手指。第一个被害人是食指，第二个是中指，第三个是无名指。"

"按顺序，背后一定有个系统。"

"对，可是为什么不从大拇指开始？这里面是不是藏有什么信息？"

爱斯坦爆发出大笑："保重，哈利，密码就像女人：如果你不能破解她们，她们就会破解你。"

"还用得着你说。"

"我说了吗？很好，因为这代表我是个会关心别人的人。我真不敢相信我的眼睛，哈利，我的车里好像坐上了一个客人，再聊。"

"好。"

哈利看着烟雾以慢动作做出芭蕾舞的足尖旋转动作。他看了看表。有一件事他没告诉爱斯坦：他有预感，其他细节很快就会明朗。凶手的作案过程有点过于简单，虽然有仪式，但杀人手法带有某种欠缺感情的特质，几乎是摆明了没有恨、欲望或热情，连爱也没有。作案手法太模式化了，几乎是机械式的、照本宣科的。哈利觉得自己好像在跟电脑下棋，对手不是个有心智或者能激动的人。时间会说明一切。哈利又看了看表。

心跳加速。

27

星期六　　行动

欧图的心情越来越兴奋。

他睡了几个小时，在剧烈的头痛和猛烈的敲门声中醒来。他一打开门，汤姆、特种部队队长傅凯，以及一个自称哈利·霍勒的家伙就冲上了监控车，那个哈利看起来一点也不像警监。这三个人上车之后第一件事就是抱怨车内空气怎么这么糟。欧图从四个保温瓶中的一个里倒出咖啡，开启屏幕，设定为"录像"模式。他立刻就感觉到美妙的兴奋感从体内升起。每当目标靠近，他总是会有这种感觉。

傅凯介绍说，身穿便服的监视人员已部署在学生楼周围，警犬与巡警也已清查过阁楼和地下室，确定没有人藏在楼里。目前为止，进出学生楼的只有住宿学生，另外三〇三室的女生向入口的看守人员报告，说她让男友留下来过夜。傅凯的手下各就各位，只等进一步指示。

汤姆点了点头。

傅凯定时检查无线通信状况，无线通信是特种部队的配备，不需要欧图负责。欧图闭上眼睛，享受无线通信的声音。他们只要一放开"通话"按钮，对讲机便会发出短暂的噪声，然后他们就会念出一连串不知所云的代号，像是大人的游乐场术语。

"史麦利得利。"欧图无声地说出这句暗语，想起有个秋日夜晚，他坐在苹果树上偷看亮着灯光的窗户里的人，那时他也对着锡罐低声念叨"史麦利得利"。锡罐底部有一根细绳垂下，越过篱笆。如果尼尔斯还没玩腻这个游戏，跑回家吃晚餐，就会蹲在篱笆旁等待着，将连着细绳另一端的锡罐贴在耳朵上。其实锡罐根本不像《土拨鼠书》里说的那样可以用来通话。

"要开始录了，"汤姆说，"欧图，准备好了吗？"

欧图点了点头。

"一六〇〇，"汤姆说，"计时……开始。"

欧图启动录像机的计时器，秒和十分之一秒的数字在屏幕上迅速跳动，他感到小腹里无声地爆出孩子般的欢喜笑声。这比苹果树上好玩，比奥翠塔胸部的奶油面包好玩，比奥翠塔一边呻吟一边口齿不清地教他该怎么取悦她好玩。

好戏开场。

奥莉面露微笑，打开门让贝雅特进来，仿佛她等待这次来访已经等了好几个世纪。

"哦，又是你啊！请进，不用脱鞋，天气热得不像话，对不对？"奥莉领着贝雅特进入走廊。

"别担心，希芬森老太太，这件案子看起来很快就会结束了。"

"只要有客人来就好了，你们慢慢来。"奥莉笑着说，然后惊慌地用手捂住嘴巴，"哎呀，我在说什么呀！那个人在杀人，不是吗？"

他们走进客厅，客厅里的落地钟正好敲了四下。

"亲爱的，喝茶吗？"

"麻烦你。"

"我可以自己去厨房吗？"

"可以，不过我可不可以陪你去……"

"来啊。"

除了新炉子和新冰箱，厨房看起来从大战结束后就没什么改变。贝雅特在一张大木桌前找了把椅子坐下，奥莉放上烧水壶。

"这里的味道很好闻。"贝雅特说。

"是吗？"

"是啊，我喜欢有这种味道的厨房。老实说，我更喜欢待在厨房，我不是那么喜欢客厅。"

"是吗？"奥莉侧过了头，"你知道吗，你跟我有点像，我也喜欢厨房。"

贝雅特微微一笑："客厅是你想展现给别人看的一面，厨房却能让每个人都放松，就好像你被容许做你自己一样。你有没有发现，我们一进来就放松了？"

"你说得完全正确。"

两个女人一起大笑。

"你知道吗？"奥莉说，"我很高兴他们派你来，我喜欢你。你不用脸红，亲爱的，我只是个孤单的老太太，脸红就留给你的仰慕者吧，还是说你已经结婚了？还没？哦，那也不是世界末日。"

"那你结过婚吗？"

"我？"奥莉边笑边摆上茶杯，"没有，我生下史文的时候还很年轻，所以一直没有机会……"

"你没结过婚？"

"呃，对，也许有过一两次机会，可是我这种处境的女人在那个年代是被人瞧不起的，所以会来找我的通常都是没人要的男人，所谓'门当户对'可不是随便说说而已。"

"就因为你是单亲妈妈？"

"是因为史文的父亲是德国人，亲爱的。"

烧水壶开始发出低低的汽笛声。

"啊，我可以理解，"贝雅特说，"那他的成长一定很艰难。"

奥莉怔怔地看着空中，对越来越响的汽笛声充耳不闻。

"比你想象的还要艰难，现在想起来我还是会哭，可怜的孩子。"

“水……”

“你看，我老了。”

奥莉从炉子上拿起烧水壶，往茶杯里倒水。

“你儿子是做什么的？”贝雅特问，看了看表：四点十五分。

“进出口，从前共产主义国家进出口很多东西，”奥莉微笑说，“我不知道他赚了多少钱，可是我喜欢这个名称，‘进出口’，虽然很愚蠢，可是我喜欢。”

“虽然他的成长很艰难，不过他最后似乎过得很好。”

“对，但他也不是一直都过得很好，你们可能有他的记录。”

“很多人我们都有记录，其中很多人后来也都过得很好。”

“他去柏林那次发生了一些事情，我不知道发生了什么事，史文从来都不喜欢说他做了什么，总是神神秘秘的。但我想他可能去找过他父亲，我想他见了他父亲之后，对自己的感觉应该会好很多，怎么说施瓦伯中将都是个潇洒的男人。”奥莉叹了口气，“但我也可能想错了，反正后来史文变了。”

“哦，变得怎样？”

“他变得比较冷静，以前他总是在追逐一些东西。”

“什么东西？”

“他追逐每一样东西：金钱、刺激、女人。你知道，他就跟他父亲一样，无可救药的浪漫，是个讨女人喜欢的男人。他喜欢年轻女人，年轻女人也喜欢他，不过我猜他应该找了一个特别的女人。他在电话里说有事要告诉我，听起来很兴奋。”

“他没有说是什么事？”

“他说等到了以后再跟我说。”

“到了以后？”

“对，他今天晚上会来，不过他要先去开会。他会在奥斯陆待到明天，然后就回去。"

"回柏林?"

"不是不是,史文住在柏林是很久以前的事了,现在他住在捷克,他总是说那里是波希米亚,就是爱卖弄。"

"他住在……呃……波希米亚?"

"布拉格。"

马里斯·弗兰望着四〇六室的窗外,只见一个年轻女子在学生楼前的草地上铺了浴巾,躺在上面晒日光浴,那年轻女子是住在三〇三室的女生。马里斯私底下叫她雪莉,以垃圾乐队的主唱雪莉·梅森命名,但她毕竟不是雪莉·梅森。奥斯陆峡湾上空的太阳躲到了云朵后方。天气终于开始热起来,天气预报说这星期会有热浪来袭。奥斯陆的夏季。马里斯期待奥斯陆夏季的来临。他的另一个选择是回柏福镇的老家,在加油站打暑期工,面对午夜阳光;面对老妈做的肉丸;面对父亲无休止的质问,问他为什么要去奥斯陆念大众传播,凭他的成绩明明可以去特隆赫姆市的挪威科技大学念土木工程;面对星期六的社区中心,跟喝醉的当地居民和尖声怪叫的同学搅和在一起,这些人从来没离开过柏福镇,并认为离开的人是叛徒;面对自称"蓝调乐队"的舞蹈队,他们总是有办法把清水乐队和林纳史金纳乐队的曲子演奏得荒腔走板。

不过这不是今年夏天他留在奥斯陆的原因,他留下来,是因为他找到了梦想中的工作。他只要听音乐、看电影,把意见输入电脑,就能拿到报酬。过去两年来,他常把他写的评论寄给几家大报社,结果都石沉大海,但上个月他去《那又怎样!》杂志社,一个朋友介绍他认识了鲁纳。鲁纳告诉他,他结束了服装生意,创立了《地区报》,如果一切按照计划进行,八月份将发行第一份报纸。朋友提到马里斯喜欢写评论,鲁纳表示他喜欢马里斯穿的衬衫,当场就雇用了他。作为评论者,马里斯写的短文必须"反映新都市价值，以讽刺口吻书写通俗文化，却又不失温暖，消息灵通，而且内容丰富"。这就是鲁纳对马里斯工作内容的构想，而马里斯可以得到丰厚的报酬，不是金钱，而是演唱会、电影和新酒吧的免费门票，以及可以培养人脉、展望未来的环境。这是他的机会，他必须做好准备。当然了，他对流行音乐已经有良好的底子，但他还是跟鲁纳借来许多CD，努力做功课，了解流行音乐的历史。最近他在听八十年代的美国摇滚，诸如R.E.M.、Green on Red、The Dream Syndicate、Pixies等乐队。现在CD播放器放的是暴力妖姬乐队，听起来有点年代了，但活力充沛。

女子从浴巾上爬了起来，可能有点凉意。马里斯的视线跟随女子往旁边大楼移动。女子从一个推着自行车行走的男子身旁经过，从男人的衣着来看，应该是个快递员。马里斯闭上眼睛，准备动笔。

欧图用沾有尼古丁的手指揉了揉眼睛。监控车里弥漫着焦躁的气氛，但外人看来会以为每个人都很冷静。没人移动，没人说话。五点二十分，屏幕上一点动静也没有，只有角落的细小白色时间码拼命跳动。欧图的腹股沟又滑下一滴汗水。这样枯坐会让人产生偏执的念头，你会开始想象有人在监视器材上动了手脚，现在看到的画面其实是昨天的录像，诸如此类。

欧图在控制台的桌边敲着手指，浑蛋汤姆竟然下令监控车里禁烟。

欧图把身体歪向右边，挤出个无声的屁，同时看着那个金发平头男。平头男子上车坐定之后，就没再说一句话，看起来像是个退休的保镖。

"看来这家伙今天没上工，"欧图说，"说不定他觉得天气太热了，说不定他决定延期，明天才来，而夫阿克尔港喝啤酒了。天气预报说……"

"闭嘴，欧图。"汤姆低声说，声音在车内听起来却十分响亮。

欧图长叹了口气，活动活动肩膀。屏幕角落的时钟显示五点二十一分。"有人看见三〇三室的家伙离开吗？"

这句话是汤姆说的。欧图发现汤姆朝他看来。

"今天早上我在睡觉。"他说。

"派人去三〇三室检查，傅凯？"

特种部队队长清了清喉咙："我觉得风险……"

"现在就去，傅凯！"

电子设备降温用的冷却风扇嗡嗡旋转。傅凯和汤姆对视了一眼。

傅凯清了清喉咙："阿尔法呼叫查理二号，请回答。"

嘈杂噪声。

"这是查理二号。"

"立刻查看三〇三。"

"收到，查看三〇三。"

欧图盯着屏幕。没有动静。想象一下，如果……

他们出现了。

三名特种部队队员身穿黑色制服，头戴黑色头罩，手拿黑色冲锋枪，足蹬黑色皮靴，出现在屏幕上。他们的动作非常快，从画面上看起来却平淡无奇，甚是奇怪。是因为声音。是因为少了声音。

三名队员没有使用精巧的小型炸药开门，而是使用老式的撬棒。欧图看了相当失望。一定是因为削减经费。

无声画面中的队员定好位，仿佛准备比赛似的，一人将撬棒嵌入门锁，另外两人站在一米后，手持冲锋枪。突然，他们开始行动，动作十分流畅协调，像是在跳排练整齐的舞步。房门猛然被撞开，在后方待命的两名队员立刻冲了进去，跟在他们身后的第三名队员简直是扑进去的。欧图已经打算把这段视频秀给尼尔斯看了。房门弹了回来，在半开的位置停了下来。可惜他们没时间在房间里装摄像头。

八秒过去了。

傅凯的对讲机发出吱吱声。

"三〇三安全，发现一名女性和一名男性，都没携带武器。"

"活着吗？"

"非常……呃，活蹦乱跳。"

"有没有搜查那名男性？"

"他没穿衣服，阿尔法。"

"叫他出来，"汤姆说，"靠！"

欧图直盯着画面上的房门。他们一直在办事，全身光溜溜的，做了一整个晚上和一整个白天。他盯着门口，呆若木鸡。

"查理二号，让那个男人穿上衣服，把他带回到你们的位置。"傅凯放下对讲机，看着其他人，微微摇了摇头。

汤姆在椅子扶手上重重拍了一掌。

"监控车明天也可以用。"欧图迅速瞥了汤姆一眼。他现在说话必须小心谨慎。

"我星期日不收费，不过我得知道什么时间……"

"嘿，你们看。"

欧图本能地转过头去。平头保镖终于开口讲话了，他的手指指着中央的屏幕："在大厅，他穿过前门，直接进了电梯。"

监控车里安静了两秒钟，接着响起傅凯的呼叫声："阿尔法呼叫所有小队，可疑目标刚刚进入电梯，准备待命。"

"不用了，谢谢。"贝雅特微笑说。

"说得也是，已经吃了很多饼干了。"奥莉叹了口气，把装饼干的锡盒放回桌上，"我刚刚说到哪儿了？哦，对，我现在一个人住，所以很高兴史文来看我。"

"对啊，住在这样一幢大房子里一定很寂寞。"

"我可以跟依娜聊聊天，可是她今天去她那个绅士朋友的度假小屋了，我请她替我向他问好。不过他们的交往方式现在看来有点怪，他们好像什么都想先试试看，同时又觉得不会长久，这可能也是他们还保密的原因吧。"

贝雅特偷偷看了看表。哈利说行动一结束就会打电话来。

"你刚刚在想别的事，对不对？"

贝雅特缓缓点头。

"没关系的，"奥莉说，"希望他们能逮到他。"

"你有个好儿子。"

"对啊，这是真的，如果他常来看我，就像最近这样，我一定不会抱怨。"

"哦？他多久来看你一次？"贝雅特问。行动差不多应该结束了，为什么哈利还不打电话来？凶手到底有没有现身？

"这四个星期是一星期一次，呃，其实隔的时间更短，他五天来看我一次，停留的时间都很短。我真的认为布拉格那里有人在等他。还有，就像我刚刚说的，我想他今天要告诉我一些事。"

"嗯。"

"上次他送我一件珠宝，你要不要看看？"

贝雅特看着老太太，突然觉得十分疲倦，她厌倦这份工作，厌倦快递员杀手，厌倦汤姆、哈利和奥莉，更重要的是，她厌倦她自己，厌倦这个高尚、尽忠职守的贝雅特。这个贝雅特认为她可以有所成就、有所作为，只要她当个乖女孩，在工作上表现得又好又聪明，聪明到懂得时常听从别人的话就行了。是时候做些改变了，但她不知道自己是否真的可以改变。最重要的是，她只想回家，躲在被子底下睡一觉。

"也是，"奥莉说，"反正也没什么好看，要不要再喝点茶？"

"麻烦你。"

奥莉刚要倒茶，却看见贝雅特的手从茶杯上方伸过来，握住她的手。"抱歉，"贝雅特笑说，"我的意思是说我想看看。"

"什么……"

"我想看看你儿子送你的珠宝。"

奥莉精神一振，走出厨房。

乖女孩，贝雅特心想。她端起茶杯，打算把杯中的茶喝完。她要打个电话给哈利，问问行动到底进行得如何。

"你看。"奥莉说。

贝雅特的茶杯，或者说，奥莉的茶杯，或者再说得更精确一点，德意志国防军的茶杯停在半空中。

贝雅特看着那枚胸针，以及胸针上镶饰的宝石。

"这是史文进口的，"奥莉说，"他们在布拉格好像只切割这种特别的形状。"

胸针上的宝石是钻石，形状是五芒星。

贝雅特只觉得嘴里发干，舌头在口中转了一圈，想去除干涩之感。"我得打个电话。"她说，她口中依然干涩，"可不可以请你找一张史文的照片给我？最好是最近的，这非常重要。"

奥莉一脸困惑，但还是点了点头。

欧图张嘴呼吸，眼睛盯着屏幕，耳朵听着周围的说话声。

"可疑目标进入布拉弗二号的区域。可疑目标停在门口。布拉弗二号，准备好了没？"

"这是布拉弗二号，准备好了。"

"目标停下脚步，他把手伸进口袋，可能要拿枪，我们看不见他的手。"

汤姆沉着声音说："行动。"

"行动，布拉弗二号。"

"奇怪……"平头保镖喃喃地说。

马里斯觉得好像听见了什么声音，便把暴力妖姬乐队的音乐声调小一点，确定自己没有听错。又来了。有人在敲门。会是谁？据他所知，这条走廊上每间寝室的学生都回家过暑假了。不会是雪莉。他在楼梯上遇见过雪莉，他停下脚步问她想不想跟他去听演唱会、看电影或看舞台剧，完全免费，哪一种随便她挑。

马里斯站起身来，发现自己手心冒汗。为什么冒汗？敲门的无论如何都不可能是雪莉。他匆匆环顾房内，发现自己直到现在才真正好好看了看这个房间。他东西不多，不可能把房间搞得很乱。四面墙壁光秃秃的，只挂了一张美国摇滚歌手伊吉·帕普的海报，而且是从别的地方撕下来的，另外还有一个乏善可陈的书架，这个书架很快就会摆满免费 CD 和 DVD。这个房间糟透了，毫无个性可言。敲门声再度传来。他被子的一角从沙发床后方冒了出来，他赶紧把被子塞回去。不可能是她，不可能……真的不是她。

"弗兰先生吗？"

"哦？"马里斯吃了一惊，看着眼前的男子。

"你有一个包裹。"

男子放下背包，拿出一个 A4 大小的信封交给马里斯。马里斯接过盖了邮戳的白色信封，看见上面没写名字。"你确定这是给我的？"他问。

"对，需要您签收……"男子拿出写字板，上面夹着一张纸。

马里斯以询问的神色看着男子。

"抱歉，你有笔吗？"男子微笑着说。

马里斯又盯着男子看。感觉有什么地方不对劲，但他一时间说不上来是哪里不对劲。"等一下。"他说。

他拿着信封回房内，把信封放在书架上的一串钥匙旁，钥匙环上有个骷髅头。他在抽屉里找到一支笔，回过身来，却看见男子已站在他身后昏暗的门口。他不禁后退一步。"我没见你走进来。"马里斯说，随即听见自己紧张的笑声在四壁间回荡。

他倒不是害怕，他家乡的人通常都这样直接走进来，好让暖气不会流失，或者避免冷空气进入，可是眼前这个男子有个地方怪怪的。这人已摘下护目镜和安全帽，现在马里斯终于明白自己为什么会吓一跳了。男子看起来太老，自行车快递员通常都是二十来岁，眼前这张脸看起来却至少有三十多岁，甚至四十多岁。

马里斯正要说话，却看见男子手中拿着一样东西。房间里很明亮，玄关却很昏暗。马里斯看过很多电影，认得出那是一把装了消音器的手枪。"那是要给我的吗？"马里斯惊慌失措地说。

男子微微一笑，举起枪来，对准马里斯的脸。这下子马里斯明白，自己应该感到恐惧了。

"坐下，"男子说，"你有笔了，打开信封。"

马里斯跌坐在椅子上。

"你要写点东西。"男子说。

"干得好，布拉弗二号。"傅凯大喊，红光满面。

欧图用鼻子呼吸。画面中的男子趴在二〇五室前方地上，手被扭到背后，铐着手铐。最棒的是，他的脸扭向摄像头，让人看见他脸上的惊讶表情以及因为疼痛而扭曲的五官，人人都看得见这浑蛋终于明白自己失手了。这是独家新闻，不对，不只如此，这是历史性的独家新闻，奥斯陆炎热夏季的戏剧化高潮：快递员杀手在即将犯下第四起谋杀案之前被逮捕。全世界都会抢着播出。我的天哪，我欧图·哈根就要发了。再也不必替7-11装什么监控系统了，再也不必理会那个浑蛋汤姆了，他可以买……他可以……奥翠塔和他可以……

"不是他。"那看起来像门房的平头男子说。

监控车里一片静默。汤姆在椅子上倾身向前："哈利，你说什么？"

"不是他。二〇五室的学生是我们没联络到的人之一，根据寝室名单，住二〇五的学生叫欧德·艾纳·赖利波特。躺在地上的那个家伙，虽然看不清楚手里拿着什么，可是在我看来他拿的是一把钥匙。抱歉，各位，我猜赖利波特回来了。"

欧图看着画面。监控车里的器材总价值超过一百万克朗，有的是买来的，有的是借来的，不费吹灰之力就可以聚焦在男子手上，看看那平头门房说得对不对。但欧图不需要这么做。苹果树的树枝正在断裂。他从院子里就可以看见窗内灯光。锡罐迸裂。

"布拉弗二号呼叫阿尔法，银行卡上写着他的名字，欧德·艾纳·赖利波特。"

欧图瘫软在椅子上。

"放轻松，各位，"汤姆说，"他还是可能会来，是不是，哈利？"

浑蛋哈利没回答，他的手机却响了起来。

马里斯看着自己从信封里拿出来的两张白纸。

"你最亲近的亲属是谁？"男子问。

马里斯吞了口唾沫，想要回答，却说不出话来。

"你只要照我的话做，"男子说，"我就不会杀你。"

"我爸跟我妈。"马里斯低声说，听起来有如可悲的求救信号。

男子指示马里斯在信封上写下父母的姓名和地址。马里斯提笔开始书写：名字、姓氏、柏福镇。写完后他看着自己写的字，只见每个字都写得歪七扭八，抖动不已。

男子开始口述信件内容，马里斯听从指示，在信纸上写道："嘿！突然改变计划！我要跟乔治，就是那个我在这里认识的摩洛哥人去摩洛哥玩，我们会住在他父母家，他父母住在山里一个叫哈珊的小村子。我会待上四个星期，那里的手机信号可能不太好，不过我会写信，可是乔治说那里的邮差不太可靠，反正我一回来就会跟你们联络，爱你们的……"

"马里斯。"马里斯说。

"马里斯。"

男子叫马里斯把信装进信封，然后把背包举到马里斯面前，命令他把信封放进背包。

"另外一张纸只要写'出国，四星期后回来'，然后写下今天的日期，签上你的名字。就这样，谢谢你。"

马里斯坐在椅子上，思索着自己即将面临的命运。男子就站在他的正后方。一阵清风吹动窗帘。鸟儿在外面放声高叫。男子倾身向前，关上窗户。这样便只听得见书架上的 CD 播放器兼收音机传出的低声哼唱。

"那是什么歌？"男子问。

"《艳阳下的水泡》。"马里斯说。他刚刚按下了"重播"键。他喜欢这首歌，可以写一篇很棒的评论，一篇带有讽刺口吻却又不失温暖、内容丰富的评论。

"我听过这首歌，"男子说，找到音量旋钮，调高音量，"只是记不得在哪里听过。"

马里斯抬起头来，看着窗外沉寂的夏日，看着白桦树枝似乎在跟他挥手道别，看着青青草地。他在窗户中看见男子举起手枪，指向他的后脑。

"狂野起来！"小喇叭尖声唱道。

男子放下手枪："抱歉，忘了开保险，好了。"

马里斯紧紧闭上双眼。雪莉。他想到雪莉。她现在在哪里？

"我想起来了，"男子说，"是在布拉格，这个乐队好像叫'暴力妖姬'，是我太太带我去听的演唱会，他们唱得不是很好，对不对？"

马里斯张口欲答，这时手枪发出一声干咳，从此再无人知道马里斯对暴力妖姬乐队有什么看法。

欧图的双眼紧盯屏幕，耳中听见傅凯在他身后跟布拉弗二号用暗语交谈，浑蛋哈利接起哔哔作响的手机，说的话并不多。可能是某个丑女人想跟他上床吧，欧图心想，竖耳聆听。

汤姆默不作声，坐在椅子上啃咬手指关节，面无表情地看着特种部队带走赖利波特。赖利波特没被上手铐，他没有什么可疑之处，妈的什么都没有。

欧图只是把视线牢牢钉在屏幕上，觉得自己好像就坐在核反应堆旁边。车外没什么可看的，车里却像是个煮得啵啵作响的焖烧锅，你绝对不会想去掀开锅盖，看看里头煮的是什么。眼睛看着屏幕就好。

傅凯说："通话结束。"放下吱吱作响的对讲机。浑蛋哈利还在跟丑女人打手机，回答的话不超过一个音节。

"他不会来了。"汤姆说，看着画面上空荡荡的走廊和楼梯。

"天色还早。"傅凯说。

汤姆缓缓摇了摇头："他知道我们在这里，我感觉得到，他正坐在某个地方嘲笑我们。"

他可能在院子里的树上，欧图心想。

汤姆站了起来："收拾东西吧，各位，五芒星的理论不成立，明天再重新开始。"

"理论成立。"

其他三人转头望向浑蛋哈利，只见他把手机收回口袋。

"他叫史文·希芬森，"哈利说，"挪威人，住在布拉格，一九四六年出生于奥斯陆。我们的同事贝雅特说他看起来年轻很多。他有两次走私前科，他送给母亲的钻石跟我们在尸体身上发现的一模一样。发生命案的那几天，他母亲都说他去探望过她。他母亲就住在弗勒公馆。"

欧图看见汤姆脸色发白，表情僵硬。

"他母亲？"汤姆的声音十分低微，"就住在星星最后一个尖角指向的地方？"

"对，"浑蛋哈利说，"他母亲正在等他今天晚上去探望她。一辆支援警车已经出发前往施怀歌德街，我的车就停在这边。"哈利站了起来。
汤姆搓揉下巴。

"我们得重新编组。"傅凯说，一把抓住对讲机。

"等一下！"汤姆大吼，"谁都不准行动，等我命令。"

众人殷切地看着汤姆。汤姆闭上眼睛，两秒过后，他张开眼睛："哈利，
拦下那辆警车，弗勒公馆方圆一公里内都不准有警车靠近，绝对不能让他
察觉到一丝风吹草动，刚才我们已经见识过他的厉害了。我对东欧走私犯
有一点了解，他们一定会安排好退路，一定。还有，一旦他们脱逃，就别
想再找到他们。傅凯，你跟你的弟兄留在这里，继续执行任务，直到我下
别的命令。"

"可是你刚刚说他不会……"

"照我的话去做，这可能是我们唯一能逮到他的机会，这次的任务由
我负责，出了纰漏我一个人承担。哈利，这里交给你，可以吗？"

欧图看见浑蛋哈利面无表情地看着汤姆。

"可以吗？"汤姆又问了一次。

"好。"浑蛋哈利说。

28

星期六　　人造阳具

奥莉睁大眼睛看着贝雅特检查她的左轮手枪的弹匣，确认里面有子弹。

"我的史文？我的老天，他们得弄清楚自己找错人了！史文连一只苍蝇都不忍心杀害的！"

贝雅特把弹匣旋回原位，发出咔嗒一声。她走到厨房窗前，从那扇窗户望出去，可以看到施怀歌德街的停车场："希望是这样，可是我们必须先逮捕他才能知道。"

贝雅特心跳变快，但还不致过快。她的倦怠感消失了，取而代之的是轻盈感和置身中心的感觉，像是吃了药似的。她这把手枪是父亲的老制式手枪，有一次她听见父亲对同事说绝对不能仰赖单发手枪："他没说他几点回来？"

奥莉摇了摇头："他只说他要去办点事。"

"他有前门的钥匙吗？"

"没有。"

"很好，那……"

"我如果知道他要来，通常都不会锁门。"

"现在门没锁？"贝雅特感觉血液涌上头部，听见自己的声音陡然提高。她不知道应该怪谁，是怪受到警方保护、却没锁上前门而让儿子可以长驱直入的希芬森老太太，还是她自己竟然没去检查这么一个非常基本的环节？

她专注呼吸，好让说话声音冷静下来："奥莉，我要你坐在这里，我去走廊……"

"嘿！"

一个声音从贝雅特背后传来。她心跳变快，但还不致过快。她转过身，右手臂向前直伸，细长的白色手指紧紧扣住扳机。只见一个人影站在走廊前端的门口处。贝雅特没听见那人进来的声音。她觉得自己很笨，笨到家了。

"哇哦。"那声音咯咯笑道。

贝雅特看见那人的面孔，犹豫了半秒，然后松开扣在扳机上的手指。

"他是谁？"奥莉问。

"希芬森老太太，"那人说，"我是汤姆·瓦勒警监，来支援的。"他伸出手跟奥莉握手，同时瞥了贝雅特一眼，"我擅自把前门锁上了，希芬森老太太。"

"其他人呢？"贝雅特问。

"没有其他人了，只有……"汤姆嘴角泛起微笑，贝雅特浑身僵硬，"我们两个人，甜心。"

时间到了晚上八点。

电视新闻播报员说冷锋正在通过英国，热浪即将结束。罗杰·钱登在邮报大楼的走廊上对一个同事说，警方这几天变得非常沉默，他猜想一定有什么事正在酝酿。有人谣传说派遣了特种部队，而且队长傅凯这两天一通电话都没回。罗杰的同事认为这只是一厢情愿的想法，编辑台也同意，于是冷锋成了头条新闻。

莫勒坐在沙发上看《音乐大挑战》，他喜欢节目主持人伊伐·崔格，也喜欢崔格的歌，并不在意警署有些人说这个节目有点过时，而且过于普通。他喜欢普通的氛围。而且他突然想到挪威一定有很多才华横溢的歌手没有机会在聚光灯下一展歌喉。不过今天晚上他没办法专心于歌词和对话；他只是呆呆地盯着电视，脑子里想的却是刚刚哈利打电话汇报的内容。

莫勒看了看表，瞄了电话一眼，这已经是他半小时来第五次瞄电话了。哈利同意一有新进展就跟他汇报，总警司也要求他只要行动一有结果，立刻做一份简报。莫勒心想，不知道总警司的小木屋有没有电视？不知道总警司是不是跟他一样正坐在电视机前看机智问答，嘴里说答案，脑子却飞到了其他地方？

欧图吸了口烟，闭上眼睛。他看见窗口的灯光，耳边听见风吹枯叶的窸窣声。大人拉上了窗帘，他的一颗心往下沉。另一个锡罐已被扔到水沟里，尼尔斯已经回家了。

欧图自己那包烟抽完了，便向那个叫哈利的浑蛋警察讨烟。汤姆已离开半小时，哈利便从口袋里掏出一包骆驼牌淡烟。好牌子，只不过淡烟稍嫌美中不足。欧图和哈利抽起烟来，傅凯不以为然地瞪了他们一眼，但没有多说什么。欧图透过蓝色烟雾朝傅凯的脸瞥了一眼，这股蓝色烟雾在令人沮丧的阶梯和走廊的静止画面上罩上一层薄纱，使得画面看来比较朦胧，不那么刺眼。

哈利把椅子挪往欧图的方向，好让自己更靠近屏幕。哈利抽烟的姿态很悠闲，看着分割画面的眼神却十分认真，一格一格研究，仿佛里面有些东西他还没注意到。"那是什么？"哈利问，指向左边屏幕的一格画面。

"那个吗？"

"不是，再高一点，四楼的。"

欧图看向哈利说的那格画面，但画面里同样是空荡荡的走廊和淡黄色的墙壁。"我没看到什么特别的东西。"欧图说。

"右边第三扇门的上面，在灰泥那里。"

欧图眯起双眼，看见那里有一些白色痕迹。起初他以为那是他们装设摄像头失败所致，但仔细想想却不记得他们在那片墙壁钻过洞。

傅凯向前俯身："那是什么？"

"不知道，"哈利说，"欧图，你能不能放大画面？"

欧图移动光标，在那扇门的上方拉出一个小方块，然后按住两个按键，那块区域立刻显示在整个二十一英寸的屏幕上。

"我的老天。"哈利喃喃地说。

"这没什么大不了。"欧图大言不惭地说，充满感情地拍了拍控制台。他开始喜欢哈利这个人了。

"魔鬼之星。"哈利低声说。

"什么？"

哈利已转头望向傅凯。

"呼叫德尔塔一号或是妈的随便哪个小组，准备强行进入四〇六室，叫他们等我到了以后再行动。"

哈利站了起来，拿出一把枪，欧图认出那是一把格洛克21，他深夜在网上逛时曾经看过这把枪。他知道有事情要发生了，却不知道是什么事，但这件事可能代表他终究还是拿得到独家新闻。

哈利已走出了门。

"阿尔法呼叫德尔塔一号。"傅凯说，放开对讲机按键。

噪声。美妙的嘈杂噪声。

哈利在学生楼正门内的电梯前停下脚步，犹豫片刻，然后抓住把手，拉开电梯门。他一看到黑色铁栅格，心就怦怦乱跳。眼前赫然是一道黑色铁栅门。

他放开仿佛烧烫的门把，让电梯门关上。反正已经太迟了，就好像你知道火车已经离站，但还是做出最后冲刺，奔向月台，想在火车完全消失前看上一眼，真是可悲。

哈利决定爬楼梯，并试着冷静地往上爬。那家伙是什么时候来的？两天前？还是一个星期前？

他无法克制自己的脚步，不由自主跑了起来，鞋底踩在楼梯上听起来宛如砂纸擦东西般沙沙作响。他想在火车消失前看上一眼。他往左拐了个弯，进入四楼走廊，三名黑衣队员正好也从走廊另一端到达。

哈利站在墙上刻着的五芒星下方，只见白色刻痕在黄色墙壁衬托下十分耀眼。

寝室号码"四〇六"下方写着姓氏"弗兰"，再下方用两条胶带贴着一张纸。

　　出国，四星期后回来，马里斯。

哈利朝德尔塔一号点了点头，表示可以开始行动。

六秒钟后，房门被撬开。

哈利叫其他人在外面等着，自己独自走了进去。房间是空的。他环视整个房间，只见里面干净整洁，甚至过于整洁，和沙发床上方的那张伊吉·帕普破烂海报很不搭。清空的书桌上方是书架，书架上摆着几本破烂的平装书，旁边是个骷髅头钥匙环，串着五六把钥匙。一名古铜肤色的少女在相片中露出微笑。可能是女友或姐妹吧，哈利猜想。德裔美国小说家布科夫斯基的书和大型手提收录音机之间，放着一个白色的蜡制拇指，拇指朝上翘起。一切准备妥当，万事 OK，不是吗？

哈利看着伊吉·帕普的海报，他没穿上衣，露出精瘦的身躯和自己制造的疤痕，深邃的眼窝中一双眼睛炯炯有神，这男人一定经历过一两个属于他自己的磨难。哈利摸了摸书架上的白色拇指。材质太软了，不是石膏或塑料，摸起来几乎跟真的手指一样。触感冰凉，但很真实。他闻了闻白色拇指，想起了威廉家的那根人造阳具。白色拇指闻起来有福尔马林和涂料的混合气味。他用两根手指挤了挤白色拇指，白色涂料碎裂，哈利闻到刺鼻的气味，心头一惊。

"我是贝雅特。"

"我是哈利，你那边情况怎么样？"

"我们还在等，汤姆自己占据了走廊上的位置，把我跟希芬森老太太赶进厨房里，看来女性解放也不过如此。"

"我现在在学生楼的四〇六室，他来过这里。"

"他去过那里？"

"他在房门上方的灰泥上刻了魔鬼之星，住在这里的男学生马里斯·弗兰失踪了，其他学生有好几个星期没见到他，门上还贴了一张纸，说他出远门了。"

"呃，说不定他真的出远门了。"

哈利注意到贝雅特说话开始有他的腔调。

"不太可能，"哈利说，"他的大拇指留在房间里，而且经过某种防腐处理。"

手机那边沉默了一会儿。

"我已经打电话给鉴定组，他们已经派人来了。"

"可是我不明白，"贝雅特说，"你们不是在整栋大楼里都装满摄像头了吗？"

"呃，对啊，可是这是二十天前发生的。"

"二十天？你怎么知道？"

"因为我找到了马里斯父母的电话，打了过去，他们说收到马里斯寄去的一封信，说他去摩洛哥玩，他父亲还说这是他头一次写信给他们，通常他都会打电话。信上的邮戳是二十天前。"

"二十天……"贝雅特低声说。

"二十天，也就是卡米拉命案的五天前，换句话说……"哈利在手机上听见贝雅特用力呼吸。"这件命案发生在我们以为是第一起命案的五天前。"他说。

"我的天哪。"

"不只这样，我们把住宿生集合起来，问有没有人记得那天的事，结果一个住在三〇三室的女学生说，她记得那天下午她在宿舍外面的草地上晒日光浴，回来的时候跟一个自行车快递员擦身而过。她会记得这件事是因为这里不常有快递员来，而且几个星期后，报纸开始刊登快递员杀手的新闻，她还在走廊上拿这件事跟别人开过玩笑。"

"所以在作案顺序上，他欺骗了我们？"

"不，"哈利说，"是我太蠢了。你记不记得我曾纳闷他切下手指是不是代表某种密码？呃，结果答案再简单不过。这里留下的是大拇指，所以他是从左手第一根手指开始按照顺序切的，用不着天才的大脑也算得出卡米拉是第二个被害人。"

"嗯。"

她又在学我说话了，哈利心想。

"现在只剩下第五根手指，"贝雅特说，"也就是小指。"

"你知道这代表什么，对不对？"

"轮到我们这里了，而且本来就该轮到我们这里。我的天，他真的打算……你知道我要说什么吧？"

"他母亲坐在你旁边吗？"

"对。哈利，快告诉我他要做什么。"

"我不知道。"

"我知道你不知道，总之跟我说些什么吧。"

哈利踌躇了一会儿："好吧。很多连环杀手的杀人动力源于自卑感，既然第五名被害人是最后一个，也是最终的一个，那么他很可能计划夺去他上一代直系血亲的性命，或是夺去他自己的性命，或是两者的性命。这跟他和母亲的关系无关，而是跟自己有关。总之，选择弗勒公馆作为杀人地点是合乎逻辑的。"

一阵静默。

"你还在吗，贝雅特？"

"是的，是这样没错，他是以德国人的孩子这个身份长大的。"

"谁？"

"正要来这里的人。"

又是一阵静默。

"汤姆为什么一个人守在走廊上？"

"你为什么这样问？"

"因为按照正常程序，应该是你们两个人一起逮捕犯人，这比你坐在厨房里更安全。"

"也许吧，"贝雅特说，"我没什么实战经验，他一定知道自己在做什么。"

"嗯。"哈利说。他的脑海闪过一些念头，一些他一直努力压抑的念头。

"哈利，是不是有什么事不对劲？"

"对，"哈利说，"我的烟抽完了。"

29

星期六　　溺水

哈利把手机放回夹克口袋，靠上沙发椅背。他这样坐在沙发上，鉴定组人员肯定会生气，可是这里实在没什么线索可以破坏。显然凶手这次作案后彻底清理了现场。哈利甚至在地上闻到淡淡的液态肥皂香味，这是因为他在地上发现了一些黑色块状物，乍看之下像是烧熔的橡胶掉落到地毯上，于是就把脸凑到地板上去看。

门口出现一张面孔："我是鉴定组的毕尔·侯勒姆。"

"很好，"哈利说，"你身上有烟吗？"

哈利站起身来，走到窗前，侯勒姆和他的同事开始工作。夜晚的阳光斜照在学生楼、街道和坎本区的树木上，最后落在德扬区，把每一处都染上灿烂的金黄。这样的奥斯陆黄昏美丽无比，哈利不知道有哪个城市能和它相比，一定有其他城市比得上，只是他不知道而已。

"我想知道这些黑色块状物是什么。"哈利指了指地板。

"好。"侯勒姆说。

哈利觉得头晕，因为他连续抽了八根香烟。香烟抑制住了他的酒瘾，但也只是抑制，并没有完全消除。他凝视着那根拇指。拇指可能是用钳子切下来的。凶手还用到了涂料和胶水。要在房门上方刻上五芒星，则需要用到凿子和锤子。这次凶手带了很多工具。

哈利明白五芒星和拇指代表的意义，可是为什么要用胶水？

"看起来像是熔化的橡胶。"侯勒姆蹲在地上说。

"要怎么熔化橡胶？"哈利问。

"可以用火烧，也可以用熨斗烫，还可以用热风枪吹。"

侯勒姆耸了耸肩。

"熔化橡胶干吗？"

"为了要让它硫化，"侯勒姆的同事说，"硫化胶可以用来修理东西或者达到防水的功效，比如说汽车轮胎。硫化胶也可以用来焊接，达到密封效果，诸如此类。"

"这个呢？"

"不知道，抱歉。"

"谢谢。"

白色拇指指向天花板。如果这根拇指能指向密码的答案就好了，哈利心想。这根拇指显然是个密码。凶手在警方的鼻子上套了个环，牵着警方，就像牵着一头蠢兽一样，爱往哪个方向牵，就往哪个方向牵，所以这个密码一定有答案。如果密码是专为哈利这种具有中等智商的白痴设计的，那答案一定很简单。

他看着那根拇指，心想代表意义可能有：向上指、OK、收到、明白。

傍晚的阳光持续涌入。

他深深吸了口烟。尼古丁在他的血管里流窜，通过肺部狭窄的毛细血管，朝北行进。尼古丁有毒，损害健康，让人上瘾，但滋味一流。可恶！

哈利突然一阵剧烈咳嗽。

拇指指向天花板。四〇六室的天花板。四楼的天花板。原来如此，白痴，白痴！

哈利转动钥匙，打开了门，在墙边找到电灯开关，走进门内。阁楼很高，通风良好，但没有窗户。储藏室有编号，每个储藏室占地两平方米，彼此紧临，沿墙壁排成一列。细铁丝网内堆放着许多物品，这些物品的物主先把它们储存在这里，日后再扔进巨型垃圾箱。储藏室里的物品包括：破了洞的床垫、过时的家具、放衣服的硬纸箱、还能用而不能扔的电器。

"有如地狱之火。"傅凯喃喃地说，和两名特种部队队员走了进来。

哈利觉得用这个意象来形容这里再恰当不过。这时天空中的太阳也许低垂，渐渐西沉，但太阳一整天都在替屋顶的瓷砖加热，现在瓷砖正在释放今天储存的热量，把阁楼变成名副其实的桑拿房。

"四〇六室的储藏室应该往这边走。"哈利说，往右走去。

"为什么你这么确定尸体在阁楼？"

"呃，因为凶手指出了明显的事实，五楼是在四楼的楼上，所以四〇六室的楼上指的就是阁楼。"

"指出？"

"类似看图说话。"

"你知不知道这上面不可能有尸体？"

"为什么？"

"昨天我们带警犬上来过，一具尸体在这种温度下躺在这里四个星期……这样说好了，如果把狗的嗅觉转换成人类的听觉，这就像是在这里寻找一个发出巨响的警报器。就算是最迟钝的警犬也不可能找不到一具尸体，更何况昨天我们牵来的那只警犬是最顶尖的。"

"如果尸体被密封起来，味道飘不出来呢？"

"空气分子移动得很快，即使是极其细小的开口都能穿过，不太可能……"

"硫化胶。"哈利说。

"什么？"

哈利在一个储藏室前停下脚步，两名制服队员立刻举着撬棒站定位置。

"兄弟们，我们先用这个试试看。"哈利把一串带有骷髅头的钥匙举到他们面前，晃了晃。最小的那把钥匙正好可以插入挂锁的锁眼。

"让我单独进去，"哈利说，"鉴定组的人不喜欢现场被脚印蹂躏。"

哈利借了一把手电筒，站到一个又高又宽的白色双门衣柜前，这个衣柜占据了储藏室绝大部分的空间。他伸手抓住衣柜门把，做好充分的心理准备，然后用力把门拉开。衣服、灰尘和木头的霉味扑鼻而来。他按亮手电筒，只见横杆上挂着一排蓝色西装，款式跨越三个时代，一定是马里斯的长辈留给他的。哈利用手电筒照亮衣柜内部，用手摸了摸西装。西装用的是粗糙的羊毛料子。其中一套罩在薄薄的塑料袋里，里面是灰色的保护套。

哈利关上衣柜，朝储藏室后方的墙壁走去，那里有个晾衣架，上面挂着两片窗帘，看样子是家庭手工缝的。哈利拉起窗帘，看见一只小型食肉动物张着嘴，龇着尖齿无声地朝他咆哮。那只动物身上剩下的皮毛是灰色的，仿大理石眼珠是褐色的，需要抛光。

"是貂。"傅凯说。

"嗯。"

哈利环顾四周，储藏室里没有太多空间可以查看，难道他真的误判了？接着，他看见一卷地毯，像是波斯地毯，至少他这么觉得。地毯直立着，倚在细铁丝网上，指向天花板。哈利把一把藤椅推到地毯旁，踩上去，拿手电筒往那卷地毯里照去。站在外面的特种部队队员看着哈利，神色紧张。

"好吧。"哈利说，爬下椅子，关上手电。

"怎么样？"傅凯问。

哈利摇了摇头，蓦然间怒气上冲，踢了衣柜侧边一脚，把衣柜踢得像肚皮舞娘般左摇右摆。狗的吠叫声传来。一杯，只要来一杯就好，只要有片刻不受折磨就好。正当他准备转身离去，耳中却听见摩擦声响，像是有什么东西从墙壁上滑了下来。他立刻转过身去，正好看见衣柜门猛然打开，一个西装袋朝他扑来，把他撞倒在地。

哈利知道自己一定晕过去了几秒钟，因为当他睁开眼睛时，发现自己躺在地上，后脑隐隐作痛。他吸了口气，吸进干燥木质地板扬起的尘埃。西装袋的重量把他肺里的空气全给撞了出来，他感觉自己像是溺水，被压在一个装满水的大塑料袋底下。他心下惊慌，挥拳击出，不料拳头却打在柔软表面上，而柔软表面的下方有什么软软的东西陷了下去。

哈利心头一惊，全身僵直，静止不动。慢慢地，他的视线开始聚焦；溺水的感觉逐渐退去，取而代之的是已然淹死的感觉。

灰色塑料膜里，一对呆滞的眼睛正和他对视。

马里斯·弗兰。

30

星期六　　　逮捕

特快列车朝站外驶去，闪烁着银色亮光，犹如一阵似有似无的轻风般安静无声。贝雅特看着奥莉，只见奥莉抬起头，望向窗外，不断眨眼。她搁在餐桌上的双手爬满皱纹，但肌肉结实，宛如鸟儿眼中的乡村。皱纹是长长的山谷，黑蓝色血管是河流，指节是连绵山脉，其上铺展开来的肌肤仿佛是灰白色的帆布帐篷。贝雅特细看自己的双手，她这双手可以做些什么，不能做些什么？

晚上九点五十六分，贝雅特听见栅门打开，屋外的碎石小径传来脚步声。她站了起来，心跳既快且轻，犹如盖革计数器①。

"是他。"奥莉说。

"你确定？"

奥莉露出忧伤的微笑："他从小到大走在碎石路上的脚步声我都听惯了。后来他长大了些，可以跑出去玩，每次只要走到第二步，我就会醒来。他一共会走十二步，你数数看就知道了。"

汤姆突然出现在厨房门口。"有人来了，"他说，"你们留在这里，不管发生什么事都不要出来，知道吗？"

"是他。"贝雅特说，朝奥莉点了点头。

汤姆简洁地点了个头，离开厨房。

贝雅特把手放在奥莉手上。"不会有事的。"她说。

"你们会发现自己找错人了。"奥莉说，并未和贝雅特目光相触。

---

① 用于探测电离辐射的粒子探测器。

十一步，十二步。贝雅特听见前门传来开门声。

接着就听见汤姆大吼："警察！我的警察证就摆在你前面的地上，把枪放下，不然我就开枪！"

贝雅特感觉到奥莉的手抽动了一下。汤姆为什么要喊得这么大声？他们之间的距离最多五六米。

"最后一次警告！"汤姆大吼。

贝雅特站了起来，从肩带的皮套中取出左轮手枪。

"贝雅特……"奥莉话声颤抖。

贝雅特抬头一看，看见奥莉恳求的眼神。

"放下武器！你瞄准的是警察。"

贝雅特踏出四步，来到大门前，把门拉开，举起手枪，踏进玄关。汤姆就在前方两米处，背对着她。只见门口站着一个身穿灰色西装的男人，手中提着一只行李箱。贝雅特是根据她对屋外情势的揣测而采取的行动，因此当她真正看见屋外情况时，她的第一个反应是困惑。

"我会开枪！"汤姆大喊。

贝雅特看见那男人张大了嘴，满脸错愕，站在正门前方。汤姆的肩膀已朝向前，准备承受扣下扳机所产生的后坐力。

"汤姆……"贝雅特压低声音，却见汤姆的背部突然僵直，仿佛贝雅特会从背后开枪射他，"他手里没有枪，汤姆。"

贝雅特觉得自己好像在看电影，眼前是荒谬绝伦的场景，像是有人按下暂停键，画面静止在这一瞬间；画面颤动，时间静止。她等待枪声响起，但枪声并未响起。就临床而言，汤姆并未发疯，他并没有失去对冲动的控制，这可能也是贝雅特会经常害怕汤姆的原因，她害怕的是汤姆伤害她时显露出的那种冷酷的控制力。

"既然你来了……"汤姆终于开口，声音听起来很不自然，"也许你可以给犯人戴上手铐。"

31

星期六 　　《有人可以恨，不是很好吗？》

将近午夜，莫勒第二次在警署门外面对媒体。只有最亮的星光可以穿透奥斯陆上空的雾霾，莫勒却必须以手遮挡闪光灯的刺眼亮光。简短犀利的问题有如雨下，洒落在他身上。

"一个一个来，"莫勒说，朝一只高举的手臂指了指，"请自我介绍。"

"我是《晚邮报》记者罗杰·钱登，请问史文·希芬森认罪了吗？"

"目前嫌疑人仍由领导调查小组的汤姆·瓦勒警监审讯，讯问结束前我们不能回答任何问题。"

"警方是不是真的在史文的行李箱里找到了手枪和钻石？钻石是不是跟尸体身上发现的一样？"

"确实是这样。那一位，对，请说。"

一个年轻女子的声音说："今晚稍早您说史文·希芬森住在布拉格，所以我查出了他的正式登记地址，这个地址是一家公寓，可是他们说他一年前就离开了，没有人知道他现在住在哪里。请问您知道他现在的住处吗？"

莫勒还没回答，其他记者已开始记笔记。

"还不知道。"

"我跟几个当地居民谈过话，"女子话声里有一股藏不住的自傲，"他们说史文·希芬森有个年轻女友，但不知道她的名字，有人说她是妓女。请问警方知道这件事吗？"

"我们现在才知道，"莫勒说，"谢谢你的协助。"

"我们也谢谢你。"一个声音在媒体群中叫道，跟着是一群鬣狗般的纯男性哄笑声。女子犹豫地笑了笑。

一个口操奥斯佛方言的声音说："我是《每日新闻报》的记者，请问他的母亲如何看待这件事？"

莫勒直视那记者的双眼，咬住下唇，防止自己破口大骂："这我不予置评。是，请说。"

"我是《达沙日报》的记者，我们想知道在这样的大热天，马里斯·弗兰的尸体怎么可能躺在学生楼的阁楼长达四个星期，却没有人发现。"

"目前我们还不知道确切的时间，但是凶手使用了类似西装套的塑料套，先完全密封，然后才……"莫勒在脑中搜寻适当的言语，"挂在宿舍阁楼上的衣柜里。"

记者群发出嗡嗡低语，莫勒心想自己会不会透露了太多细节？

罗杰再次提问。

莫勒看着罗杰的嘴唇开合，脑子里却响起《我只是打电话来说爱你》这首歌的旋律，这首歌她在《音乐大挑战》里唱得真好，就是那个在音乐剧里，取代妹妹唱主角的姐姐，她是叫什么来着？

"抱歉，"莫勒说，"可不可以请你再说一遍？"

哈利和贝雅特坐在一道矮墙上，就在挨挨挤挤的记者群后方不远处，他们抽着烟，看着这一幕。贝雅特宣布她抽交际烟，从哈利刚买来的一包里拿出一根抽了起来。

哈利觉得没有什么需要交际的，他只需要睡眠。他们看见汤姆走出警署大门，对闪个不停的闪光灯微笑，他的影子在警署墙壁上跳着胜利之舞。

"他成名了，"贝雅特说，"这个一手领导调查小组，一手独力逮捕快递员杀手的男人成名了。"

"而且手里还举了两把枪？"哈利笑说。

"对啊，就好像西部牛仔那样。你能不能告诉我，为什么有人会在对方没有枪时叫他把枪放下？"

"他指的可能是史文身上携带的武器，换作是我也会这样做。"

"话是没错，可是你知道我们在哪里找到史文的枪吗？在他的行李箱里。"

"对汤姆而言，史文说不定是整个西部荒野能从立起的行李箱里最快把枪抽出来的快枪手。"

贝雅特哈哈大笑。"等一下你会去喝杯啤酒吧？"两人目光相触，贝雅特的微笑僵在脸上，涨红了脸和脖子，"我不是那个意思……"

"没关系，贝雅特，你可以替我们两人庆祝，我已经做好我分内的工作了。"

"你还是可以跟我们一起去啊。"

"我想还是算了，这是我办的最后一件案子。"哈利弹去手中香烟，香烟如同萤火虫般飞越夜空，"下星期我就不是警察了，也许我应该为这件事庆祝一下，可是我并不想庆祝。"

"你接下来打算做什么？"

"做点别的吧，"哈利站起身来，"做点完全不一样的。"

汤姆在停车场赶上哈利："哈利，这么早就走？"

"累了。成名的滋味怎么样啊？"

"只是让记者拍几张照片而已，你也经历过，应该知道那是什么滋味。"

"如果你是说悉尼那件案子，他们把我塑造成以开枪为乐的人，因为我杀了那个凶手。你可是活捉凶手，是民主国家想要的警察英雄。"

"我是不是听见一丝讽刺的语气呀？"

"完全没有。"

"好吧，我才不在乎他们把谁捧成英雄。对我来说，如果可以提升警察的形象，他们把我这种人塑造成一个浪漫多情的警察都行。在警署里，大家都知道这次谁才是真正的英雄。"

哈利拿出车钥匙，在他那辆白色雅士前停下脚步。

"哈利，这就是我想对你说的话，我代表所有跟你一起侦办这件案子的警察向你致意，是你侦破了这件案子，不是我，也不是其他人。"

"我只是尽职，不是吗？"

"尽职，是的，这就是我想找你谈的另一件事，我们可以上车聊一下吗？"

车上有一股甜甜的汽油味。可能是某个地方生锈破洞了吧，哈利猜想。汤姆婉拒哈利递来的烟。"你的第一项任务已经安排好了，"汤姆说，"这项任务不简单，也不能说没有危险，但如果你可以完成，我们同意让你成为完全的合作伙伴。"

"是什么任务？"哈利朝后视镜吐了口烟。

汤姆用指尖轻轻触摸从仪表板空洞探出来的电线，这个空洞原本容纳的是收音机。"马里斯看起来是什么样子？"汤姆问。

"他在塑料袋里躺了四个星期，你说呢？"

"他才二十四岁，哈利，二十四岁。你还记不记得你二十四岁的时候有什么梦想？希望拥有什么样的人生？"

哈利依然记得。

汤姆露出悲伤的微笑。"我二十二岁那年夏天跟盖尔和索罗一起搭火车游欧洲，最后到了意属里维埃拉。那里的饭店很贵，没有一处我们住得起。我们出发那天，索罗把他爸爸那家小店抽屉里的钱搜刮一空，但我们还是付不起房钱。所以我们那几天晚上就在海滩搭帐篷，白天走来走去看女人，看车子，看船。奇怪的是，我们觉得很富有，因为我们才二十二岁，我们以为世界上的一切都是我们的，就像圣诞树下为我们准备的礼物一样。

卡米拉、芭芭拉、莉斯贝思都还很年轻，也许她们都还没到对一切感到失望的阶段，也许她们都还在等待圣诞节的来临。"

汤姆伸手抚摸仪表板："哈利，我刚刚审问过史文·希芬森，你等一下可以去看报告，不过我现在就可以告诉你接下来会发生什么事。他是个冷血的、工于心计的恶魔，他会辩称自己有精神病，把陪审团耍得团团转，给心理医生制造出很多疑惑，让他们不敢把他关进监狱。简而言之，他最后会被送进精神病院，在那里获得治疗，几年后就会出院。现在的情况就是这样，哈利，我们四周有很多这种人渣，但我们用的却是这种处理方式，我们不清理人渣，不丢弃人渣，只是把人渣从身边稍微移开。我们对此视而不见，一旦等到整间房子都臭了，变成了一个爬满老鼠的鼠窝，就太迟了。那些犯罪率居高不下的国家就是我们的前车之鉴。不幸的是，我们居住的这个国家现在非常富裕，政客只会互相比较谁最慷慨，我们变得非常软弱，没有人敢负起扮黑脸的责任。你明白我的意思吗？"

"目前为止明白。"

"我们就是从这里介入的，哈利，我们扛起责任，我们扛起社会不敢做的清除工作。"

哈利大力吸烟，吸得烟纸呲呲作响。"你到底想说什么？"哈利问，吸了口烟。

"史文·希芬森，"汤姆说，时时留意窗外的动静，"他是个人渣，你得去把他处理掉。"

哈利躬起身子，吸进的烟又咳了出去："这就是你在做的？那其他的呢？走私呢？"

"我们的其他活动都是为了给清除工作筹措资金。"

"用来盖你的大教堂？"

汤姆缓缓点了点头，朝哈利倚身过去，哈利感觉汤姆在他口袋里放了一样东西。

"这个安瓿，"汤姆说，"里面的药叫'约瑟夫的祝福'，是 KGB[1]在阿富汗战争时期研发出来的暗杀工具，它最著名的用途是给被捕的俘虏自杀用。它会让人停止呼吸，可是无臭无味，跟氢氰酸不一样。这个小瓶可以藏在直肠里或舌下，史文只要喝了掺有'约瑟夫的祝福'的水，几秒钟内就会死亡。你明白这个任务了吗？"

哈利直起身来，不再咳嗽，但泪水在眼里打转："所以要布置得像自杀？"

"拘留所的证人会说史文进去的时候他们没检查直肠，一切都打点好了，别担心。"

哈利的呼吸变得深长。挥发的汽油令他作呕。汽车喇叭响起，又在远处消失。

"你本来想开枪杀了他，对不对？"

汤姆并不答话。哈利看见一辆车开到拘留所门口停下。

"你根本就没打算逮捕他。你带了两把枪，你打算在你开枪杀了他之后，把另一把枪塞进他手里，布置成他威胁过你的样子。你叫贝雅特和他母亲留在厨房，然后你喊得很大声，好让她们事后能做证你曾经大声警告过他，证明你开枪是出于自卫。没想到贝雅特出来得太早，破坏了你的计划。"

汤姆深深叹了口气："哈利，我们只是在做清除工作而已，就像你在悉尼解决掉那个杀手一样。司法制度已经不管用了，现在这个司法制度是替不同时代制定的，是替比较纯真的时代制定的。在司法制度修正之前，我们不能让奥斯陆被罪犯接管。你每天都这么近距离地观察，这些事你应该都看得很清楚，不是吗？"

哈利在黑暗中看着香烟的红光，点了点头。"我只是需要知道整件事的全貌。"他说。

---

① 克格勃，全称是"苏联国家安全委员会"。

"好吧，哈利，你听好，史文会被关在拘留所的九号拘留室，直到星期一早上，包括明天晚上。到了星期一早上，他就会被移送到警卫森严的乌勒斯莫监狱，那时候我们就动不了他了。九号拘留室的钥匙会放在柜台左边。哈利，你能下手的时间截止到明天午夜，然后我就会打电话到拘留所，听他们说快递员杀手已经得到应有的惩罚，明白吗？"

哈利又点了点头。

汤姆微微一笑："你知道吗，哈利。虽然我很高兴我们终于站到了同一个阵线，但我心里有个地方还是觉得有点悲伤，知道为什么吗？"

哈利耸了耸肩："因为你原本以为有些东西钱买不到？"

汤姆哈哈大笑："说得好，哈利。是因为我觉得失去了一个好对手。我们很相像。你知道我在说什么吧？"

"《有人可以恨，不是很好吗？》。"

"什么？"

"拉格摇滚乐队的歌，迈克尔·孔恩主唱。"

"你有二十四小时，哈利，祝你好运。"

第五部

他试着抽回手臂，但是太重了。他大声怒
吼，用枪拍打铁门。事情不应该是这样的。他
们糟蹋了一切。……电梯就像是缓缓落下的断
头刀，他气数已尽。

32

星期日　　燕子

萝凯在卧室里端详镜中的自己。她开着窗户，以便听见室外碎石径上的车声和脚步声。她看着梳妆台镜子前父亲的照片，总觉得照片中的父亲年轻而纯真。

一如往常，她用小发卡固定头发。该不该换个发型呢？她身上穿的这件修改过的红色印花棉布连衣裙是母亲的。萝凯希望自己没有过于盛装打扮。小时候她常听父亲述说第一次看见母亲穿这件连衣裙的故事，百听不厌，好像在听童话故事一样。

萝凯取下发卡，左右甩了甩头，让深色头发垂落面前。门铃响起。她听见欧雷克奔向门口的脚步声，又听见欧雷克兴奋的说话声和哈利低沉的笑声。她朝镜中看了最后一眼，觉得心跳加速，然后走出房门。

"妈妈，哈利……"欧雷克一看见母亲出现在楼梯口，便住了口。萝凯小心翼翼地伸出一只脚，踏上第一级台阶，觉得踩在脚下的高跟鞋突然摇摇晃晃，不过她立刻就找到平衡，抬起头来。欧雷克站在楼梯底端，张大了嘴看着她。哈利就站在欧雷克身旁，一双眼睛精光闪烁，她的双颊几乎感觉得到他双眼的热度。他手中拿着一束玫瑰。

"妈妈，你好美。"欧雷克轻声赞叹。

萝凯闭上双眼。两侧车窗开着，风吹拂着她的头发和肌肤。哈利小心地掌控着方向盘，往霍尔门科伦区的下坡道开去。车上仍残留着一丝洗洁剂的气味。萝凯扳下遮阳板，检查口红，看见遮阳板上的小镜子擦得亮晶晶的。

她想起他们第一次见面发生的事，嘴角泛起微笑。那时哈利说可以顺道载她去上班，结果还叫她帮忙推车发动。回想起来其实很不可思议，哈利居然还开着这辆早该报废的车。

萝凯用眼角余光观察哈利。他有着同样高耸的鼻梁，同样线条温柔近乎女性化的双唇，正好和脸上其他男性化的阳刚线条形成对比；还有那双眼睛。他称不上好看，就传统标准来说算不上英俊，但是他……要怎么说呢？真诚。对，真诚。之所以说他真诚，是因为他的眼睛，不，不是因为他的眼睛，而是因为他的眼神。

他转头望向她，仿佛听见了她的思绪。他微微一笑。出现了，那孩子般的柔软出现在他眼神里。欧雷克坐在后座，正在对她大笑。哈利望向她的眼神之中有一种率真无邪，一种没被污染的纯真、诚实、正直。那是一种可以让人信赖的眼神，或者说让人想要信赖的眼神。

萝凯回以微笑。

"你在想什么？"哈利问，视线离开路面。

"想东想西。"

过去这几个星期，她有很多时间思考，足以让她发现哈利从未对她承诺过他无法办到的事。他从未承诺他不会再发狂，从未承诺工作不会继续成为他生活中最重要的部分，从未承诺这样对他来说是容易的，这些都是他对自己许下的承诺。现在她终于看清楚了。

他们抵达奥普索时，哈利的父亲欧拉夫和妹妹正站在小屋门口等待他们。萝凯常常听哈利提起这栋小房子，有时她甚至觉得从小在这小房子里长大的人是她自己。

"嘿，欧雷克，"妹妹说，一副大姐姐的模样，"我们做了肉丸。"

"真的吗？"欧雷克心急地去推萝凯的座椅后侧，想赶快下车。

　　离开奥普索的路上，萝凯靠上头枕，说她刚刚在想他长得好看，不过他可别被这句话冲昏了头。他说他觉得她变得更美了，而且她可以被这句话冲昏头脑。车子行驶到艾克柏山的坡道，奥斯陆在他们眼底铺展开来。她看见山下的天空有许多黑色 V 字互相交错。

　　"是燕子。"哈利说。

　　"它们飞得很低，"她说，"这不是表示快下雨了吗？"

　　"对，天气预报说会下雨。"

　　"哦，太好了，这就是它们飞出来的原因吗？好告诉大家？"

　　"不是，"哈利说，"它们做的是更有用的工作，它们正在清除空中的昆虫，像是害虫什么的。"

　　"可是它们为什么这么忙，看起来几乎歇斯底里？"

　　"那是因为它们时间不多，虽然现在虫子都出来了，可是太阳一下山，狩猎就必须结束。"

　　"狩猎就结束了？"她转头朝他望去，只见他盯着前方，若有所思，"哈利？"

　　"什么？抱歉，"他说，"我刚刚走神了。"

　　夕阳斜照，在国家剧院前的广场投下阴影，广场上聚集着准备入场观赏音乐剧的观众。名人正在跟名人谈天，记者成群移动，相机按得咔嚓作响。众人讨论的话题除了一些夏日恋情的绯闻之外，几乎都集中在快递员杀手昨天落网的消息上。

　　哈利的手轻轻放在萝凯背后，往入口前进。她感觉到他指尖的热度穿透轻薄的连衣裙。一张面孔出现在他们面前。"我是《晚邮报》记者罗杰·钱登。抱歉打扰，我们正在做一项调查，绑架这出音乐剧原女主角的杀手落网了，我们想知道大家对此有什么看法。"

　　他们停下脚步，萝凯发现自己背后那只手消失了。

那记者微笑着，眼神却四处游移。

"霍勒警监，我们以前见过，我是犯罪线的记者。你办完悉尼那件案子回来以后，我们聊过几次，你说过我是唯一一个正确报道你的谈话的记者，你还记得我吗？"

哈利仔细辨认罗杰的面孔，点了点头。

"嗯，你不跑犯罪线了？"

"不是不是！"罗杰用力摇了摇头，"我只是来代班，法定假期嘛。可以请您以警察的身份发表一些意见吗？"

"不行。"

"不行？讲几句话都不行？"

"我是说我不是警察了，所以不行。"哈利说。

罗杰似乎吃了一惊。

"可是我看见你……"

哈利迅速朝周围看了一圈，然后倾身向前："你有名片吗？"

"有……"罗杰递上一张白色名片，上面用哥特字体写着"晚邮报"。哈利把名片收进后口袋。

"截稿期限是十一点。"

"再说吧。"哈利说。

罗杰站在原地，一脸困惑。萝凯踏上台阶，哈利温暖的手指又回到她背上。一个留着大胡子的男子站在入口旁边对着他们微笑，眼角犹有泪痕。萝凯在报纸上见过这人的照片，知道他就是威廉·巴里。

"真高兴看见你们一起出席。"威廉的声音轰然响起，他张开双臂，哈利稍一犹豫，就被抱了个满怀。

"你一定就是萝凯了。"威廉抱着高大的哈利仿佛找到遗失已久的泰迪熊，同时越过哈利肩头对萝凯眨了眨眼。

"刚才是怎么回事？"萝凯问。他们在第四排找到位子坐下。

"男性友谊的表现，"哈利说，"他是艺术家。"

"我不是说这个，我是说你刚刚说你不是警察这件事。"

"昨天是我做警察的最后一天。"

萝凯双眼圆睁，看着哈利："你怎么都没跟我说？"

"我说过，那次在院子里就说过了。"

"那你接下来要做什么？"

"做点别的。"

"别的什么？"

"完全不一样的。有个朋友提供给我一份工作，我接受了，我希望这份工作可以做得更愉快。其他的待会儿再跟你说。"

布幕拉开。

布幕落下，观众席掌声雷动，掌声持续了将近十分钟。

演员以不同队形出来谢幕又退场，直到排练过的队形都用完了，才单纯地站在台上接受掌声。朵娅上前一步，再次鞠躬，喝彩声此起彼伏。最后，所有工作人员都上了台，威廉拥抱朵娅，演员和观众都热泪盈眶。

萝凯紧紧握住哈利的手，掏出手帕拭泪。

"你们看起来怪怪的，"欧雷克坐在后座说，"是不是发生什么事了？"

萝凯和哈利同时转过头去。

"你们又是好朋友了，对不对？"

萝凯微微一笑："我们从来都没有闹翻啊，欧雷克。"

"哈利？"

"是，老大？"哈利看向后视镜。

"那我们是不是又可以去看男生电影了？"

"说不定哦，如果是好看的男生电影。"

"这样啊，"萝凯说，"那我怎么办？"

"你可以去跟欧拉夫和妹妹玩啊，"欧雷克兴奋地说，"真的很酷，妈妈，欧拉夫教我怎么下棋。"

哈利开上车道，在黑色木建筑前停下，挂到空挡。萝凯把钥匙交给欧雷克，让他先进屋。他们看着欧雷克蹦蹦跳跳地穿过碎石路。

"天哪，他长得好快。"哈利说。

萝凯把头倚在哈利肩膀上："你要进去吗？"

"现在不行，我得去完成最后一件工作。"

她伸手抚摸哈利的脸庞："如果你愿意，可以晚点过来。"

"嗯，你想清楚了吗，萝凯？"

她叹了口气，闭上双眼，依偎在哈利肩头："没有。也可以说想清楚了。这感觉有点像是从着火的房子里跳出来，坠落的感觉总比被火焚身要好。"

"至少落地前是这样。"

"我发现坠落跟活着有一些共通性，首先，这两者的存在状态都是非常短暂的。"

两人沉默不语，彼此对望，聆听不规律的引擎声。哈利伸手托住萝凯的下巴，吻她。她觉得自己逐渐失去掌控，失去平衡，失去镇定，能抓住的只有他，而他令她同时燃烧和坠落。

不知吻了多久，他才轻轻离开她的怀抱。"我不锁门。"她柔声说。

她应该知道这样是愚蠢的。

她应该知道这样是危险的。

但她已经好几个星期没思考了。她厌倦了思考。

33

星期日晚上　　约瑟夫的祝福

拘留所外的停车场几乎没有车，也没有人。

哈利关上引擎，引擎发出几声临终的呛咳后，随即陷入死寂。他看了看表：十一点十分，还剩五十分钟。

他的脚步声回荡在塔叶、托普及奥尔森建筑师事务所设计的外墙之间。他深呼吸两次，踏进门内。

前台内一个人也没有，接待室一片寂静。他发现右边有动静，值班室一把椅子的椅背缓缓转了过来。哈利看见半张脸，那半张脸有一道肝赭色的疤痕自眼睛延伸而下，犹如一滴眼泪，那双眼睛毫无表情地看着他。然后那把椅子又转回原位，背对着他。

是葛洛斯，只有他一个人，真是奇怪，但拘留所说不定还有其他人在。

哈利在柜台左侧找到九号拘留室的钥匙，朝拘留室走去。法警室传来说话声，但九号拘留室的位置恰巧不经过法警室。

哈利把钥匙插入门锁，转动。他等了一会儿，听见里头有动静，然后把门拉开。

拘留室里的男子坐在铺位上看着他，那张脸看起来不像凶手。哈利知道这不代表什么。凶手有时看起来就像凶手，有时看起来像圣人。

眼前这张脸颇为英俊。这人外表整洁，身材结实，深色短发，一对蓝色眼眸可能曾经酷似母亲，但多年下来已有自己的味道。哈利将近四十岁，史文已超过五十，但哈利确定，在旁人看来，将近四十岁的是史文，超过五十岁的是自己。

不知为何，史文身上穿的是囚犯的红色工作裤和夹克。

"晚上好，史文，我是霍勒警监，可以请你站起来，转过去背对我吗？"

史文扬起双眉。哈利拿起手铐在他面前晃了晃。

"这是规定。"

史文不发一语，站了起来。哈利替他铐上手铐，把他推回铺位上。

拘留室里没有椅子可以坐，也没有个人物品可以用来伤害自己或别人。在拘留室里，国家垄断一切，作为惩罚。哈利倚着墙壁，从口袋里掏出一包皱巴巴的香烟。

"你会触动烟雾警报器，"史文说，"它们很敏感。"他的声音出乎意料地高。

"这倒是真的。你来过这里，对不对？"哈利点燃香烟，踮起脚，拆开警报器的盖子，取出电池。

"这样做符合规定吗？"史文酸溜溜地问。

"不记得了。抽烟吗？"

"这是怎么回事？扮白脸吗？"

"不是，"哈利微笑着说，"我们掌握了你很多证据，根本没有必要演戏。我们不需要厘清细节，不需要莉斯贝思的尸体，不需要你的供词，我们完全不需要你的协助，史文。"

"那你来干什么？"

"只是好奇而已，我们在这里对付的是深海怪兽，我想看看这次捉到的深海怪兽长什么样子。"

史文哼了一声，笑了起来："想象力真丰富，不过要让你失望了，霍勒警监。你们自以为钓到了大鱼，但恐怕只是钓到一只老靴子。"

"可以请你降低音量吗？"

"怎么了？你怕别人听见我们说话吗？"

"照我的话做就是了，对一个杀了四条人命而被逮捕的凶手来说，你看起来倒是挺镇定的。"

"我是清白的。"

"嗯，史文，让我简单告诉你现在的情况。我们在你的行李箱里发现一颗红钻石，这颗红钻石不是常见的品种，而正是我们在几个死者身上都发现过的那种。你的行李箱里还有一把捷克兵工厂出产的手枪，这在挪威也相当罕见，况且跟用来杀害芭芭拉·史文森的手枪正是同一款。根据你的供述，你说命案发生那几天你都在布拉格，可是我们查过航空公司的记录，记录表明命案发生的那五天，你都到过奥斯陆，昨天也是。史文，请问你要如何提出这五天下午五点的不在场证明？"

史文并不答话。

"我想也是，所以别跟我来什么'我是清白的'那一套。"

"说得好像我很在乎你怎么想一样，霍勒警监，还有什么别的事吗？"

哈利背靠着墙滑了下来，蹲在地上："有，你认识汤姆·瓦勒吗？"

"谁？"

这回答来得很快，甚至太快了。哈利慢悠悠地朝天花板吐烟。史文露出百无聊赖的神情。哈利见过外表强硬但内心脆弱得像果冻的杀人犯，也见过从外表到内心全都冷血无情的杀人犯，不禁纳闷眼前这家伙究竟有多强悍。

"史文，你不必假装不记得逮捕并且讯问你的人叫什么名字，我只是想知道，你是不是原本就认识他？"

哈利在史文眼中看见一丝迟疑。

"你以前干过走私，我们在你的行李箱里发现的那把手枪上有一种特殊的锉痕，这种锉痕是专门用来锉去编号的机器留下来的。最近这几年，奥斯陆出现越来越多未登记的枪支，警方在这些枪支上都发现了这种锉痕，我们认为，这背后有一个专门的军火走私集团。"

"真有趣。"

"史文，你是不是替汤姆走私枪械？"

"天哪，连你们警察也干这种事？"

史文的眼睛眨也没眨，但浓密的发际线下流下一滴汗珠。

"热吗，史文？"

"温度刚刚好。"

"嗯。"

哈利站起来，走到洗脸池前，背对史文，从盒子里取出一个白色塑料杯，把水龙头开到最大。

"你知道吗，史文？我本来没想到的，可是后来一个同事跟我描述汤姆是怎么逮捕你的，然后我又想起当我说贝雅特发现你是谁的时候，汤姆的反应。汤姆平常是个冷酷的浑蛋，可是那一刻他脸色发白，几乎可以说是震惊。当时我以为他脸上出现这个表情是因为他发现我们被将了一军，而且我们手上可能会再多一具死尸，可是后来贝雅特告诉我，说汤姆举起两把枪，对你大吼'不许开枪'，这一切才全都对上了。汤姆之所以震惊，并不是害怕又会发生一起命案，而是因为我提到了你的名字。他认识你，而且你就是他手下的走私犯。汤姆当然知道，如果你被控谋杀，所有的事都会被抖出来，包括你用的枪、你经常来挪威的原因，还有你所有的联络人。如果你愿意跟警方合作，法官甚至可能会减轻你的刑罚，这就是汤姆要开枪打死你的原因。"

"开枪……"

哈利在杯子里装满水，转过身来，走到史文面前，把杯子放在他前方的地面上，解开他的手铐。史文揉了揉手腕。

"喝水，"哈利说，"抽根烟，然后，我会再把手铐铐上。"

史文有点犹豫。哈利看了看表，还剩半小时。

"快点，史文。"

史文拿起杯子，头一仰，喝光了水，眼睛盯着哈利。

哈利叨起一根烟，点燃，递给史文。

"你不相信我，对不对？"哈利说，"你相信的是汤姆，你认为汤姆会把你从这个……该怎么说，这个令人厌烦的处境里救出去，对不对？你认为他会冒险救你，作为你长久以来忠诚地替他赚满荷包的报偿。反正他有那么多把柄在你手上，最糟的不过是威胁他帮你。"

哈利微微摇了摇头："我还以为你是个聪明人，史文。你设下这么多谜团，布置得这么周详，总是领先我们一步，我还以为你完全掌握了我们的想法和做法，可是你竟然连汤姆玩的是什么把戏都看不出来。"

"你说得没错，"史文说，闭上眼睛，朝天花板吐了口烟，"我不相信你。"

他把杯子凑到香烟下方，轻叩香烟，让烟灰落在杯子里。

哈利心想，自己是不是在史文的盔甲上看见一道裂缝？但他以前也看见过裂缝，结果判断错误。

"你知道天气预报说气温会下降吗？"哈利问。

"我又不关心挪威的新闻。"史文冷笑一声，显然认为自己胜券在握。

"还会下雨。"哈利说，"对了，水好喝吗？"

"就是水而已。"

"约瑟夫的祝福果然名不虚传。"

"约瑟夫的什么？"

"祝福。它无臭无味。你看起来似乎知道这东西，甚至可能帮汤姆走私过，对不对？是不是从车臣走私到布拉格，再走私到奥斯陆？"哈利冷笑一声，"命运真是作弄人。"

"你在说什么？"

哈利朝史文高高抛去一样东西，史文接在手中，仔细看了看。

"是空的……"史文对哈利投来疑惑的目光。

"Skål（干杯）。"

"什么？"

"替我们共同的老板汤姆献上最诚挚的祝福。"哈利从鼻子喷出一股烟，盯着史文。

只见史文的眉毛不由自主地跳动，喉结上下抖动，手指突然去抓弄下巴。

"史文，你有没有想过，你是四起命案的嫌疑人，现在应该被关在警卫森严的监狱里，可是你却被关在一般拘留室里，随便哪个警察都可以来去自如。我凭警监的身份就可以把你领出去，只要告诉值班法警我要带你去问话，草草签个名，然后塞给你一张飞往布拉格的机票。或者，以现在这个情况来说，塞给你一张飞往地狱的机票。你以为是谁把你安排在这里的，史文？对了，现在你有什么感觉？"

史文吞了口唾沫。裂缝出现了，而且是大裂缝。"你为什么要告诉我这些？"他低声说。

哈利耸了耸肩："你也知道，汤姆对下线说话很谨慎，所以我当然会很好奇。你是不是跟我一样，也想知道事情的全部？或者你认为人死的时候会完全开悟？没关系，反正我不会像你那么早死，还要等很久才会知道……"

史文脸色惨白。

"要不要再来根烟？"哈利问，"还是你已经开始觉得头晕了？"

史文张开嘴巴，转过头去，接着黄色的呕吐物就从嘴里喷了出来，射向砖墙。他吐完，坐在地上直喘气。

哈利怒视着溅到他裤子上的几滴黄色液体，然后走到洗脸池前，从卷筒卫生纸上撕下一段，跟着又撕下另一段递给史文。史文擦干了嘴，垂下头，把脸埋在双手之中，最后终于哽咽地说："我走到门口的时候……根本搞不清楚发生了什么，我当然明白他是在演戏，他对我眨眨眼睛，又扭了扭头，让我知道他那样大叫是叫给别人听的。我花了几秒钟才明白是怎么回事，我看了现场的状况，以为……以为他那样大吼大叫，假装我手里拿着枪，是为了让他有理由放我走。他手里拿着两把枪，我以为另一把枪是要给我的，好让我也有枪，以免有人看见我们。我只是站在那里等他把枪给我，结果那个臭女人跑出来把所有的事都搞砸了。"

哈利站了起来，再度靠上墙壁。

"所以你承认你知道警方追捕你是跟快递员命案有关？"

史文摇了摇头："不是，我不是凶手，我以为我被捕是因为走私枪械，还有钻石。我知道这些东西都归汤姆管，生意才能做得这么顺利，他才会想办法放我走，我得……"更多呕吐物喷到地上，这次颜色发绿。

哈利又递了纸给他。

史文开始啜泣："我还有多少时间？"

"看情况。"哈利说。

"看什么情况？"

哈利在地上按熄香烟，把手伸进口袋，打出他的王牌："有没有看到这个？"哈利举起了手，拇指和食指夹着一颗白色药丸。史文点了点头。

"如果你在喝下约瑟夫的祝福之后十分钟内吞下这颗药，就有可能保住性命。这药是我从一个药商朋友那里得到的。你心里一定在想我为什么要帮你，对不对？这个嘛，因为我想跟你谈个条件，我要你做证指控汤姆，把你知道的所有关于军火走私的事全都说出来。"

"好好，快把药给我。"

"我可以信任你吗，史文？"

"我发誓。"

"我要你仔细想清楚，史文，我怎么知道等我一离开这里，你不会改变主意？"

"什么？"

哈利把药丸放回口袋："时间一分一秒过去了。我为什么要相信你，史文？给我一个理由。"

"现在？"

"约瑟夫的祝福会让你停止呼吸，看过服下这种药的死状的人都说过程非常痛苦。"

史文的眼睛眨了两下，说："你必须相信我，因为照理说，如果我今天晚上没死，汤姆就会知道我发现他打算杀我灭口，这样我就没有退路了，他必须在我扳倒他之前先把我干掉，我别无选择。"

"说得好，史文，继续说。"

"我在这里完全没有抵抗的机会，等他们明天一大早来提审我，我早就死了。我唯一的机会是揭发汤姆，尽快把他关进牢里，而唯一可以帮我的人……是你。"

"正中红心。恭喜你，"哈利说，站了起来，"请把手放到背后。"

"可是……"

"照我的话做，我们得离开这里。"

"那药……"

"那颗药叫氟硝西泮，只对失眠有用。"

史文难以置信地张着嘴，凝视哈利："你……"

哈利已准备出手，他横跨一步，猛力朝下挥出一拳。史文疼得弯下了腰，发出犹如海滩球漏气的声音。

哈利一只手把史文抱了起来，再用另一只手替他铐上手铐："不用太担心，史文，昨天晚上我就把那个安瓿里的东西倒进洗脸池了，如果你要抱怨水的味道，请你去跟奥斯陆自来水厂申诉。"

"可是……我……"

两人朝地上的呕吐物看去。

"眼大肚子小。"哈利说，"放心，我不会跟别人说的。"

值班室的椅背缓缓转了过来。一只半闭的眼睛朝他们望来，接着，那只眼睛有了反应，松松的眼皮突然抬起，露出一只充满怒火的眼睛。外号"肝洛斯"的葛洛斯立刻离开椅子，肥胖身躯的移动速度快得令人意外。

"这是怎么回事？"他大吼。

"九号拘留室的犯人，"哈利朝史文点了点头，"我要带他去六楼讯问，要在哪里签字？"

"讯问？我没听说过这回事。"

肝洛斯在柜台后不远处站定，双臂交叠，双腿叉得颇开。

"据我所知，这种事我们通常是不会告诉你的，葛洛斯。"哈利说。

肝洛斯的目光疑惑地在哈利和史文身上来回移动。

"放轻松，"哈利说，"计划有点改变，犯人不吃药，我们得想别的办法。"

"你说什么我听不懂。"

"你当然听不懂，如果你不想多听，最好赶快把签提簿放到桌上，葛洛斯，我们还有很多事情要办。"

肝洛斯露出苦恼的神情，一只眼睛瞪着哈利，伸手揉了揉另一只眼睛。

哈利专注呼吸，希望他那颗怦怦乱跳的心从不要被看出来。他所有的计划很可能在这一刻如同扑克牌叠成的房屋般倒塌。用扑克牌来比喻哈利此时的处境再恰当不过，他拿的是一手烂牌，连一张 A 也没有。唯一的希望就是葛洛斯的那颗糨糊脑袋会如同他预期的那般运作，而这个预期有个不稳固的根据，就是奥纳提出的基本原则：当一个人的自身利益受到威胁，他能够理智思考的程度会跟智力成反比。

肝洛斯发出嘟哝声。

哈利希望这嘟哝声代表肝洛斯同意了他的论点：如果按照规定让哈利签提犯人，他承担的风险会比较低。这样一来，稍晚，肝洛斯就可以原原本本地对其他警探述说事发经过，而不必冒着被发现的风险，撒谎说当九号拘留室的犯人神秘死亡时，他没看见有人进出。哈利希望肝洛斯这时正在思考的是：只要哈利拿支笔签个名，他就可以卸下身上的重担，这样再好不过，没有必要再跟汤姆确认一次，毕竟汤姆说过这个白痴哈利已经是自己人了。

肝洛斯清了清喉咙。

哈利在虚线上草草签了个字。

"往前走。"哈利说，推了史文一把。他们来到拘留所外的停车场，夜晚的空气尝起来有如啤酒入喉般沁人心脾。

34

星期日晚上　　最后通牒

萝凯醒了过来。她听见楼下传来开门声。

她侧身查看时钟：零点四十五分。

她伸了个懒腰，静静躺着，侧耳聆听。昏昏欲睡的安详感被期待的兴奋感取代。当他爬上床，她会假装自己睡着了。她知道这是孩子气的游戏，但她喜欢玩这个游戏。他只是躺在床上呼吸，然后，她会在睡梦中翻身，一只手正好触碰到他的腹部。她会听见他的呼吸加快加深。他们会保持这个姿势，一动不动，看谁撑得最久，好像比赛一样。然后，他会输。

也许他会输。

她闭上眼睛。

过了一会儿，她睁开眼睛，一股莫名的恐惧浮上心头。她爬下床，打开卧室房门，侧耳静听。

没有声音。

她往楼梯口走去。"哈利？"她的声音听起来颇为焦虑，使得她更加害怕。她打起精神，走下楼梯。

屋里没有其他人。

她判断应该是没上锁的前门没有关好，被风吹开，把她吵醒了。

她把门锁上，在厨房坐下，倒了一杯牛奶，聆听这栋原木房子发出咯吱咯吱的声响。老墙壁似乎在说话。

凌晨一点三十分，她站了起来，心想哈利应该已经回家了，他不会知道他今晚可能赢得一场游戏。

她往卧室走去，突然想起一事，不由得惊慌起来，赶紧往回走，来到欧雷克的卧室门口。她看见欧雷克正躺在床上睡觉，这才松了口气。

然而一小时后，她被噩梦惊醒，后半夜都在床上辗转难眠。

白色福特雅士穿过夏夜，犹如一艘隆隆作响的老旧潜水艇。

"厄肯路，"哈利喃喃地说，"松斯街。"

"什么？"史文问。

"我只是在自言自语。"

"自言自语什么？"

"走哪条路最快。"

"要去哪里？"

"你等一下就知道了。"

车子在一条单行道上停下，街上有几栋独栋房屋，零星地散布在高楼之间。哈利朝史文倚身过去，推开副驾驶座的车门。这辆车多年前就已多处坏损，如今副驾驶的车门从外面打不开。萝凯拿这辆车开过玩笑，也拿车主的个性开过玩笑。哈利确定自己没听出这些玩笑的弦外之音。哈利绕到车子另一头，来到副驾驶的车门前，把史文拉了出来，叫史文背对他站立。

"你是左撇子吗？"哈利问，解开史文的手铐。

"什么？"

"你挥拳的时候，左手力量大还是右手力量大？"

"哦，我不用拳头。"

"太好了。"

哈利把手铐铐在史文的右手腕和自己的左手腕上。史文惊讶地看着哈利。

"我可不想失去你，老兄。"

"用枪指着我不是更简单吗？"

"当然比较简单，可我是个乖孩子，几星期前就把佩枪缴回去了。我们走吧。"

他们穿过一片空地，夜空下可以看见高耸楼房漆黑沉重的轮廓。他们朝楼房走去。

"回到熟悉的地方感觉很好，对不对？"哈利问。他们站在学生楼的正门口。

史文耸了耸肩。

进入学生楼之后，哈利听见了他不想听见的声音。楼梯间传来脚步声。他迅速环视四周，看见电梯门上的圆窗透出灯光，便横跨几步，进了电梯，把史文也拖了进去。电梯承受了他们的重量，晃了一晃。

"猜猜看我们要去几楼。"哈利说。

史文的眼睛转了转，哈利举起一串带有塑料骷髅头的钥匙，在史文面前晃了晃。

"没有玩游戏的心情吗？好吧，带我们去四楼，史文。"

史文按下四楼按钮，抬头往上看，等待电梯上升。哈利仔细观察史文的表情，他必须说，史文真是个他妈的好演员。

"栅门。"哈利说。

"什么？"

"栅门要先拉上，电梯才会动，这你应该知道吧。"

"这个？"

哈利点了点头。史文把栅门往右拉，栅门发出咔咔的金属声。电梯依然不动。

哈利觉得眉毛渗出一颗汗珠。

"把铁门往右拉到底。"哈利说。

"像这样？"

"别装了，"哈利说，吞了口唾沫，"栅门得拉到底，如果没碰到门边地上的接点，电梯就不会动。"

史文微微一笑。

电梯抖了抖，黑色铁栅门闪闪发光，后方的白色砖墙开始往下移动。他们经过一扇电梯门，哈利透过圆窗看到一个人的后脑往楼下移动。可能是学生吧，他如此希望。无论如何，侯勒姆说鉴定组在这里的工作已经完成了。

"你不喜欢电梯，对不对？"

哈利并不答话，只是看着墙壁往下移动。

"是不是有一点恐惧症？"

电梯突然停止上升，哈利横跨一步，以免失去平衡。电梯地板在他们脚下震动，透过圆窗看见的是墙壁。

"妈的你搞什么鬼？"哈利低声说。

"你全身都湿透了，霍勒警监。我想这是个好时机，可以跟你说清楚一件事。"

"现在做什么都不是好时机，走，不然……"

史文挡在控制面板前方，似乎没有移开的意思。哈利举起右拳，就在此时，他赫然看见史文的左手握着一把凿刀，一把绿色刀柄的凿刀。

"我在椅子后面发现的，"史文说，露出近乎抱歉的微笑，"你应该把车子整理干净。现在你肯听我说话了吗？"

钢制刀身闪闪发亮。哈利已经累得不想思考，累得不想控制惊慌："说吧。"

"很好，因为我要说的事需要你集中一点注意力。我是清白的。也就是说，我的确干了好几年走私军火和钻石，可是我没有杀人。"

哈利的手一动，史文就扬起凿刀。哈利的手又放了下来。

"军火走私是一个叫王子的人在操作的，我知道王子就是汤姆·瓦勒警监有一段时间了，更有趣的是，我能证明王子就是汤姆。另外，如果我没看错现在这个形势的话，你要依靠我的证词和证据来扳倒汤姆，如果你不扳倒他，他就会扳倒你，对吧？”

哈利的眼睛注视着那把凿刀。

“霍勒警监？”

哈利点了点头。

史文的笑声很尖，像女人：“这是不是个很美妙的矛盾，霍勒警监？我们两个人一个是手持武器的走私犯，一个是条子，两个人铐在一起，完全依赖对方，却还在苦苦思索怎么把对方杀了。”

“真正的矛盾并不存在，”哈利说，“你想怎样？”

“我想要的是，”史文高举凿刀，刀柄指向哈利，“你去把那个陷害我杀了四个人的人找出来，只要你把这个人找出来，你就可以砍下汤姆的头摆在银盘上。你帮我，我就帮你。”

哈利朝史文怒目而视。两人的手铐互相摩擦。

“好，”哈利说，“可是要按照正确的顺序来，先把汤姆关进牢里，这件事办好以后，我们就不受打扰了，我才可以帮你。”

史文摇了摇头：“我思索过这件案子，我有一整天时间去好好想，霍勒。我手上唯一能拿出来的筹码就是汤姆走私军火的证据，而我唯一能谈条件的对象是你。警方已经接受了胜利的花环，没有人会再用新的眼光来看这件案子，更何况还得冒着把世纪大胜利搞成世纪大乌龙的风险。杀害这些女人的疯子设下陷阱要我背黑锅，我是被陷害的，除非有人帮忙，否则我一点机会也没有。”

“你知道汤姆和他的手下现在正四处寻找我们吗？每过一个小时，他们就靠得更近，我们一旦被他们找到就完了，没有侥幸，只要被找到，我们两个人都会死得很惨，你知道吗？”

“我知道。”

　　"那你为什么还要冒这个险？你刚才说的关于警方的想法是正确的，无论如何他们都不可能再花时间来调查这件案子，难道二十年刑期不比失去性命更好吗？"

　　"二十年刑期不是我的选项，霍勒警监。"

　　"为什么？"

　　"因为我这几天才知道一件事，这件事永远改变了我的人生。"

　　"什么事？"

　　"我要当爸爸了，霍勒警监。"

　　哈利的眼睛眨了两下。

　　"你得在汤姆找到我们之前先找到真正的凶手，霍勒警监，就这么简单。"

　　史文把凿刀递给哈利。

　　"你相信我吗？"

　　"相信。"哈利扯了个谎，把凿刀塞进夹克口袋。

　　钢缆发出尖鸣，电梯又开始向上爬升。

35

星期日晚上　　美妙的胡扯

"希望你喜欢伊吉·帕普。"哈利说，把史文铐在四〇六室窗户下方的电暖器上，"我们暂时只有他可以看。"

"这就不错了，"史文抬头看着海报说，"我在柏林看过伊吉和丑角乐队的表演，那时候这张海报的主人应该还没出生吧。"

哈利看了看表：一点十分。汤姆和手下可能已经去他在苏菲街的家查过了，现在可能在清查饭店。哈利无法得知他们到底还剩多少时间，他瘫坐在沙发上，用双手抹了抹脸。这个该死的史文！

计划原本很简单，只要找一个安全的地方，打电话给莫勒和克里波刑事调查部部长，让他们在电话上听史文的证词，然后再给他们三小时的时间逮捕汤姆，不然哈利就会打电话去报社，投下炸弹。一切非常简单。哈利和史文只要守在原地，直到确定汤姆被关进牢里就可以了。之后，哈利就打电话给《晚邮报》记者罗杰，叫他打电话去找克里波刑事调查部部长，请他对汤姆被捕之事发表意见。等这件事公诸大众，哈利和史文再爬出他们躲藏的洞穴。

如果不是史文这一手，事情原本十分简单。

"如果……"

"你想都别想，霍勒。"史文看都没看哈利一眼。

该死的史文！哈利看了看表。他知道自己必须停止看表。他必须屏除时间的元素，厘清思绪，重新布阵，看现下这个情况还有什么办法可以想。

可恶!

　　"好吧,"哈利说,闭上眼睛, "把你的故事告诉我。"

　　史文倾身向前,手铐叮当作响。

　　哈利站在打开的窗户旁抽烟,聆听史文的故事。史文从他十七岁那年第一次见到父亲说起: "我母亲以为我去了哥本哈根,其实我是去柏林找他。他住在提尔公园附近的大房子里,那里也是大使馆的所在地,房子里有看门狗。我说服园丁陪我走到前门,然后按下门铃。他打开门,我们面对面看着彼此,就好像站在镜子前一样,我们只是站在那里,目瞪口呆地看着对方。我甚至不需要说我是谁。最后他开始哭泣,拥抱了我。我跟他一起住了四个星期。他结了婚,有三个小孩。我没问他做什么工作,他也没告诉我。他妻子兰迪罹患了不治的心脏疾病,住在阿尔卑斯山的某个高级疗养院里。这听起来像是爱情小说里的桥段。我还问过他几次,问他是不是看了爱情小说才这样安排的。毫无疑问,他爱兰迪,或者说得更准确一点,他沉浸在爱河里。当他说起兰迪就要死了,听起来就像是在女性杂志上可以读到的内容一样。一天下午,他妻子的一个女性朋友去他家做客,我们一起喝茶,他说命运把兰迪送进他怀里,他们那么相爱,爱得毫无保留,因此命运惩罚他们,让兰迪的生命提前凋零,但她美丽的容颜却没有失去半点光彩。他说这些话的时候,脸不红气不喘。那天晚上,我睡不着,走下楼梯去酒柜里找东西喝,却看见他的一个女友偷偷溜出他的寝室。"

　　哈利点了点头。晚风是否变得凛冽? 还是他的心理作用? 史文换了个姿势。

　　"白天只有我一个人在家。他有两个女儿,一个十四岁,一个十六岁,名叫芭蒂和爱丽丝。对她们来说,我的出现当然非常刺激,竟然从天上掉下来一个同父异母的哥哥。她们都爱上了我,但我选择了更小的芭蒂。有一天她提早放学,回到家里,我带她进了父亲的寝室。事后她要换下沾了血迹的床单，我把她赶出去，锁上房门，把钥匙交给园丁，请园丁拿去给我父亲。第二天早上吃早餐的时候，我父亲问我要不要替他工作，这就是我会踏进钻石走私这一行的原因。"史文顿了顿。

"没剩多少时间了。"哈利说。

"我负责的是奥斯陆的部分。除了早期失手过几次，被判两次有条件缓刑之外，我可以说完全胜任这份工作。我的专长是通过机场海关。通关非常简单，只要穿着体面，看起来不害怕就好，而我真的一点也不害怕，我根本就无所谓。我以前还常戴上神父的硬领，当然这个把戏太明显了，可能会立刻引起海关人员的注意，但重点是你必须知道神父走路的样子，知道他们如何梳理头发、穿什么样的鞋子、握住双手的方式、会有什么样的脸部表情。只要学会这些，几乎不会有人拦你。海关可能还是会起疑，可是拦阻神父的门槛比较高，他们如果让留长发的嬉皮士通过，却拦下神父检查行李，结果什么都没发现，一定会引来民怨。海关跟其他政府单位没有两样，他们希望给社会大众正面的印象，让大家认为他们能做好分内工作，虽然这个印象是错误的。

"我父亲在一九八五年死于癌症。当时兰迪的不治之症依然不治，但病情没有糟到无法让她飞回柏林接管我父亲的事业。我不知道她是不是发现我夺去了芭蒂的贞操，但我很快就没了工作。她说他们不想再继续经营挪威的生意，但她也没派给我其他工作。我在奥斯陆过了几年无业游民的生活，后来搬去布拉格。铁幕落下之后，布拉格成了走私客的天堂，我能说一口流利的德语，在布拉格很快就找到了立足之地。我赚钱很快，花钱也很快。我交朋友，但不会跟任何人深交。跟女人也一样，我不需要，你知道为什么吗，霍勒？因为我从我父亲那里遗传到一个天赋，我有一种可以让女人爱上我的能力。"

史文朝伊吉的海报点了点头："对女人来说，最强烈的春药莫过于一个令其坠入爱河的男人。我专门找已婚女人，因为她们事后不会给我惹太多麻烦。当我需要钱应急的时候，她们也会愿意拿钱给我，虽然次数不会太多。我过着无忧无虑的生活，时间就这样一年一年过去。三十多年来，我的笑容是自由的，女人的床是我的落脚处，我的下身是她们的接力棒。"史文把头倚在墙上，闭上眼睛。

"听起来一定很可笑，但你可以相信我，从我嘴里说出来的关于爱的甜言蜜语，就跟我母亲从我父亲口中听见的甜言蜜语一样发自真心，绝对真诚。我把我所有的一切全都给了女人，但是一等到热情结束，我就会请她们离开。我付不起住疗养院的钱。我的关系总是这样结束，我也以为会永远这样下去。直到一年秋天，我走进瓦茨拉夫广场的欧洲大饭店酒吧，遇见了她。伊娃。是的，她的名字叫伊娃。说不矛盾其实是假的，霍勒。我看见她的时候，第一个念头是她不是美女，她只是表现得像美女，但是觉得自己美丽的人就是美丽的。我对女人颇有一手，所以就过去找她。她没有叫我滚，只是保持距离，以礼相待，这却让我为之疯狂。"史文露出会心的微笑。

"对男人来说，最强烈的春药莫过于尚未坠入爱河的女人。伊娃比我年轻二十六岁，比我更有型，最重要的是，她不需要我。她可以继续做她的工作。她以为我不知道她是做什么的——她专门挑逗德国生意人，替他们口交。"

"那她为什么不继续做下去？"哈利问，对伊吉的海报吐了口烟。

"因为她没有机会继续做下去。我爱上了她，我不想跟别的男人分享她，我想要独自拥有她，但伊娃就跟大多数没有坠入爱河的女人一样，她重视的是经济上的安全感。所以为了要独自拥有她，我必须赚钱。从塞拉利昂走私血钻的风险很低，但赚来的钱没办法让我富有到让她难以抗拒，走私毒品的风险又太高，这就是最后我会走私军火、结识了王子这个人的原因。我跟王子在布拉格见过两次面，谈好军火走私的做法和条件。我与王子第二次碰面是在瓦茨拉夫广场的露天餐厅，那天我说服伊娃假扮成到处拍照的观光客，她拍的照片'正好'把我跟王子坐的那桌拍了进去。我替人做完工作，对方如果不付钱，通常都会收到一张我们的合照作为提醒。这一招很有效。王子做事向来干脆利落，我跟他做买卖从来没出过问题。我是后来才发现他是警察的。"

哈利关上窗户，在沙发床上坐下。

"今年春天我接到一通电话，"史文说，"是从挪威打来的，说的是厄斯兰方言。我不知道他是怎么拿到我的电话号码的。这个人似乎把我摸得一清二楚，几乎让我汗毛直竖，不对，他真的让我汗毛直竖。他知道我母亲是谁，我被判过什么刑，以及多年来我专门走私五芒星血钻。不过最可怕的是，他知道我开始走私军火。他两种货都要。他要一颗钻石和一把带有消音器的捷克造手枪。他开出的价码高得让人难以想象。我拒绝了手枪的部分，说他必须通过另一个渠道取得手枪，可是他坚持一定要直接经过我，不经过中间人。他提高了价码。我说过，伊娃是个要求很多的女人，我不能失去她，所以我就答应了。"

"你到底答应了什么？"

"这个人对交货方式有非常特殊的要求，交货地点必须在维格兰雕塑公园，就在生命之柱底下。第一次交货是在五个星期前，时间是下午五点，那个时段是观光客最多的高峰期，下班的人也会在公园里散步。他说这对他和我来说都很方便，进出都不会引人注意。反正我会被认出来的概率本来就很低。很多年前，我在布拉格一家当地酒吧看见一个以前在学校经常打我的挪威同学，他完全没认出我。我搬到布拉格之后，只遇到过两个奥斯陆人，一个是这个同学，另一个是去布拉格度蜜月而和我扯上关系的女人。"

哈利点了点头。

"反正，"史文说，"这个客户希望我们不要碰面，我觉得没问题。他要我把货装在褐色塑料袋里，放进维格兰雕塑公园中央喷泉雕塑前方的绿色垃圾桶，然后立刻离开。我必须准时，这点非常重要。我们说好的金额会在事前汇入我在瑞士的账户。他说他这样找上我，我应该不敢跟他要什么花招，而他指望的就是这一点。他说对了。可以给我一根烟吗？”

哈利替他点了一根烟。

“第一次交货之后，他打电话给我，又订了一把格洛克 23 手枪和第二颗血钻，隔周交货，同样的时间、地点和交货方式。那天是星期日，公园里的人还是一样多。”

“跟马里斯命案同样的日期和时间。”

“什么？”

“没事，继续。”

“这样重复了三次，总是相隔五天，可是最后一次有点不一样。这次他有两个要求，一个在星期六，一个在星期日，也就是昨天。客户要求我星期六住在我母亲家，方便他计划有变时跟我联络。我是没问题，反正我也会去看我母亲，我期待见到我母亲，因为我有好消息要告诉她。”

“告诉她她要当祖母了。”

史文点了点头：“而且我要结婚了。”

哈利熄灭手中的香烟：“所以你要说的是，我们在你的行李箱里发现的钻石和手枪是星期日要交的货？”

“对。”

“嗯。”

“我说完了，现在呢？”

哈利把双手放在脑后，靠上沙发床，打了个哈欠：“你是伊吉的老歌迷，一定听过《Blah Blah Blah》这张专辑吧？很棒的一张专辑。美妙的胡扯。”

“美妙的胡扯？”

史文的手肘撞上电暖器，发出空洞的铿锵声。

哈利站了起来：“我得理清思绪。街上有一家二十四小时修车厂，需要我帮你买点什么吗？"

史文闭上眼睛："听着，霍勒，我们在同一条船上，而且这条船正在下沉。你不只是个恶毒的浑球，而且蠢死了。"

哈利咧嘴一笑，站了起来："这我得想一想。"

二十分钟后，哈利回到寝室，史文已经睡着，一只手臂被铐在电暖器上，仿佛在招手。

哈利在桌上放了两个汉堡、一包薯条和一大瓶可口可乐。

史文揉了揉昏沉的双眼："你仔细想过了吗，霍勒？"

"嗯。"

"想了什么？"

"想了你的女友在布拉格替你和汤姆拍的照片。"

"跟那些照片有什么关系？"

哈利解开手铐："照片跟这件案子没有关系。我是在想她假扮成观光客，去做观光客做的事。"

"做什么事？"

"我刚刚说过了，拍照。"

史文揉揉手腕，仔细看了看桌上的食物："喝可乐用的杯子呢，霍勒？"

哈利指了指可乐瓶。

史文打开瓶盖，半睁着眼睛斜视哈利。

"你要冒险跟连环杀手用同一个瓶子喝饮料？"

哈利满嘴汉堡，回答说："同一条船，同一个瓶子。"

奥莉坐在客厅里，眼神空洞地望着前方。她没开灯，希望他们以为她不在家，便会放弃离去。他们一直打电话，按门铃，在院子里大声叫嚷，对厨房窗户丢石头。"无话可说。"她接起电话后说道，随即拔掉电话插头。最后他们站在她家周围，手里拿着长长的黑色长焦镜头守候着。她走到窗前，拉上窗帘，立刻听见他们的相机发出昆虫的叫声。吱吱吱，吱吱吱，咔嚓。吱吱吱，吱吱吱，咔嚓。

已经过了将近一天，警方还是没发现他们抓错了人。也许他们要等到星期一正常上班的时候，才会查清楚这件事。

有人可以说说话就好了。但依娜跟她那个神秘的绅士朋友度假去了，还没回来。是不是应该打电话给那个女警贝雅特？警方逮捕史文并不是她的错。贝雅特似乎知道史文不是那种会到处杀人的人。贝雅特甚至还留了电话号码，说如果有任何事情想跟她说，随时都可以打电话。任何事情都可以。

奥莉凝视窗外。枯死的梨树的侧影仿佛紧抓月亮的手指。月亮低低挂在院子和火车站上方，仿佛一张死人的脸，脸上的白色肌肤爬着突起的蓝色血管。

依娜是怎么了？她说最晚星期日下午就会回来的。奥莉原本幻想，如果可以泡杯茶，让依娜见见史文，会有多么温馨。依娜一向很准时，很可靠。

奥莉等到墙上时钟敲了两下。然后，她掏出那个电话号码。

铃声响到第三声，电话接通了。"我是贝雅特。"一个昏沉的声音说。

"你好，我是奥莉·希芬森，很抱歉这么晚打电话给你。"

"没关系，希芬森老太太。"

"叫我奥莉就好。"

"奥莉，抱歉，我还不是很清醒。"

"我打电话给你是因为我很担心我的房客依娜，她早就应该回来了，而且这两天又发生了这么多事，呃，我很担心。"

奥莉没有马上听见回话，心想贝雅特该不会又睡着了吧？但她的声音又传了过来，这次一点也不昏沉："奥莉，你是在说你有个房客吗？"

"对啊，她叫依娜，她睡在女佣房。哦，对，我没带你去看那房间，对不对？因为那是在后楼梯那边，她整个周末都不在。"

"她去哪里了？跟谁在一起？"

"要是我知道就好了。我最近才知道有这个人，而且依娜还没介绍给我认识。依娜只说他们要去他的度假小屋。"

"你应该早点告诉我们的，奥莉。"

"是吗？我真的非常抱歉……我……"奥莉觉得泪水溢满眼眶，却又无力抑止。

"不，我不是这个意思，奥莉。"奥莉听见贝雅特赶紧补充，"我不是在对你发脾气，查清楚这些是我的工作，你不可能知道这些事跟我们的案子有关。我会联络勤务中心，他们会打给你，询问依娜的个人资料，然后会处理这件事。我相信她应该没事，不过还是小心点比较好，对不对？除此之外，我想你应该去睡一会儿。我早上会打给你，好吗，奥莉？"

"好。"奥莉说，尽量在话音中带着笑声。她很想问贝雅特，史文的事情怎么样了，但她问不出口。

"好，那就这么说定了，再见。"

奥莉挂上电话，泪水滑下面颊。

　

贝雅特镇定下来，试着入睡。她聆听房子的声音。房子在说话。母亲十一点就关上了电视，现在楼下静悄悄的。贝雅特心想，不知道母亲是不是也在想着他，想着她的父亲。她们母女俩很少提到她的父亲，一旦提起，两个人都会元气大伤。她已经开始在市中心找房子了。去年她便觉得，住在母亲房子的这一整层楼里，有一种被监禁的感觉，尤其是她开始跟哈福森交往之后，这种感觉更为强烈。哈福森是个个性稳若磐石的警察，来自斯泰恩谢尔市，她以他的姓氏哈福森来称呼他。哈福森对她十分尊重，而且抱着谨慎的态度对待她，不知为何，她十分珍视这一点。她搬去奥斯陆就不可能享有这么大的空间，而且她会想念这栋房子的声音，想念这些从小到大伴她入睡的无言独白。

电话再度响起。贝雅特叹了口气，伸出手臂："喂，奥莉吗？"

"我是哈利，你好像已经醒了。"

贝雅特在床上坐了起来："对啊，今天晚上电话响个不停，有什么事吗？"

"我需要一点帮助，你是我唯一敢相信的人。"

"这样啊，根据我对你的了解，这代表我要有麻烦了。"

"很多麻烦，你愿意帮忙吗？"

"如果我说'不要'呢？"

"你先听我说完，再说'不要'也不迟。"

36

星期一　　照片

星期一早上，五点四十五分，太阳从艾克柏山后面露脸，放出光芒。在警署前台值班的塞科利达保安人员打了个哈欠，从《晚邮报》上抬起双眼，看向早上第一个拿出身份识别卡上班的人。

"报上说快要下雨了。"他说，很高兴见到另一个人。

高大男子一脸阴郁地瞥了他一眼，并不接话。

两分钟后，三名男子跟着进来，同样表情严峻，无意说话。

早上六点，四名男子在六楼警署指挥官的办公室里坐下。

"呃，"指挥官说，"我们有一位警监从拘留所带走了命案嫌疑人，目前下落不明。"

指挥官之所以坐得住这个位子，在于他具有归纳问题和简洁阐述应办事项的能力："所以我建议他妈的快把他们给找出来！目前为止，究竟发生了什么？"

克里波刑事调查部部长偷偷瞥了莫勒和汤姆一眼，清了清喉咙，答道："我们已经指派一个由资深警探组成的小组来办这件案子，这个小组由瓦勒警监领导，小组成员也由瓦勒警监亲自挑选，三位成员来自密勤局，两名来自犯罪特警队。昨天深夜，拘留所的警察汇报说史文没有回去，一小时之后，他们就已经开始着手调查。"

"漂亮，动作很快，但是巡警为什么没有收到通知？巡逻车呢？"

"我们希望等案情有进一步发展，然后在这场会议上做出决定。拉许，让我们听听你的想法。"

"我的想法？"

克里波刑事调查部部长以手指抚摸上唇："瓦勒警监已经承诺会在今天之内把哈利和史文捉回来，目前为止我们已经设法不让消息泄露出去。知道史文不在拘留所的只有我们四个人和拘留所的葛洛斯。另外，我们已经联络乌勒斯莫监狱，请他们取消史文的囚室和移交手续。我们告诉他们说，根据线报，史文在乌勒斯莫监狱可能不安全，因此暂时将他移送到一个秘密地点。简而言之，我们目前先把消息压下来，直到瓦勒警监和他的小组替我们解除这个危机。当然了，拉许，决定权在你。"

指挥官拉许双手指尖互触，深思熟虑地点了点头，站起身来，走到窗前，背对众人："上星期我搭出租车时，车上刚好有一份报纸摊开放在我旁边，我就问司机对快递员杀手有什么想法。倾听基层民众的想法总是很有意思的。他说快递员杀手的问题和世贸中心的问题是一样的：问问题的先后顺序错了。大家都在问'是谁'和'怎么发生的'，可是要解开谜题，必须先问另一个问题。你知道这个问题是什么吗，托列夫？"

克里波刑事调查部部长托列夫沉默不语。

"托列夫，这个问题就是'为什么'。那个出租车司机可不是笨蛋。在座各位问过这个问题了吗？"指挥官抖着脚跟，等待众人回答。

"我无意冒犯这个出租车司机，"托列夫终于说，"但我不确定这个案子有'为什么'，至少没有一个理性的'为什么'。在座各位应该都知道哈利的心理状态很不稳定，还是个酒鬼，这就是他被革职的原因。"

"就算疯子也是有动机的，托列夫。"有人谨慎地清了清喉咙。

"汤姆，请说。"

"巴陶狄。"

"巴陶狄？"

"巴陶狄是埃及航空的飞行员，他因为被航空公司降职，蓄意让载满乘客的飞机坠毁，作为报复。"

"你想说的是什么，汤姆？"

"星期六晚上我们逮捕史文之后，我在停车场追上哈利，跟他聊了一下，他显然非常不满，原因是他被革职，而且我们没有把逮捕快递员杀手的功劳算在他头上。"

"巴陶狄……"

清晨第一道阳光穿过窗户洒了进来，指挥官以手遮眉："莫勒，你一句话都没说，你认为呢？"

莫勒凝望指挥官拉许在窗前的侧影，他的胃疼痛不已，不仅感觉自己快要爆炸，而且希望自己干脆爆炸。自从昨晚被吵醒，得知这起绑架案之后，他就一直期待有人能用力把他摇醒，告诉他这只是一场噩梦。

"我不知道，"莫勒叹了口气，"老实说，我不明白发生了什么事。"

指挥官缓缓点了点头："如果我们封锁消息的这件事传出去，一定会受到舆论谴责。"

"精练的总结，拉许，"托列夫说，"可是如果我们把连环杀手逃走的消息走漏了，一样会受到舆论谴责，就算我们再把人找回来也是一样。不过，还是有个办法可以安静地解决这个问题。据我所知，汤姆有个计划。"

"汤姆，什么计划？"

汤姆的左掌包住右拳。"这样说好了，"他说，"很显然，这个计划只许成功，不许失败，所以我要动用一些非传统的方法，由于这个方法会造成一些后果，所以我建议你们最好不要知道这个计划。"

指挥官回过身来，脸上微微露出惊讶的神情："汤姆，你想得真是周到，但恐怕我没办法同意……"

"我坚持……"

指挥官蹙起眉头："你坚持？你知道这样做的风险吗，汤姆？"

汤姆张开双掌，凝视自己的手："我知道，我个人会扛下这个责任。

这次的调查工作是我跟哈利紧密合作，身为负责人，我应该看出征兆并采取行动才对，尤其是我跟他在停车场聊过以后。"

指挥官对汤姆投以疑惑的眼光，然后转过身，面对窗户，站立不动。长方形的阳光在地板上缓缓爬动。接着，他耸起肩膀，抖了抖身子，仿佛感到寒冷。"你的时间只到午夜，"指挥官对着窗玻璃说，"然后嫌犯失踪的消息就会对媒体公布。还有，记住我们没开过这场会。"

莫勒走出门时，看见托列夫捏了捏汤姆的手，露出带有感激之意的温暖微笑，但笑容一闪即逝。那是感谢的表情，莫勒心想，也是心照不宣地指定王储的表情。

鉴定组警员毕尔·侯勒姆手里拿着话筒，看着面露期待地望着他的日本面孔，心里觉得自己十分白痴。他手心冒汗，却不是因为热，正好相反，停在布里斯托饭店外的豪华空调车内的温度，比外面晨光底下低了好几度。他手心冒汗，是因为必须对话筒说话，而且得说英语。

导游介绍说，侯勒姆是挪威警察，一个面露微笑的老人便拿出相机，仿佛侯勒姆是观光景点。侯勒姆看了看表：七点整。接下来他还要面对更多旅行团，只能硬撑下去。他深深吸了口气，说出他在前来这里的路上练习过的一段话："我们跟全奥斯陆的旅行社核对过，你们这一团在星期六下午五点去过维格兰雕塑公园。我想知道的是，你们有多少人在那里拍了照片？"

没有反应。

侯勒姆一脸困窘，望向导游。

导游面带微笑，向侯勒姆鞠了个躬，从他手中拿过话筒，对团员说起话来。侯勒姆只能假设导游用日语传达的信息跟他刚才说的大致相同。导游说完，又微微鞠躬。侯勒姆盯着高举的手臂，看来今天他们在相片处理室可有得忙了。

　　罗杰·钱登锁上车，口中哼着《变成日本人》这首歌。从停车场走到《晚邮报》位于邮报大楼的新办公室距离很短，但他知道自己仍会小跑前往办公室。不是因为他迟到了，正好相反，因为他是少数幸运儿之一，每天都抱着期待的心情去上班。他迫不及待地要让自己置身于令他想起工作的熟悉事物中，诸如设有电话和电脑的办公室、成堆的当日报纸、同事讲话的嗡嗡声、咕咕作响的咖啡机、吸烟室的八卦、晨间会议的活泼气氛。昨天他在奥莉·希芬森的住处外待了一整天，唯一的收获是一张她站在窗前的照片。但是这很好，他喜欢困难的任务，而犯罪线的困难任务多到难以计数。以前蒂凡都叫他"犯罪瘾君子"。他不喜欢蒂凡用这些字眼，因为他弟弟托马斯就吸毒。罗杰工作勤奋，念过政治学，正好喜欢当犯罪线记者。针对这个部分，蒂凡的说法不无道理，这份工作的许多层面的确类似上瘾。他原本跑的是政治线，后来去犯罪组暂时帮忙，过了不久，他就发现唯有关于生死的新闻才能刺激肾上腺素分泌，令人亢奋。当天他就去找总编辑，也立刻被调到了犯罪组，成了固定成员。总编辑显然曾经见过别人有过相同的经历。从那天起，罗杰下车后总是小跑前往办公室。

　　不过今天他没跨出几步，就被人叫住了。

　　"早安。"一名男子说。这人不知道是从哪里跑出来的，现在就站在他的正前方。男子身穿短裤和黑色皮夹克，尽管这座立体停车场十分阴暗，他脸上仍戴着飞行墨镜。罗杰一看便知是警察。

　　"早安。"罗杰说。

　　"钱登，我有话要告诉你。"

　　男子双臂下垂，手背覆盖一层黑毛。罗杰心想如果他把手插在皮夹克口袋里或是负在身后，看起来会更自然。男子的这个姿势让人觉得他打算用双手做些什么，至于是什么则难以揣测。

　　"什么话？"罗杰问，听见自己句尾所带的问号在四壁间回荡。

　　男子倾身向前。"你弟弟在乌勒斯莫监狱服刑，对吧？"男子说。

"那又怎样？"

罗杰知道外面的奥斯陆阳光普照，但这个汽车地下墓穴忽然变得冷飕飕。

"如果你关心他的近况，你就得帮我们一个忙。你在听吗，罗杰？"

罗杰诧异地点点头。

"如果哈利·霍勒警监打电话给你，我们要你问他人在哪里，如果他不告诉你，你就跟他安排见面，对他说除非你亲自见到他，否则你不会冒险刊登他说的事。碰面时间要在今天午夜以前。"

"他说的什么事？"

"他可能会对某个警监做出没有事实根据的指控，这个警监的名字我不能说，而且你也不用知道，反正最后也不会登出来。"

"可是……"

"你有没有在听我说话？跟他打完电话以后，我要你打这个电话号码，告诉我们哈利在哪里，或是你跟他约在什么时间、什么地点见面，听清楚了吗？"男子用左手从口袋里拿出一张纸，交给罗杰。

罗杰看了纸上写的电话号码，摇了摇头。他虽然害怕，还是感觉得到心中涌出笑意，或许他正是因为害怕才会如此。

"我知道你是警察，"罗杰说，避免脸上浮现笑容，"你一定知道这件事是包不住的，我是记者，我不能……"

"钱登。"男子取下墨镜。停车场虽然昏暗，男子那对灰色瞳孔仍然只是两个小点："你弟弟住在 A107 号囚室，每周二，跟其他惯犯一样，他需要的海洛因被递进去，而且他拿到以后就会立刻注射，从不检查。他到目前为止都安然无恙，你懂我意思了吧？"

罗杰怀疑自己的耳朵是不是有问题，但他知道自己没有听错。

"很好，"男子说，"有问题吗？"

罗杰得先舔湿嘴唇才能说话："你们为什么认为哈利·霍勒会打电话

给我？"

　　"因为他走投无路了，"男子戴上墨镜，"因为昨天你在国家剧院前面给了他一张名片。祝你有愉快的一天，钱登。"

　　男子离开之后，罗杰才有办法移动身体。他吸进停车场地下室湿冷且带有尘埃的空气。前往邮报大楼这短短的一条路，他每一步都走得缓慢而沉重。

　　奥斯陆地区的挪威电信公司控制室里，克劳斯·托西森面前屏幕上的电话号码正在跳动。他告诉同事不要吵他，然后锁上了门。

　　他的衬衫被汗水浸湿，并不是因为他慢跑来上班。今天他步行来上班，步伐不快也不慢。他往办公室走去时，听见接待员叫他，便停下脚步。接待员叫的是他的姓，他喜欢别人叫他的姓。

　　"你有访客。"接待员说，指了指坐在接待室沙发上的男子。

　　托西森大吃一惊。他之所以吃惊，是因为他的工作不需要接待访客。这并非巧合，从事这份工作和过这种私生活是他自己的选择，为的是避免跟其他人有直接接触，除非必要。

　　沙发上的男子站了起来，对托西森表示他是警察，然后请托西森坐下。托西森陷在椅子里，而且越陷越深，全身冒汗。警察。他已经有十五年没跟警察有瓜葛了，这段时间他虽然只吃过一张罚单，但一看见街上的巡警仍会产生偏执的想法。男子一开口说话，托西森的毛孔就开始泌出汗水。

　　男子开门见山地说他们需要托西森帮忙追踪一部手机。托西森曾替警方做过类似的工作，这工作相当简单。手机在开机时，每半小时会传送一次信号，便会被遍布各地的基地台记录。此外，基地台会接收和记录用户接听和打出的所有电话。要查出手机位置，只要知道手机是在哪个基地台的覆盖范围内，再进行交叉计算，就可以将手机位置锁定在一平方公里内。这就是那次在克里斯蒂安桑市附近的自然保护区，他会如此不堪的原因，而那也是他跟警察唯一有瓜葛的一次。

托西森说窃听电话必须经过上司同意，但男子说这件事很紧急，他们没有时间通过正式渠道。除了监听一部特定手机之外（托西森发现手机的用户名叫哈利·霍勒），男子还要托西森监听其他几部手机，因为他们要找的这个哈利·霍勒可能会联络这些人。

托西森问男子为什么要特别找他，其他人不是比他更有经验吗？他背上的汗水开始变得冰凉，使得他在冷气接待室里微微发抖。

"因为我们知道你会三缄其口，托西森，就跟我们不会告诉你的上司和同事你一九八七年一月在史登斯公园脱裤子被逮个正着一样。卧底警察说你只穿了一件外套，其他什么都没穿，我想一定很冷吧……"

托西森用力吞了口唾沫。他们说过，这件事过几年就会从档案中删除。

他又吞了口唾沫。

要追踪这部手机的位置几乎是不可能的。这部手机处于开机状态，他知道这一点是因为他每小时都会收到一次信号，但信号每次都从不同地方传来，仿佛是在要他。

他把注意力转移到名单列出的地址上，其中一个市内电话号码的地址是科博街 21 号。他查看这个号码，发现这个号码属于鉴识中心。

电话一响，贝雅特就接了起来。

"怎么样？"电话那头的声音说。

"目前为止不大看好。"

"嗯。"

"我请两个人去洗照片，一洗好就拿来给我。"

"史文没在照片里。"

"如果芭芭拉遇害当时，他在维格兰雕塑公园的喷泉雕塑附近，那他实在不走运。我已经看过将近一百张照片，他绝对不在里面。"

"他穿白色短袖衬衫和蓝色……"

"你已经说过了，哈利。"

"也没有相似的面孔？"

"我很擅长辨认面孔，哈利，这些照片里都没有他。"

"嗯。"

侯勒姆拿了一叠刚洗好的照片来到贝雅特的办公室门口，照片仍然散发着显影剂的臭味。贝雅特招了招手，请他进来。侯勒姆把照片放在她桌上，指了指其中一张，跷起拇指，随即出门而去。

"等一下，"贝雅特说，"我刚拿到新照片，是星期六下午五点去过那里的旅行团拍的。让我看看……"

"快点。"

"没错。我的天……猜猜看我看见谁了？"

"真的？"

"对，是史文·希芬森，看起来跟他本人一样高大。他在维格兰雕刻的六个巨人像前面，侧面入镜，看起来像是正好经过。"

"他手里是不是拿着一个褐色塑料袋？"

"照片的角度取得很高，没办法看到。"

"好吧，至少他去过那里。"

"对，可是星期六那天没有人遇害，哈利，所以这不是任何命案的不在场证明。"

"不过这表示他说的话至少有一部分是真实的。"

"呃，一流的谎言有百分之九十是真实的。"贝雅特突然觉得双耳发热，因为她发现这句话根本就是从"哈利福音"里引述出来的，她甚至还模仿了哈利的语气。"你在哪里？"她赶紧问上一句。

"我说过了，你最好不要知道，这样对我们两人都好。"

"抱歉，一时忘了。"

一阵沉默。

"我们……呃，会继续检查照片，"贝雅特说，"侯勒姆那里还有其他命案发生时在维格兰雕塑公园观光的旅行团名单。"

哈利咕哝了一声，挂上电话，贝雅特把这声咕哝解读为"谢谢"。

哈利用拇指和食指捏住鼻梁两侧，紧紧闭上双眼。算上今天早上睡的两小时，他这三天一共只睡了六小时，他知道自己还要再过很长一段时间才能再睡觉。睡梦中他看见了街道，地图浮现在他眼前，他看见奥斯陆街道的名称：松斯街、尼德塔街、史基思莫街，全都是坎本区的蜿蜒小巷。他还梦到了：夜晚，天空飘着雪，他独自走在基努拉卡区（是马克路，还是托夫德街？），一辆红色跑车停在路旁，车上有两个人。他走近了些，看见其中一人是女人，身穿旧式连衣裙。他叫她的名字，叫的是"爱伦"。女人转过头来，张口答应，嘴里却满是不断涌出的碎石。

哈利左右伸展僵硬的脖子。"你听好，"他试着集中注意力，对躺在床垫上的史文说，"因为你和我的缘故，刚刚跟我通话的这个人帮我们做了一些调查，这个行为可能会使她丢掉工作，而且因此成为帮凶而入狱。我需要一样东西来让她放心。"

"什么东西？"

"我要给她看你在布拉格拍到汤姆的照片。"

史文大笑："你听好了，哈利，我手上只有这张牌，如果我现在就打出来，你马上就可以取消'史文行动'了。"

"说不定可以比你想象的更早取消，他们找到一张证明你星期六那天去过维格兰雕塑公园的照片，可是芭芭拉遇害那天的没找到。那些日本游客整个夏天都拿着相机对喷泉雕塑猛拍，居然都没拍到你，想想是不是还挺奇怪？所以我才要你打电话给你女友，请她把照片邮寄或传真给鉴识中心的贝雅特·隆恩，贝雅特可以检查汤姆的面孔，看看你手上的王牌是不是如你所说的货真价实，而且我也想看看你跟某个可能是汤姆·瓦勒的人在那个广场上的照片。"

"是瓦茨拉夫广场。"

"随便，你的女友有一小时的时间做这件事，从现在开始算起，如果你不同意，我们的协议就取消，明白吗？"

史文凝视哈利很长一段时间，才开口回答："我不知道她在不在家。"

"她又不用上班，"哈利说，"她怀着身孕，又担心你，怎么可能不在家等你的电话？为了你自己着想，我们只能希望她在家。还剩五十九分钟。"

史文的视线在房里转了一圈，最后又回到哈利脸上。他摇了摇头："我不能这样做，哈利，我不能把她拖下水，她是无辜的。现在汤姆还不知道她，也不知道我们住在哪里，但如果我们失败了，汤姆一定会发现她，也一定会找上她。"

"如果孩子的父亲因为四条人命而被判无期徒刑，剩下她一个人扶养孩子长大，她会怎么想？你现在是进退维谷，史文。五十八分钟。"

史文把脸埋在双手之中："该死……"他抬起头来，只见哈利拿起手机递给他。

他咬住下唇，接过电话，键入号码，把红色手机贴在耳畔。哈利看了看表。秒针一格一格绕着表盘走。史文不安地换了个姿势。哈利数到二十。

"怎么样？"

"她可能去布尔诺市她妈妈家了。"史文说。

"真是遗憾，"哈利说，眼睛盯着手表，"五十七分钟。"

哈利听见手机掉落在地，刚一抬眼，就看见史文扭曲的面孔，然后就感觉到一只手掐上他的脖子。他迅速扬起手臂，击打史文的手腕。史文放开了手。哈利对眼前那张脸挥拳，感觉拳头打中某样东西，把那样东西打得断裂开来。他又挥出一拳，感觉手指之间沾上温暖黏稠的血液，这时他突然有个怪异的念头：这感觉就好像他在奶奶家吃草莓果酱夹吐司时，草莓果酱沾到了手上。他扬起手，再次出拳。他看着眼前这个一手被铐住、毫无抵抗能力的男人试着想保护自己的身体，但只让他更加怒火中烧。哈利又累、又怕、又气。

"Wer ist da？"（哪位？）

哈利僵在原地，和史文面面相觑，两人都没说话。地上的手机传出鼻音。

"Sven？ Bist du es，Sven？ "（史文？是你吗，史文？）

哈利抓起手机，凑到耳边。

"史文在这儿，"他慢慢地说，"你是谁？"

"Eva，"（伊娃。）一个女子愤愤地说，"Bitte，was ist passiert？"（发生了什么事？）

"我是贝雅特。"

"我是哈利，我……"

"挂断电话，打我手机。"贝雅特挂上电话。

十秒钟后，哈利和贝雅特在他坚持称呼为"那条线"的电话上通话。

"怎么回事？"

"我们被监控了。"

"怎么会？"

"我们这里安装了反黑客软件，这套软件显示我们所有的电话和电子邮件都被第三方监控了。这套软件本来是要保护我们免遭罪犯入侵的，可是侯勒姆说监控的人好像是网络服务商。"

"窃听吗？"

"应该不是，但我们所有的对话和电子邮件都被记录下来了。"

"应该是汤姆和他的同伙干的。"

"我知道。现在他们知道你给我打过电话，这表示我不能再帮你了，哈利。"

"史文的女友会传一张史文和汤姆在布拉格碰面的照片给你，这张照片里汤姆背对镜头，所以不能拿来当证据，但我想让你检查这张照片是不是真的。照片在她电脑里，她可以寄给你。给我你的邮件地址。"

"哈利，你没听见我刚才的话吗？他们会过滤所有进来的邮件和电话，如果我们现在收到一封从布拉格发来的邮件或传真，你想会怎样？我办不到，哈利。而且我还得找出一个可信的理由来解释你为什么打电话给我，我的脑袋又没有你转得那么快。天哪，我要怎么跟他们说？"

"放轻松，贝雅特，你不必担心想什么理由，因为我没打给你。"

"你在说什么？你总共打给我三次了。"

"对，可是他们不知道是我打给你的，因为我跟朋友交换了手机，现在用的是他的手机。"

"所以你早就预料到这些事了？"

"我没预料到这些，我之所以跟朋友换手机，是因为手机会发送信号给基地台，这些信号可以用来追踪手机的位置。如果汤姆找人通过手机网络追踪我的手机，那他们可要伤脑筋了，因为我的手机正在奥斯陆到处跑。"

"我知道得越少越好，哈利，不要寄任何东西给我，可以吗？"

"好。"

"抱歉，哈利。"

"你已经助了我一臂之力，贝雅特，所以不用为了保留另一只手臂而道歉。"

他敲了敲门，在三〇三室的门上短短敲了五下，希望敲门声够大，可以穿透音乐。他等了一会儿，举起手正要再敲，就听见音乐的音量被转小，门内传来赤脚踩在地上的啪嗒声。门打开了。她看起来像是在睡觉："有什么事吗？"

他亮出警察证。严格说来，这张警察证是假的，因为他已经不是警察了。

"再次为星期六发生的那些事跟你说声抱歉，"哈利说，"希望他们冲进来的时候没有让你受到太大的惊吓。"

"没关系啦，"她做了个鬼脸，"我想你们也只是公事公办而已。"

"是的，"哈利改变了一下双脚重心，迅速朝门内走廊瞥了一眼，"我跟一个同事正在马里斯的房间里找线索，我们必须立刻寄出一份资料，可是我的笔记本竟然罢工了。这件事很重要。我记得你星期六上过网，所以不知道……"

她做了个手势，表示已经明白，不用再多做解释。她打开电脑："电脑开了。真抱歉房里很乱，希望你不介意，我懒得整理。"

哈利在屏幕前坐下，打开邮箱，建立新邮件，用油腻腻的键盘输入伊娃的地址，在内容里打上："准备好了，发到这个地址。"然后发送。

哈利在椅子上转过身来，朝那年轻女子看去，只见她坐在沙发上，正在穿一条紧身牛仔裤。他刚才并未发现她只穿了短裤，可能是因为她上半身穿了件印有大麻叶的宽大 T 恤的缘故。

"今天只有你一个人在？"哈利问，主要是为了在等待伊娃回复的这段时间说说话，填补空白。他看见她脸上露出的神情，便知道这句话问得很不成功。

"我只有周末才跟人上床。"她拿起一只袜子闻了闻，然后穿上。她见哈利不再追问，脸上露出喜色。哈利觉得这个女孩应该去看一趟牙医。

"你收到信了。"她说。

哈利转过身，面对屏幕。信是伊娃发来的。信中没有文字，只有附件。他按了两下附件，屏幕立刻变黑。

"这台电脑又老又慢，"年轻女子咧嘴而笑，"最后一定会显示的，只是要等一下。"

哈利面前的屏幕慢慢显示出照片。首先是模糊的蓝色影像，然后是天空、灰色墙壁、黑色和绿色的纪念碑，接着是广场、桌子、史文，以及一个身穿皮夹克的男子。男子背对镜头，有深色头发和粗壮的脖子。这样一张照片当然不能拿来当作证据，但哈利一看就确定照片中的男子是汤姆，然而这却不是他坐在那里怔怔看着照片的原因。

"呃，我得去上厕所。"年轻女子说，哈利不知自己坐了多久，"会有声音，所以我会很不好意思，不知你可不可以……"

哈利站了起来，咕哝着说了声谢谢，出门离去。他在三楼和四楼之间的楼梯上停下脚步。

那张照片。不可能是巧合。理论上不可能。

难道真的是巧合？

总之不可能是真的。不可能有人会做出这种事。

不可能。

37

星期一　　告解

　　圣奥尔加教堂里，两个身高相仿的男子相向而立。温暖潮湿的空气中飘浮着又甜又苦的香烟味。连续五周，太阳几乎天天在奥斯陆的天空上露脸。尼古拉·洛普穿着厚羊毛短袍，汗流浃背，诵念祷词，准备接受告解："你来到了疗愈之地，耶稣基督无形的灵魂就在这里接受你的告解。"

　　他去维哈文街找过更轻薄、更现代一点的短袍，但店家都说他们没有俄罗斯东正教神父穿的短袍。祈祷结束，他把《圣经》放在他们中间的桌子上，旁边是十字架。他面前的男子就要清喉咙了。人们在告解之前总是会清喉咙，仿佛他们的罪被压缩在痰和唾液之中。尼古拉依稀觉得见过这人，却想不起来在哪里见过，男子的名字对他来说不具任何意义。男子一听说告解必须面对面，还必须说出名字，似乎有点退缩。老实说，尼古拉觉得他并未说出真实姓名。他可能是从其他教区来的。人们有时会来这里告解，因为这是个籍籍无名的小教堂，没有人认识他们。尼古拉就经常赦免挪威教会的教友，既然他们期待赦免，就可以得到赦免，上帝的慈悲是无限的。

　　男人清了清喉咙。尼古拉闭上双眼，答应自己一回到家，一定要用柴可夫斯基来净化身体和耳朵。

　　"神父，人家说色欲就像水，会往低处流，如果你的人格有缺口、裂缝或缺陷，色欲就会乘虚而入。"

　　"孩子，我们都是罪人，你有罪要告解吗？"

　　"有，我对我爱的女人不忠，我跟另一个淫荡的女人在一起，虽然我不爱她，但是我无法克制自己不去找她。"

尼古拉抑制想打哈欠的冲动："请继续说。"

"我……过去她一直让我痴迷。"

"你说'过去'，这代表你已经不再见她了？"

"她们死了。"

尼古拉听了心头一惊，并不是因为男人说的话，而是男人的声音中蕴含着某种东西。

"她们？"

"我想她怀孕了。"

"真是遗憾，孩子。你老婆知道这件事吗？"

"没有人知道。"

"她是怎么去世的？"

"她的脑袋被子弹穿过，神父。"

尼古拉肌肤上的汗水骤然变得冰凉。他吞了口唾沫。

"你还有其他罪要告解吗，孩子？"

"有。有一个人，一个警察，我见过我爱的女人走向他。我有个念头，想……"

"想什么？"

"犯罪。就这样，神父，你能诵读赦罪文了吗？"

教堂笼罩在一片寂静之中。

"我……"尼古拉说。

"我得走了，神父，可以请你诵读赦罪文吗？"

尼古拉又闭上双眼，开始念赦罪文，一直念到"我奉圣父圣子圣灵的名，赦免你的罪"才睁开双眼。他在男子低下的头上画了个十字。

"谢谢你。"男子低声说，转过身去，匆匆离开教堂。

尼古拉站立原地，听着四下缭绕的回声。他记起他在哪里见过这个男子了，是在老奥克教堂的礼堂里，那次他去更换新的伯利恒之星。

尼古拉身为神父，曾经发誓保守秘密，也无意因为听了男子刚才的话而打破誓言。然而男子的声音中蕴含着某种东西，他说他想……想怎样呢？

尼古拉凝望窗外。云都哪里去了？现在如此炽热，一定有什么事情将会发生。首先会降雨，然后是雷鸣和闪电。

他关上门，在小圣坛前跪下，祈祷。他以一种多年不曾感受到的强度来祈祷，祈求指引、力量和宽恕。

下午两点，侯勒姆来到贝雅特的办公室门口，说他们有个发现，她应该去看一下。

贝雅特站了起来，跟着侯勒姆来到照片处理室。他指着一张挂在绳子上晾着的照片。"这是上星期一拍的照片，"侯勒姆说，"拍照时间大概是五点半，所以大概是芭芭拉在卡尔柏纳广场被枪杀的半小时后，这个时间可以在维格兰雕塑公园里轻松地骑自行车。"

照片中是一个女孩在喷泉雕塑前微笑，旁边是一座雕像的一部分。贝雅特认出那是"三组雕像"的其中一组，是个少女跳水的雕像。以前父母周日开车带她去公园，她总会站在那座雕像前，父亲解释说维格兰雕塑的这个跳水少女象征年轻女孩害怕进入成人生活，成为母亲。

然而今天看着这座雕像的人不是孩童时代的贝雅特，而是一个男人的背影，就在照片的边缘。男人站在一个绿色垃圾桶前，手里拿着一个褐色塑料袋，身穿紧身黄色上衣和黑色运动裤，头上戴着黑色安全帽，脸上戴着墨镜和口罩。

"快递员。"贝雅特低声说。

"可能吧，"侯勒姆说，"可惜他的脸还是被遮住了。"

"可能吧"这句话听起来像回音。贝雅特伸出了手，目光并未离开照片。"拿放大镜来。"

侯勒姆在一包包化学试剂之间找到放大镜，递给贝雅特。贝雅特闭上一只眼睛，把放大镜移到照片前方。

　　侯勒姆看着上司贝雅特，他自然听说过贝雅特在侦办银行抢劫案时，如何连续几天坐在密闭影音室"痛苦之屋"里，一格一格播放抢劫案发生时的监控录像，仔细查看劫匪的身材、肢体语言、面罩下的脸形。最后，贝雅特查出了劫匪的身份，因为她在十五年前一桩邮局抢劫案的监控录像中见过那个劫匪，当时她还没进入青春期，而这段监控录像被储存在硬盘里，硬盘里储存了自监控系统启用之后挪威境内发生的每一桩银行抢劫案以及上百万张面孔。有些人认为贝雅特具有异常发达的"梭状回"，也就是脑内用来辨认面部的区域，这是她的天赋。这就是侯勒姆并不看照片，只是看着贝雅特，看着她的眼睛仔细观察眼前的照片，细看每个微小之处的原因，这是他不可能学会的。他发现贝雅特透过放大镜研究的并不是男子的脸。

　　"膝盖，"她说，"你有没有看见？"

　　侯勒姆靠近了些。"膝盖怎么了？"他说。

　　"左膝，看起来像是贴了护创胶布。"

　　"你是说我们应该留意左膝盖贴了护创胶布的人？"

　　"很幽默，侯勒姆。在查照片中这个人的身份之前，我们必须先查出这个人是不是快递员杀手。"

　　"怎么查？"

　　"我们去问唯一一个曾经近距离见过快递员杀手的人。再洗一张照片，我去调一辆车。"

　　史文瞪着哈利，大惊失色。哈利刚刚对史文说了他的想法，那个不可能的想法。

　　"我不知道，"史文低声说，"我从来没在报纸上看过那些被害人的照片。他们审问我的时候说过被害人的名字，可是那些对我来说一点意义也没有。"

　　"这只是个暂时的想法，"哈利说，"我们还不知道他是不是快递员杀手，需要有确切的证据才行。"

史文微微一笑，说："你得先说服我，你拿到的证据足以洗刷我的罪名，然后我们才能去自首，你才可以拿我的证据去指控汤姆。"

哈利耸了耸肩。

"我可以打电话给我的队长莫勒，请他开巡逻车来安全地送我们离开。"

史文坚定地摇了摇头："一定还有其他警察是汤姆的同伙，地位比他还高，我谁也不相信，你得先找到证据才行。"

哈利张开手掌又握成拳："还有一个办法可以保护我们两个人。"

"什么办法？"

"把我们知道的关于快递员杀手和汤姆的事全部都拿给报社，这样一来，他们做什么都太迟了。"

史文露出怀疑的神情。

"时间越来越少了，"哈利说，"他逼得越来越近了，你能感觉到吗？"

史文揉了揉手腕。"好吧，"他说，"就这么办。"

哈利把手伸进口袋，拿出一张皱巴巴的名片，迟疑片刻，可能是他预料到这样做会有什么后果，又或者他无法预料到会有什么后果。他输入办公室电话号码，电话意外地很快就被接了起来："我是罗杰·钱登。"

哈利听得见背景中嗡嗡的说话声、键盘的敲击声和电话的铃声："我是哈利·霍勒。我要你仔细听好，罗杰，我有一些关于快递员杀手和军火走私的消息，我的一个警察同事涉案，你明白了吗？"

"我明白。"

"很好，只要你尽快把这些消息登在《晚邮报》上，这就是你的独家新闻了。"

"没问题。你在哪里，霍勒警监？"

罗杰听起来没那么惊讶，这令哈利有点意外。

"我在哪里不重要，我的消息可以证明史文·希芬森不是快递员杀手，而且有一位优秀警察涉嫌走私军火，这个军火走私网已经在挪威运作了多年。"

"真是惊人，可是你一定知道我不能光根据电话交谈就写下新闻吧。"

"什么意思？"

"我想没有哪家严谨的报纸会不先检查消息来源是否可靠，就指名道姓地指出某个警监涉嫌走私军火吧。我一点都不怀疑你就是霍勒警监，可是我怎么知道你不是喝醉了或是疯了，甚至两者都有？如果我不仔细调查消息来源，报社是会被起诉的。我们见个面吧，霍勒警监，我保证会把你告诉我的全都写下来。"

对话停顿。在这段停顿中，哈利听见有人在背景中大笑，如涟漪般扩散开来的大笑。

"你别想打给其他报社，他们会给你同样的回答，相信我，霍勒警监。"

哈利深深吸了口气。

"好，"他说，"五点在达斯伯街的水下酒吧，你一个人来，不然我不会出现。还有，这件事不准对别人说，明白吗？"

"明白。"

"待会儿见。"哈利挂断电话，咬住下唇。

"希望这样做是明智的。"史文说。

侯勒姆和贝雅特驾车转上繁忙的碧戴大道，没过多久就置身于宁静的街道，街道的一边是奇形怪状的独栋木屋，另一边是时尚的砖砌公寓，人行道旁停的都是德国进口车。

"诺斯谷。"侯勒姆说。

他们把车停在一栋看起来像是娃娃屋的黄色建筑前。按了两次门铃后，对讲机有了回应："喂？"

"请问是安德烈·克劳森吗？"

"是的。"

"我叫贝雅特·隆恩，我是警察，可以打扰一下吗？"

克劳森开门等候他们，身上裹着一件及腿睡袍。他伸手抓了抓脸颊上的疮痂，克制地打了半个哈欠。"抱歉，"他说，"我昨天晚上很晚才回家。"

"是从瑞士回来吗？"

"不是，我去了山里。请进。"

克劳森的客厅对他的艺术收藏品而言稍稍嫌小，侯勒姆很快就看出克劳森的品位比较接近知名钢琴家利伯洛斯，而非极简派。角落的一座喷泉传出潺潺水声，中间站着一尊裸体女神像，上方的拱形天花板画的是西斯廷礼拜堂的著名穹顶画。

"我想请你先集中注意力，回想那次你在律师事务所接待室见到的快递员杀手，"贝雅特说，"然后再看看这张照片。"

克劳森拿着照片，手指抚摸脸颊上的疮痂，凝神细看那张照片。侯勒姆观看这间客厅，听见门后传来拖曳的脚步声，以及脚爪抓搔门板的声音。

"有可能。"克劳森说。

"有可能？"贝雅特倚坐在椅子一边。

"很有可能是他，衣服是一样的，安全帽和墨镜也是一样的。"

"很好。还有，这个人的膝盖上贴了护创胶布，请问那个快递员的膝盖上有吗？"

克劳森轻笑几声："我说过了，我没有仔细观察男人身体的习惯，但如果能让你高兴点的话，我可以跟你说，我一看见这张照片，就觉得我见到的就是这个人。除此之外……"他双臂一张，做了个爱莫能助的手势。

"谢谢你。"贝雅特站了起来。

"不客气。"克劳森说，跟着他们来到门口，伸出了手。现在握手真奇怪，侯勒姆心想，但还是伸手跟克劳森握了握。克劳森向贝雅特伸出手时，贝雅特摇了摇头，微笑道："抱歉，可是……你的手指上有血，而且你的下巴在流血。"

克劳森摸了摸脸颊。"真的，"他微笑说，"被楚斯抓的。它是我的狗，我们周末玩的游戏有点太激烈了。"克劳森直视贝雅特的双眼，嘴角的微笑逐渐扩大。

"再见。"贝雅特说。

侯勒姆不太确定为什么自己再度走进炎热的天气中的时候会打冷战。

托西森让办公室里的两台电扇对着他的脸吹，却感觉电扇像是将机械设备发出的热气吹回到他身上。他的手指轻轻敲着屏幕。科博街的这部内线电话用户刚刚挂上电话，这已经是这个用户今天第四次跟同一个手机号码通话了，四次通话都很短。

他双击那个手机号码，想知道用户是谁。屏幕显示了一个名字。他双击名字，想知道地址和职业。地址和职业显示在屏幕上。他看了一会儿屏幕上的信息，便拨打一个电话号码。那警察告诉他说，只要一有发现，就拨这个电话。

电话接通："喂？"

"我是挪威电信的托西森，请问你是哪位？"

"我是谁不重要，托西森，有什么发现吗？"

托西森感觉他汗湿的上臂粘着胸部。"我做了一些调查，"他说，"霍勒的手机不停地移动，根本不可能追踪，不过有另一部手机今天已经打了几次电话去科博街的内线。"

"嗯，是谁打的？"

"用户名叫爱斯坦·艾克兰，职业是出租车司机。"

"所以呢？"

托西森突出下唇，往上呼出热气，把眼镜吹得清楚一点，他的眼镜已因水汽凝结而潮湿："我只是在想一部手机在市区不停地移动，可能跟出租车司机有关。"

电话那头沉默不语。

"喂？"托西森说。

"收到，了解，"那声音说，"继续追踪电话，托西森。"

侯勒姆和贝雅特踏进鉴识中心接待室，这时贝雅特的手机响起。她从腰带上抽出手机，查看来电显示，迅速把手机贴上耳边。

"哈利？你叫史文把左腿的裤管卷起来。我们找到了一张戴口罩的自行车骑士站在喷泉雕塑前面的照片，照片是上星期一下午五点半拍的，这个自行车骑士的左膝贴有护创胶布，手里还拿着一个褐色塑料袋。"

侯勒姆必须跨出大步，才跟得上身材娇小的女上司。他听见手机传来吱吱声。贝雅特身形一晃，进了办公室。

"没有护创胶布，也没有伤口？不是，我知道这不能证明什么，可是我跟你说，克劳森或多或少认出了照片上那个骑自行车的人就是他在律师事务所见到的快递员。"她在办公桌前坐下。

"什么？"

侯勒姆看见贝雅特的额头出现三条深沟。

"好。"她挂上电话，怔怔地看着手机，仿佛不知道该不该相信刚刚听见的话。"哈利认为他知道谁是快递员杀手了。"她说。

侯勒姆并不答话。

"去看化验室有没有空，"她说，"他给了我们一个新工作。"

"什么新工作？"侯勒姆问。

"屎一样的新工作。"

爱斯坦坐在出租车里，车子停在圣赫根区的停车区，他双眼半睁，看着街上的长腿女子坐在爪哇咖啡馆外的人行道露天座椅上，啜饮咖啡。汽车冷气的低鸣声被音响喇叭发出的音乐淹没。

有一则谣言说车上现在放的这首歌是格兰·派森写的，在法国时，基思和滚石乐队把这首歌偷来；收录在《手指冒汗》专辑中。六十年代，滚石乐队试着通过吸毒来激发创造力，最后写出《野马》这首歌。

后座车门打开，爱斯坦吓了一跳，这个人一定是从后面公园的方向走过来的。他在后视镜里看见古铜色肌肤、有力的下颔和反光墨镜。

"司机，我要去莫里道湖，"男子的声音很柔和，但带有明显的命令口吻，"如果不是太麻烦的话……"

"完全不会。"爱斯坦咕哝着把音乐关小，吸了最后一口烟，把烟蒂丢出开着的车窗，"要去莫里道湖的哪里？"

"开车就是了，到时再说。"

车子开上伍立弗路。

"天气预报说要下雨了。"爱斯坦说。

"到时再说。"男子又复述一次。

看来这趟没小费可拿了，爱斯坦心想。

上路十分钟后，他们离开了住宅区。草地、农田和莫里道湖突然出现在眼前。这个从城市到乡间的转变十分引人入胜，曾有美国乘客问爱斯坦，他们是不是来到了主题公园。

"前面左转。"男子说。

"要开进树林里？"爱斯坦问。

"对，这样会让你紧张吗？"

爱斯坦一直没想到紧张，直到现在。他再度朝后视镜里看去，但男子朝窗外别过头，只看得见半张脸。爱斯坦减缓速度，表示即将左转，然后拐了个弯。眼前出现一条碎石小路，狭窄崎岖，中间长着杂草。

爱斯坦心下犹豫。

长满绿叶、反射着阳光的树枝挂在小路两侧，似乎在对他们招手。爱斯坦踩下刹车，碎石在轮胎下咯吱作响，车子停了下来。

"抱歉，"爱斯坦对着后视镜说，"我刚花了四万克朗修理底盘，而且我们没有义务开这种路，如果你有需要，我可以打电话帮你叫另一辆车。"

后座的男人看起来脸上挂着微笑，至少爱斯坦看得见的那半张脸如此。

"你想用哪部手机打呢，爱斯坦？"

爱斯坦觉得脖子后方的汗毛根根竖起。

"是用你自己的手机，"那声音轻声说，"还是用哈利·霍勒的手机？"

"我听不太懂你在说什么，不过车只能开到这里了，先生。"

男人大笑："先生？我不这么认为，爱斯坦。"

爱斯坦想吞咽唾沫，但抑制住了这股冲动："听着，我没办法把你送到目的地，你可以不付车钱。请你下车，在这里等一下，我会帮你安排另一辆车。"

"你的记录说你很聪明，爱斯坦，所以我想你应该知道我为何而来。我不想用这句陈词滥调，但是吃软吃硬就看你自己了。"

"我真的不知道……啊！"

男子在爱斯坦后脑拍了一掌，就在头枕上方的位置。爱斯坦下意识地往前躲，惊讶地发现自己眼里含着泪水。男子拍的那一掌并不是很猛，就好像高年级学生给低年级的一个下马威，力道轻，却带有羞辱的意味。爱斯坦的泪腺似乎已然察觉到他的头脑仍不肯接受的事实：他麻烦大了。

"哈利的手机在哪里，爱斯坦？是在储物柜、后备厢，还是在你口袋里？"

爱斯坦沉默不语。他坐着不动，眼睛将四周景物传送到大脑。两边都是森林。直觉告诉他，后座的男人十分健壮，不出几秒就能制服他。男子是不是单枪匹马？他该不该按下联络其他出租车的警报器？把其他人扯进来是个好主意吗？

　　"原来如此，"男人说，"你想来硬的。你知道吗？"一条手臂突然勒上爱斯坦的脖子，把他的头压在头枕上，爱斯坦完全来不及反应："我其实也希望来硬的。"

　　爱斯坦的眼镜掉了下来。他朝前方伸手，但够不到方向盘。

　　"你敢按下警报器，我就杀了你，"男人在他耳边轻声说，"我不是在开玩笑，爱斯坦，我是说我真的会取走你的小命。"

　　爱斯坦的脑部虽然得不到氧气供应，却能如常地看、闻、听。他看得见眼皮里的血管，闻得到男人须后水的香味，听得见男人的声音像是正在运转的传送皮带，微微带有欢欣之意。

　　"爱斯坦，他在哪里？哈利·霍勒在哪里？"

　　爱斯坦张开嘴巴，男子放松手臂："我不知道你在……"

　　男子的手臂再次勒上他的脖子："最后一次，爱斯坦，你那个酒鬼朋友在哪里？"

　　爱斯坦感觉到疼痛，感觉到迫切的求生欲望，但他知道这些感觉很快就会消失。他以前有过类似的经验。这只是个过渡，过了这个阶段，就进入了比较愉悦的漠然阶段。第二个时期过去了。脑部开始关闭部分感官，首先，他会失去视力。

　　男人再度放手，氧气再度涌入脑部，视力恢复了，疼痛也回来了。

　　"反正我们一定会找到他，"男人说，"你可以决定，是在你死之前还是之后找到他。"

　　爱斯坦感觉到某样冰冷坚硬的东西滑过他的太阳穴，滑过他的鼻梁。爱斯坦看过许多西部片，但他从未近距离看过点四五左轮手枪。

　　"睁开眼。"

　　更别说尝过它了。

　　"我数到五，然后就开枪。如果你有话想说，就点个头，最好是在数到五之前。一……"

爱斯坦试着跟死亡的恐惧搏斗，试着说服自己人类是理性的，后面这个男人就算夺走他的性命也得不到什么好处。

"二……"

逻辑是站在我这边的，爱斯坦心想。枪管散发着金属和血液的气味，令他作呕。

"三。别担心弄脏椅套，爱斯坦，事后我会把所有东西都彻底清理干净。"

爱斯坦感觉身体开始颤抖，这是一种无法控制的反应，他只能在一旁观看。他想起曾在电视上看见火箭升空前几秒也会颤抖，紧接着，火箭就射向冰冷虚无的外太空。

"四。"

爱斯坦点了点头，用力地重复点头。

手枪不见了。

"在我的储物柜里，"他不停喘气，"他要我保持开机，响了也不要管。他把我的手机拿走了。"

"我对手机没兴趣，"男人说，"我要知道哈利在哪里。"

"我不知道，他什么都没说。不，他说了，他说我什么都不知道对我们两个人最好。"

"他说谎。"男人说。话说得又慢又冷，爱斯坦无法判断男子是在发怒还是在享受。"对他来说最好，爱斯坦，对你来说可不是。"

冰冷的枪管抵着爱斯坦的脸颊，感觉有如烧红的烙铁。

"等一下！哈利说过什么，我想起来了，他说他要去他家避风头。"话语从爱斯坦的口中流泻而出；他觉得话语尚未成形，他就把它们给挤了出来。

"我们去他家找过了，你这个蠢货。"男子说。

"我不是说他住的地方，我是说他在奥普索的家，他长大的地方。"

男人大笑，爱斯坦感到一阵剧痛，枪管戳进了他的鼻孔。

"过去这几个小时我们一直在追踪你的电话，爱斯坦。我们知道他在哪个地区，绝对不是在奥普索。你在说谎，这就是事实，还是我应该说：五。"

一阵哔哔声响起。爱斯坦紧紧闭上眼睛。哔哔声并没停止。他已经死了吗？哔哔声形成了旋律，是普林斯的《紫雨》。原来是手机铃声。

"喂，什么事？"背后的男人说。

爱斯坦不敢睁开眼睛。

"水下酒吧？五点？好，立刻集合所有人，我马上过去。"

爱斯坦听见背后传来衣服的窸窣声。他的死期到了。他听见外面传来鸟儿的歌声，音调甚尖，唱得十分美妙。他甚至不知道是哪一种鸟在唱歌。他应该去了解一下的，但现在他再也不会知道了。然后，他感觉一只手搭上肩膀。

爱斯坦试探着睁开眼睛，朝后视镜望去。只见一排洁白的牙齿闪闪发亮，那个带着同样欢欣的声音传来："司机，到市中心，开快点。"

38

星期一　　云

萝凯吓了一跳，睁开眼睛。她的心猛烈跳动。她睡着了。她听见维格兰露天游泳池持续传来儿童游泳的喧闹声，微带苦涩的青草味逗留在她的口腔黏膜上，炎热的空气铺在她背上，犹如一层温暖的羽绒被。她是不是做梦了？是不是梦境惊醒了她？

突然，一阵风把羽绒被吹走，让她汗毛直竖。

真是怪了，梦境有时就是会这样从你手中溜走，犹如滑溜的肥皂。她边想边翻过身。欧雷克不见了。她用手肘撑起身体，环视四周。下一刻，她已站了起来。

"欧雷克！"她跑出门，发动汽车。

萝凯在游泳池畔找到了欧雷克，欧雷克正在池边跟一个男孩说话。那个男孩她似乎见过，可能是欧雷克的同班同学吧。

"嘿，妈妈。"欧雷克眯起眼睛看着萝凯，露出微笑。

萝凯一把抓住欧雷克的手臂，抓得稍微重了些："我说过不要一声不响就离开我。"

欧雷克吓了一跳，觉得有点难为情，他的朋友也后退了几步。

萝凯放开手，叹了口气，望向地平线。只见碧空如洗，天上仅飘着一朵白云，白云似乎往上游动，仿佛有人发射了一枚火箭。

"快五点了，我们回家吧，"她说，声音听起来很遥远，"该吃饭了。"

　　驾车回家的路上，欧雷克问哈利会不会来。萝凯摇了摇头。

　　车停在史美斯德区的十字路口，等红灯，萝凯往天上看，又找到了那朵云。那朵云并未移动，只是飘得更高了，底部出现一抹灰色。

　　到家之后，她记得锁上了门。

39

星期一　　会面

罗杰在水下酒吧的窗户前停下脚步，看着水族箱里冒着气泡。这时一幅景象闪过他的脑海：一个七岁男孩急急忙忙朝他游来，疯狂地划水，脸上带有明显的惊慌，仿佛他的大哥罗杰是世界上唯一可以拯救他的人。罗杰大笑，高声叫唤，但托马斯并不知道他已游到浅水区，只要站起来踩到地面就好了。有时罗杰会陷入沉思，觉得自己虽然教会了弟弟如何在水中游泳，但最后托马斯却在陆地上沉沦。

他在水下酒吧门口站了几秒钟，让眼睛适应里面的昏暗。除了酒保之外，他在店里只看见一个人，一个红发女子背对着他，面前摆着一杯喝了一半的啤酒，手指夹着一根香烟。罗杰走到地下室，朝里面看去，一个人也没有。他决定坐在一楼吧台等待。木地板在他脚下发出嘎吱声，红发女子抬头朝他望来。阴影洒落在她的脸上，她的坐姿和体态具有某种魅力，让罗杰觉得她漂亮，或曾经漂亮。罗杰注意到她的桌边放了一个包，也许她也在等人。

罗杰点了啤酒，看了看表。

他刚才在街上绕了几圈，好让自己不会在五点以前抵达。他不想看起来太心急，这样会引起怀疑。其实如果哈利提供的消息真的如他所说，可以导致今年夏天最轰动的一起案件完全逆转，是不会有人怀疑一个记者过于心急的。

罗杰在街上绕圈时，睁大了眼睛观察四周，看有没有车子停在不该停的地方、有没有人站在街角看报纸、有没有流浪汉睡在长椅上。结果什么也没发现。这是当然的,那些可是专业人士。这就是他最害怕的地方,他们说得出做得到,而且可以逃过法律制裁。他刚刚听见一个同事对着杯子喃喃地说,警署里发生了一些事,就算报纸刊登出来也令人难以置信,而罗杰的看法跟社会大众一样。

他又看了看表。已经过了七分钟。

只要哈利一到,他们是不是就会冲进来?他们什么也没告诉他,只叫他准时抵达,表现得跟平常工作时一样。罗杰又喝了一大口啤酒,希望酒精能安抚他的神经。

十分钟过去了。酒保坐在吧台角落,阅读旅游指南。

"请问一下。"罗杰说。

酒保几乎没抬眼。

"是不是有个男人来过这里?他很高,金发……"

"抱歉,"酒保舔了舔手指,翻过一页,"你进来的时候我刚上班,你去问她看看。"

罗杰犹豫了一会儿,又喝了几口啤酒,把酒喝到玻璃杯上的林内斯啤酒商标的位置,才站起身来:"请问……"

女子抬起头来,勉强露出微笑:"什么事?"

罗杰这才看清楚女子脸上不是阴影,而是瘀痕,她的额头、颧骨、脖子上全是瘀痕。

"我跟一个男人约好在这里碰面,我怕他来了又走了,所以想请问你有没有看见一个身高约一米九、金发平头的男人?"

"哦?年轻吗?"

"呃,大概三十五岁吧,看起来有点沧桑。"

"红鼻子、蓝眼睛,看起来好像又老又年轻?"她脸上依然挂着微笑,但罗杰觉得这个内敛的微笑不是对他展露的。

"有可能是他,对,"罗杰慌张起来,"他是不是已经……"

"还没，我也在这里等他。"

罗杰仔细端详红发女子。她是不是跟那些人一伙的？这个颇具姿色的三十多岁女子，被人殴打，会跟那些人是同伙吗？不太可能。"你认为他会来吗？"罗杰问。

"不会，"她举起酒杯，"你希望看到的人总是不会出现，来的总是别人。"

罗杰回到吧台。他的酒杯被收走了，于是他又点了一杯啤酒。

酒保放了音乐。撒旦总部乐队高声歌唱，尽力驱散阴暗，带来光明。

"我在作战，宝贝，跟你作战。"

他不会来了。哈利·霍勒不会来了。这代表什么呢？这件事该死的肯定不是他的错。

五点半，店门打开。

罗杰带着希望抬头看去。一个身穿皮夹克的男子站在门口，盯着罗杰。

罗杰摇了摇头。

男子迅速环顾店内，用手掌在喉头比了个杀头的手势，然后转身出门。

罗杰的第一念头是跑出去问他那个手势是什么意思，是表示他们要中止行动，还是托马斯……手机响起，他从口袋里拿出手机。

"他没出现？"一个声音说。

这不是那个皮夹克男子的声音，也绝对不是哈利的声音，不过这个声音有点耳熟。

"我该怎么做？"罗杰平静地问。

"等到八点，"那声音说，"如果他出现，就打你手里的那个电话号码。行动必须继续。"

"托马斯……"

"只要你照我们说的话做，你弟弟就不会有事。另外，这件事最好不要泄露出去。"

"当然不会，我……"

"晚安，钱登。"

罗杰把手机放回口袋，举起酒杯猛灌啤酒，然后放下杯子，不断喘气。八点。还有两个半小时。

"我说什么来着？"

罗杰转过头，看见红发女子就站在他身后，对酒保伸出食指，酒保不情不愿地站了起来。

"你刚刚说'别人'是什么意思？"罗杰问。

"什么别人？"

"你说希望看到的人不会出现，来的总是别人。"

"就是你得凑合的人，亲爱的。"

"什么意思？"

"就像你和我这种人。"

罗杰转过了身。红发女子的语气不夸张也不热切，带有一丝认命的意味。她的声音中有某种他认识的东西，某种亲切感。现在他看得更清楚了，他看见她的眼睛和红唇。她绝对漂亮过。"是你的情人打的吗？"罗杰问。

她扬起头，突出下巴，看着正在替她倒啤酒的酒保："我想这不关你的事，年轻人。"

罗杰把眼睛闭上片刻。今天是奇怪的一天，他一生中最奇怪的一天，没有理由到了现在就变得不奇怪了。

"有可能关我的事。"他说。

她转头对他投以锐利的眼光。

罗杰朝她那桌点了点头。

"从你带的那个包的大小来看，他应该已经算是'前任'了。如果你今天晚上需要地方睡，我家还挺大的，有一间客房。"

"哦，真的？"

她语气轻蔑，但罗杰注意到她脸上的表情改变了，变得好奇。

"去年冬天我家突然变大。"罗杰说,"我还得在这里等上一阵子,你如果愿意陪我的话,我请你喝啤酒。"

"呃,"她说,"我们可以一起等上一阵子。"

"等那个不会来的人?"

她哈哈大笑,笑声听起来甚是悲凉,但至少她笑了。

史文坐在椅子上,看着窗外的草地。

"也许你还是应该去一下,"他说,"那个记者说不定只是下意识那样说,又不代表什么。"

"我不这么认为。"哈利说,他躺在沙发上,若有所思地看着烟雾呈螺旋状飘向天花板,"我认为他是下意识地在警告我。"

"只不过因为你在电话里说的是'优秀警察',而那个记者说的是'警监',不一定表示他已经知道你说的人就是汤姆,他可能只是猜想而已。"

"他是说漏嘴了,除非他的电话被监听,他想用这种方式来警告我。"

"你也太偏执了吧,哈利。"

"也许吧,可是这并不表示……"

"他们没在追捕你。好吧,算你说得对,不过你一定还有其他记者可以联络吧?"

"没有一个是我信得过的。再说,我觉得我们不应该再用这部手机打电话了,事实上我想关机了,手机的信号可以用来追踪我们。"

"什么?汤姆不可能知道我们在用哪部手机吧?"

这部爱立信手机的绿色屏幕灯熄灭,哈利把手机丢进外套口袋:"史文,你显然不太清楚汤姆的能耐。我跟我那个出租车司机朋友说好了,如果没事的话,五六点之间要打个电话给我,现在已经六点十分了,你有没有听见电话铃声?"

"没有。"

"这表示他们已经知道这部手机。他越来越逼近了。"

史文呻吟了一声："哈利，有没有人跟你说过，你一句话喜欢讲很多遍？还有，我突然发现你好像并没有在努力帮我洗清罪名。"

哈利吐出一个大大的 O 形烟圈，作为回应。

"我怎么觉得你希望汤姆找到我们，你做的这些都只是故布疑阵，为的是让他们以为我们在努力躲藏，好让汤姆乖乖中计，来这里找我们。"

"很有意思的想法。"哈利喃喃地说。

"挪威磨坊的专家证实你怀疑得没错。"贝雅特对电话说，挥了挥手，请侯勒姆离开办公室。她从咔嗒声听出哈利用的是公用电话。

"谢谢你的帮忙，"哈利答道，"我需要的就是这个。"

"是吗？"

"希望如此。"

"哈利，我刚刚打电话给奥莉·希芬森，她非常担心。"

"嗯。"

"她不只是替她儿子担心，还替她的房客担心，她房客去山里过周末，到现在都还没回来，我不知道该跟她说什么。"

"说得越少越好，事情很快就会结束了。"

"你真的能保证事情很快就会结束吗？"

哈利笑了几声，仿佛机枪的干咳声："我拍胸脯保证。"

对讲机发出吱吱声。

"你有访客。"接待员用鼻音通报。现在已经过了四点，负责通报的可能是女性保安人员，但贝雅特注意到就算是塞科利达公司的保安人员，只要一坐进前台，说话好像也都会带着鼻音。

贝雅特在面前那个年代颇为久远的方盒形对讲机上按下按钮："不管是谁都请他稍等一下，我正在忙。"

"可是他……"

贝雅特关上对讲机："真麻烦。"

除了电话里哈利的呼吸造成的杂声外，贝雅特还听见汽车停下、引擎熄火的声音。此时，她注意到办公室的光线发生改变。

"我得挂电话了，"哈利说，"时间越来越少了。我可能还会打给你，如果事情照我想的那样进行的话，可以吗，贝雅特？"

贝雅特挂上电话，朝门口望去。

"怎么？"汤姆说，"不跟好朋友说再见吗？"

"接待员没叫你在外面等吗？"

"她说了。"

汤姆关上门，拉下白色百叶窗，百叶窗遮住了面对开放办公室的玻璃窗。然后，他绕过办公桌，站在贝雅特的椅子旁，看着桌面："这是什么？"他指着桌上两片相叠的载玻片。

贝雅特开始呼吸急促。

"化验室说那是种子。"

汤姆把手轻轻放在贝雅特的脖子上，她全身紧绷："哈利跟你就是在讨论这个？"他用手指抚摸她的肌肤。

"住手，"她极力忍耐道，"把你的手拿开！"

"哎呀，我是不是哪里做错了？"汤姆微微一笑，举起双手做投降状，"你以前很喜欢这样的，贝雅特。"

"你有什么事？"

"我来是想给你一个机会，我想我欠你这个人情。"

"是吗？什么人情？"贝雅特朝旁边扬起头，看着汤姆。

汤姆舔湿嘴唇，俯身靠近她。

"你以前提供给我的服务，服从，还有你那冰冷紧实的小穴啊。"

贝雅特挥出一拳，汤姆在空中抓住她的手腕，把她的手臂扭到背后，随即向前推出，动作一气呵成。贝雅特倒抽一口气，跌出椅子，额头撞上办公桌。汤姆喘息的声音在她耳边响起："我给你一个机会保住工作，贝雅特。我们知道哈利用他那个出租车司机朋友的手机打电话给你。他人在哪里？"

贝雅特发出呻吟。汤姆把她的手臂扭得更高了。"我知道这样很痛，"他说，"我也知道不管我弄得你多痛，你都不会说，所以这只是出于我个人的乐趣，还有你的。"

汤姆把鼠蹊部推向贝雅特的肋骨。血液冲上她的双耳。她瞄准位置，向前扑去，头部啪一声撞上塑料对讲机。

"请讲？"那带有鼻音的声音说。

"立刻叫侯勒姆进来。"贝雅特呻吟一声，脸颊抵住吸墨台。

"来这招。"汤姆犹疑片刻，放开她的手臂。

贝雅特直起身来。"你这个王八蛋，"她说，"我不知道他在哪里，他也绝对不会让我陷入这么艰难的处境。"

汤姆瞪着她、观察她。就在此刻，贝雅特发现一件奇怪的事：她不再害怕汤姆了。汤姆想让她觉得他比以往更危险，但他的眼神里有一种她从来没见过的焦虑。他乱了方寸，虽然只有区区几秒钟，但这是贝雅特第一次看见汤姆失去掌控力。

"我会再回来找你的，"汤姆轻声说，"我保证，你知道我说到做到。"

"这是怎么……"侯勒姆话没说完，就赶紧避到一旁，让行色匆匆的汤姆离开办公室。

40

星期一　　雨

晚上七点三十分，太阳朝禹兰山脉缓缓移动。寡妇丹奈森夫人从她位于汤玛海特街的阳台向外望去，只见几朵白云飘浮在奥斯陆峡湾上空。克劳森和楚斯正好经过她的阳台下方。丹奈森夫人并不知道克劳森和他那条黄金猎犬的名字，只是经常看见他们从津利楼的方向走来。只见他们在十字路口前停下脚步，等待红灯，旁边就是碧戴大道的出租车招呼站。丹奈森夫人猜想他们应该是要去维格兰雕塑公园。

他们看起来都有点憔悴，丹奈森夫人心想，而且那只狗需要好好洗个澡。

丹奈森夫人皱起鼻子，因为她看见那只狗在主人身后半步的地方，翘起屁股在人行道上拉屎。那主人竟然也不捡起狗粪，一等绿灯亮起就拖着狗过了马路。丹奈森夫人觉得有些愤慨，同时又有些兴高采烈。愤慨是因为她关心这个城市的生活环境，呃，最起码关心这个地区的生活环境。而兴高采烈则是因为她又有题材可以向《晚邮报》投稿了，她最近寄去的信都没被采用。

丹奈森夫人站在阳台上，怒视着犯罪现场，那条狗和狗主人显然自觉罪孽深重，仓促地走上福隆纳路。接着在信号灯变换前，她又不得不见证一名女子从另一个方向匆匆过了马路，成为别人不尽公民义务的受害者。女子要叫出租车，没看地上，一脚踩到了狗粪上。

丹奈森夫人大声地哼了一声，对天上的云朵大队看了最后一眼，便进去写信去了。

一班列车驶过，犹如一次长长的、温柔的吐息。奥莉睁开眼睛，发现自己站在院子里。

奇怪，她不记得自己离开屋子，但她现在就站在房子和铁轨之间，鼻子里充满玫瑰和紫丁香的芳香。太阳穴的压力并未减缓，反而增加。她抬头往上看，天空乌云密布，变得阴暗。奥莉低头望着自己的赤脚：白色肌肤，蓝色静脉，这是一双老人的脚。她知道自己为什么站在这个位置，因为施瓦伯中将和兰迪曾经站在这里。以前她曾站在女佣房的窗户边，看着他们夫妇站在黄昏的杜鹃花丛旁，现在杜鹃花丛已经不在。太阳西斜，施瓦伯中将用德语温柔地说了几句话，摘下一朵玫瑰插在妻子的耳边。兰迪咯咯娇笑，用鼻子轻轻爱抚他的脖子。然后，他们转头看向西方，彼此相拥，静静站立。兰迪把头倚在丈夫肩膀上，跟他一同欣赏落日。奥莉也和他们一起看着落日，她不知道他们在想些什么，但她自己想的是太阳每天都会升起。当时的她多么年轻。

奥莉下意识地朝女佣房的窗户瞧去，只见里面没有依娜，没有年轻的奥莉，只有近乎黑色的玻璃窗映照着爆米花形状的乌云。

她会一直啜泣，直到夏日结束，也许再久一些，然后生活又会继续过下去，就跟往常一样。这是她的打算。人总是需要一点打算。

她发现背后有动静，便小心翼翼地转过身，感觉冰凉的青草在她旋转的双脚下撕扯。她转到一半，动作就僵住了。

眼前有一只狗。

那只狗抬头看她，眼神似乎是在为了某件尚未发生的事乞求原谅。这时有个人影悄无声息地从果树下走到狗的旁边。是个男人，眼睛又大又黑，就跟那只狗一样。奥莉觉得仿佛有人在她喉咙里塞了一只小动物，令她无法呼吸。

"我们去过屋里，可是你不在。"男子说，侧过了头，打量她，像是在研究一只有趣的昆虫。

"希芬森夫人，你不认识我，可是我一直想见见你。"

奥莉张开嘴巴，又合上。男子又靠近了些。她的目光越过男子肩头，朝他背后望去。"我的天哪。"她轻声说，张开双臂。

她奔下楼梯，跑过碎石地，笑着扑进奥莉怀中。

"我好担心你。"奥莉说。

"哦？"依娜惊讶地说，"我们只是在小木屋里待得比原计划久了一点，现在是假期啊。"

"对，对，没错没错。"奥莉紧紧抱着依娜。

那只英国长毛猎犬感受到重逢的喜悦，也跳了起来，脚爪扑到奥莉背上。

"西亚！"男子说，"坐下！"

西亚乖乖坐下。

"这位是？"奥莉问，终于放开依娜。

"他叫达利安·里亚，"依娜的脸颊在薄暮中闪闪发光，"我的未婚夫。"

"天哪。"奥莉紧紧握住依娜的手。

男子伸出了手，露出大大的微笑。他长得并不上相，狮子鼻，头发稀，瞳距小，但他有一张开朗直率的面庞，奥莉一看就喜欢。

"很高兴认识你。"男子说。

"也很高兴认识你。"奥莉说，希望灰暗的天色藏住了她眼中的泪水。

车子开到约瑟芬街，朵娅才闻到那个味道。

她以怀疑的眼光打量着出租车司机，他的肌肤是深色的，但绝对不是非裔，否则朵娅才不敢上这辆车。她没有种族歧视的想法，只是常听大家说一些统计数据。可是这是什么味道？

她看见司机从后视镜瞥了她一眼。她是不是穿得过于性感挑逗了？这件红色上衣领口是不是开得太低了？这条开衩的裙子是不是太短了？她还穿了牛仔靴。她换了一个比较愉快的想法：说不定司机认出了她，因为今天报纸在显著的版面报道了她，标题是"朵娅·哈兰：音乐剧新天后"，还登了许多大幅照片。的确，《每日新闻报》的评论说她"笨拙但迷人"，还说比起希金斯教授成功调教的社交名媛，她演原来的卖花女伊莱莎更具有说服力，但评论家一致同意她能歌善舞。看吧，不知道莉斯贝思会怎么说？

"要去参加派对吗？"司机问。

"算是吧。"朵娅说。两人派对，她心想。这个派对是为了维纳斯和……那个什么名字举办的，他是怎么说的？算了，反正维纳斯是她。首演夜庆功宴上，他走到她身旁，在她耳边轻声说，他是她的秘密仰慕者，并邀请她今晚去他家。他一点也不隐瞒他的意图，而她应该拒绝。为了保持端庄，她应该拒绝。

"很好。"司机说。

"端庄"和"拒绝"。她仍然闻得到谷仓和麦秆的尘土味，看得见父亲的皮带划过一道道阳光，击在谷仓的板条裂缝中；父亲挥舞皮带要打的是她。"端庄"和"拒绝"。她仍然感觉得到事后母亲在厨房抚摸她的头发，问她为什么就不能跟莉斯贝思一样，安静又聪明。一天，朵娅终于爆发，说她就是这个样子，她的个性一定是遗传了父亲，难道母亲没看见父亲骑在莉斯贝思身上，就跟猪栏里的母猪一样吗？还是母亲什么都不知道？只见母亲脸色大变，并不是因为母亲不知道朵娅说的是谎话，而是因为母亲知道现在朵娅可以使用任何武器来伤害他们，丝毫不会避讳。接着，朵娅竭力大吼，说她恨他们每一个人。父亲从客厅走进来，手中拿着报纸。朵娅从他们的脸色看得出来，他们知道她没有说谎。现在他们全都走了，她还恨他们吗？她不知道。不对，现在她谁也不恨。但这并不是现在她要去那男人家的原因，她去是为了好玩，是为了"不端庄"和"同意"，是因为这件禁忌之事令人难以抵抗。

她给了司机两百克朗和一个微笑，告诉他不用找钱，无视车中的气味。

直到出租车开走后，她才意识到为什么司机不停地看后视镜，那股味道并非来自车上，而是从她身上来的。

"该死！"

她在人行道上摩擦着高跟牛仔靴的真皮鞋底，擦出一道道棕色屎痕。她环视四周，寻找水洼，但奥斯陆的人行道已将近五周不见水洼了。她只好放弃，走到门前，按下门铃。

"喂？"

"我是维纳斯。"她柔声说，暗自微笑。

"那我是皮格马利翁。"那声音说。

没错，就是皮格马利翁！

门锁发出吱的一声。她迟疑片刻。这是最后的撤退机会。她把头发往后一撩，拉开了门。

他站在门口，一手拿酒，等待着她。"你照我的话做了吗？"他问道，"你跟别人说过你要来这里吗？"

"没有，你疯了吗？"她的眼珠滴溜溜地转。

"可能吧，"他对着打开的大门说，"请进，跟伽拉忒娅打个招呼吧。"

虽然她完全不明白他在说什么，她还是笑了。虽然她知道某件可怕的事即将发生，她还是笑了。

哈利在马克路找了个地方停好车，熄火下车。他点燃香烟，很快地环视四周。街上空无一人，看来人们都窝在家里。下午的纯真白云已扩展成一条蓝灰色地毯，覆盖了整片天空。

他沿着画满涂鸦的房子行走，来到一扇门前。香烟已抽到只剩下烟蒂，他把烟蒂扔了，按下门铃。他手心冒汗，可能是因为天气太闷热，又或者是因为恐惧。他看了看表，记下时间。

"喂？"声音听起来颇不耐烦。

"晚安，我是哈利·霍勒。"

对方没有答话。

"我是警察。"他又补上一句。

"原来是你啊，抱歉，我在想别的事，请进。"

门锁发出吱的一声。

哈利慢慢踏上楼梯。

她们两人都站在门口等候。

"噢，"鲁思说，"马上就要天下大乱了。"

哈利在她们面前的楼梯平台停下脚步。

"她是说快下雨了。"老鹰队女子加以说明。

"哦，是啊。"哈利在裤子上抹干双手。

"有什么需要帮忙的吗，警监？"

"有，请帮我逮捕快递员杀手。"哈利说。

朵娅以胎儿的姿势躺在床中央，看着衣柜镜子里的自己。衣柜门开着，倚着墙壁。她听见楼下传来淋浴声，他正在洗去她的气味。她翻了个身。水床温柔地依照她的体形改变形状。她看着那张照片，只见他们对着镜头微笑。他们去国外度假，可能是法国吧。她用手指抚摸凉爽的被单。他的身体也是冰凉的，又冰凉又硬挺又结实，年纪这么大身材竟然还维持得这么好，尤其是背部和大腿。那是因为他当过舞蹈演员，他说。他锻炼了自己的肌肉十五年，这些肌肉永远不会消失。

朵娅的目光被他裤子上的腰带吸引了过去，裤子正躺在地上。

十五年，永远不会消失。

她翻身仰卧，在床上把自己往上推，听见橡胶床垫里的水发出咕噜声。现在一切都不同了。现在朵娅变聪明了，变成乖女孩了，符合爸爸和妈妈的期望了。现在她是莉斯贝思了。

朵娅把头倚在墙上，在床垫里沉得更深。有个东西戳得她肩胛骨发痒。躺在水床上就好像躺在船上，船漂浮在河面上。她躺在那里思索着。

威廉问她想不想玩人造阳具，让他在一旁观看。她答应了。乖女孩。他打开工具箱。她闭上眼睛，透过眼皮仍看得见阳光，穿过谷仓板条裂缝射入的一道道阳光。他进入她的嘴，味道尝起来像谷仓，但她什么也没说。聪明的女孩。

威廉训练她像妹妹莉斯贝思那样说话、唱歌和微笑时，她就把聪明的那一面表现出来。威廉拿了一张莉斯贝思的照片给化妆师，说要将朵娅画成这样。朵娅一直无法办到的是笑得跟莉斯贝思一样，因此威廉叫她不要勉强尝试。有时她不太确定威廉这么努力改造她，有多少是为了帮助她演好伊莱莎，又有多少是因为他思念莉斯贝思。而现在，朵娅躺在威廉床上。或许她会躺在这里，也跟莉斯贝思有关，她会躺在这里是因为威廉，也因为莉斯贝思。那句话威廉是怎么说的？色欲会往低处流？

那东西又戳到了她的背，她恼怒地动了一下身体。

老实说，朵娅并不特别想念莉斯贝思。倒不是说当她听到莉斯贝思失踪的新闻时，没有跟其他人一样感到震惊，但莉斯贝思的失踪替她开启了很多扇新的大门。她受到媒体采访，纺车乐队受到邀请参加一系列报酬丰厚的莉斯贝思纪念演唱会，如今她又成为《窈窕淑女》的女主角，这更是让她踏上了成为一线红星的坦途。威廉在首演夜的庆功宴上对她说，她应该做好成为名人的心理准备，她将成为一代巨星、一代歌后。她把手伸到背后去摸，到底是什么在戳她？原来是一块凸起，就在床单下面。她往下一压，那块凸起就不见了，随后又再出现。她很想知道那是什么。

"威廉？"

她正要喊得更大声，好压过楼下的淋浴声时，突然想起威廉严格要求她休息嗓子。今天后，接下来这个星期她每晚都有演出。她到他家之后，他要她不准说话，无论如何都不准说话，即使他曾说想跟她排练几段表现得不太到位的台词，并要求她扮成伊莱莎，以求逼真。

朵娅从水床一边拉出床单，推到旁边。只见床单下没有其他东西，只有蓝色半透明橡胶床垫。但究竟是什么一直凸出来？她把手放到床垫上，摸到了那个东西，就在橡胶床垫下方，可是看不见里面有什么。她朝旁边伸出手臂，按开床头桌上的台灯，把台灯转过来，对准那个地方。现在那块凸起又不见了。她把手放在橡胶床垫上等待。那东西又慢慢出现了，于是她知道，那样东西一戳便会沉下去，过不久又会浮起来。她移开手掌。

起初她看见橡胶床垫下呈现出某种轮廓，就像人的轮廓一样。不对，不是好像人的轮廓，那根本就是人的轮廓！朵娅瘫倒下来，连呼吸都停止了。现在她感觉到了，从腹部到脚趾都感觉到了。橡胶床垫里有一具完整的尸体，这具尸体被水的浮力抬起，朵娅的身体一往下压，尸体就被压得沉了下去，仿佛两个人试着要合为一体。也许她们已经是一体的，因为朵娅看着那具尸体就好像照镜子一样。

现在她想尖叫，想毁坏自己的嗓子，不想再当乖女孩，不想再当聪明的女孩。她想做回朵娅，但已无法回头。她只能盯着妹妹那张发蓝的苍白脸庞，看着妹妹用空洞的眼窝回望她。她耳中听着浴室传来哗哗水声，那声音仿佛电视节目播完之后发出的声音。接着，她听见背后床尾的拼花地板传来滴水声，水是从脚上滴落的，告诉她威廉已经从浴室里出来了。

"不可能是他，"鲁思说，"不……不……不可能的。"

"上次我来的时候，你们说曾想爬上屋顶，去威廉家偷看，"哈利说，"而且他家露台的门整个夏天都开着，你们确定这样做可行吗？"

"绝对可行，可是你就不能打电话过去吗？"老鹰队女子说。

哈利摇了摇头："他会起疑，这样他可能会逃走。我必须在今天晚上逮到他，如果不是太迟的话。"

"什么太迟？"老鹰队女子说，眯起一只眼睛。

"听着，我只请你们借我用一下露台，让我爬上屋顶。"

"真的没有人跟你一起来吗？"老鹰队女子问，"你没有带搜查证之类的东西吗？"

哈利摇了摇头。"我有怀疑的正当理由，"他说，"不需要搜查证。"

雷声在低空隆隆响起，在哈利头上威吓着他。排水槽漆成黄色，但黄漆多半已经剥落，露出大块大块的红色锈斑。哈利用双手轻轻拉了拉排水槽，看是否牢固。排水槽立刻屈服，发出呻吟，一颗螺丝从灰泥上松脱，叮的一声掉落在一楼院子里。哈利放开了手，咒骂一声。但他别无选择，只能一脚跨过排水槽，爬上去。他朝排水槽外望去，不由得倒抽一口凉气，只见楼下院子里旋转晾衣架上挂的床单，如同白色邮票般在风中飘动。

他勉强把一只脚踩进排水槽中，翻过去。屋顶虽然陡峭，但他踩在屋瓦上的马丁靴提供了良好的抓地力，让他能朝排水管踏出两步，然后将排水管紧紧抱在胸前，仿佛碰到一个久违的好友。他直起身体，环顾四周。奈索登市的方向闪过一道闪电。他抵达公寓时没什么风，现在风正轻轻拨弄他的夹克。一抹黑影突然掠过他的脸庞，吓了他一跳。那抹黑影穿过中央庭院上方。原来是只燕子，哈利看见那只燕子正在屋檐下找寻庇护。

哈利胡乱爬上屋顶，瞄准十五米外的黑色风向标，深深吸了口气，开始沿着屋脊行走，双臂平伸，宛如走钢丝的舞者。

走到一半，就出事了。

哈利听见沙沙声，原本以为是来自下方的树顶，却听见沙沙声越来越大、越来越密集，同时，院子里的旋转晾衣架也开始转动，发出尖锐的声响。他没感觉到风，风还没来。但在此时，雨击中了他。干旱结束了。风朝他胸部袭来，有如雪崩挟带大量雨水席卷而来。他踉跄地后退一步，歪歪斜斜地站在屋脊上。他听见雨水不断朝他洒来，屋瓦叮咚作响。这是一场暴雨，雨水狠狠泼向屋顶，不到一秒钟就把每样东西都淋湿了。哈利努力保持平衡，但他的橡胶靴底抓不住东西，就像走在肥皂上一样。他突然脚下一滑，情急之下便朝风向标纵身扑去。他手臂前伸，五指张开，右手抓上屋瓦表面，找寻可握之物，但什么也没抓到。地心引力立刻把他往下拉。随着身体向下滑落，他的指甲在屋瓦上刮擦，犹如镰刀刮上磨刀石那般发出刺耳的声音。他听见旋转晾衣架的尖锐声响减弱，感觉膝盖碰到了排水槽，知道自己已经来到屋顶边缘。他奋力一搏，尽全力伸长身体，让自己变得有如天线一般。天线。他的左手抓到了天线，牢牢紧握。天线金属很软，被抓得弯下了腰，像是要跟他一同跌入院子似的。就在千钧一发之际，天线撑住了。

哈利用双手抓住天线，把自己拉了上去，设法踩住橡胶鞋底，用足力气让橡胶鞋底贴上屋瓦，以取得稳固的立足点。暴雨击打他的脸庞。他爬上屋脊，跨坐在上面，这才大大松了口气。他低头一看，下方那根金属天线扭曲地往下指去。看来今晚的《音乐大挑战》重播时，有人家里的电视会信号不良。

哈利等到心跳缓慢下来，才站起身，继续步步为营往前爬，最后终于抓住了风向标。

威廉家的露台突出于屋顶之下，哈利只要荡下双脚，就可以跳到红色赤陶地砖上。他着地时溅起水花，但声音都被屋顶排水槽大量排水的怒吼声淹没了。

露台上的椅子已收进屋内，烤肉架静静躺在角落，露台门开着。

起初他只听见大雨敲击地砖的声音，但当他小心翼翼地跨过门槛，进入屋内时，他听见了另一种声音，也是水声。那声音是从楼下浴室传来的，是淋浴的哗哗声。他终于有了点好运。哈利拍了拍湿透的夹克口袋，找到那把凿刀。他最希望的就是碰上没穿衣服又没带武器的威廉，更何况威廉手上还持有星期六史文在维格兰雕塑公园交给他的手枪。

哈利看见卧室的门开着，他记得床边工具箱里有一把萨米刀，便蹑手蹑脚往房门走去，偷偷摸进了卧室。

房里很暗，只有床头桌上的台灯发出微弱光亮。哈利站在床尾，视线落在墙上莉斯贝思和威廉度蜜月的合影上，照片背景是一座宏伟的古老建筑和一尊骑马者雕像。哈利现在知道，这张照片不是在法国拍的。依史文之见，任何受过基本教育的人都应该认得出，那尊骑马者雕像是捷克国家英雄瓦茨拉夫的雕像，坐落在布拉格瓦茨拉夫广场的国家博物馆前。

哈利的眼睛开始适应黑暗。他朝那张双人床看去，随即僵在原地。他屏住呼吸，宛如雪人一般直挺挺地站着。只见床上的被子已被丢在地上，床单掀开一半，露出蓝色橡胶。床垫上趴着一个裸体的人，用手肘撑起上半身。那人的眼睛注视着台灯光线照射在蓝色床垫上的位置。

雨在屋顶上敲出最后一声，随即戛然而止。床上的人显然没听见哈利走进屋，但哈利跟大部分的七月雪人有着同样的问题，那就是水会从他们身上落下。水从他的夹克滑落到拼花地板上，在哈利耳中，那声音有如雷声般响亮。

床上的人全身一紧，转过身来。先转过头，接着是整个赤条条的身体。

哈利首先注意到的是一根直挺挺的阳具宛如节拍器般左右摆动。

"我的天！哈利？"

威廉的声音听起来同时带着恐惧与宽心。

41

星期一　　完美大结局

"晚安。"萝凯亲吻欧雷克的额头，把他身上的被子盖好，然后下楼，坐在厨房里看大雨落下。

她喜欢雨。雨能清洁空气，洗涤过往，带来一个新的开始。这正是她需要的：一个新的开始。

她走到前门，确定门已上锁。这已经是她今晚第三次检查门是否上锁了，她究竟在害怕什么？

然后她打开电视。电视台正在播放某个音乐节目，三个人坐在同一条钢琴凳上，相互微笑。就像小家庭一样，萝凯心想。

一声雷鸣在空中响起，她跳了起来。

"你知不知道你吓死我了。"威廉摇了摇头，他那根消肿的阳具也跟着晃了晃。

"我大概可以想象，"哈利说，"因为我是从露台门进来的。"

"不，哈利，你想象不到的。"威廉伸手到床下，捡起地上的被子卷到身上。

"我听见你在洗澡。"哈利说。

威廉摇了摇头，做个鬼脸。"那不是我。"他说。

"那是谁？"

"我有个客人，是个……女人。"他嘻嘻笑着朝椅子一指，只见椅子上丢着一件麂皮裙子、一件黑色胸罩，还有一条黑色丝袜。

"寂寞让我们男人变得软弱，不是吗，哈利？我们在可能的地方寻求慰藉，有些人喝酒，有些人……"威廉耸了耸肩。

"我们都愿意接受自己会犯错，不是吗，哈利？而且，是的，我心怀罪恶感。"

哈利的眼睛可以聚焦了，他看见威廉的脸颊上有几道泪痕。

"答应我不跟别人说，好吗？我只是犯了个小错。"

哈利走到那把椅子前，把丝袜挂上椅背，坐了下来："我去跟谁说，威廉，你老婆吗？"

卧室突然被一道闪电照亮，跟着便听见震耳雷声。

"雷电很快就会来到我们上空了。"威廉说。

"嗯。"哈利用手抹了抹湿漉漉的额头。

"你来找我有什么事？"

"我想你心里有数，威廉。"

"还是说说看。"

"我们是来把你带走的。"

"不是'我们'吧，你是单枪匹马，不是吗？只有你一个人。"

"你怎么会这样想？"

"因为你的眼神、你的肢体语言。我可以读出人的心思，哈利。你偷偷溜进来，为的就是要攻其不备，如果是一群人来就不会采取这种方式了，哈利。为什么只有你一个人来？其他人呢？有人知道你在这里吗？"

"这些都不重要。就算我是一个人来好了，你还是得为杀害四个人负起责任。"

威廉把一根手指放到嘴唇上，似乎是在沉思，听着哈利依顺序报出死者姓名："马里斯·弗兰、卡米拉·洛恩、莉斯贝思·巴里、芭芭拉·史文森。"

威廉神情茫然，凝视空中，过了一会儿才缓缓点了点头，把手指从嘴巴上移开："你是怎么发现的，哈利？"

"因为我知道了'为什么'。那就是忌妒。你想报复他们两个，对不对？当你发现你跟莉斯贝思去布拉格度蜜月的时候，莉斯贝思竟然跑去跟史文·希芬森私会，你就决定要复仇。"

威廉闭上眼睛，头往后靠。水床发出咕噜声。

"我本来不知道你跟莉斯贝思的这张合照是在布拉格拍的，直到今天稍早的时候，有人从布拉格发了一张照片给我，我才知道。"

"然后你就什么都明白了？"

"呃，当我脑袋里冒出这个想法时，我觉得太荒谬了，便否决了它，可是慢慢地，这个想法变得越来越合乎情理。而且这么一来，正好说明了为什么快递员杀手不是个迷恋性欲的连环杀手，而是个把命案现场布置得很像性犯罪的凶手，而且他还把命案都安排得像是史文做的。要建构这样一个大舞台，只有专业人士才做得到，这个专业人士的工作和热情全都投注在舞台上。"

威廉睁开一只眼睛："如果我理解正确，你的意思是说这个人计划杀害四个人，只为了向一个人报仇？"

"五个被选中的被害人中，只有三个人是随机挑选的。你把命案现场安排得像是因为在魔鬼之星的五个尖角而被随机选上的，但事实上你是从两个点开始设计这颗星星的，那就是你家和史文母亲的家。非常狡猾，但也只是简单的几何图形而已。"

"你真的相信你的推论吗，哈利？"

"史文从来没听说过莉斯贝思·巴里这个人，但是威廉，你知道吗，当我告诉他莉斯贝思结婚前叫莉斯贝思·哈兰，他立刻就想起来了。"

威廉默然不语。

"我唯一不明白的地方是，"哈利说，"为什么你要等这么多年才复仇？"

威廉蠕动身躯，在床上坐得直了些："先假设我听不懂你的含沙射影好了，哈利。我不愿意自白，这让我们两人都陷入了困境。不过呢，由于我很幸运地知道你什么都没办法证明，所以我并不介意跟你多聊聊。你知道我很欣赏懂得倾听的人。"

哈利不舒服地在椅子上换了个姿势。

"没错，哈利，我知道莉斯贝思跟那个人偷情，但我是今年夏天才知道的。"

外面又开始飘起毛毛细雨，雨滴飞溅在窗户上。

"是她跟你说的？"

威廉摇了摇头："她不可能跟我说，她来自那种从来不把事情说出来的家庭。如果不是装修房子，我永远都不会发现。我发现了一封信。"

"怎么发现的？"

"她的书房外墙完全是由砖块砌成的，是十九世纪初这栋房子建造时砌的，非常坚固，但是到了冬天就冷死了。我想在那道墙的外面加上壁板，里面填入绝缘材质，可是莉斯贝思反对。我觉得很奇怪，因为她是个很实际的人，她在农村长大，不是那种会对老砖墙产生感情的人。所以有一天她出去的时候，我就去查看那道墙。我开始什么都没发现，后来我把她的桌子推开，还是没看出什么异常，于是我就一块砖一块砖去戳，结果发现其中一块松动了。我一拉，那块砖就被拉出来了。她用灰色的建筑用灰泥伪装那块砖头周围。我在里面发现了两封信，一个信封上的收信人名字写的是莉斯贝思·哈兰，地址是邮局邮件存寄服务地址，我从来都不知道她有这个地址。我的第一个反应是把信放回原位，不要拿出来读，然后说服自己从来没见过这两封信。但我是个软弱的男人，我办不到。那封信的开头是这样写的：'Liebling，我时时刻刻想着你，我仍感觉得到你的唇贴上我的唇，你的肌肤贴上我的肌肤。'"

床垫发出摇晃起伏声。

"那些字句就好像鞭子一样打在我身上，但我还是继续往下读。最让我毛骨悚然的是那些字句都像我才可能写出来的。他说完他有多爱她之后，就开始描述他们在布拉格的饭店房间里做了哪些事，有些地方讲得很详细。不过伤我最深的不是那些关于他们做爱经过的描述，而是他引述了莉斯贝思对我们的关系所做的形容。对她来说，我们的关系只不过是'无爱生活的实际解决方法'。你能想象我看了这句话有什么感觉吗，哈利？原来你爱的女人不只是欺骗你，还从来都不爱你。不爱你，难道这不是一场失败人生的基本定义吗？"

"不是。"哈利说。

"不是？"

"请继续说，如果你不介意的话。"

威廉疑惑地看了哈利一眼。"他在信中附了一张照片，我猜是莉斯贝思求他寄来的。我一看照片就认出了他，他是我们在布拉格波洛伐街一家餐厅遇见的挪威人。那个地区很阴暗，到处都是妓女，房子差不多全都是妓院。我们走进餐厅的时候，他坐在吧台。我注意到他是因为他看起来像个成熟高雅的绅士，活像是从 Boss 男装的广告里走出来的模特儿。他的穿着很优雅，虽然上了年纪，眼神却非常轻佻，似乎在说你们这些男人最好把老婆看紧一点。所以过了一会儿，他走到我们这桌来，我并没有太惊讶。他自我介绍他是挪威人，问我们想不想买项链。我礼貌地谢谢他，说我们不要，但他还是把项链从口袋里拿出来给莉斯贝思看。莉斯贝思当然神魂颠倒，说很喜欢。那条项链的项坠是一颗红钻石，有五个尖角。我问他多少钱，他竟然开出一个高得离谱的价钱，你只能认为他是来挑衅的，所以我立刻请他离开。他对我微微一笑，像是刚刚打了胜仗，在纸上写下另一家餐厅的地址，说如果我们改变心意，明天这个时间可以去那里找他。当然了，他把这张纸给了莉斯贝思。我还记得经过这件事，那天早上我心情很不好，不过后来我什么都忘了，因为莉斯贝思很聪明，会想办法让我忘记不愉快。有时候她……"威廉用手指抹去眼角的泪水，"她只要在我身边，我就可以把不愉快全都忘了。"

"嗯，另一封信写了什么？"

"另一封信是莉斯贝思写给他的，信封上盖了'退还寄件人'。她在信里说她用了很多方式联络他，但是他留给她的电话没人接，直接去问也问不到，邮局也查不到他的地址。她说希望这封信能寄到他手中，问他是不是必须逃离布拉格，是不是还在为经济问题苦恼，跟她借钱给他的时候一样。"威廉发出空洞的笑声。

"她说，如果真是这样，他应该跟她联络才对，那么她会再帮他一次，因为她爱他。他们的分离快要把她逼疯了，什么事都没办法去想。她原本希望这种感觉会随时间淡去，不料却像疾病一样扩散到全身，让身上每个地方都疼，而且有些地方显然疼得比别的地方更厉害。她在信中说，当她和丈夫——也就是我——做爱的时候，都闭上眼睛，假装是在跟他做爱。我看了当然很震惊，简直是晴天霹雳，然后我看见信封上的邮戳日期时，整个人就像死了一样。"威廉又紧紧闭上眼睛，"那封信是今年二月寄出的。"

天空又打了一道闪电，在墙上投射出的幢幢黑影犹如光的幽灵。

"换作是你，你会怎么做？"威廉问。

"是啊，你怎么做的？"

威廉虚弱地笑了笑："我的方式是端出白葡萄酒配鹅肝酱，在床上铺满玫瑰，一整个晚上跟她做爱。清晨她还在睡觉的时候，我躺在床上看着她。我知道我不能没有她，可是我也知道，如果我要让她成为我的，首先我必须失去她。"

"所以你就计划了这整件事，精心安排如何取走老婆的性命，同时让她爱上的男人背黑锅。"

威廉耸了耸肩。

"舞台演出也是用相同的方法。就跟所有搞剧场的人一样，我知道最重要的莫过于幻象，假的必须呈现得十分逼真，真的必须看起来非常假。这听起来可能会让人觉得难以实现，但干我们这行的都知道，这个方法通常会比其他方法简单，因为人们习惯听谎言，不习惯听真话。"

"嗯，告诉我你是怎么作案的。"

"为什么我要冒险告诉你？"

"反正你说的话又不能当作证词，我没有证人，又非法入侵你家。"

"可是你是个很聪明的家伙，哈利，我可能会泄露一些什么，让你用来调查。"

"也许吧，不过我想你愿意冒这个险。"

"为什么？"

"因为你其实很想告诉我，想得要命，你想听见自己把它说出来。"

威廉放声大笑："你自以为很了解我，是吗，哈利？"

哈利摇了摇头，在口袋里摸寻香烟，却找不着，可能是刚才跌落屋顶时掉了："我不了解你，威廉，也不了解其他像你这样的人。我追捕杀人犯十五年了，到现在我还是只知道一件事，那就是他们想找一个人，把秘密全都说出来。你还记不记得你在剧院的时候要我答应一件事，就是把凶手找出来？现在我已经遵守诺言，找到了凶手。所以我们可以交换条件，你告诉我你是怎么作案的，我就把我们掌握的证据告诉你。"

威廉仔细观察哈利的脸庞，一只手抚摸床垫："你说得对，哈利，我的确想告诉你，或者说得更准确一点，我想要你了解。以我对你的认识，我想你能够承受。是这样的，自从这件案子开始之后，我就一直密切关注你的动向。"

威廉看见哈利脸上的表情，哈哈大笑。"你不知道，对不对？我花了比预期还久的时间才找到史文，"他说，"我复印了史文寄给莉斯贝思的照片，飞到布拉格，去慕斯德地铁站和波洛伐街附近的每家餐厅和酒吧，拿着照片问有没有人认识一个叫史文·希芬森的挪威人，结果一无所获。有些人显然知道什么，却不肯吐露更多，于是几天之后，我改变策略，开始问有没有人可以帮我弄到红钻石，因为我知道在布拉格可以弄到一些。

我取了个化名叫彼得·桑德曼，自称是丹麦钻石收藏家，还宣扬只要能找到一颗很特别的星形钻石，我愿意支付很高的价钱。我留了自己住处的电话，过了两天，房间的电话就响了。我一听声音就知道是他打来的。我改变了自己的声音，还说英语。我告诉他，说我正在谈买钻石的事，可不可以晚一点再打给他，请他给我一个可以联络的电话。我听得出他尽力不让自己表现得太心急，同时心里想着晚上可以跟他约在某个暗巷里。不过我克制下来，就像猎人看见猎物的时候必须控制自己，静静等待，等到完美的时机才出手。你能明白吗？"

哈利缓缓点了点头："我明白。"

"他给了我一个手机号码。第二天我就飞回奥斯陆。我花了一星期才想出要怎么报复这个史文·希芬森。查出他的身份只是最简单的部分。国家户政局登记了二十九个史文·希芬森，其中九个人符合他的年龄，只有一个人在挪威没有固定地址。我记下这个史文·希芬森最后的地址，在电话簿上查到电话号码，打了过去。

"接电话的是个老太太，她说史文是她的独生子，但已经有很多年不住家里了。我跟她说我和几个老同学想办同学会，她说史文现在住在布拉格，可是他经常旅行，没有固定地址和电话号码。她还说他应该不想见他那些老同学。她问我叫什么名字。我说我只在他们班上待了六个月，他应该不会记得我的名字。如果他记得，那可能是因为有一次我跟警察有过麻烦，听说史文也跟警察有过麻烦，是真的吗？他母亲的声音突然变得有点尖，说那已经是很久以前的事了，还说史文有点叛逆一点也不奇怪，因为他们是那样对待他的。我说我代表全班同学道歉，挂上电话。然后我打到法院，说我是记者，想问史文·希芬森被判过什么刑。一小时后，我就弄清他在布拉格干走私钻石和军火的勾当。我的脑海里有个计划逐渐成形，这个计划是根据我获得的信息来架构的：他通过走私赚钱，星形钻石，军火，他母亲的地址。你开始看见其中的关联了吗？"

哈利并不答话。

"第二天我打电话给史文,这时距离我去布拉格已经有三个星期了。我用平常的声音跟他说挪威语,直截了当地说我一直在找人直接提供军火和钻石,不希望有中间人过手,而且找了很久。我说现在我找到了适当人选,那就是他,史文·希芬森。他问我是怎么知道他的姓名和电话的,我说他不知道这些事对他最好,还建议说我们最好不要再进一步询问没有必要的问题。他似乎不喜欢这个方式,我们的对话几乎中止。后来我提到愿意支付的金额,愿意事先付款,有必要的话还可以把钱汇到瑞士银行账户,对话才又热络起来。我们甚至还上演了一段电影里的经典对话,他问我开出的价码是不是克朗,我故作惊讶地说当然是欧元。我知道他会怀疑我是不是警察,但那个价码足以驱走所有怀疑。要敲开史文的壳,根本用不到大铁锤。他说事情可以安排,我说不久之后会再跟他联络。

"那时《窈窕淑女》的彩排正如火如荼地展开,我就在我的计划里添上画龙点睛的一笔。这样你满意了吗,哈利?"

哈利摇了摇头。淋浴声继续传来。那女人打算在浴室里待多久?"我要听细节。"

"都是一些技术层面的琐碎细节,"威廉说,"不会太冗长乏味吗?"

"对我来说不会。"

"好吧。首先,我必须替史文创造出一个人格。要向观众介绍出场人物,最重要的就是呈现出人物的驱动力,呈现出这个人心里最大的愿望和梦想:简而言之,就是什么东西可以驱动这个人。我决定让他成为一个没有理性和动机的杀人犯,却有杀人仪式的性需求。这可能有点司空见惯,但重点是除了史文的母亲,所有被害人都是被随机选中的。我研究了连环杀手的特质,挑出一些好玩的小地方来用。比如说,有恋母情结的人和开膛手杰克选择的作案地点,被警方认为是某种密码,所以我就去城市规划局买了奥斯陆市中心的详细地图,回家之后,我在桑纳街这套公寓和史文的母亲家之间连出一条线，再从这条线画出一个精准的五芒星，找出距离星星其他尖角最近的地址。我必须承认，当我在地图上用铅笔点出星星尖角时，我知道就在这一刻，地图上的这一点，这个地方，有一个人的命运已经被决定了。这让我肾上腺素激增，让我亢奋。

"刚开始那几个晚上，我会想象这些人是谁、长什么样子、目前为止过的是什么样的生活，不过我很快就把他们忘了。他们一点也不重要，他们只是布景，只是临时演员，是不用说话的角色。"

"建材。"

"什么？"

"没什么，请继续。"

"我知道史文被逮捕的时候，血钻和枪可以追踪到他身上，所以为了强调仪式杀人的幻象，我添加了一些线索，包括切断的手指、每隔五天杀一个人、五点和五楼。"

威廉微微一笑："我不想把事情弄得太简单，但也不想弄得太复杂，而且我想添加一点幽默感，好的悲剧总是带有一点幽默感，哈利。"

哈利告诉自己坐直了不要动。

"你是在杀害马里斯前几天收到第一把枪的，是不是？"

"对，枪就放在维格兰雕塑公园的小垃圾桶里，就跟我们说好的一样。"

哈利深深吸了口气，说："那是什么感觉，威廉？杀人是什么感觉？"

威廉咬着下唇，似乎在深思这个问题："他们说得对，第一次是最困难的。我溜进学生楼的时候没碰到麻烦，可是把他装进塑料套，再用热风枪把套子封起来，比我想象中还要费时。虽然我花了半辈子时间轻松举起发育良好的挪威芭蕾舞女演员，可是要把那小子抬上阁楼却出乎意料地费力。"威廉停顿下来。

哈利清了清喉咙："然后呢？"

"然后我骑自行车到维格兰雕塑公园，取走钻石和第二把枪。史文有一半德国血统，比我希望的还要准时和贪婪。每次命案发生，我都安排在维格兰雕塑公园，这招很不赖，对吧？毕竟他自己也在犯罪，所以一定会小心不让别人认出来，也不会让人知道他去过哪里。我这样做只是让他没有不在场证明。"

"漂亮。"哈利说，手指拂过湿润的眉毛。他觉得四面八方都是湿气和凝结的水珠，仿佛水渗进了墙壁，渗进了露台上的屋顶。淋浴声依然不绝于耳。

"可是威廉，到目前为止你跟我说的，我都已经自己推想出来了，告诉我一些我不知道的吧。告诉我你老婆的事，你把她怎么了？邻居看见你每隔一段时间就会出现在露台上，你是怎么在我们到达之前，把她弄出公寓藏起来的？"

威廉露出微笑。

"你不准备说吗？"哈利说。

"为了让一出戏保持神秘感，作者必须克制自己，不能解释太多。"

哈利叹了口气："好吧，可是请你好心解释一下，为什么你要把事情弄得这么复杂？为什么不直接杀了史文？你在布拉格不是有机会吗？这样不是比杀了你老婆又杀了三个无辜的人更省事又安全吗？"

"首先，我需要一个代罪羔羊。如果莉斯贝思失踪，案子又一直没办法查清，每个人都会认为是我干的。因为犯案的总是丈夫，对不对，哈利？可是我之所以这样做，主要是因为爱是一种干渴，它需要解渴，需要水，渴求复仇。这样比喻很恰当，对不对？你知道我说的是什么，哈利。死亡不是复仇。死亡是交差，是圆满的结局。我要给史文的是悲剧，是永无止境的痛苦。而且我已经成功了。史文已经成了游荡在冥河河畔的无主孤魂，而我则是在冥河摆渡的船夫，我拒绝载他前往亡灵的国度。你听过这些希腊神话故事吧？我判处他无期徒刑，哈利。他将会被恨意吞噬，就像我被恨意吞噬一样。当你不知道要恨谁的时候，就会把目标转向自己，你会恨你自己悲惨的命运。这就是当你被所爱之人背叛时会发生的事。他将会被关在牢里，为了自己不曾做过的事而被判刑。哈利，你还能想到更好的复仇方式吗？"

哈利掏了掏口袋，看那把凿刀是否还在口袋里。

威廉咯咯轻笑。接下来，他的话让哈利有某种似曾相识之感。

"你不用回答我，哈利，你的表情已经全都告诉我了。"

哈利闭上眼睛，聆听威廉用低沉的声音继续往下说。

"你跟我没什么不同，驱动你的也是热情，而热情就跟色欲一样，总是会……"

"会往低处流。"

"往低处流。好了，换你了，哈利。你说的证据是什么？我应该担心吗？"

哈利睁开眼睛："你要先告诉我她在哪里，威廉。"

威廉低笑几声，把手放在心脏的位置："她在这里。"

"胡扯。"哈利说。

"既然皮格马利翁可以爱伽拉忒娅，爱一个他从未见过的女人的雕像，那我为什么不能爱我老婆的雕像？"

"我不懂你的意思，威廉。"

"你不必懂，哈利，我知道别人不太容易明白。"

接下来的静默中，哈利听见楼下浴室继续传来哗啦哗啦的水声，一点也没有减弱的迹象。威廉是如何把莉斯贝思弄出这栋屋子，同时依然能够掌控情势？

威廉低沉的声音交织成一片模糊的声响："错就错在我以为可以让雕像复活，但是能让雕像活起来的人拒绝去了解。那个幻象比我们所谓的现实还要强烈。"

"你现在是在说什么？"

"我在说另一个人，活着的伽拉忒娅，新的莉斯贝思。她怕了，威胁说要毁掉一切。现在我知道我只能满足于雕像了，不过也没关系。"

哈利感觉到某样东西正在升起，那东西来自他的胃，十分冰冷。

"哈利，你有没有触摸过雕像？死人的肌肤感觉很惊人。它不是真的温暖，却又不是真的冰冷。"威廉抚摸蓝色床垫。

哈利感觉到那股寒意正在冰冻他的内脏，仿佛有人把冰水注射到他体内。他感觉喉头紧缩，听见自己说："你知道你完了，对不对？"

威廉伸展双臂，躺在床上："为什么，哈利？我只是个说书人，跟你说了一则故事而已，你什么都没办法证明。"

威廉伸长手臂去床头桌上拿东西，那东西闪烁着金属光泽。哈利全身肌肉立刻紧绷。威廉把那东西举起来，原来是一只手表："已经很晚了，哈利，会客时间就到此为止吧？她还没从浴室出来，你可以先走了。"

哈利并没动："威廉，你曾经要我答应你把凶手找出来，可是找出凶手只是一半，另一半是惩罚凶手，而且是严厉地惩罚凶手。我认为你是认真的，你心里有一部分渴望被惩罚，对不对？"

"弗洛伊德已经过期了，哈利，就跟这次会客一样。"

"你想不想听听证据？"

威廉不耐烦地叹了口气："如果说完你会走，那就说吧。"

"其实我们收到莉斯贝思戴着戒指的手指时，我就应该知道这一切。左手中指。爱的血脉。凶手希望莉斯贝思爱他。但是，暴露凶手身份的正是这根手指。"

"暴露……"

"说得更准确一点，指甲下的排泄物……"

"有我的血，对，不过这已经是过时的新闻了，哈利，而且我已经跟你解释过我们喜欢……"

"对，当我知道这件事之后，我们更加深入地化验了排泄物。通常排泄物不会提供太多线索。我们吃下去的食物从嘴巴旅行到直肠要花十二到二十四小时，在这段旅程中，胃和肠道会把食物转变成难以辨识的废物，难以辨识到就算用显微镜来看，也很难判断出这个人吃了什么。不过还是有些东西可以完好如初地通过消化道，像是葡萄籽和……"

"你可以跳过讲课吗，哈利？"

"种子。我们发现了两颗种子。这两颗种子没什么特别。可是当我知道凶手可能是谁以后，我请化验人员更仔细地去检查那两颗种子，你知道我们发现了什么吗？"

"不知道。"

"那是两颗完整的茴香籽。"

"那又怎样？"

"我跟剧院餐厅的厨师谈过了，你说那里是挪威唯一一家茴香面包里有整颗茴香籽的餐厅，非常适合搭配……"

"鲱鱼，"威廉说，"你又不是不知道我会去那里吃饭，你到底想说什么？"

"之前你说星期三莉斯贝思失踪那天，你跟往常一样在剧院餐厅点了鲱鱼当早餐，时间就在那天早上九点到十点之间。我不明白你胃里的茴香籽怎么会跑到莉斯贝思的指甲底下去。"哈利顿了顿，确定威廉把这些话都听了进去。

"你说莉斯贝思大概五点离开家里，所以那是你吃完鲱鱼早餐大概八小时之后。假设莉斯贝思出门前刚跟你做完爱，她的手指进入了你，可是就算你的肠道工作效率再高，也不可能在八小时内把茴香籽运送到你的直肠，这在人体医学上是不可能的。"

哈利注意到当他清晰地说出"不可能"这个词时，威廉嘴巴微张，脸部肌肉微微抽动。

"茴香籽能抵达直肠的时间最早是晚上九点，所以莉斯贝思的手指一定是在晚上或第二天进入过你的直肠，可是那时你早就已经报案说她失踪了。你明白我在说什么吗，威廉？"

威廉凝视着哈利，说得准确一点，他往哈利的方向看去，焦点却落在更远的地方。

"这就是我们所说的刑事鉴定证据。"哈利说。

"我明白，"威廉缓缓点头，"刑事鉴定证据。"

"是的。"

"具体的、无可反驳的事实？"

"没错。"

"法官和陪审团最爱这种东西了，不是吗？比口供还好，对不对，哈利？"

哈利点了点头。

"喜剧，哈利，那天发生的事根本就是一出喜剧，演员匆匆上台，又匆匆下台。我确保我们俩待在露台上，以便对面的邻居能看见我们，然后才叫莉斯贝思跟我走进卧室。我从工具箱里拿出一把枪指着她。她睁大眼睛，瞪着装有消音器的长枪管，表情就好像在演喜剧一样。"

威廉从被子底下抽出手来。哈利凝望威廉手中那把手枪，枪管装有黑色消音器，枪口正对着他："坐下，哈利。"

哈利又坐了下来，感觉那把凿刀顶住他的腰侧。

"她以一种最引人发笑的方式误解我的意思，如果我让她骑在我手上，然后把温热的精液射入她愿意让我射入的地方，那还真的叫恶有恶报。"威廉下了床，水床在他离开后晃了晃，发出咕噜声。

"可是喜剧的精神就在于速度，速度，所以我被迫安排仓促的退场。"他赤裸地站在哈利面前，手里举着枪，"我把枪口顶在她的额头上，她惊讶地皱起眉头，就跟平常一样。当她认为这个世界不公平或难以理解时，都会露出这种表情。就跟那天晚上我告诉她《窈窕淑女》是改编自萧伯纳的《卖花女》时一样。在《窈窕淑女》中，伊莱莎没有嫁给希金斯教授，希金斯教授把她从粗俗的卖花女训练成大家闺秀，她最后却跟年轻的弗雷迪跑了。莉斯贝思听了很生气，说伊莱莎欠希金斯教授那么多，而且弗雷迪只是个无足轻重的傻瓜。你知道吗，哈利，我听了开始哭。"

"你疯了。"哈利低声说。

"显然是，"威廉沉重地说，"我做的事虽然骇人听闻，但你在被仇恨驱动的人身上看不见我这种控制力。我只是个简单的人，跟随内心行动，而我的心说的是爱，是上帝赐予我们的爱，这让我们成为上帝的工具。许多先知和耶稣当初不也是被人认为是疯子？我们当然是疯子，哈利。我们虽然疯狂，却又是地球上最清醒的人。当人们说我所做的事是疯狂的，说我的心可能残缺了，这时我要说：到底哪一种心更残缺？是不能停止去爱的心，还是被爱却不能回报的心？"

一阵长长的静默。哈利清了清喉咙："所以你就射杀了她？"

威廉缓缓点头。"她的额头有一小处隆起，"他语带惊讶地说，"还有一个小黑洞，就像把钉子敲入薄金属板一样。"

"然后你就把她藏起来，藏在连警犬都找不到的地方。"

"屋子里很热，"威廉的目光移到哈利头顶上方，"一只苍蝇在窗户旁嗡嗡叫。我把全身衣服都脱下来，好让衣服不沾上血。我需要的工具都在工具箱里。我用钳子把她的左手中指钳下来，然后脱下她的衣服，拿出硅胶泡沫喷雾器，很快把弹孔、断指和她身上所有的孔洞填补起来。那天稍早我把床垫里的水排出了一些，排到半满。我在床垫上割开一个洞，把她塞进去，几乎一滴水也没有溅出来。然后我用黏着剂、橡胶和热风枪把床垫重新封起来。这次做得比第一次还要利落。"

"然后她就一直待在那里？被埋葬在她自己的水床里？"

"不是，不是，"威廉若有所思地凝视哈利头顶上方，"我没有埋葬她，正好相反，我把她放回子宫里，那是她重生的开始。"

哈利知道他应该害怕，他现在如果不害怕就危险了。他应该口干舌燥，应该感觉心脏剧烈跳动才对，他不应该感觉到倦意开始在体内蔓延。

"然后你就把切下来的手指塞进肛门。"哈利说。

"嗯，"威廉说，"最完美的藏匿处。我说过了，我预料到你们会派警犬来。"

"还有其他地方不会让味道飘散出来,不过肛门应该最能给你带来任性的快感,对不对?对了,那卡米拉的手指呢?你对她的手指做了什么?你不是在射杀她之前切下了她的手指?"

"卡米拉,对……"威廉微微一笑,点了点头,仿佛哈利唤起了他的快乐回忆,"这是我跟她之间的秘密,哈利。"威廉打开保险栓。

哈利吞了口唾沫:"把枪给我,威廉,一切都结束了,这样做没有意义。"

"当然有意义。"

"有什么意义?"

"就跟往常一样啊,哈利,表演总要有个像样的结局,你不会以为让我静静退场,就可以轻易地把观众打发走吧?我们需要有个完美大结局,哈利,一个圆满的结局。如果没有圆满的结局,我就自己创造一个,这是我的……"

"人生座右铭。"哈利低声说。

威廉露出微笑,用枪指着哈利的太阳穴:"我是要说:这是我的死亡座右铭。"

哈利闭上眼睛,他只想睡觉,只想被缓缓流动的河川承载,渡到彼岸。

萝凯心头一惊,猛然睁开眼睛。她梦见了哈利,梦见他们坐在船上。

卧室一片漆黑。她是不是听见了什么声音?是不是发生了什么事?

她聆听雨滴敲击屋顶,那声音令人安心。为了安全起见,她检查放在床头桌上的手机是否开机,以便他打来电话。

她闭上眼睛,轻缓地向前漂流而去。

哈利失去了时间感。他睁开眼睛,看见房里空无一人,光线似乎也有点改变。他不知道时间究竟是经过了一秒钟还是一分钟。

床上空荡荡的。威廉不见了。

水声又回来了。有雨声，也有淋浴声。

哈利挣扎着站起身来，看着那张蓝色床垫。他觉得自己的衣服里好像有东西在爬。借着床头桌上的灯光，哈利看见水床里有个人体轮廓，而且由于浮力，人体的脸部紧贴床垫，形成一个有如石膏模型的脸形。

他走出卧室，只见通往阳台的门敞开着。他朝栏杆和楼下院子看了一眼，然后踩出湿答答的脚印，走下白色楼梯，来到楼下。他打开浴室门，看见灰色浴帘后面有个女性身体的轮廓贴着窗户。哈利一拉开浴帘，就看见了朵娅。她的脖子向前弯曲，弯向不断洒下的水花，下巴几乎碰到胸部，一条黑色丝袜缠绕在她脖子上，丝袜的另一端缠绕在莲蓬头顶端。她闭着双眼，水从长长的黑色睫毛上滴落，嘴巴半张，里面充满某种黄色物质，看起来像是硬化的泡沫。她的鼻孔、耳朵和太阳穴上的小孔里也充满了这种泡沫。

哈利把水关上，离开浴室。

楼梯上没有人。

他谨慎地踏出每一步，感觉全身麻木，仿佛身体成了石头。

莫勒。他必须打电话给莫勒。

哈利穿过一楼大厅，走进院子。雨水落在他头上，但他感觉不到。他很快就会完全瘫软。旋转晾衣架已不再尖叫。他挪开视线，不去看衣架。他看见柏油路面上有个黄色烟盒，便走了过去，打开烟盒，抽出一根烟塞进嘴里。他想用打火机点燃那根烟，却发现烟头湿了。烟盒一定是渗水了。

他得打电话给莫勒；叫他们来这里；跟莫勒一起去学生楼；在那里讯问史文；立刻录下史文对汤姆的指控；听莫勒下令逮捕汤姆；回家；回到萝凯身边。

他的眼角余光可以看见旋转晾衣架。

他咒骂一声，撕去烟头，把滤嘴放到唇边，第二次打火点燃。他为什么觉得有压力？已经没事了，一切都结束了。

他转身面对旋转晾衣架。

旋转晾衣架微微歪向一边，架设在柏油路面上的柱子显然吸收了冲击力，损坏的只有吊着威廉的那根晾衣杆。他的手臂垂落两侧，湿漉漉的头发粘在脸上，双眼上翻，仿佛正在祈祷。哈利突然觉得眼前这幅景象有种怪异的美感。威廉的赤裸躯体有些部分裹在湿床单里，看起来颇像西班牙大帆船的船首雕像。威廉如愿以偿了，这就是他要的完美大结局。

哈利捡起爱斯坦的手机，输入密码。他的手指几乎不听使唤，很快就会僵硬。他输入莫勒的电话号码，正要按下拨出键时，手机发出尖锐的警告音。屏幕显示语音信箱里有一则留言。那又怎样？这又不是他的手机。他迟疑片刻。直觉告诉他应该先打电话给莫勒。他按下按键。

一个女性声音说他有一则新留言，几秒空白，哔，然后一个声音轻轻说道：

"嘿，哈利，是我。"是汤姆的声音，"你关了手机，这样不太明智，因为我在找你。"

汤姆的嘴巴非常靠近话筒，让哈利觉得汤姆似乎就站在他身旁。

"抱歉我得轻声细语，因为我们不想把他吵醒，对不对？要不要猜猜看我在哪里？我想你能猜得到，你甚至应该预料到。"

哈利吸了口烟，没发觉烟已燃尽。

"这里有点暗，不过能看到床边有一张足球队的照片。我看看，应该是热刺队吧？他的床头桌上有一台小机器，是 Game Boy。你听，我把手机拿到他旁边。"

哈利听见小男孩的稳定呼吸声，他正安稳地睡在霍尔门科伦区那栋木造房子里。

"哈利，到处都有我们的人，你别想打电话或跟人说话，照我的话做，打这个电话号码给我。你敢轻举妄动，这小鬼就死定了，明白吗？"

哈利的心脏开始把血液输送到他麻木的身体各处，慢慢地，麻木被难以忍受的疼痛取代。

42

星期一　　魔鬼之星

雨刷沙沙低语，轮胎咝咝鸣叫。

雅士疾速穿过十字路口，微微打滑。哈利以心脏可以承受的最快速度驾车向前冲，豆大的雨滴打在前方柏油路面上，他心里很清楚，这辆雅士的轮胎胎纹仅供装饰，抓地力小得可怜。

他踩下油门加速，趁黄灯冲过下个十字路口。幸好街上没车。他迅速看了看表。剩下十二分钟。现在距离他站在威廉住处的院子里拨打被迫拨打的电话已经过了八分钟，距离那轻柔的声音传到他耳中，也已经过了八分钟："你终于打来了。"

哈利对着手机狠狠咒骂，最后忍不住又加上一句："你要敢动他一根汗毛，我就杀了你。"

"哎呀呀，真是的。你在哪里？史文呢？"

"不知道，"哈利盯着旋转晾衣架，"你想怎样？"

"我只想见你，想知道你为什么打破我们的约定。如果你对我们有什么不满，我们可以改变。现在还不算太迟，哈利。我愿意亲自担保，让你加入我们的团队。"

"好，"哈利说，"那就见面，我去找你。"

汤姆轻声低笑："我也想见史文，还是让我去找你吧，把地址给我，快点。"

哈利迟疑片刻。

"哈利，你有没有听过人的喉咙被划开的声音？金属刀锋切进皮肤和软骨会发出吱的一声，接着会听见咻咻的声音，就像牙医吸唾器发出的那种声音。那种声音是从被切断的气管还是食道发出来的？我总是分不清。"

"学生楼，四〇六室。"

"天哪，命案现场？我应该想到的。"

"你应该想到的。"

"好，你别想打电话或设圈套，想都别想，我会把这小鬼一起带去。"

"不！不要……汤姆……我求你。"

"求？你刚刚是说'求'。"

哈利并不回答。

"我把你从水沟里捡回来，给你一次重新做人的机会，没想到你却从背后捅我一刀，现在你竟然还有脸求我？告诉你，我这样做不是我的错，而是你的错，你给我记住了，哈利。"

"听着……"

"二十分钟后见，把门打开，坐在地上，坐在我看得见的地方，双手抱头。"

"汤姆！"

汤姆已挂断电话。

哈利猛踩油门，感觉轮胎几乎快要抓不住地面。雅士斜向漂过水面，一瞬间，他和雅士有如徘徊在梦中，所有物理定律暂停工作。这一瞬间不过一秒钟，但足以让哈利感到解脱，觉得一切都结束了，做什么都太迟了。接着，轮胎重新抓上地面，他又回到现实了。

雅士在学生楼外急速回转，停在安全门前。哈利关上引擎。剩下九分钟。他下了车，绕过车子，打开后备厢，扔掉半瓶玻璃水和脏抹布，抓起一卷黑色绝缘胶带。他走上楼梯，从腰带里抽出手枪，拧下消音器。他没检查手枪是否正常，只是猜想捷克手枪应该承受得了偶尔从十五米高的露台上摔落地面的撞击。他在四楼电梯前停下脚步。电梯门把跟他记忆中一样：以金属制成，末端是个圆形实心木盖，大小正好可以隐藏一把没有消音器的手枪，只要把枪粘在后面就可以了。他把子弹上膛，用两段胶带贴住。如果事情一开始就按照他的计划顺利进行，这把枪就派得上用场。电梯旁有个垃圾道，他打开垃圾道的盖子，铰链发出吱的一声尖鸣。消音器落入漆黑的通道之中，没发出一丝声响。剩下四分钟。

　　他打开四〇六室的门。

　　电暖器那头传来金属撞击的当啷声。

　　"有好消息吗？"史文的口气近乎哀求。哈利解开史文的手铐，闻到他口中散发出难闻的气味。

　　"没有。"哈利答道。

　　"没有？"

　　"他要带欧雷克来。"

　　哈利和史文坐在走廊地板上等待。

　　"他迟到了。"史文说。

　　"对。"

　　一阵静默。

　　"伊吉·帕普的歌，C开头的，"史文说，"你先开始。"

　　"别闹了。"

　　"《中国女孩》。"

　　"现在不是时候。"

　　"消除紧张啊。《糖果》。"

　　"《渴望爱》。"

　　"《中国女孩》。"

　　"你刚刚说过了。"

“有两个版本。”

“《冷金属》。”

“你怕吗，哈利？”

“怕死了。”

“我也是。”

“很好，这样可以提高我们存活的概率。”

“提高多少？百分之十，还是二十……”

“嘘。”

“那是电梯的……”史文轻声说。

“电梯上来了，慢慢深呼吸几下。”

他们听见电梯发出低沉的呻吟，缓缓停了下来。两秒钟之后，铁栅门的咔咔声才传了过来，声音十分长，这告诉哈利汤姆相当谨慎地打开电梯门。接着他们听见低沉的咕哝声和垃圾道盖被打开的声音。史文以疑惑的眼神看了哈利一眼。

“举起你的双手，让他看见。”哈利轻声说。

两人同时举起双手，手铐发出当啷当啷的声响。通往走廊的玻璃门被打开了。

欧雷克脚穿拖鞋，睡衣外面罩着一件宽松的运动夹克。哈利的脑海闪过一幕幕景象：走廊；睡衣；拖鞋的拖曳声；妈妈；医院。

汤姆走在欧雷克后面，双手插在短夹克的口袋里，但哈利看出一根枪管从里面抵住了黑色夹克。

“停下来。”汤姆说，在距离哈利和史文五米处停下脚步。

欧雷克双眼红肿，眼圈发黑，看着哈利。哈利看了欧雷克一眼，希望自己的眼神坚定而充满希望。

“你们两个为什么铐在一起？感情已经好到难分难舍了？”

汤姆的声音在走廊里回荡，十分尖锐。哈利明白汤姆已经查过他们在整个缉捕行动开始之前制作的寝室名单，知道了他早已知道的事，那就是四楼寝室里都没人。"我们一致同意，我们在同一条船上。"哈利说。

"为什么不按照我说的坐在房间里？"

汤姆一直让欧雷克挡在中间。

"为什么你要我们坐在房间里？"哈利问。

"轮不到你问问题，哈利，给我进房间去，快点。"

"抱歉，汤姆。"

哈利张开那只没跟史文铐在一起的手，只见两把钥匙躺在他手上，一把是耶鲁牌钥匙，另一把比较小。"一把是房间钥匙，一把是手铐钥匙。"他说。

哈利张开嘴巴，把两把钥匙放在舌头上，闭上嘴巴，对欧雷克眨了眨眼，吞了下去。

汤姆张口结舌，难以置信，看着哈利的喉结鼓起又落下。

"你得改变计划了，汤姆。"哈利喘气说。

"什么计划？"

哈利缩起双脚，背倚着墙，把自己向上推，推到几乎完全站立。汤姆把手抽出夹克口袋，用枪指着哈利。哈利做个鬼脸，拍了两下胸口才说话："别忘了，汤姆，我已经追查你好几年了，你惯用的手法我早就一点一点摸清了。我知道你是怎么在斯韦勒的房间里射杀他，并且安排得像是自卫，还有你是怎么在港口仓库重施故技。所以我猜你的计划是在房间射杀我跟史文，布置得像是我先射杀他，然后自杀。你会离开现场，让其他警察同事来发现我们的尸体。说不定警方还会接到匿名电话，说听见学生楼传来枪声，对不对？"

汤姆不耐烦地上下瞄了瞄走廊。

哈利继续说："解释显而易见，不是吗？哈利·霍勒这个酒鬼警察终于受够了，他被女友抛弃，被踢出警界，还绑架了一个杀手。自我毁灭式的暴怒最后以惨剧收场，真是一场个人悲剧，几乎……也只是几乎……让人难以理解。你是不是这样设想的？"

汤姆淡淡一笑："不赖嘛，不过你漏掉了一部分：你因为被女友抛弃而悲愤莫名，半夜驾车到前女友家，偷偷摸进去，绑架她儿子，最后她儿子被发现死在你身边。"

哈利专注呼吸，让呼吸保持正常。

"你以为他们真的会相信这个故事吗？莫勒会相信？托列夫会相信？媒体会相信？"

"当然会，"汤姆说，"你不看报纸，不看电视吗？这种新闻会被报道几天，顶多一星期，前提是这段时间没有其他骇人听闻的大事发生。"

哈利默然不语。

汤姆微微一笑："这里唯一骇人听闻的大事，是你竟然以为我找不到你。"

"你确定？"

"确定什么？"

"确定我不知道你会找来这里。"

"如果真是这样，我要是你，早就跑了。你已经无路可走了，哈利。"

"没错。"哈利说，把手插进夹克口袋。

汤姆举起手枪。哈利掏出一包湿了的烟："我是坐在圈套里，问题是：这个圈套是为谁设下的？"哈利从烟盒里抽出一根烟。

汤姆眯起双眼："什么意思？"

"这个嘛，"哈利说，撕去烟头，把烟凑到唇边，"法定假期很麻烦，对不对？人手总是不够，事情总是做不完，什么事都会拖延。比方说，在学生楼装设监控摄像头会拖延，拆除监控摄像头也会拖延。"

哈利注意到汤姆的眼皮微微抽动。他用大拇指朝肩膀后方比了比："你看看右边角落，汤姆，你看见了吗？"

汤姆往哈利比的方向瞄了一眼，目光随即又回到哈利身上。

"我说过了，我知道你的驱动力是什么，汤姆，我知道你迟早都会找到我们，我只是想让你找得辛苦些，这样你就想不到其实你是被引诱到圈套里的。星期日早上，我跟一个你也认识的朋友聊了很久，之后他就一直坐在监控车上，为的就是要录下现在这一幕。来，跟欧图挥挥手。"

"你只是虚张声势而已，哈利，我知道欧图这个人，他绝对不敢做出这种事。"

"我跟欧图说，这段录像的版权完全归他。汤姆，你想想看，演出这场最后大对决的人有疯狂警探、堕落警监，还有大家认定的快递员杀手，全世界的电视公司都会争相抢购。"哈利往前踏上一步，"你最好把枪给我，汤姆，现在场面已经够难看了，不要再把事情弄得更糟。"

"你给我站住，哈利。"汤姆低声说。哈利看见汤姆的手枪转而指向欧雷克背后。哈利停下脚步。汤姆不再眨眼，潜心思索，下巴肌肉不断扭动。没有人移动。大楼里寂静无声，哈利觉得自己似乎可以听见墙壁的声音：墙壁发出的是一种长波，一种几乎难以听见的振动，人耳只能将它辨识为气压的微小变化。墙壁唱着歌。十秒钟过去了，似乎永无止境的十秒过去了，这十秒中汤姆的眼睛眨也不眨。爱斯坦曾告诉哈利，人脑在一秒内可以处理大量的信息，哈利已经记不得那个数字了，但爱斯坦解释说那表明一个人可以在十秒内轻松看完一般市立图书馆的所有藏书。

汤姆终于眨了眨眼，哈利注意到汤姆变得冷静了。他不知道这代表什么，只知道这可能是个坏兆头。

"谋杀案的有趣之处，"汤姆说，"就在于除非你被证明有罪，否则你就是清白的。目前为止，我看不出摄像头拍到我做了什么非法的事。"汤姆走到哈利和史文面前，用力扯起手铐，把史文从地上扯了起来。汤姆用空着的一只手搜他们的身，摸过他们的夹克和裤子外侧，眼睛紧盯哈利："正好相反，我只是在执行任务，逮捕一个从拘留所绑架凶手的警察。"

"你刚刚已经在摄像头前供述了。"哈利说。

"是对你供述，"汤姆微笑说，"我记得这些摄像头只能录下影像，不能录下声音。这只是正常的逮捕程序而已。往电梯那边走。"

"那绑架十岁男童呢？"哈利说，"欧图录下了你用枪指着小男孩。"

"哦，他啊。"汤姆说，朝哈利猛力一推，使他摇晃着向前踏了几步，连带也把史文往前拉。

"他半夜爬起来，没跟妈妈说就跑来警署。他以前也做过这种事，不是吗？我正要来找你跟史文，却在警署外面碰到他。这个小鬼显然知道出了事，于是我跟他解释状况，他说他想帮忙。事实上，是他建议我利用他作人质的，好让你不会做出什么傻事，搞得自己受伤，哈利。"

"一个十岁男童会做出这种事？"哈利呻吟一声，"你真的认为有人会相信你吗？"

"看着好了。"汤姆说，"好了，各位，我们要从这里走出去，停在电梯前面。谁敢轻举妄动，谁就先吃子弹。"

汤姆来到电梯前，按下按钮。电梯井的深处传来轰隆声。

"假日的学生楼真安静，感觉很怪吧？"汤姆对史文微微一笑。

"好像鬼屋。"

"放弃吧，汤姆。"哈利嘴里像是充满了沙粒，必须集中精神才能把话说清楚，"太迟了，你一定知道没有人会相信你的。"

"这句话你已经说过了，亲爱的同事。"汤姆说，朝歪向一边的楼层指针瞥了一眼。楼层指针开始慢慢旋转，慢得有如玻璃罩下的指南针。

"他们会相信我的，哈利，理由很简单……"汤姆用手指拂过上唇，"没有人可以提出反驳的证据。"

哈利知道汤姆心里有什么打算，汤姆打算在电梯里动手，因为电梯里没有摄像头。哈利不知道事后汤姆要怎么自圆其说，也许会说电梯里发生扭打，结果哈利抢到了枪。但可以确定的是：他们都会死在电梯里。

"爸爸……"欧雷克开口说。

"不会有事的，儿子。"哈利试着挤出微笑。

"对，"汤姆说，"不会有事的。"

他们听见金属强力碰撞的铿锵声。电梯越来越近了。哈利看着电梯门的圆形木质门把。手枪粘在门把上的角度，让他只要用手握住枪柄，手指扣住扳机，手一抽就可以把枪拉起来，只要一个动作就可以完成。

电梯在他们面前停下，发出砰的一声，晃了一晃。

哈利吸一口气，伸出手，手指摸上门把木质表面的底端，指尖期待接触到冰冷坚硬的精钢枪身，不料却只摸到松开的胶带。

汤姆叹了口气："恐怕我已经把枪丢进垃圾道里了，哈利，你真的以为我不会搜查你有没有布置武器吗？"

汤姆一手拉开铁门，另一手持枪指着他们："小鬼先进去。"

欧雷克抬头望向哈利，哈利避开他的目光。欧雷克向哈利寻求更多安心的保证，哈利无法和他目光相触，只能默默地朝电梯点了点头。欧雷克走了进去，站在电梯最里面。电梯天花板的微弱灯光投射在褐色仿黄檀木壁板上，壁板表面刻有爱的宣言、口号、生殖器官和问候语。欧雷克头上那块壁板刻着"去你的"。

墓室，哈利心想，这是个墓室。

哈利把空着的右手插进夹克口袋。正像他之前证明过的，他不喜欢电梯。这时他左手突然猛力一扯，把史文扯得手脚张开，向汤姆扑去。汤姆立刻看向史文。哈利趁这一刻举起右手，高举过头，像个手持长刀的斗牛士那样专注瞄准。他知道他只有一次出手机会，准头比力道更重要。

哈利的右手往下一挥。

凿刀刀尖穿透皮夹克，发出撕裂声。金属刀身切入覆盖着右锁骨的软组织，贯穿颈静脉，刺穿臂神经丛的神经网络，通往手臂的运动神经顿时瘫痪。听见铿的一声，手枪掉落石砖地面，接着当啷当啷地滚下楼梯。汤姆低头往右肩一看，脸上露出惊诧神情。只见一支绿色短柄插在他的右肩，他的右手臂软绵绵地垂落一旁。

今天对汤姆而言是漫长而倒霉的一天。倒霉事从他一早起来就开始了，先是接到通知说哈利和史文逃跑了，接着又发现要找出哈利比他预期的还要困难。汤姆跟其他警察解释说，他们可能得利用欧雷克，却被拒绝；他们认为太危险了。在内心深处，他始终知道最后这几步路他必须独自走完。事情总是这样。没有人会阻止他，也没有人能帮助他。忠诚视于事物的价值；明哲保身最重要。倒霉事接踵而来。他感觉不到自己的手臂了，他只感觉到胸腔深处涌出温热的液体，告诉他一个里面有很多血的东西被刺穿了。

他朝哈利望去，正好看见哈利的脸逼近，接着他整个脑袋就回荡着咯吱声。哈利的头如弹簧射出般撞上他的鼻梁。哈利挥出右拳，但被汤姆避开；他追上前去，却被史文的左臂拉住。汤姆用嘴巴贪婪地吸气，疼痛在他血液中释放出盲目的炽烈怒意，令他精神为之一振。他令身体保持平衡，动用所有感官，测量距离，蹲伏下来，一腿高高踢出，另一腿支撑身体扭转，使出一记完美的回旋踢，正中哈利的太阳穴。哈利倒向一侧，连史文也被拖倒在地。

汤姆转过身来，寻找手枪，发现手枪在下方的楼梯平台上。他扶着栏杆，两个纵跃便落到平台上。他的右手臂依然不听使唤。他咒骂一声，用左手捡起手枪，冲上楼梯。

哈利和史文已不见踪影。

汤姆转过身，正好看见电梯门关闭。他用牙齿咬住手枪，伸出左手抓住门把，使劲一拉，却拉得左手臂几乎脱臼。电梯门已经锁上。汤姆把脸凑到门上圆窗往里看，只见铁栅门已被拉上。他听得见里面传来激动的说话声。

真是倒霉的一天。但这一天即将结束，这一天即将画下完美句点。他举起手枪。

哈利靠着电梯后壁板，上气不接下气，等待电梯移动。他才刚把铁栅门关上，按下"地下室"的按钮，电梯门就开始晃动，然后就听见汤姆在门外高声咒骂。

"这该死的电梯不动了。"史文气喘吁吁地说，腿一软跪在哈利旁边。

电梯抖了抖，像是打了个嗝，但就是不动。

"这破电梯这么慢，他可以跑去楼下等，对我们说：'欢迎回来！'"

"该死，"哈利喃喃地说，"和地下室之间的门是锁着的。"

哈利看见有个黑影掠过圆窗。"小心！"他大喊，把欧雷克往铁栅门推去。

子弹在哈利头上穿入仿黄檀木壁板，发出有如软木塞被拔出酒瓶的声音。哈利把史文朝欧雷克拉了过去。

这时电梯又抖动一下，同时发出尖锐声响，开始移动。

"靠。"史文低声说。

"哈利……"欧雷克说。

蓦然间，玻璃碎裂声传来。哈利一瞥，看见欧雷克头上的铁栅格之间出现一只紧握的拳头，他本能地闭上眼睛，玻璃碎片随即向他洒落。

"哈利！"

欧雷克的尖叫声穿透哈利，穿透他的耳朵、鼻子、嘴巴、喉咙。他淹没在尖叫声里。哈利睁开眼睛，直视欧雷克圆睁的双眼；欧雷克嘴巴大张，因为疼痛和惊慌而扭曲；他的头发被一只白色大手抓住。欧雷克被拉得离开地面。

"哈利！"

哈利突然什么都看不见，他用力瞪大眼睛，但仍然什么都看不见，只看见一大片白色的恐慌。但他听得见，听得见妹妹正在尖叫。

"哈利！"

　　他听见爱伦尖叫，听见萝凯尖叫，每个人都在尖声大叫他的名字。

　　"哈利！"

　　他看着白色真空，看见白色渐渐变为黑色。他是不是昏过去了？尖叫声逐渐退去，犹如逐渐消失的回音。他飘浮而去。他们说得对。重要的时刻他总是不在，他一定会让自己在别的地方。整理案件，打开酒瓶，锁上房门，变得害怕，变得目盲。他们说的总是对的。就算他们说的不对，也将会是对的。

　　"爸爸！"

　　一只脚踢中哈利的胸部。他的视力又恢复了。欧雷克的身体在他面前摇晃，双脚猛踢，他的头发被汤姆的手紧紧抓住。但电梯停住了。他立刻知道电梯为什么停止下降，因为铁栅门被撞得移位了。哈利朝史文看去，只见史文坐在他身后的地上，双眼发直。

　　"哈利！"汤姆的声音从外面传来，"让电梯升上来，不然我就对这小鬼开枪。"

　　哈利站了起来，又迅速低下身子。他已经看见他要看见的了。四楼电梯门比电梯高了半米。

　　"如果你从那里开枪，欧图会把你开枪杀人的画面都录下来。"哈利说。他听见汤姆低沉的笑声。

　　"告诉我，哈利，如果你的支援部队真的存在，不是早就该到了吗？"

　　"爸爸……"欧雷克呜咽着。

　　哈利闭上眼睛："听着，汤姆，只要栅门没关好，电梯就不会动。你的手臂卡在栅格里，你只要放开欧雷克，我们就能把门推回原位。"

　　汤姆哈哈大笑。

　　"你以为我这么笨吗，哈利？栅门只要移动几厘米就好了，用不着我放开手。"

　　哈利看向史文的眼睛，却只看见茫然失焦的眼神。"好，"哈利说，"我戴着手铐，需要史文帮忙，可是现在他看起来已经吓呆了。"

“史文！”汤姆大吼，“你听见了吗？”

史文微微抬起头。

“你还记得洛丁吗？你前一任的布拉格走私犯。”

回声轰轰作响，朝一楼传去。史文吞了口唾沫。

“他跌倒在车床上，史文，你想不想尝尝那个滋味？”

史文蹒跚地移动脚步，哈利抓住他的领口，把他拉近。“史文，你知道你要做什么吗？”哈利对面无血色、神情恍惚的史文高声说，同时把手伸进史文背后的口袋，掏出一把钥匙。

“你要把栅门固定好，听见了没？我们一开始行动，你就把栅门牢牢固定住。”哈利指向控制板上一个老旧的黑色圆形按钮。

哈利把钥匙插进手铐，拧开，史文专注地看着哈利，点了点头。

“好了，”哈利高声大吼，“我们准备好了，我们要把栅门推回原位。”

史文背靠着栅门，双手找到着力点，向右一推。栅格同时往右移动，汤姆呻吟一声。地上的接点传出轻轻的咔嗒声，和栅门接合在一起。

“好了！”哈利大吼一声。

他们先是等待，然后哈利踏出一步，来到电梯另一边，抬头往上看。汤姆的两只眼睛从圆窗和他肩膀之间的小缝隙往下瞪视哈利，其中一只眼睛是汤姆愤怒圆睁的眼睛，另一只是看不见的黑色枪眼。

“上来。”汤姆说。

“可是你要放过欧雷克。”哈利说。

“一言为定。”

哈利缓缓点头，按下按钮。

“我知道最后你一定会做出正确的决定，哈利。”

“人通常都会做出正确的决定。”

他看见汤姆的一条眉毛突然一挑，可能是因为汤姆此时才发现手铐垂落在哈利的一只手腕上，可能是因为汤姆听见哈利说话的口气，也可能是因为汤姆感觉到决定命运的时刻来临了。

电梯抖了抖，开始移动，钢索发出不祥的尖鸣。此时哈利迅速上前一步，踮起脚。手铐铐上汤姆的手腕，发出干涩的咔嚓声。

"妈的……"汤姆说。

哈利抬起一只脚，动用九十五公斤的体重全力把汤姆往下拉，手铐嵌入两人手腕的肌肤中。汤姆用力往回抽，但整条手臂瞬间就被拉进圆窗，肩膀卡在圆窗上。

倒霉的一天。

"妈的，放开我！"汤姆大吼，下巴已压上铁门。他试着抽回手臂，但是太重了。他大声怒吼，用枪拍打铁门。事情不应该是这样的。他们糟蹋了一切。他们毁了他堆起的沙堡，将沙堡踢个粉碎，还站在那里哈哈大笑。但是有一天他会尝到苦头，他们一定会尝到苦头。这时他发现栅门触碰到他的下臂。电梯正在移动，却往错误的方向移动。电梯正在下降。当他发现自己就要被斩落时，他的喉头紧缩。电梯就像是缓缓落下的断头刀，他气数已尽。

"史文，牢牢固定栅门！"哈利大吼。

汤姆放开欧克雷克，想抽回手臂，但哈利过于沉重，他抽不回来。汤姆惊恐万分。他试了一次，接着又试一次。他的脚在光滑的地板上滑到一旁，他感觉到电梯天花板触碰到他的肩膀。所有的理智都离他远去。

"不，哈利，停下来。"他想喊出来，却被啜泣声盖过。

"饶了我……"

43

星期一晚上　　劳力士

嘀嗒，嘀嗒，嘀嗒。

哈利坐着，聆听秒针行进的声音，闭着眼睛，心中数数。他心想，嘀嗒声既然是从劳力士手表传出来的，想必非常精准。

嘀嗒，嘀嗒，嘀嗒。

如果他算得没错，他已经在电梯里坐了四分之一个小时，也就是十五分钟了。电梯下降到一楼和地下室之间时，他按下停止钮，宣布现在安全了。接下来就只有等待。从电梯停止到现在已经过了九百秒。这九百秒他们坐在电梯里，如老鼠般安静，竖耳聆听，聆听脚步声、说话声、开门声、关门声。哈利闭着眼睛，数着地上那只鲜血淋漓的手臂上戴着的劳力士发出的嘀嗒声，数到了九百。那只手臂还和哈利的手铐在一起。

嘀嗒，嘀嗒，嘀嗒。

哈利睁开眼睛，解开手铐，心想他把车钥匙吞下了肚，这下子该怎么发动车子？

"欧雷克，"哈利轻声说，轻轻推了推欧雷克，他已经睡着了，"我需要你帮忙。"

欧雷克站了起来。

"这是要干吗？"史文问，看着欧雷克站在哈利肩膀上，从天花板上拆下日光灯管。

"拿着。"哈利说。

史文伸出手臂，从欧雷克手中接过两根日光灯管。

"第一，这样能让我的眼睛在进入地下室前适应黑暗。"哈利说，"第二，这样一来，电梯门打开的时候，我们才不会因为暴露在光亮里猛眨眼睛。"

"汤姆？汤姆会在地下室？"史文难以置信地说，"别开玩笑了，没有人这样还能活下来。"他用灯管指了指地上那条颜色已转为苍白、有如蜡制品一般的手臂，"你想想看他流了多少血？受到了多大的冲击？"

"我只是预防所有的可能。"哈利说。

电梯陷入黑暗。

嘀嗒，嘀嗒，嘀嗒。

哈利踏出电梯，迅速移到旁边，伏下身来。他听见背后传来轻轻的关门声。他等待着，直到听见电梯开始上升。他们说好要让电梯停在地下室和一楼之间，那个位置是安全的。

哈利屏息静气，侧耳细听。目前为止他连个鬼影都没看见。他站起身，只见地下室另一端的门窗透进微弱的光。他分辨出铁丝网内庭院家具、旧五斗柜和滑雪板尖端的形状。哈利在黑暗中摸索，沿着墙壁前进。他找到一扇门，打开，垃圾的臭味随即扑鼻而来。这正是他要找的地方。他踏过扭曲的垃圾袋、蛋壳和空牛奶盒，在腐烂垃圾发出的黏腻热气中摸索。那把手枪躺在墙边，上面还粘着一段胶带。他先确认子弹都在枪膛里，才走出垃圾间。

他弯着腰，朝透出光线的门窗移动。

当他靠近窗户时，才看见窗户上有个阴暗的轮廓，是一张脸的轮廓。哈利立刻蹲伏下来，这才想到自己身处黑暗之中，那个人不可能看得见他。他双手把枪举在面前，向前慢慢踏上两步。那张脸紧紧贴在玻璃上，五官都扭曲了。他瞄准那张脸。那是汤姆。汤姆双目圆睁，瞪着哈利背后的黑暗空间。

哈利的心脏剧烈跳动，使得他双手颤抖，无法稳定瞄准。

他等待着。时间一秒一秒过去。什么也没发生。然后，他放下枪，站了起来。

他走到窗前，细看汤姆呆滞的眼睛，那双眼睛上面已覆上一层青白色薄膜。哈利转过身，看向黑暗。不管汤姆原本在看的是什么，现在都已不在那里了。

哈利静静站立，感觉自己的脉搏顽强地跳动，听见脉搏发出嘀嗒、嘀嗒、嘀嗒的声音。他不知道这意味着什么，只知道自己还活着，因为门后那个人已经死了。现在他可以打开门锁，把手放在汤姆的肌肤上，感觉他的体温正在消散，肌肤的质地正在改变，生命正在流逝，最后只留下一副皮囊。

哈利隔着窗户，把额头顶在汤姆的额头上，感觉冰冷的窗玻璃犹如冰一般烧灼他的肌肤。

44

星期一晚上　　喃喃细语

他们停在亚历山大柯兰斯广场等红灯。

雨刷左右摆动。再过一个半小时，崭新的黎明就会降临，但现在仍是夜晚，云层覆盖在城市上空，宛如灰黑色防水帆布。哈利坐在后座，一只手臂抱着欧雷克。

空寂无人的沃玛川奈街人行道上，一男一女蹒跚着，朝他们的方向走来。

此时距离哈利、史文和欧雷克走出电梯，踏上坚实的土地，已过了一小时。他们走出学生楼后，来到一棵高大的白桦树下，在干燥的草地上躺了下来。哈利曾在马里斯的寝室窗外见过这棵白桦树。他在草地上先拨通《每日新闻报》编辑台的电话，跟值班记者通话，再打电话给莫勒，告诉他事情经过，请他找寻爱斯坦的下落。最后他打电话给萝凯，把她从睡梦中叫起来。二十分钟后，学生楼前就被记者的闪光灯和警车的蓝色警示灯照得灯火通明，一如往常，这两者形成美妙的组合。

哈利、欧雷克和史文坐在白桦树下，看着众人在学生楼里奔进奔出。

然后，哈利按熄香烟。

"真是的。"史文说。

"《性格》。"哈利说。

史文点头说："我忘了这首歌。"

他们缓步走上广场，莫勒急步上前，引领他们坐上一辆警车。他们先前往警署，简短地接受警方讯问，或是"简报"，这是莫勒贴心的措辞。

史文遭到拘留，哈利坚持要他们派出两名警察二十四小时站在史文的拘留室前守卫。莫勒有点诧异，问他史文脱逃的概率真有那么高吗？哈利摇头，莫勒没再多说，答应了他的要求。

他们派了一个正规便衣警察，调来一辆警车，送欧雷克回家。

那对男女穿过乌蓝德街，红绿灯发出的哔哔声划破夜空。女子显然借了男子的夹克，罩在头上。男子的衬衫粘在身上，他高声大笑。哈利心想那男子看起来有点面熟。

信号灯切换到绿色。

哈利瞥见那女子夹克下的红发，接着，那对男女走出了他的视线。

警车经过芬伦区时，雨突然停了。云层犹如舞台上的布幕拉起，露出一轮新月，高高挂在奥斯陆峡湾上方的漆黑夜空中，放出光芒，照耀着他们。

"结束了。"莫勒说，从前座转过头来，微微一笑。

哈利心想莫勒应该是说雨结束了吧。"结束了。"他答道，眼睛依然看着那轮新月。

"你很勇敢。"莫勒说，拍拍欧雷克的膝盖。欧雷克露出疲倦的微笑，抬头看向哈利。

莫勒转回头，看着前方道路。"我的胃痛不见了，"莫勒说，"蒸发了。"

他们在曾经关押史文的地方找到了爱斯坦，也就是拘留所。根据肝洛斯的文件，爱斯坦是汤姆带来的，理由是涉嫌酒后驾驶出租车。验血结果显示，爱斯坦的血液中的确含有少许酒精成分。莫勒下令立刻释放爱斯坦，并省去所有正式手续，令人惊讶的是肝洛斯竟然没有反对，相反还乐于从命。

警车咯吱咯吱地开上黑色木制大宅的碎石车道，萝凯已站在门口等候。

哈利俯身越过欧雷克，打开车门。欧雷克跳了出去，奔向萝凯。

莫勒和哈利坐在车上，看着他们母子在台阶上静静拥抱。莫勒的手机响起，他把手机拿到耳边，说了两声"是"和两声"好"，便挂了电话。

"是贝雅特打来的，他们在威廉的院子里发现一个垃圾袋，里面都是自行车器材。"

"嗯。"

"到时候会很可怕，哈利，"莫勒说，"他们全都会抢着要来采访你，奥克许街的那些报社、NRK[①]、TV2，还有外国媒体。你想想看，连西班牙都听说挪威有个快递员杀手了。反正这些你以前都经历过，知道是怎么回事。"

"死不了。"

"我想也是。还有，昨天晚上在学生楼发生的事，我们录下来一部分。我真是搞不懂那个欧图怎么会在星期六下午开始录像以后，就忘了关机，直接搭火车回赫纳福斯市去了。"

莫勒看着哈利，但哈利面无表情。

"而且他还刚好清空了硬盘，所以硬盘里的空间可以录上好几天，真是不可思议，几乎会让人觉得这根本是事先安排好的。"

"几乎。"哈利喃喃地说。

"警署会举行一场内部调查，我已经联络了 SEFO，通知他们汤姆的不法活动。我们认为这件案子可能会对警界造成难以预料的影响。明天一大早就要跟他们开会，这件案子我们一定会彻查到底，哈利。"

"好，老大。"

"好？你听起来不是那么确定。"

"呃，你确定吗？"

"我为什么不确定？"

"因为甚至连你都不知道谁可以相信了。"

莫勒的眼睛眨了两下，难以回答；他朝驾驶座上的警察瞥了一眼。

"老大，你可以在这里等我一下吗？"

---

① 挪威广播公司。

　　哈利下了车。萝凯放开欧雷克，欧雷克跑进门内。她双手交抱在胸前，眼睛看着哈利的衬衫。哈利站在她面前。"你全身都湿了。"她说。

　　"只要下雨……"

　　"我就会被淋湿。"她悲伤地笑了笑，伸出一只手掌贴在哈利的脸颊上。

　　"都结束了？"她低声说。

　　"都结束了。"

　　她闭上眼睛，倾身向前。他把她抱进怀里。

　　"他应付得来的。"他说。

　　"我知道，他说他不怕，因为你在他身边。"

　　"嗯。"

　　"你怎么样？"

　　"我很好。"

　　"真的吗？都结束了？"

　　"都结束了，"他对她的头发喃喃地说，"最后一天上班。"

　　"太好了。"她说。

　　他感觉她的身体越贴越近，填满他们之间的所有小空隙。

　　"下星期我会开始做新工作，应该会很好。"

　　"是你朋友介绍给你的那个工作？"她问道，双手搂住他的脖子。

　　"对，"他的脑袋里充满了她的芳香，"爱斯坦介绍的，你还记得爱斯坦吗？"

　　"那个出租车司机？"

　　"对啊，出租车司机执照考试在下周二，我每天都在死背奥斯陆的路名。"

　　她笑着吻上他的唇："我觉得你疯了。"

　　她的笑声有如小溪，在他耳中激起涟漪。他抹去她脸颊上的泪水。"我得走了。"他说。

她试着微笑，但哈利看得出她笑不出来。

"我不行。"她冲口而出，接着啜泣起来。

"你可以的。"哈利说。

"没有你……我不行。"

"这不是真的。"哈利说，把她抱得更紧了，"没有我，你能过得很好。问题是：跟我在一起，你能过得很好吗？"

"这是问题吗？"她轻声说。

"我知道你要考虑一下。"

"你什么都不知道。"

"先考虑一下吧，萝凯。"

她微微仰起头，哈利摸着她的背部弧线。她凝视他的脸。她在寻找变化，哈利心想。

"别走，哈利。"

"我还得去开个会。如果你喜欢，我明天一大早过来，我们可以……"

"可以怎样？"

"我不知道。我没有计划，没有想法。这听起来怎么样？"

她微微一笑："这听起来完美极了。"

他看着她的唇，迟疑片刻，吻了她，然后转身离去。

"这里？"驾车的警察问，看着后视镜，"不是打烊了吗？"

"工作日营业时间是中午十二点到凌晨三点。"哈利说。

警察在拳手酒吧外的人行道旁把警车停下。

"你要来吗，老大？"

莫勒摇了摇头："他要单独跟你谈。"

酒吧的供酒时间早已结束，最后一批客人正准备离去。

克里波刑事调查部部长托列夫就坐在上次那桌，深邃的眼窝沉落在阴影中，面前那杯啤酒几乎见底。他脸上裂开一道笑容："恭喜你，哈利。"

哈利挤进长凳和桌子之间。

"干得漂亮，但你得告诉我，你是怎么知道史文不是快递员杀手的。"

"我看见史文在布拉格拍的照片，就想起威廉和莉斯贝思也在那个地方拍过照，除此之外，鉴定人员检查了排泄物……"

总警司托列夫倾身越过桌面，把一只手搭在哈利手臂上，嘴里散发出啤酒和香烟的气味。

"我不是说证据，哈利，我是说想法，或是怀疑。是什么让你能把线索联系到正确的人身上？是不是一瞬间的灵感？是什么让你建构出这些想法？"

哈利耸了耸肩："脑子里常常有很多想法，可是……"

"可是？"

"每个地方都嵌合得太完美了。"

"什么意思？"

哈利抓了抓下巴："你知道艾灵顿公爵会叫调音师不要把钢琴的音调得太准吗？"

"不知道。"

"钢琴的音调得太完美，听起来会不好听。没什么不对，只是少了一些温暖、真诚的感觉。"哈利戳了戳桌面上快要脱落的亮光漆，"快递员杀手给了我们可以完美解释地点和时间的密码，却没有解释为什么，这样一来，他就让我们专注于行为，而不是动机上。每个猎人都知道，如果你在黑暗中看到猎物，你不能将注意力集中在猎物身上，而是要注意猎物周围。当我停止注视事实，我才开始听见。"

"听见？"

"对，我听见这几件所谓的连环杀人案都太完美了，它们听起来很正确，却都不真实。这整个案子完全按照公式走，给了我们听起来像谎言一样的解释，表面上非常有道理，事实上却跟真相差了十万八千里。"

"然后你就知道了？"

"不是，但我不再靠得那么近去看，这样我的视线就清楚了。"

托列夫点了点头，低头看着桌上圆胖的啤酒杯。他一直在双手之间转动那个啤酒杯，现在酒吧里十分安静，几乎空无一人，转杯子的声音听起来就像是旋转磨石。

托列夫清了清喉咙："哈利，我看错汤姆了，必须向你道歉。"

哈利并不答话。

"我想跟你说的是，我没有签你的免职处分书，我希望你能继续在署里服务。我希望你知道我对你很有信心，对你毫无保留、完全地有信心。而且哈利，我希望……"托列夫抬起头，下半截脸庞出现一道开口，看起来似乎在微笑，"你也能对我有信心。"

"我得考虑一下……"哈利说。

那道开口闭合起来。

"关于工作的事。"哈利补充说。

托列夫又露出微笑，这一次嘴角几乎触碰到眼睛："当然当然，我请你喝杯啤酒，哈利，他们已经打烊了，但如果我开口，他们还是会拿酒来。"

"我是酒鬼。"

托列夫刹那间不知所措，然后咯咯笑了几声。

"抱歉，我考虑得有欠周详。不过还有一件事，哈利，你有没有……"

哈利等待啤酒杯转完一圈："你有没有想过要怎么汇报这件案子？"

"汇报？"

"对，呈现在报告里，还有汇报给媒体。他们会来采访你。汤姆走私军火的事一旦曝光，媒体会拿放大镜来检视整个警方的运作。因此，重要的是，你不能……"哈利趁托列夫寻找措辞之际，在身上找烟。

"你给他们的说法，不能有被错误解读的空间。"托列夫终于说完这句话。

哈利咧开嘴，形成淡淡微笑，看着最后一根香烟。

托列夫做出决定，毅然决然地喝下最后一口啤酒，用手背擦了擦嘴："他说什么了吗？"

哈利扬起双眉："你是说汤姆吗？"

"对，他死前说什么了吗？他有没有说他的同伙是谁？有谁涉案？"

哈利决定留下最后一根烟："没有，他没说，他什么都没说。"

"真可惜。"托列夫面无表情地观察哈利，"那些录像呢？有没有泄露这方面的消息？"

哈利直视托列夫的双眼。据哈利所知，托列夫从进入社会开始就在警界服务。他的鼻子又高又尖，有如斧头的刃；嘴唇呈一直线，相当乖戾；一双手又大又粗。他是警界的基石，是坚实稳固的花岗岩。

"谁知道。"哈利答说，"反正没什么好担心的，因为在这件案子里，这方面没有空间可以……"哈利终于把那块脱落的亮光漆给抠下来，"被错误解读。"

酒吧的灯光此时恰好开始闪烁。

哈利站了起来。

两人互相对望。

"你需要搭便车吗？"托列夫说。

哈利摇了摇头："我想散散步。"

托列夫跟哈利握了握手，握得长久而坚定。哈利朝门口走去，突然又回过身来："对了，汤姆说过一件事。"

托列夫的白色眉毛扬了起来。"哦？"他谨慎地说。

"他说饶了他。"

哈利挑捷径走，穿过救世主墓园。雨水从树上滴落下来，先滴上下方的树叶，发出轻叹，然后才落到地面。土壤饥渴地吸收这些水分。他走在坟墓之间的小径上，听见死者的喃喃细语。他停下脚步，侧耳凝听。老奥克教堂矗立在前方，深沉地蛰伏着。湿润的舌与颊正在细细低语。他踏上左边岔路，穿过栅门，朝泰多斯巴肯街走去。

哈利回到家，扯下衣服，走进浴室，打开热水。凝结的水汽滑落墙壁。他站在热水底下，直到皮肤变得又红又痛。他走进卧室。水蒸发了，他没擦干身体直接躺上了床。他闭上眼睛等待，等待睡意来临，或幻象来临，看哪个先来。

结果来的是喃喃细语。

他竖耳聆听。他们在低语些什么？他们在计划什么？他们用密语交谈。

他坐了起来，把头靠在墙上，后脑感觉到魔鬼之星的刻痕。

他看了看表。阳光不久就会从窗外透进来。

他站了起来，踏进走廊，在夹克里找寻烟盒，摸出他的最后一根烟。他撕去烟头，点燃香烟，坐在客厅的安乐椅上，等待早晨来临。

月光照进屋里。

他想起汤姆那看入永恒的眼神，想起那次在警署餐厅外的屋顶露台上，他跟汤姆谈过之后，去奥斯陆老街找了一个人。那个人很容易找，因为他保留了他的小名，而且依然在家里的小店工作。

"汤姆·布隆？"瓷砖柜台里的男人，用油腻腻的手掠了掠头发，"对，我还记得他，可怜的家伙，在家里一天到晚被他爸打。他爸是个失业的泥水匠，又爱喝酒。朋友？我不是汤姆·布隆的朋友。对，我是叫索罗，没错。欧洲火车旅游？"男子大笑。

"我乘火车最远只去过奥斯陆南部的海边。我想汤姆·布隆应该没什么朋友。我记得他是个乖孩子，会扶老太太过马路之类的，有点像童子军。不过他是个奇怪的家伙。他父亲死得有点诡异，出了非常奇怪的意外。"

哈利用无名指拂过光滑的桌面，感觉细小颗粒戳着他的皮肤，他知道这些颗粒是从那把凿刀上脱落的黄色粉末。答录机的小红灯闪烁着。可能是记者。媒体攻势会从今天早上开始。他把指尖搭上舌头。尝起来苦苦的。是灰泥的味道。他记得这些灰泥是威廉在四〇六室房门上方雕刻魔鬼之星时留下的。哈利咂了咂嘴。这个泥水匠一定用了很奇怪的灰泥配方，因为里面还有另一种味道。甜甜的。不对，有金属味。

　　尝起来有点像蛋。

MAREKORS (THE DEVIL'S STAR)： Copyright © 2003 by Jo Nesbø
Published by agreement with Salomonsson Agency, through The Grayhawk Agency Ltd.
本书译文由台湾漫游者文化授权简体中文版出版发行

著作权合同登记号：图字18-2017-144

图书在版编目（CIP）数据

五芒星 /（挪威）尤·奈斯博（Jo Nesbo）著 ; 林
立仁译 . -- 长沙 : 湖南文艺出版社，2018.7（2024.9 重印）
书名原文：Marekors
ISBN 978-7-5404-8718-8

Ⅰ.①五… Ⅱ.①尤… ②林… Ⅲ.①长篇小说—挪
威—现代 Ⅳ.①I533.45

中国版本图书馆 CIP 数据核字（2018）第 096825 号

上架建议：畅销·悬疑小说

WUMANGXING
五芒星

著 者：［挪威］尤·奈斯博
译 者：林立仁
出 版 人：陈新文
责任编辑：薛 健 刘诗哲
监 制：吴文娟
策划编辑：董 卉
特约编辑：陈晓梦 顾笑奕
版权支持：辛 艳 张雪珂
营销编辑：傅 丽
封面设计：利 锐
出 版：湖南文艺出版社
 （长沙市雨花区东二环一段 508 号 邮编：410014）
网 址：www.hnwy.net
印 刷：北京天宇万达印刷有限公司
经 销：新华书店
开 本：880 mm × 1230 mm 1/32
字 数：330 千字
印 张：12.5
版 次：2018 年 7 月第 1 版
印 次：2024 年 9 月第 3 次印刷
书 号：ISBN 978-7-5404-8718-8
定 价：59.00 元

若有质量问题，请致电质量监督电话：010-59096394
团购电话：010-59320018